ノースライト

North Light
Yokoyama Hideo

横山秀夫

新潮社

ノースライト

木村由花さんに捧げる

1

大阪地方は朝から雨模様だった。

青瀬稔《あおせみのる》は息を潜めて身支度を整えた。気配からしてクライアント夫妻も起き出している。ゆうべマイホームの新築話がまとまり、名の知れた吟醸酒を大盤振る舞いされた。帰るに帰れずそのまま公団アパートの茶の間に床を得てしまったが、一夜明ければ洗面台を借りるのも憚《はばか》られる。急ぎますので。奥に一声掛けて朝食は固辞し、頭を下げたまま玄関先で携帯傘を開いた。

急いでいるのは本当だった。此花区《このはな》のニュータウンから阪神電鉄の淀川駅までは早足で十分余り。そこから梅田に出てＪＲに乗り換え、新大阪駅に向かう。九時三十分発の「のぞみ」に乗れば正午に東京に戻れる。遅れはするが、日向子《ひなこ》との約束はなんとか守れそうだった。

日曜日だからだろう、新幹線ホームは家族連れとカップルの姿が目立った。日柄も良いのか、結婚式に向かう正装のグループもいる。重たいコートと軽めのそれとが半ばして、目にちぐはぐな季節感を伝えてくる。空もそうだ。寒の雨でも花の雨でもない、三月初旬に降る雨は中途半端に気分を湿らせる。

四千万円の住宅の設計を任された。なのに心は浮き立たなかった。「センセが信濃追分《おいわけ》に建てたんと同じぃのを建てて欲しいんや」。クライアントの要望があまりにストレートすぎたからかもしれない。立地条件や家族構成が異なれば、そっくり同じ家など建てようがないし、自己模倣はご免だとの思いもある。ましてや信濃追分の仕事は、未だ青瀬自身の内で評価が定まっていない。あれは特別な家だと思う朝もあれば、手掛けたことを頭から締め出す長い夜もある。

青瀬はアナウンスに目を上げた。流体力学の粋を見せつける７００系の車体がホームに滑り込んできた。

デッキで携帯を開いた。日向子はまだ家だろうが、ＰＨＳの番号に掛けた。何度目かのコールで繋がった。少し遅れると早口で告げ、わかった、の返事に耳を澄まして電話を切った。短い息をつく。月に一度の父子面会。強火で豆を煮るような時間が待っている。

懐に戻し掛けた携帯が鳴った。ディスプレイを見る。所沢の事務所からだ。

〈おう、いま話せるか〉

所長の岡嶋昭彦《おかじまあきひこ》だった。心なしか声が弾んでいる。

青瀬は閉まったドアに寄り掛かった。

「へえ、ボスが日曜出勤かよ」

〈お互い様だろ。まだ大阪？〉

「戻るところだけど、何？」

〈そっちはどうだった。脈はありそうか〉

「あっさりＯＫだ。任せるってさ」

〈ホントかよ。だってまだラフプランも出してないんだろ〉

「全部ジャンプで酒盛りだ」

〈驚いたな。けどまあ、ともかく良かった——ご苦労さん〉

毎度のことで、労《ねぎら》いの言葉を掛けられると内心苦笑する。歳は同じ四十五。ともに一級建築士で、大学の建築学科も同期とくれば、片や卒業、片や中退が、所長と雇われの差になったと誰もが納得する。

〈で、施主のプランは？〉

「土地は自前で予算の天が四千。遺産が入ったんだと」

〈いい親を持ったな。注文のほうはどう？　うるさそうか〉

家造りに拘《こだわ》る人がいてこそ、独自性を売る中小の設計事務所に仕事が舞い込むわけだが、その拘りも度が過ぎると厄介だ。

「うるさくはない。注文は一つだけだ」

〈どういうこと？〉

「早い話、信濃追分のコピーを欲しがってる」

〈二〇〇選のＹ邸？〉

ああ、と青瀬は雑に答えた。

大手出版社が年明けに出した『平成すまい二〇〇選』はオールカラーの豪華本だった。ここ十四年間に建てられた日本全国の個性的な住宅を厳選したと謳い、その巻末近くに「Ｙ邸」のイニシャル名称で信濃追分の家が載った。

〈なるほどね。やっぱ強ぇなあ、あの手の本は〉

揶揄とやっかみが半々の口ぶりだ。

〈先週来た浦和の夫婦も二〇〇選を見てだったもんな。あ、そうそう、その奥さんからメールき

てたぜ〉

「ふーん、何だって？」

〈行ってきたらしいよ。信濃追分まで〉

現物が見たいと言うので簡単な地図を書いて渡したが、本当に行ったと聞かされて青瀬はいささか驚いた。

〈誰も住んでいないみたいだった、ってよ〉

「住んでない……？」

〈住んでるよな〉

岡嶋が真面目な声を出したので、青瀬は反射的に笑った。

「売りに出されてなけりゃあな」

岡嶋も笑った。

〈留守だったんだろ。けど浦和の奥さん、実際に見てますます気に入りましたとさ。施主に昇格するかもな〉

「どうだかな。中は見てないんだろ」

〈ま、なんにせよ結構な話じゃんか、浦和も大阪もY邸広がりってことで〉

Y邸広がり……。こそばゆいような、煩《わずら》わしいような、朝から胸にあるもやもやに名札を付けられた気がした。

「けど岡嶋、本当にいいのかよ。地べたは大阪なんだ。交通費だって馬鹿にならない。ちゃんと監理するとなると儲けは薄いぞ」

〈いいって。そっちで話題になりゃあ、事務所の名が売れる。言っとくけど、東人《あずまびと》で終わる気はないぜ、俺は〉

口癖を耳にしたところで電話を切りかけたが、慌てた声で引き止められた。

〈腕のいいパース屋を大至急押さえたいんだ。心当たりないか〉

そっちが本題らしかった。建物の完成予想図《パースペクティブ》を専門に描くから「パース屋」と呼ばれる。プレゼンには欠かせない。彼らの描く絵の善し悪しによってクライアントのウケが百八十度違ったりする。

「加藤さんは空いてないの？」

〈生憎、都内の仕事にかかりっきりでな〉

「大宮の小塚は？」

〈ダメダメ、奴のパースじゃ落選確実だ〉

落選……？

「コンペってこと？」

〈近々ありそうなんだ。おっと、交番とか公衆トイレみたいなチンケなんじゃないぜ。だから勝てるパース屋を確保したいんだ〉

近々ありそうという物言いが引っ掛かった。岡嶋の口からは「県の人」とか「保守系の人」とか暈《ぼか》した人物が時折出てくる。その辺りから内々に得た情報なのかもしれない。弾んだ声といい、日曜出勤といい、かなり前のめりになっているのは間違いなさそうだ。

「西川《にしかわ》さんなら頼めるかもしれない」

〈えっ、誰？〉

「西川隆夫《たかお》だよ。赤坂の事務所にいた頃、よく描いてもらったんだ」

〈ん！　知ってる。あの人のパースは見えないものまで見えてきてわくわくするよな。番号を教えてくれ。直接頼んでみるわ〉

「事務所ごと引っ越したんだ。帰ったら葉書を探してみる」

〈携帯は？〉

「知らない。彼と仕事してた頃は携帯なんかなかったからな」

呑気に聞こえたのかもしれない。急ぐんだ、今日中に連絡先を知らせてくれ。電話の切り際はまるきし雇い主の口調だった。却って清々する。県か市が発注する「箱モノ」を狙っているのだろうが、岡嶋の野心は岡嶋だけのものだ。

バンと窓が鳴り、下り電車と擦れ違った。

青瀬は客室に足を向け、が、胸につかえを感じて虚空を見つめた。住んでない……？　デッキに引き返し、再び携帯を開き、クライアントの番号一覧を呼び出した。「や行」を下までスクロールする。「吉野《よしの》陶太《とうた》」。目に微かな痛みを感じた。「Y邸」が完成したのは去年の十一月だった。吉野一家に引き渡して四カ月が経つ。さらにスクロールした。Y邸の固定電話が表示された。その途端、視界がぼやけた。

親指が通話ボタンを押していた。うっかりだった。自分のポカに驚き、慌てて切ろうとしたが、いや待て、と指が止まった。用件ならある。浦和の夫婦が家を内覧したいと訪ねるかもしれません――。

留守電になっていた。

ならば留守ということだ。Y邸の電話はちゃんと生きている。思わず安堵の息を漏らし、そうしてみて青瀬は考え込んだ。

現地で家の鍵を手渡し、それきり吉野一家とは没交渉になっている。『二〇〇選』の取材は家を引き渡す前だったし、いったん引き渡してしまえば、先方から何か言ってくるまで接触を控えるのが事務所のルールだ。こちらの仕事に某《なにがし》かの不満や失望を抱いてのことか、あるいは「我が物顔」とでも映るのか、建築士の築後の訪問を煙たがるクライアントも少なからずいるからだ。施工した工務店とべったりになったり、それならまだしも家のアフターケアや改築を安価な業者に任せてしまうケースだって珍しくない。建築士を「友人」とみなし、長い付き合いを望むか否かはクライアントの腹一つということだ。

吉野は何も言ってこなかった。実際に住んでみての感想も、クレームの類《たぐい》の電話も、入居しました旨の葉書一枚寄越さなかった。だが――。

初めは違った。設計を依頼しに来た時の吉野は、ある意味「友人以上」だった。

〈すべてお任せします。青瀬さん、あなた自身が住みたい家を建てて下さい〉

魔法でもかけられたかのような、脳が痺れる一瞬があった。本に取り上げられたから特別なのではなく、仕事を引き受けた時の気持ちが特別だった。そのY邸を「なかった仕事」にされた。吉野の築後の長い沈黙は、青瀬の心を曇らせ、熱を奪い、頑《かたく》なにさせた。

音に目をやった。雨粒がドアの窓ガラスを打ち、幾筋も横流れしている。その先には鉛色の空があり、雨に光る民家の屋根が果てなく連なっている。

誰も住んでいないみたいだった――。

青瀬は携帯を懐に押し込んだ。「留守」以外の理由を考えようにも、想像の線を伸ばす材料が何一つ浮かばなかった。

2

子を呼ぶヒヨドリの夢を見た。

関ヶ原にちらちら雪が舞うのを目にしたが、それから先の車窓は記憶になかった。青瀬の頭に確かさが戻ったのは新横浜を過ぎた辺りで、その頃には雲間から薄日が差し、ビル群の上層階を煌《きら》めかせていた。

東京駅から中央線で四谷に出た。新宿通りを皇居方面に向かう。ぶらぶら歩く人たちを小刻みな進路変更で抜き去っていく。腕時計を見た拍子に、息や袖口が酒臭くないか確かめた。一人の時は缶ビール一本に留めている。酒浸りだった頃との違いに日向子は気づいているだろうか。

歩速を上げて裏通りに入る。まずはそう、期末テストの結果を訊く。それからいま習っているエレクトーンの曲目を訊く。例の電話の顚末も訊ければ訊こう。ぴたりと掛かってこなくなったと言っていたが、そもそも誰からの電話だったのか……。マンションが犇《ひし》めく界隈を抜け、カーブミラーのある四つ角を折れるとすぐだ。「喫茶ホルン」の青い看板を一瞥し、ドアのカウベルを鳴らした時には少しばかり息が上がっていた。

ミントグリーンを基調とした、チロル風の爽やかな内装に迎えられる。探すまでもなく、日向子はいつも通り奥まった二人掛けの席にちょこんといて、事情を知るマスターとその女房の作り笑いに守られていた。

青瀬は二人に軽く会釈し、日向子には謝り顔を向けてテーブルについた。

「待ったよな」

「うん。待ちくたびれちゃったから帰ろうと思ってたとこ」

そんな受け答えをするようになった。口を尖らし、目元は笑んでいる。ごく普通の十三歳なのかもしれないが、会うたび小さな驚きがある。

「ねえ、パパ聞いて。期末コケちゃった。あたし二年生になれないかも」

笑んだままの目を、細めた目で見つめる。

「そいつはまずいな」

「まずいよねー」

「また数学か」

「もうサイアク！　点数は死んでも言わない」

「英語は良かったんだろ」

「そうでもなかった。だからピンチなの」

「だったら確かにピンチだな」

「どうしよう」

「まあ、何とかなるさ。日向子はやればできるんだから」

「イヤだなぁ、お前留年だぞーとか先生に言われたら」

掛け合いが微妙にズレる。やればできるがまずかったのだろう。

「何か食べるか」

「食べてきた。あ、いいよ、パパは食べて」

「パパも食べたんだ、電車の中で」

「そうなんだ」

日向子は小首を傾げて青瀬を見つめた。大人の嘘をスルーしてあげましたの顔だ。ゆかりに似てきたと思う。表情が豊かで、そのぶん省かれる言葉が増えていく。

カフェオレを注文した。日向子の前にはココアのカップ、それとピンク色のハンカチでくるんだＰＨＳが置かれている。防犯用にと持たせているものだ。

「パパ、もしかさっきの電話、電車の中からだった？」

「当たり。仕事で大阪から帰る途中だったんだ」

「へえ、大阪かぁ……」

語尾を上げてみたものの、すぐには連想するものが浮かばないといった様子だ。

「大阪の端っこのほうに行ったんだ。えーとほら、ＵＳＪの近くだ。ジョーズとかジュラシック・パークとかの」

「パパ、行ったの？」

日向子の顔が華やいだのを見て内心慌てた。

「いや、だから近くに行っただけ」

「そっか、お仕事だもんね」

カフェオレが運ばれてきた。そのマスターの足音が遠ざかるまでにささやかな勇気を奮い起こした。

「行くか、今度」

「えっ……？」

「ＵＳＪ」

日向子の目元が翳《かげ》った。

以前はよくデパートやプールに連れていった。せがまれてディズニーランドやサンリオピューロランドに足を伸ばしたこともあった。ここ二年ほどは出掛けたがらない。日向子の成長の証なのか。ゆかりがいい顔をしないのか。

「ママにはパパから頼んでやるよ」

「でも、遠いでしょ？」

「新幹線に乗ればあっと言う間さ」

「お泊まりになるよね」

「いいじゃないか。ホテルだって楽しいぞ」

「うん、じゃあ、そのうちね」

「そうか？　ま、行きたくなったら言えよ。春休みとか、夏休みとかなら行けるもんな」

日向子は目を逸らし、もうその話はいい、というように小刻みに頷いた。

ふっと視界が遠のく。たすき掛けした保育園バッグを左右に揺らし、パタパタとアヒルのように歩く後ろ姿が目に浮かぶ。「さしすせそ」の発音が苦手で、可愛がっていたセキセイインコのほうがよほど舌が回った。離婚したのはそんな頃だったから、初めての面会の日、日向子は座面の高い幼児椅子に腰掛け、所在なげに足をぷらぷらさせていた。小さくて、痩せっぽちで、話し掛ける青瀬のほうも赤ちゃん扱いが抜けなかった。だが――。

壁付灯の柔らかな光が、膨らみかけた胸の辺りで陰影を作っている。背もぐんと伸びて、長身のゆかりにシルエットまで似てきた。見掛けばかりではない。感情の蕾が一つ、また一つと開花していくのがわかる。こうして月一の面会を八年続けるうち、姓を違えた父親との付き合い方を見定めた感すらある。照れなく「パパ」を連発するのだって、甘えているというより、むしろ青瀬の願望を見透かしてそうしているように思えてならない。

両親が別れた訳も、わかった気になっていそうな顔だ。中学生になったからとか、もう半分大人だからとか、そんなきっかけで母から娘へ話があったとしても不思議はない。昨年来、ずっとそのことが気になっている。ゆかりはどんな話を日向子に聞かせたか。

「そう言えば、例の電話はどうした」

いま思いついたように口にした。手持ちの、父親らしく振る舞える話は幾つもなかった。

「電話って?」

「ほら、前の前のとき話してたろ。そのあと掛かってきたか」

珍しく日向子が相談顔を覗かせたのだった。ちょくちょく家に掛かってきていた電話がぴたりと止んだ。それって終わりってことだよね? 「終わり」の語感に首筋がひやりとした。男の子からの電話? 思わず問い返すと、首を横に振ったが、じゃあ友達? と訊き直しても頷かなかった。だったら誰？　日向子は迷った顔になったがそこまでだった。自分から話を切り出しておきながら、まあいっか、と言い放ち、眩しいほどの笑顔のバリアで父親を締め出した。

「掛かってこない」

日向子は抑揚なく答えた。好ましい話題ではないが、かといって話を蒸し返されたと気を悪くしているふうでもない。

「一回も？」

「一回も」

「いつから掛かってきてたんだっけ」

「うーん、一年ぐらい前からかな」

「そんなに前から」

「でも、たまーにだから」

たまに？　ちょくちょく、ではなかったか。

「無言電話とかじゃないよな」

「違う。そんなんじゃない」

「ふーん、そうか……」

誰からの電話なのか。質問は喉元にあったが、訊けばまたバリアだろうし、青瀬なりに答えを推断してもいた。

「友達に誘われて入ったの何だっけ。パッチワークのクラブ？」

「そ。でも、ほぼ帰宅部」

「なんで」

「みんな、塾とかで忙しいもん」

小三の時だった。日向子は訳がわからないままクラスで「透明人間」にされた。

「仲良くやってるのか、友達とは」

「やってるよ」

青瀬は頷き、テーブルで指を組んだ。

「パパでよければ聞くけどな」

「だからうまくやってます。それよりパパ——」

日向子が言い掛けた時、テーブルのPHSが鳴りだした。「サザエさん」のメロディだ。ゆかり専用の着メロらしく、これが鳴るといつも日向子はホッとしたような、それでいて少し煩《うるさ》そうな顔をする。

「あ、うん。来たよ。大丈夫」

悪戯っぽく青瀬を見つめながら喋っている。うん、わかった、じゃあね。電話を終えた日向子はコミカルに肩を揺すってテーブルに身を乗り出した。

「パパは元気ですか、だって」

青瀬は笑んだまま聞き流した。こんな時、亡き父の顔が日向子とダブる。酒が入って上機嫌になると大ボラを吹いた。家族を笑わせるのが好きで、みんなが「ウソだぁ!」と笑うと、実に嬉しそうに自分も笑った。

「さっきの何だい?」

「えっ?」

「何か言い掛けたろ」

「あ、そうそう、訊こうと思ったんだ。パパの仕事って家を建てることだよね」

青瀬は面食らった。仕事の話を日向子に訊かれたのは初めてのことに思える。

「そうだけど、実際に建てるわけじゃないんだ。大工さんじゃないからね」

「知ってる。設計とか、そういうのするんでしょ」

学校の課題か何かか。あるいは最近流行《はや》りの、中高生向けの職業辞典でも読んで興味が湧いたのだろうか。いや、日向子は日向子で場を持たせようと話題を用意してきたのかもしれない。理由はどうあれ気が乗った。父親の仕事への興味は、そのまま父親への関心と変換できる。

「パパのいる設計事務所は、一級建築士って資格を持っている人が四人いてね、外の人たちからは、設計屋さんとか、意匠さんとか呼ばれるんだ」

「イショウ?」

「意匠登録とか聞いたことないかい? 簡単に言うとデザインをする人。家の形を考えたり部屋の間取りを工夫したりするんだ。で、設計図を描く。模型も作る。それから家の構造や設備に詳しい人と相談して細かいところを詰める」

「構造と……何?」

「設備。デザインだけカッコ良くても、住みにくかったり、壊れやすかったりしたら困るだろ」

「うん、わかる」

「そのあとが大工さんの出番。パパたちがいい工務店を選んでいい家を建ててもらう。それでようやく、夢のマイホームの完成だ」

「じゃあ今日のもそう？　大阪に家を建てるの？」

「そう。建てたいって人に会って要望を聞いてきたんだ。それが一番大切な仕事かな。建てちゃってから気に入らないとか言われても手遅れだからね」

ふとY邸の姿が脳裏を過《よ》ぎった。が、共感顔で頷く愛娘に敵《かな》う雑念などありはしない。

「一つ質問」

「何だい」

「パパの会社、ＣＭとかしてないよね」

「ないない。ちっちゃい設計事務所だからね」

「じゃあさ、大阪とか、遠くで家を建てたい人、どうやってパパの会社のこと知るの？　ネットとか？」

「ああ、なるほど。確かに最近はネットで調べて頼んでくる人が増えたけど、でもやっぱり一番は口コミかな」

「えっ？　口コミって……ネットってことじゃなく？」

ピンとこなかったようだ。

「たとえばさ、前にパパが建てた家に誰かが遊びに行ったとするだろ」

「うん」

「その人がすごく気に入って、自分もこんな家に住みたいって思えば、建てる時にパパの事務所を訪ねて来る」

「あ、そういうことか」

「それとか、今日の大阪の人みたいに、本や雑誌に載った家の写真を見て連絡してくることもあるよ」

日向子は目を丸くした。

「パパがデザインした家、本に載ったの？」

「あ、うん。ちょっと前にね」

「すごーい！」

「すごくないさ。たくさん載ってるうちの一つだから」

「あたし見たいな、その本」

「いやぁ、あれはどこにやったか……」

「見たい見たい」

頬は緩むものの、内心、日向子の食いつきのよさに舌を巻き、これも岡嶋言うところの「Y邸広がり」だろうかと奇妙な思いに捕らわれた。『二〇〇選』の在りかはわかっているが、日向子にY邸の話をすることには幾ばくかの抵抗があった。

「探してみるけどな」

「見つけて次のとき持ってきて。絶対だよ」

「わかった。ガサゴソやってみる」

「それ、ママにも見せていい？」

一瞬、言葉に詰まった。

「いいけど……。でもどうして？」

「ママね、あんまりマンションは好きじゃないんだって」

知ってる。ゆかりが家に抱く思いなら。

「どこかに越したがってるの？」

「そういう話はしないけど……。今のマンション、お仕事には便利なんだって。あたしの学校も近いし」

「そうだよな」

「けど、たまに冗談っぽく絶叫してる。あぁ、地べたに住みたいよぉ！　って」

口真似がうますぎて笑うのを忘れた。

店内の、ミントグリーンの壁紙がにわかに存在感を増した。脚立に片足をかけ、思案顔で色の指示を出すゆかりの姿が思い出される。建築士の夫とインテリアプランナーの妻。なのに二人は「我が家」を建て損ねた――。

「じゃあ、パパ、約束だからね」

明るい声とともに日向子が席を立った。手の中で「サザエさん」が鳴っている。ここからエレクトーン教室に直行だ。慌てて訊いた。今、なに習ってるの？　返ってきた曲名は聞き覚えがなかった。楽譜が詰まっているのか、肩掛けしたバッグはパンパンに膨れていた。

店の外で日向子を見送った。

道に躍り出た軽やかな足取りが、遠ざかるにつれて緩慢になっていく。冬のコートが重たそうだ。白い足が寒そうだ。耳にイヤホンを差した。何か落とした。拾った拍子に、長く、真っ直ぐな黒髪が風にさらわれ、幼さの残る赤い頰が覗いた。

急き立てている自分に気づかされる。日向子の成長はきっともっとゆっくりなのに、会うたび大人の兆しばかりを探してしまう。願っているからだ。叱ることも抱き締めることもできない娘を持て余し、幼いままでいられないのならば、いっそのこと早く大人になってくれないか、と。

日向子が四つ角で振り向き、伸び上がって手を振った。

青瀬も手を上げた。そうしながら思った。青瀬専用の着メロは何だろう。母親が気さくな「サザエさん」なのだとして、日向子が父親に求めているのはどんなメロディか。

3

雨染みの残る歩道に、一羽、また一羽とスズメが舞い降りてくる。

店を出た青瀬は、来た時とは逆の赤坂見附方面に向かった。日向子の消えた道をなぞるのが気重で帰りはそうする。すぐには仕事の足にならない。負い目の水位はコントロールできても、日向子と過ごした時間の分だけ揺り戻しが来る。娘だが家族ではない。弱火でコトコト豆を煮るような関係は築きようがない。わかっていながら親子面会なるものの不自然さに嘆息する。休日に、二時間も三時間も笑みを絶やさずに語り合う、そんな父と娘がどこにいる?

日向子が幼いうちは、たとえ会話が弾まずとも、パパはこれから先もずっとお前のパパだと伝心していれば心の平静を保てた。面会の一番の目的は、娘の前に大きく優しく座り、父親の喪失を目に見える形で打ち消すことだった。しかしもうステージが違う。親のお仕着せでは収まりがつかなくなった。戸惑っているのではない。思春期のとば口に立った娘に畏れをなしている。早く大人になれと願うことが罪なのではない。娘との今この時を、波風を立てずにやり過ごそうとしている不作為こそが罪深いのだと思い知る。

日向子はどこまで自覚的に子役を演じているだろう。会うたびゆかりの話をする。両親が離別した現実を薄めたがる。もしやと日向子の瞳を探ることがある。淡い期待を抱いているのではないか。健気に明るく振る舞い、父親とも母親ともうまくやっていれば、いつか奇跡が起こるかもしれないと。

そうかと思えば、同じ瞳に見つめられて身構える瞬間もある。問われている気がするのだ。

ねえ、なぜママと別れたの？

ゆかりは奈落を見せまいとしたろう。日向子が自分のルーツに引け目を感じぬよう、諍《いさか》いも反目も登場しない離婚劇を創作して聞かせたに違いない。不安に翳る小さな胸に、お互いのためだとか、それぞれの道だとか、前向きに生きるパパとママの物語を宿そうとしたはずだ。毒にも棘にも娘を触れさせていない、これから先も触れさせるつもりがないのだとしたら、それはゆかりに感謝こそすれ、咎める道理などあろうはずがない。だが――。

日向子は信じていない。そんな気がしてならない。いつか本当のことを知りたがる。親の思いや大人の事情とは無関係に、日向子自身が真実を必要とする日がきっと来る。誰かを好きになるからだ。誰かと生きていく未来を思い描こうとするなら、最も身近にいる、未来を手放した両親の生きざまと向き合わざるをえなくなる。

スズメたちが、前に左右に軽快なステップを踏んでいる。行き交う人の足に追われて今にも飛び立ちそうだ。

心の準備をしておくことだ。悔恨と贖罪の海に溺れることなく、日向子の未来のために一片の真実をこの胸に用意しておくことだ。それが今の青瀬にできる、別れた父親としてすべき、唯一の務めに思える。

ゆかりは何と言うだろう。

急坂を転げ落ちるような感覚が蘇る。緩やかな坂を二人で上っていた頃の感覚も忘れたわけではない。結婚生活は十年で終わった。何がいけなかったのか、どこで間違ったのか、夫婦の間に起こった出来事は余さず言えても、一つ一つの出来事をどう解釈するかで真相は表情を変える。年を追うごとにわからなくなっていく。わからないまま置き去りにしてきた。

きっとゆかりはわかっているのだろう。青瀬と同じ時間、同じ空間を共有しながら、幾つもの分かれ道を意識したのだろう。訊いてみたかった。いつ青瀬を諦めたのか。ゆかりが真に許せなかったことは何だったのか。

青瀬は目線を上げた。前方に、ホテルニューオータニのタワーが見えている。

あぁ、地べたに住みたいよぉ!

耳が勝手に再生していた。そんな記憶はないのに、ゆかりから直に聞かされた言葉に思えてくる。

今も変わらないということだ。思いつきをすぐ口にせず、ためを作ってポンと爆《は》ぜてみせるのがゆかりの癖だった。思わせ振りな表情を覗かせ、何だと訊いても答えず、もう寝ようかという時間になって種明かしをする。青瀬の両手を引き寄せ、身を捩らせて切なげに叫ぶのだ。あぁ、焦げたサンマが食べたいよぉ！　それは青瀬を大いに笑わせ、俺も食べたかったんだと膝を打たせ、二人して生唾を嚥下《えんか》しつつ明日の晩飯はサンマだと誓い合うような一日の終わりがよくあった。「バブル前夜」の、今にして思えば欲も不満もごく限られた幸福な時代だった。

青瀬は赤坂の設計事務所にいて、叩き上げの大物ボスの下、四十人からの建築士が鎬《しのぎ》を削るフロアの一角で小規模店舗の図面を引いていた。景気はずっと上向きだったが、それにしてもやけに忙しくなったと感じた時にはバブル景気の只中にいた。嬉しい悲鳴などと言っていられたのは最初だけで、膨大な仕事を抱え込んだ事務所は戦場さながら殺気立ち、若手の建築士たちは不夜城と化したビルの中で気力と体力と潜在能力を試され続けた。

やがて脱落する者が出た。よその事務所に引き抜かれる者もいた。そうはさせじと毎月のように昇給が発表され、破格のボーナスが支給された。青瀬は憑かれたように店舗の図面を引き続けた。鉄とガラスとコンクリートがすべてだった。ブティック、ヘアサロン、レストラン、ショールーム、ブライダルチャーチ。一分の一スケールの模型を作っている感覚だった。見栄えが何より重要だった。美しいものしか生き残れない、そのわかりやすく、空恐ろしい世界で何者かになろうとしていた。

ゆかりもインテリアの世界で芽吹いた頃だった。原宿を拠点とする、若手のデザイナー集団に属していた。西欧諸国の国旗や紋章をモチーフに、日本古来の暈《ぼ》かしの技法を使って色彩をアレンジする室内装飾が時代にうけて波に乗った。たびたび雑誌に取り上げられるようになり、引っきりなしに仕事が入っていた。

気がつけば、高給を取る共稼ぎ夫婦が2DKのアパートに寝に帰るだけの生活をしていた。脳内で何かが弾けた瞬間を覚えている。咆哮するがごとく青瀬は決起した。大枚をはたいて六本木のマンションに引っ越し、シトロエンの新車をカタログ買いし、少しでも体が空けば、ゆかりの腕を引いて高級レストランのラストオーダーに滑り込んだ。流行りのバーやパブにも繰り出した。くたくたの体にしこたまアルコールを流し込んだ。一段落したら子供を作って俺たちの家を建てよう。ある夜、ゆかりにそう告げた。プロポーズ以来の高揚感だった。ずっと言いたくてたまらなかったのだ。前途洋々の建築士とインテリアプランナーが額を寄せ合い「我が家」をプランニングする。それは夫婦で過ごせる僅かな時間を、とびきり楽しいひとときにしてくれるはずだった。だが——。

そうはならなかった。ゆかりが待ってましたとばかりに「木の家」を提案したからだった。青瀬の頭にはもう、時々刻々、陽光の動きにつれて外壁の表情が変化していくコンクリート打ち放しの洋館が、イメージと呼ぶにはあまりに鮮明な絵としてあった。その「時を刻む家」をゆかりは軽くいなした。そういうのは誰かに建ててあげて。仮住まいなら我慢もするけど、この先ずっとコンクリートと人生を共にするなんて考えられないもの。

そうまで言われて青瀬は正気に引き戻された。インテリアプランナーの職業的感性が「木の家」を望んでいるのではなかった。ゆかりという人間を育んだ有形無形のものたちが、我が家は木造でなければならないと彼女に言わしめていたのだ。

建築士をしていればわかる。人が家に抱く拘りは単なる趣味や嗜好にとどまらない。個々の価値観や秘めた欲求が炙《あぶ》り出される。それは未来志向というより、むしろ過去に根ざしている。来歴が耳元でひそひそ囁き出すのだ。何が大切で何が大切でないか。何が許せて何が許せないか。

ゆかりは明瞭な答えを持っていた。中学まで過ごした浜松の生家は、古い農家の母屋に切妻造りの和風家屋を建て増しした「だだっ広い家だった」という。知り合って間もない頃、ゆかりは子供時代の話を好んでした。物干し台に駆け上がって眺めた一番星の美しさや、縁側の下に巣を作ったアリジゴクの不思議さや、父親に初めて叱られ、冷たい土間に座らされた記憶を、懐かしげに、嬉しげに、さも人生の大事のように語ったものだった。

「我が家」のプランニングは宙に浮いた。

青瀬はそれきり口にしなかった。自分の仕事を頭から否定された。そんな直情的な憤慨だけが理由ならまだしもだった。ゆかりの、邪気のない自信たっぷりの構えを見せつけられて萎縮したのだ。自分自身を、その来し方を軽んじられた気がした。故郷の懐に抱かれたゆかりが、故郷を持たない青瀬の世界を眼下に見た、と。

日向子が生まれる前の話だ。離婚の理由を語れと言うなら、バブル崩壊後の修羅場を指折り数えるほかない。しかし本当にそうか。ただ金に負けただけなのか。妻子と別れ、今こうして独りで暮らす現実が、青瀬という人間を育んだものたちと無関係だと言い切れるか。

青瀬は足を止めた。

いつもここだ。同じ場所で立ち止まり、ホテルニューオータニのタワー棟を仰ぎ見る。この角度が好きだ。湾曲した壁面が、アーチ型の巨大な貯水ダムを連想させる。

今日も見える。

地上百数十メートルのダムの最上部に張りつき、体を反らせてコンパネを組み付ける、誇らしげな父の背中が見える。

4

西武新宿線は空いていた。

青瀬はぼんやりと車窓を見ていた。日向子に「渡り」の話を聞かせたことはない。ゆかりには結婚前に打ち明けたが、人と異なる生い立ちは、恋愛に有利にも不利にも働くから、実際には青瀬にとって都合のいい物語を聞かせたのだと思う。

川俣……高根第一……早明浦《さめうら》……豊平峡《ほうへいきょう》……刀利《とうり》……矢木沢……下久保……奈川渡《ながわど》……矢作……新豊根《しんとよね》……蔵王……草木……三保……桐生川《きりゅうがわ》……。ダムの名は思い出せないものもある。母の背にいた頃から数えれば転居は二十八回、小中学校の九年間で七回転校した。飯場は鰻の寝床のようにひょろ長く、仕切られた部屋はどこも狭かった。青瀬が赤ん坊の頃は、三畳一間で、両親と姉二人と五人で寝ていたのだと聞かされて育った。

貧しかったわけではない。ダム建設は高度成長期を象徴する花形公共事業だった。膨大な量のコンクリートを流し込む型枠は現場で組み上げる。寸分違わぬ精度を要求されるうえ、危険な高所作業も伴うので、熟練の型枠職人であった父は引く手あまただった。母も炊事婦として賃金を得ていた。部屋には、よく映らないものの18インチのテレビがあったし、本でもおもちゃでも高価な絵の具のセットでも、ねだれば大抵買ってもらえた。ただ、家の食器はお碗も皿もコップも安っぽいプラスチック製だった。次から次へと飯場を渡り歩くので、割れてはもったいないと、母は決してガラスや陶器の食器を買わなかった。

どこの飯場も学校からの帰り道は、だらだらと長い上り坂だ。道々、あちらこちらに小綺麗な家と見すぼらしい家とのコントラストが際立《きわだ》つ場所がある。姉から聞かされて知った。補償金を貰って高台に新築した家と、立ち退かずに道端にしがみついている家。真新しい家の玄関に駆け込む自分の姿を夢想した。台所に直行し、自分専用のガラスのコップで、メロン味の粉ジュースをかき混ぜてがぶがぶ飲むのだ。

地元の子の家に呼ばれることは希《まれ》だった。どこの学校でも「ダムの子」は煙たがられた。今にして思えば、アメとムチ的な用地買収が山村の格差と反目を招き、子供たちまでをも不機嫌にさせていた。囃し立てられ、仲間外れにされ、砂利を投げつけられたこともあった。本気で悩んだ記憶はない。またすぐ転校だから。「渡り」しか知らない幼い心に定住の概念は生まれようがなかった。新築の家に駆け込み、ジュースを飲み干したところで想像の幕は下りるのだった。

青瀬は目を閉じた。

それぞれの土地に思い出がある。そこにしかいない鳥や花や木々を懐かしく感じることもある。しかしこの歳になるまで一度として、過去の地を訪ねてみようと思ったことはない。ぶつ切りの営み。尻切れトンボの記憶。それらは互いに交わることなく、心の日陰に脈絡なく横たわっている。いざ人生の岐路に立たされた時に、あるいはどうにも人生がままならなくなった時に、思いを馳せる場所が故郷だとするなら、青瀬にはその持ち合わせがない。

あるのは光の記憶だけだ。優しい光のその中へ戻りたいと渇望することがある。

渡り歩いた飯場は、どこも不思議と北側の壁に大きな窓があった。その窓からもたらされる光の中で、本を読んだり絵を描いたりするのが好きだった。差し込むでもなく、降り注ぐでもなく、どこか遠慮がちに部屋を包み込む柔らかな北からの光。東の窓の聡明さとも南の窓の陽気さとも趣の異なる、悟りを開いたかのように物静かなノースライト――。

電車が減速した。

〈あなた自身が住みたい家を建てて下さい〉

青瀬は目を開けて腰を上げた。

信濃追分には「木の家」を建てた。浅間山を望む、北からの光を思う存分取り込んで。

5

陽はもう傾いていた。

所沢駅の西口改札を出た青瀬は「プロペ」と呼ばれる繁華街に足を向けた。休日はいつも人で溢れ返っている。ぶつからぬよう肩を窄《すぼ》めて歩き、丸井のA館とB館の間のモールを抜けて昭和通りに出る。「岡嶋設計事務所」は、通りに面した雑居ビルの二階だ。

事務所の鍵は開いていた。いると思った岡嶋の姿はなく、代わりに石巻豊《いしまきゆたか》の髭面がパソコンデスクに向かっていた。設計支援システムのＣＡＤを使い、間取りのプランを練っている。

「家族サービスはいいのか」

青瀬が声を掛けると、三十八歳で四人の子持ちの石巻は、わざとらしく溜め息をついてから椅子を回転させた。

「よかぁないんですけど、オーナーさんに急かされちゃって」

オーナー。クライアント。施主。建築士によって客の呼び方がまちまちなのは、最初に勤めた事務所の躾けに由来する。

「急ぐ事情でもあるの？」

「米寿になる母親が施設にいるんですが、生きてるうちに建てて引き取りたいって」

「へえ、泣かせるな。まだ歩けるのか」

「車椅子だそうです、何年も前から」

「なら、腕の見せ所じゃないか」

「ま、そうなんですけどね」

石巻は実績十分のオールラウンダーだが、中でもバリアフリーの住宅設計を得意としていて、その手の注文が入ればどの家も「高齢者等配慮対策等級」の4以上に仕上げてみせる。バブル崩壊以降、建築の世界も福祉と環境への配慮抜きには語れなくなり、だから今や事務所に欠くことのできないスタッフだ。元は大手ゼネコンの設計係にいた。リストラを見越して独立したものの、激減したパイの争奪戦にたちまち白旗を揚げ、女房の実家の肥料工場で何年か働いたあと、親戚のツテを辿ってここに転がり込んだ。

人のことなど言えたものではない。バブルの「敗残兵」なのは青瀬も同じだ。赤坂の事務所に居場所を失い、離婚後は非正規に甘んじて名もない設計事務所を転々とした。収入は往時の三分の一にまで減ったが、日向子の養育費さえ払えれば、あとのことはどうでもよくなっていた。仕事を選ばず、言いなりの図面を引く、ただ便利に使われるだけの日々だった。価格破壊をウリにする怪しげな建て売り住宅メーカーの、基礎も間取りもすっかり同じ七戸の家に七パターンの外観を与える。そんな小手先の仕事に首まで漬っていた。夜はアルコール抜きに時間をやり過ごせなかった。酔っても愚痴すら浮かばぬ酒だった。噂を耳にしたのだろう、三年前、岡嶋が電話をくれた。自分を安売りするな。よかったらウチに来ないか——。

「ただね、問題はバリアフリーじゃなくて」

石巻は指を丸めて円マークを作った。

「オーナーさん、坪四十万であげてくれって言うんですよ」

「込み込みで?」

「そ。居室の照明だけじゃなく、外部給排水と浄化槽も入れてですよ。無茶でしょう?」

「無茶だな」

青瀬があっさり切り捨てると、石巻はパソコンに視線を戻し、困った時の癖で顎髭を摩《さす》った。

「竹内《たけうち》に相談してみるかなぁ」

「ああ、きっと喜ぶぞ」

竹内健吾《けんご》はここで一番若い建築士だ。大学の建築科を出て四年。まだ学生気分が抜けないところがあるが、青臭いぶん誰よりも研究熱心で、とりわけローコスト住宅造りに並々ならぬ意欲を燃やし、最近ではエコロジー住宅へと関心の幅を広げている。

「ところで所長はどうした」

「所長が何か」

「いたんだろ」

「ああ、いました。三十分ほど前に出ましたよ。どこかに寄ってから帰るようなことを言ってましたけど」

ふーん、と青瀬は受け流した。例の公共コンペの関係で動き回っているのかもしれない。

「あ、そうそう、所長から聞きましたよ。大阪、うまくいったんですってね」

「ん……。口約束だけどな。月内には監理契約を結べそうだ」

「Y邸のコピーがご所望だとか」

「まあ、そんなところだ」

「見ました？　浦和のオーナーさんからもY邸の件でメールが入ってましたよ」

それを読もうと事務所に寄った。

青瀬は窓際の席に座り、皆で共用している通称「パソ1」を起動させた。事務所スタッフは経理担当の津村《つむら》マユミを含めて五人だが、仕事柄、九台のパソコンが六つのデスクを占領している。

浦和の依田節子《よだせつこ》が青瀬宛てに寄越したメールは、業者からの事務連絡の中に埋もれていた。

《青瀬先生、先日はお忙しい中――》

目が本題にジャンプする。

《さっそく、いただいた地図を頼りに信濃追分のY邸を訪ねてみました。外観、やはり素敵でした！　別荘のようでありながら、とても複雑な形をしていて、本で写真を見た時とはまた違った魅力を幾つも発見しました。小高い場所に建っているのがまた良いですね！　主人もすごく気に入って、話が盛り上がりました。ぶしつけとは思いつつ、中を見せていただこうということになり、呼び鈴を押したのですが、生憎ご不在で内覧は叶いませんでした。なんとなくですが、どなたも住んでらっしゃらないような感じがしましたが、オーナーのご家族は、週末だけとか別荘のように使ってらっしゃるのでしょうか？　ぜひとも中の光の世界を拝見したいので、先生のほうからオーナー様に頼んでみていただけませんか？　どうぞよろしくお願――》

眉間に皺が寄っていた。別荘だと？　吉野の口から、そんな使い方をする話は一度も出なかった。吉野一家は田端《たばた》の借家を引き払い、その日のうちに信濃追分で新生活をスタートさせたはずだ。

青瀬はパソコンの電源を落とし、椅子の背もたれを軋《きし》ませた。

吉野夫妻の顔が交互に浮かぶ。丁度去年の今頃だった。青瀬が上尾《あげお》に建てた二階家に一目惚れしたと言って事務所を訪ねてきた。四十歳前後の、ともに小柄な夫婦で、最初はひどく緊張した面持ちだった。青瀬の応対も煮え切らなかったと思う。上尾の家は、屋込みの一角の変形狭小な敷地にかなり無理して建てた。それゆえあれこれ工夫は凝らしたものの、文句ばかり言うクライアントとの関係が気まずくなり、完成した家もどこか精彩を欠いていた。

吉野はその家を、造形が美しい、小さいのに驚くほど存在感があると褒めちぎった。妻の香里江《かりえ》も、採光不足を補う屋根窓の配置やキッチン周りの動線の短さに感心しきりだった。その惚れ込みようは設計した青瀬への心酔に近かった。それでいて青瀬を先生と崇めるような、ありがちな盲目感はなく、しばらく話すうち、穏やかで息もぴったりな夫妻に好感を持った。中学生の二人の娘、そして小学一年生の息子がいるという。家族構成が青瀬の子供時代と重なり、なにやら親近感まで湧き上がった。電話が入って中座した。戻ると夫妻は居住まいを正していた。深く頷き合い、そして吉野が代表するように言ったのだ。

〈信濃追分に八十坪の土地があります。建築資金は三千万円まで出せます。すべてお任せします。青瀬さん、あなた自身が住みたい家を建てて下さい〉

吉野の瞳を覗き込んだ時には、もう心のどこかでスイッチが入っていた。

自分が住みたい家――。

瞬きの刹那に「木の家」を見た。いや、具象としての家を見たわけではない。それは木々であり、林であり、森だった。朝靄や鳥の囀《さえず》りや頬を撫でる風や、そんな五感の記憶とでも言うべき心地好いものたちが瞼に集い、ゆらゆらと、しかし確かな意思を持って「木の家」のイメージを青瀬に伝えてきた。驚くほかなかった。コンクリートの外壁は沈黙していた。ずっとプランを温め続けていたはずの、あの陽光と陰影が連動して時を刻むコンクリート打ちっ放しの洋館は脳内に立ち現れなかった。日を置いても同じだった。「時を刻む家」は、皮肉にも時に負かされた。厚い埃を被って力なく横たわり、頭を擡《もた》げる気配すらなかった。

青瀬は「木の家」を受け入れた。その直感が、屈服とも過去の清算とも異なる無垢な衝動と信じ、ゆかりとの因縁にベールを被せた。そもそもが、彼女の生家のような、伝統的な和の家を建てる発想が頭になかったこともあり、気持ちを乱さずに自問に浸れた。在来工法の枠に嵌らない、様式美にも囚われない、真に「自分が住みたい家」とはどんな家か。

足繁く信濃追分に通った。「Y邸」の建築予定地に立ち、「敷調《しきちょう》」と呼ぶ敷地調査をしながら想像の翼を広げた。着想を得ては夜を徹してプランを練った。草案《エスキース》を何枚も何十枚も描いた。酒量が劇的に減った。そのことにも気づかないほどのめり込んでいた。事務所に来て初めてのことだった。拾ってくれた岡嶋には悪いと思いつつ、熱の籠もった仕事はしてこなかった。バブル敗残はプライドのタガを緩ませた。それは単なる後遺症の域を超え、生きざまに関わる心力をもぐらつかせた。事務所に舞い込んでくる依頼を無難にこなすことしか頭になかった。摩擦やトラブルを避けるためなら自説も曲げた。一級建築士の体面を辛くも保ちつつ、実際にはクライアントの顔色を窺い、媚びた図面を引く、敗残時代と寸分変わらぬメンタルを隠し持っていた。

　死にかけていた己の姿を、吉野陶太の瞳の中に見たのだ。あの依頼はやはり魔法だった。お前が住みたい家を建ててみろと暗示を掛けられ、消えたも同然だった建築への熱情が、新たな細胞を得たかのように迸《ほとばし》ったのだから。

「北向きの家」を建てる。その発想がぽかりと脳に浮かんだ時、青瀬はゆっくりと両拳を握った。見つけた。そう確信したのだ。信濃追分の土地は、浅間山に向かって坂を登り詰めた先の、四方が開けた、この上なく住環境に恵まれた場所だった。ここでなら都会では禁じ手の北側の窓を好きなだけ開ける。ノースライトを採光の主役に抜擢し、他の光は補助光に回す。心が躍った。光量不足に頭を抱えたことのない建築士がいるなら会ってみたい。住宅を設計する者にとって南《S》と東《E》は神なのだ。その信仰を捨てる。天を回し、ノースライトを湛《たた》えて息づく「木の家」を建てる。北からしか採光できない立地条件でやむなくそうするのではなく、欲すればいくらでも南と東の光を得られる場所でそれを成す。究極の逆転プラン。まさしくそう呼ぶに相応しい家だった。

　青瀬は憑かれたように図面を引いた。平面図。立面図。展開図。断面図。描いては捨て、描いては直しを繰り返した。採光のコンセプトが家の外形を決定づけたと言っていい。北面壁を最高軒高とする一部二階建て。北向きの一辺を思い切り長く引き、南側の辺を大胆に絞り込んだ台形状の片流れ屋根。縮尺二十五分の一の大きな模型を作って内部の光の当たり方を吟味した。季節ごと、時間ごとの入射角を計算し、屋内の構造と窓の位置・形状を決めていった。そして、それでも足りない光量を補うために、いや、この家を真に「ノースライトの家」たらしめるために、苦心惨憺《さんたん》の末考案した「光の煙突《チムニー》」を屋根に授けた。

工期はたっぷり四カ月とった。五日と置かずに現場監理に赴き、細部にまで工事の指示を出し続けた。豪雪に耐えうる堅牢な家を目指し、クヌギとナラの広葉樹をふんだんに使った。玄関廻りや空間の区切りには軟木のヒノキの無垢材を充てた。その仄《ほの》かな香りはノースライトの優しさと見事に融合した。やれることはすべてやった。深く頷ける家が建った。吉野夫妻もそう思ってくれたのだと思う。「Y邸」が「吉野邸」となったその日、夫妻は感無量といった表情で家を仰ぎ見た。家の中に入り、透明感のある晩秋の光で満たされた空間に身を置くと、すごい、素晴らしいと感嘆の声を上げた。二人の顔に笑みが広がった。吉野は泣き笑いの顔だった。すみません、感激してしまって。完成時、Y邸がクライアントの祝福を受けたことは疑いようがなかった。

「それはわかったから」

石巻の声が耳に届いた。竹内と長電話をしている。だからさ、部材の質を落としてコストダウンするなら俺でもできるわけ。そうしたくないからお前に訊いてるんだろ——。

青瀬は窓に目をやった。

あれから四カ月、結果として青瀬は事務所のルールを守り通した。しばらくは吉野からの電話を心待ちにしていた。すぐにでも住んでみての感想を聞けると思っていたので、半月もするとひどく不安になった。どれほど外観や内装が良かろうと、実際に人が住んでみなければ家の善し悪しはわからない。次第に結果を知るのが恐くなった。何度も電話をしかけてやめた。夫妻の、あの日の笑顔が翳っていたらと思うと勇気が湧かなかった。溜まっていた他の仕事に託《かこつ》けて不安を放置した。自由に設計してくれなどという奇特な依頼が続くはずもなく、それまで通り、クライアントの我《わ》が儘《まま》放題の注文に頭を悩ます日常に引き戻された。

郷愁が生み出した幻想だった。あれは何の変哲もない家だった。Y邸が頭を過ぎるたび、そう自分に言い聞かせる癖がついた。電話や葉書を寄越すほどの長所もなければ、わざわざ事務所に苦情を言いに来るほどの欠点もない、ただのありふれた木造家屋だった。そうでないなら、南北を逆さまにした、独りよがりの家を吉野一家に押しつけた。家主として言いたいことは山ほどあるが、全権委任した手前、青瀬に遠慮して黙っている。作り手の自己愛に辟易とし、こんなはずではなかったと夫婦して嘆息している。ネガティブな想像は果てがなく、ポジティブな想像はどれも最初の一歩で躓《つまず》いた。いずれにせよ、吉野夫妻は建築士との長い付き合いを望まなかった、青瀬を友人とはみなさなかった。熱に浮かされた日々を疎ましく感じた。事務所に送られてきた『二〇〇選』は、ろくに頁も捲《めく》らず机の引き出しに放り込み、自惚《うぬぼ》れは懲り懲りとばかり封印した。だが――。

〈なんとなくですが、どなたも住んでらっしゃらないような感じがしましたが〉

これがもし本当なら、どういう話になる？

「青瀬さん――」

電話を終えた石巻が呼んでいた。

「何？」

「メシ、行きません？」

言われて壁の時計を見た。

「早かないか。まだ五時半だぞ」

「遅くまで掛かりそうなんで」

「俺はいい。一人で行ってこい」

一瞬、石巻は怪訝《けげん》そうな表情を見せ、だがすぐにほくそ笑んだ。

「とんこつラーメンでも食うかな、カアちゃんに内緒で」

太い腹をさする姿に背を向けた。高みの振る舞いに映るのは、こっちの機嫌が悪いせいだろう。同じ敗残兵でも、石巻は五人の家族をしっかり繋ぎ止めた。

「しかし、羨ましいですよ」

ぎょっとして振り向いた。出て行ったと思った石巻が半開きのドアの前にいた。

「何がだ」

「Y邸ですよ。次々と人の目に留まって、評価されて。代表作っていうのは、こうやって生まれるもんなんだなぁ、って」

「そんな大層な代物じゃないさ」

「でも意外でした。青瀬さんは筋金入りのリアリストだと思ってたから」

リアリスト？

「俺にはあんな奇抜な家を提案するロマンも度胸もありませんよ。建物は造れても作品は造れないってことかな」

　青瀬は生返事で石巻を追い払った。靴音が外廊下に消えるのを待って懐の携帯を探り、Y邸の番号に掛けた。これでもし吉野本人がでたら笑うしかないと思った。

　留守電のままだった。

　だから？　たった一日、いや、半日いないだけだろ？　腹で言いつつ、今度は吉野の携帯番号に掛けた。聞き慣れたアナウンスが流れた。電源が切れているか、電波の届かない場所に――。

　ならばと田端の番号に掛けてみた。

　お客様のお掛けになった電話番号は現在使われておりません。途端に拍子抜けした。吉野一家は元いた借家を引き払っている。当然だ。信濃追分に引っ越したからだ。他に考えようがないではないか。新築した家をほっぽらかして、別の所へ行ってしまう馬鹿がどこにいる？

　青瀬は息を吐き、ポンと軽快に両膝を叩いて立ち上がった。携帯を懐に収め、カバンを引き寄せ、しかし気掛かりの尾は切れなかった。「パソ1」を見つめ、舌打ちし、携帯を取り出して今一度、信濃追分に掛けた。

「岡嶋設計事務所の青瀬です」

　留守電に伝言を入れた。

「大変ご無沙汰してしまい、申し訳ありません。お話ししたいことがあるので電話を下さい。どんなに遅い時間でも構いません」

6

外は暮れなずんでいた。

事務所が借りている駐車場までは少し歩く。風がでていた。春先だからというだけでなく、ビル風の類も加勢していそうだ。

青瀬は目線を上げた。雑然とした街だと思う。混沌としていると感じることもある。商業地とも住宅地とも判別のつかない入り組んだ地域に、巨大なタワーマンションの切っ先が三つ四つと天を突いている。その足元には、間口の狭い昔ながらの店舗が、ガリバーを取り囲む小人たちのように低い軒をすり合わせている。煙草屋、履物店、金物屋、古書店、五月人形の店、作業用品の専門店……。同じ視界のその先に、オープンカフェ風のクレープ屋があり、高層マンション建設反対の看板があり、素通しガラスのこじゃれた美容室があり、ひなびた稲荷神社の鳥居と頽《くずお》れそうな道祖神がある。

ちぐはぐな光景は魅惑的ですらあるのに、この街で暮らしている実感も愛着も未だに湧かない。漫然と部屋探しをしたせいだろう。岡嶋の事務所で働くことになったので近場に住む。それしか考えていなかった。ぶらぶら街を見て歩いたが何の感興も得られず、偶然目にした「星の宮」という町名に決め打ちして不動産屋を当たり、結局、勧められるまま隣町にある西所沢の古いマンションに落ちついた。否応なく気づかされた。長いこと建築の世界に身を置いていながら、その自分がどんな場所に住み、どう暮らしたいのかわからなくなっていた。

青瀬は鼻で笑った。

胸のもやもやは薄らいでいた。Y邸の留守電にメッセージを残したことで、なにやら病の峠を越した気分になった。あとは吉野からの連絡を待てばいい。この四カ月余りのわだかまりが今夜中に解けるのだとするなら、どれほど不快な話を聞かされても受け止められそうな気がする。

通りの角を折れ、月極め駐車場でシトロエンに乗り込んだ。赤坂時代の唯一の名残と言っていい。もう古いし、一人で乗るには大きすぎるので買い替えを考えるが、その都度、心が逆振れし、このまま赤坂の記憶もろとも乗り潰してしまおうと乱暴な気持ちになる。

マンションまでは車で数分の距離だ。コンビニに寄り、巻物の寿司と缶ビールを一本買った。エントランスホールを抜けたエレベーターの前で、手押し車を支えに歩く老婆と一緒になった。互いに小さく会釈した。青瀬と同じコンビニの袋が、手押し車の持ち手にぶら下がっていた。老婆は十階で降り、青瀬は十二階まで上がった。バッグがずしりと重いのは、事務所を出る時、机の引き出しから『平成すまい二〇〇選』を持ち出してきたからだった。

部屋の床はひんやりとしていた。電話機だけが目立つ。点滅する朱色のランプを押す。メッセージは一件。ゆかりからだとわかっていながら、耳は吉野陶太の声に備えた。

〈今日はお疲れさまでした。日向子はとても喜んでいました。来月も第一日曜日でお願いします〉

青瀬は短い息を吐いた。早口の、決まり切った言葉の端々に、某かの感情を読み取ろうとしている自分がいる。ゆかりとの間に電話のやりとりがまったくないわけではない。日向子がいじめに遭った頃は、それこそ毎日のように連絡を取り合った。だが直接会うことはないし、電話で互いの近況を口にすることもない。ルールは明解だ。日向子のために、親として話し合う必要が生じた時だけ互いの声を聞く。

いつか日向子は真実を知りたがる。

要件は満たしている。いつかに備えて、ゆかりと話し合っておかねばならない案件に違いなかった。青瀬の考えを伝え、ゆかりの考えを聞く。簡単なことのようで、しかし切り出せるだろうかと思う。離婚のいきさつに関わる内容だけに、一つ言葉を間違えば、日向子のためでなく、それは青瀬とゆかりの話になる。

青瀬は缶ビールのプルトップを引いて口をつけた。窓際のソファに行き、巻き寿司のパックを開いた。サッシ窓の向こうに、そこそこの夜景が広がっている。

家を建てる話が立ち消えになり、それを境《さかい》に夫婦の会話は微妙に擦れ違うようになった。とはいえ、バブル期は互いの生活そのものが擦れ違っていたわけだから、表層はそれまでと変わらぬ日々だった。ゆかりがどちらの擦れ違いに夫婦の危機を感じたのかはわからない。ある日、貧血で受診したのを機に仕事を減らすと言い出した。実際そうした。朝と夜は必ず家にいるようになった。妙に張り切っていた。新婚時代のようによく笑った。共働き家庭にありがちな、事務的で素っ気ない空気を部屋から追い払い、食卓を賑やかにし、そして子供を望んだ。

さぁて、鼻をつまんでレバーを食べまくるぞぉ！

日向子がもたらした光量は絶大だった。ゆかりの歓声や絶叫を従えて家の隅々までを照らした。どれほど疲れて帰宅しても、ふわふわとした繭玉のような寝姿を見逃すことはなかったし、日々、戦い済んで日が暮れての態で添い寝するゆかりを眺めるにつけ、どこにでもあるが、ここにしかない家族の今を実感したものだった。

それでも家を建てる話は避けた。ゆかりが口にすることはあったが、そのうちな、とはぐらかした。青瀬自身、そのうちがどれほどの時を指すのかわからぬまま季節が巡り、やがてバブル景気が弾けた。ブルドーザーでなぎ倒される木々のごとく仕事が消えていった。やりかけのものまで立ち枯れた。クライアントが逃げ出し、投げ出し、あらゆる仕事のパイプがズタズタになった。

事務所は人を切った。ボスと目が合い、悲しげに頷かれた者は終わりだった。商業建築の担当者は崖っぷちに立たされていた。残留できそうなのは、細々とではあっても、今後も受注が見込める公共部門のエキスパートばかりだった。能勢《のせ》琢己《たくみ》もその一人だった。才能は折り紙付きだが、ゆかりにのぼせてしつこく言い寄った男で、お陰で青瀬のプロポーズがふた月は早まった。能勢の眼前でクビを宣告される。想像するだけで頭に血が上ったが、それが現実となるのは時間の問題だった。ボスに頷かれる前に辞表を書いた。すまん、いつか引き戻すからと手を握られ、その手を熱く握り返す余裕がまだその時の青瀬にはあった。甘く見ていたのだ。資格もキャリアもある、どうにかなるさ、と。

辞めたの？　あなた、自分から？

結局どうにもならなかった。雇ってくれる事務所は見つからず、どこを探しても、誰に頼んでも、設計の仕事にはありつけなかった。リストラされた同僚の多くがそうだった。半年、一年、深夜によく電話が鳴った。歩合制のセールスマン、ファミレスのウェイター、ビル清掃員。畑違いの仕事で糊口を凌ぐ男たちの愚痴と恨み節の電話だった。切り際に、彼らは決まって訊いた。

お前はどう？　まだ設計に拘ってるの？

青瀬はタウンページに取り憑かれていた。赤ペン片手に来る日も来る日も首都圏の設計事務所に電話を掛け続けた。店舗設計なら自信があります。今が有能な人材を採るチャンスじゃないですか。大阪や名古屋にも売り込みのエリアを広げた。電話では埒が明かないとわかるとアポなしで押し掛けた。蓄えはみるみる減っていった。それでも諦めきれなかった。図面と写真を見せればわかってもらえる。景気だってそのうち上向きになる。門前払いの連続だった。悔しかった。怒りに震えた。ついには捨て台詞を吐いた。ふざけるな。こんなしょぼい事務所、こっちから願い下げだ。そんな夜は酒に逃げた。酒量は増す一方だった。

ねえ、あそこに戻ろう。2DKだって、車なんかなくったって、うんと楽しかったじゃない。

ゆかりの精一杯の言葉は背中で聞いた。マンションを出る気も車を売る気も起きなかった。ただ腹立たしかった。派手な暮らしに執着していたわけではない。物欲なんて本当のところなかった。見くびるな。そんなこともわからないのか。俺は職能を生かしたいだけだ。懸命に次を探しているのに、なぜ神経を逆撫でするようなことを言う。初めて声を荒らげた。拳で壁を打った。ゆかりは怯えていた。険を覗かせてもいた。青瀬に当てつけるように、あちこちに電話を掛け、自分の仕事を増やそうとした。それがまた口論の火種になったが、当然のことインテリアの世界も干上がっていて家計が上向くことはなかった。言い争いが絶えなくなった。日向子の前では声を上げない。それが夫婦で決めた最後のルールになった。日向子は超の付くママっ子だった。ゆかりが暗い顔をしているだけで、しくしく泣き出した。

お金がないの。本当にないの。

一度だけハローワークに足を向けたことがあった。灰色の男たちで溢れかえっていた。いつかテレビで目にした、ロシアだかどこだかの配給の行列を彷彿とさせた。列に並んだ。後ろにも列ができた。息苦しかった。胃が迫り上がるのを感じて口をぱくぱくさせた。酸っぱいガスが喉元を行き来した。求人の窓口まで辿り着けなかった。己の弱さを呪ったのは一瞬だった。列を離れた時の、周囲の男たちの驚いた顔が得も言われぬ優越感を呼び込み、帰りの足を軽くした。あれ以来、ゆかりの笑った顔を見ていない。泣き顔なら毎日のように目にしたし、金切り声も聞いた。金の怖さを知った。心底思い知った。しかしその頃には、明るいうちからカップ酒を呷《あお》るようになっていた。

あなた、これ。

あの朝の声は静かだった。離婚届の用紙が、真っ白いダイニングテーブルの上に開いてあった。どの項目も空欄だった。何も書かれていない、ゆかりの署名すらない、ただの紙切れだった。本気じゃない。別れる気なんかない。青瀬を立ち直らせたい一心の、思い詰めた末の賭だとわかっていた。わかっていながら心は凍りついた。「離婚届」の文字だけが見えていた。報復の言葉が喉元にあった。それを口にした後の空々漠々たる世界を容易に想像できた。だから言わない、言ってはならないと脳が繰り返し命じていた。なのに言った。なぜ言ったのか。

家を建てなくて良かったな。

箸は止まっていた。青瀬は巻き寿司のパックを閉じて輪ゴムをかけた。その音が嫌いだ。腕を伸ばしてバッグを引き寄せ、『二〇〇選』を掴《つか》み出した。表紙を飾る写真は、無名の建築士が設計した、半地下に石庭を設《しつら》えた家だった。斬新だ。軽い嫉妬を覚えつつ缶ビールの残りを飲み干した。

パパの仕事って家を建てることだよね。

日向子の年頃にはもう、いや、もっと前から建築家になることを夢見ていた。分校の図書室に一冊だけ、世界の代表建築を紹介したボロボロの写真集があった。何遍見ても飽きず、しまいにはこっそり飯場に持ち帰った。感化されて建物の絵をよく描いた。青瀬の手に掛かれば、飯場のバラックだってゾウやキリンが飼えそうな大広間のある御殿に化けた。姉たちは競って冷やかし、母はこんな所に住んでみたいねぇと笑った。

建築熱は中学に上がってエスカレートした。町なかの書店で「カウフマン邸」の写真を目にした時の驚きが忘れられない。二十世紀屈指の巨匠建築家、フランク・ロイド・ライトが設計した、別名「落水荘」と呼ばれるその邸宅は、新緑眩《まばゆ》い斜面の中腹に滝を跨《また》ぐようにして建てられていた。自然との融合と調和。そんな意味のキャプションがつけられていたと記憶している。だが青瀬の目には、家が自然を組み敷いているように見えた。家が、人間が、自然を制し、支配している。そんな昂《たかぶ》りを覚えたのだ。

父の影響が大きかったろう。ダム建設は自然の制圧そのものだった。治水。電源供給。水資源確保。国を挙げてのインフラ整備が急務とされたあの時代、その最前線で大自然に真っ向勝負を挑む型枠職人の父は、幼い青瀬のヒーローだった。よく肩車をせがんだ。岩のようにゴツゴツ固いその肩の上で、完成間近のダムを眺めると自分もヒーローになった気がした。「稔よう、ダムはなあ、神さんの手みたいなもんよ。山に降った雨も雪も、一滴残らず集めて貯めて、みんなに大盤振る舞いするんだからよ」――。

工業高校の建築科を受験した。父は大工を育てる学校だと思っていたらしく、合格が決まった日は「よーし、いいノコを買ってやらあ」と上機嫌で酒を飲んだ。母や姉たちのようには笑えなかった。職人以外の世界を知らない、現場と飯場だけを生きる父の労《いたわ》しさを初めて意識した。飛び立ちたかった。もはや建築家は夢ではなく目標だった。学ぶことが楽しくてならなかった。製図と測量に没頭した。三年に進級してすぐ、全国の高校生コンペで入賞を果たした。郊外の長閑《のどか》な風景を取り込んだ低層集合住宅を提案した作品だった。飯場の「鰻の寝床」を、どうしたら住みやすくできるだろうかと思案するうちに閃いたアイディアだった。建築士の資格を持つ教諭に目をかけられた。製図だけでなく、デッサンをよく褒めてくれた。絵心なくして建築家にはなれないと先生は言った。幼い時分、好きなだけ画材を買ってくれた父に、そして決して遊びにまぜてくれなかった山村の子供たちに感謝した。

青瀬は『二〇〇選』の頁を捲った。まともに目を通すのは初めてだった。題目や説明文よりも、写真が多くを語っている。自信。挑戦。面目。背伸び。どの作品からも作者の心の声が聞こえてきそうだ。一呼吸置き、「Y邸」の頁を開いた。スカイブルーの、片流れの屋根が目に飛び込んでくる。あとは見ずともすべてが蘇る。「光のチムニー」と名付けた楕円体の大きな明かり採りが三つ、等間隔で屋根から突き出ている。天窓と屋根窓《ドーマー》の機能をミックスして造形した苦心の作だった。透過性の高いポリカーボネート素材を組み入れ、スクリュー状の反射板を調節することで、ノースライトはそのまま屋内に取り込み、他からの光は筒の中の曲面に反射させて天井と壁に振り分ける――。

目を閉じ、『二〇〇選』を閉じた。

いつか自分の家を建てる。ニキビ面だった頃の、気負いに満ちた、かつ切実な思いが生き続けていたからこそ、吉野の言葉は魔法になりえた。「北向きの家」の発想も「木の家」の選択も必然だったと今にして思う。ダム建設の勇ましさばかりを見て育ったわけではなかった。発破で崩落する前の森林の豊かさを覚えている。人造湖に沈むさだめの家々や畑や石橋を、父は少し申し訳なさそうに指差し教えてくれた。渡りの先々で目にしたものすべてが青瀬の原風景に違いなかった。ないはずの故郷は、ノースライトに優しくパッケージングされて時を超えたのだ。妻子との暮らしを失い、自分の心まで見失って闇を彷徨《さまよ》ったが、吉野の依頼に光を感じ、恐る恐る包みを開いて現れた青瀬の世界は、ゆかりを育んだ世界を拒みも羨みもしなかった。

青瀬は壁の時計を見た。七時半になるところだ。電話機は柱の脇の暗がりに沈んでいる。こっちが鳴るであろう携帯は、目の前のテーブルの上でスタンバイしている。

どうしちまったんだ？　口の中で言った時、吉野夫妻の末の子の顔が、なにやら悪い予兆のように脳裏を掠《かす》めた。小学校に上がったばかりの男の子だった。歳の離れた二人の姉がいるというだけで、何度も会っていないのに、彼のことは知った気になっていた。地鎮祭の日、香里江の陰に半身を隠してもじもじしていたので声を掛けた。新しい家、楽しみかい？　返事はなく、上目遣いの両眼だけが返ってきた。人を疑うことを既に知っている目だった。父親のことが苦手なのか、彼が吉野の傍にいる姿を見た記憶がない。

八時になり、九時を回っても二つの電話は沈黙していた。青瀬はソファから動かずにいた。空いたビールの缶を深くへこませた。一瞬、コンビニに向かう自分の姿を想像した。テレビを点け、一通りザッピングして消した。吉野はまだ家に帰っていないのか。香里江も不在なのか。二人の娘やあの男の子は？　いるはずだ。いや、家族が青瀬に電話を寄越すわけではない。吉野は仕事で帰りが遅く、まだ留守電のメッセージを聞いていないのだ。

まさか捨てたのか？　突発的に気が荒《すさ》む。捨ててしまうほど悪い家か？　そうならそうと、早く言えばよかったではないか。

十時になる瞬間は、携帯の待ち受け画面を見つめていた。指がY邸の番号を呼び出す。掛ける気はなかった。向こうが留守電のままなら、三度目の着信履歴を残すことになる。急用があるわけでもなく、滑稽な一人相撲になりかねない話だけに――。

鳴った。家の電話だった。手元の携帯にはY邸の番号が表示されたままで、だから悪事の現場でも押さえられたかのような衝撃とともにソファを飛び出した。心臓が高鳴り、何に対してかわからない詫びの言葉が頭を駆け抜けた。

「青瀬です」

〈いたのか〉

岡嶋だと認識するのに数瞬かかった。

「なんだよ、家になんか掛けて」

見当違いに尖ると、負けずに尖った声が返ってきた。

〈家に帰ればわかるって言ったからだよ、お前が〉

あっ、と声が出た。

「すまん。ちょっとこのまま待っててくれ」

青瀬は子機を保留にして隣室に駆け込み、状差し代わりのショルダーバッグを壁から引ったくった。床の上で葉書の束を崩し、と、すぐに目当ての一枚が見つかった。西川隆夫。新しい住所と電話番号、携帯の番号も記されているのを確認して子機の保留を解いた。

岡嶋は礼も言わずに電話を切った。

青瀬は溜め息をつき、腰を上げた。ビール缶と巻き寿司のパックを片付けてしまうと、時計を見る以外、何もすることがなかった。思考は堂々巡りをしている。吉野はまだ帰宅していないのか。青瀬に電話をする気がないのか。それとも、信濃追分のあの家には本当に誰も住んでいないのか。

静けさが際立つ。窓の向こうの夜景が貧相に感じられる。東京とは違う。日付が替わる頃を境に灯の数はめっきり減る。ふと、エレベーターで一緒になった老婆の姿が目に浮かんだ。眠れなくて窓の外を見ている。青瀬と同じ夜景を見つめている。そんな気がした。

青瀬はきっかり午前零時に携帯の通話ボタンを押した。相手の声より先に、騒々しいカラオケが鼓膜を叩いた。

〈お、どうしたよ〉

さっきとは打って変わって、岡嶋の声は快活だった。

〈番号ありがとな。あのあと電話したら、二つ返事でＯＫだったよ。逆に何度も礼を言われちゃってさ――〉

「岡嶋」

遮って言った。

「明日、遠出していいか」

〈遠出？　どこ？〉

「信濃追分だ。ちょっと様子を見てきたいんだ」

7

明くる日は朝からよく晴れた。

ドライブ日和には違いないが、青瀬はそんな気分になれなかった。ましてや連れがいる。今し方、シトロエンの助手席に岡嶋が乗り込んできた。ゆうべの電話で一緒に行くと言い出し、所長が心配する話じゃないと断ったのだが押し切られた。心配なんかしてないさ。改めて見てみたくなったんだ、Y邸を——。

エンジンの調子はまずまずだった。どう行くのか岡嶋が訊くので、入間《いるま》インターから圏央道に乗り、関越道、上信越道の高速オンリーで向かうと答えた。道路の雪は心配なさそうだ。朝一番で軽井沢町の役場に電話を入れて確認した。

「寝ても怒るなよ。ゆうべ飲み過ぎちまったから」

岡嶋は座席を少し倒した。公共コンペの話をする気はないようだ。青瀬も訊く気はなかった。机を並べる同僚であっても、仕事の中身には立ち入らない。赤坂時代に身についた習性だった。野心に満ちた四十人の建築士が犇めき合っていた。アイディアの探り合いは日常茶飯事で、事務所の中では常に誰かが誰かを疑っていた。

「遠いぞ。本当に行くのか」

最初の信号待ちで青瀬は念押しした。

「なんだよ、今さら」

「忙しそうだからさ、ここんとこずっと」

「言ったろう。赤マル急上昇中のＹ邸を見たいんだ」

コンペに向け、インスピレーションを得られそうな建物を見ておこうという腹か。完成時に目にしたＹ邸の意匠が心に刺さっている証だが、そうだと認めはしない。「建築家」を名乗ること に躊躇《ためら》いを覚える、そんな数知れない無名の建築士たちの内面世界は複雑だ。多くが屈折したプライドに胸を焦がしている。自分は他者とは異質だという強烈な自負心。排他的かつ利己的でなければ意匠などできるものかという荒ぶる思い。だがその一方で、他人の創り出した良いものを良い、美しいものを美しいと認めることができなくなったら、もはや建築士を名乗る資格すら失うと誰もが知っている。

岡嶋は変わった。つくづくそう思う。

学生時代は鼻持ちならない男だった。怠惰で生意気で、しかも女にひどくルーズだった。大学を卒業し、親掛かりで事務所を開き、結婚してからも保険外交員の女房がいい金をとってくるのを幸い、日がなパイプをくわえて建築雑誌をペラペラ捲っていた。仕事の実績もないのにやたら大物ぶり、同窓の者が言うには、地元商工会の会報に「気鋭の建築家」としてしばしば登場しては、活気ある街づくりのグランドデザインとやらを臆面もなく開陳していたという。

その岡嶋が数年会わない間に別人になっていた。ひとことで言うなら地に足がついた。早成の建築家気取りは鳴りを潜め、手堅い仕事ぶりで信頼を獲得し、四方八方に人脈を広げていた。何より驚かされたのは、人を見くだす言動が消え失せ、依然気分屋ではあるものの、まずまず普通に付き合える人間に変貌していたことだった。理由は想像するほかない。バブル崩壊で人並みに辛酸を舐めたからなのか。両親が相次いで他界したことや、やっと授かった一人息子の存在が大きかったのかもしれない。いずれにせよ、昔の岡嶋なら、青瀬の創ったものを見たいなどとは口が裂けても言わなかった。秘めた野心がどうあれ謙虚になったのだ、こと建築に関しては。

「一創《いっそう》君は元気か」

前を見たまま訊くと、隣の席で顔が綻《ほころ》ぶのがわかった。

「元気すぎるぐらい元気だ。写真見せたっけ、長瀞《ながとろ》行った時の」

「まだだ。幾つになった」

「十一だ。今度六年生だぞ」

「もうかよ。早いな、人の子は」

「日向子ちゃんは中一だっけか」

藪蛇と思ったのは一瞬で、「よっぽど期末が悪くなけりゃ、じき二年生だ」と返した。

「住まいは四谷だよな」

「ん？　何で知ってる」

「ん？　前に聞いたぞ、お前に。低層のマンションにいるって」

「アパートに毛の生えたマンションだ」

「ゆかりさんと話したりはしないのか」

なまじゆかりを知っているから、時折そんなことを言い出す。大学の建築科に律儀な万年幹事がいて、年に一度、親睦会が持たれていた。中退の青瀬にも必ず声が掛かり、会は同伴ＯＫだったので、人脈作りの手助けになればと何度かゆかりを連れて行った。岡嶋は、俺と青瀬は親友なんだと馴れ馴れしく近づき、嘘八百を並べてゆかりを笑わせた。遠い記憶だ。バブル崩壊とともに親睦会は自然消滅し、律儀な万年幹事は数年後に自殺した。

「今月も会ったんだろ」

すかさず岡嶋は日向子の話に戻していた。

「昨日な」

「あ、昨日だったのか。で?」

「元気そうだったよ。それが救いだ」

「そんな言い方すんな。元気ならそれでいいじゃないか」

「女の子だからな。いろいろ難しくなる」

軽い口調で言ったが、言葉にしてみると大きな秘密を明かした気分になる。

「だろうな。男の子だって難しい。けど、そこがまた楽しい」

「Y邸を見てみたいとよ」

「へえ、そいつは嬉しいな。見せるのか」

「写真をな」

「どうせなら現物を見せてやれよ。お前の自信作だろうが」

「自信作な」

「あ?　違うのか」

「ま、そんなところだ」

「だろうよ。あんなに入れ込んでたんだ」

「まあな」

「お前的に満足する家が建ったんだろ」

「まあな」

「何むくれてるんだよ」

「問題は先方が満足したかどうかだろう」

「留守にしてただけだ。心配すんな」

「してないさ」

「わかったわかった。けどまあ、アレだな……」

不自然に声が窄まった。

「アレって何だ」

「何が」

「言えって。気持ちが悪い」

岡嶋は舌打ちした。

「だから一般論だ。作り込み過ぎた家は住みづらいって言うだろうが」

そういうことだ。岡嶋も一抹の不安を感じている。Y邸を見たいのは本当だろうが、半分は経営者の頭で付いてきた。

着いたら起こしてくれ。会話から逃げ出した岡嶋を一瞥し、青瀬はぐっとアクセルを踏み込んだ。

8

上信越道の碓氷《うすい》軽井沢インターを下りたのは正午近かった。

真っ直ぐ和美《わみ》峠に車を向けると、前方に聳《そび》え立つ「高岩」に目を奪われる。雄岳と雌岳の二つの岩峰からなる峠のシンボルは、奇岩の部類に入るだろう。茶褐色の岩肌は痛々しいまでに切り立っていて、周辺の長閑な景観に違和感と緊張感を与えている。

青瀬はシトロエンのパワー不足を感じつつ、峠道の連続するカーブにハンドルを当てていた。現場監理のため何度となく往復したが、不思議と走り込んだ道という感覚は湧いてこない。思えばあの時期、所沢から信濃追分までの距離を遠いと感じたこともなかった。

車のラジオは昼のニュースを告げていた。どこかの町でまた、女の連れ子が内縁の夫に殺された。助手席の岡嶋は酒臭い寝息を立てている。料金所で片目を開けたが、それだけだった。

〈作り込み過ぎた家は住みづらいって言うだろうが〉

〈どなたも住んでらっしゃらないような感じがしましたが〉

自分が設計した家に人が住んでいないという想像は、そんな馬鹿げた想像をする建築士はいないだろうという自嘲に押し戻されていた。悪いことなど起こりそうもない風景が車窓を流れていく。峠を越えても道は空いていた。路肩の雪は聞かされていたよりも少ない。信号で止まると、近くで鳥の鳴き声がした。

ツツピン、ツピツピ――。

姿は見えないが、おそらくヒガラだ。シジュウカラも似た鳴き方をするが、にしては囀りのテンポが速い。別の声もする。チュイーン、チュイーン――。

青瀬は車を発進させながら運転席の窓を少し下ろした。外の冷気が頬を撫でる。白樺の林のほうから、よく通る、美しい鳴き声が届く。冬鳥のマヒワだ。春は遅くまで里に居残るが、いよいよ渡りの時期が迫っているのだろう。鳴き声は普段より甲高く、この地を発つ決意のように聞こえる。

心が攫われそうになる。鳥に纏《まつ》わる記憶が次々と浮かんでくる。郷愁とは違う。それらは青瀬一家の「渡り」と重なって、箱庭の世界を覗き込む感覚を伴っている。

学校の行き帰り、高い空から降ってくる鳥たちの囀りはミストのシャワーのようだった。心地好く、それでいて「ダムの子」を囃し立てる底意地の悪い声に聞こえたりもした。飯場に近づくにつれて、鳥の声は次第に遠のいていく。山間《やまあい》に威風を放つ巨大ダムは、野鳥の楽園である幾つもの森や林を呑み込みながら竣工を目指していた。

羽を傷めたベニマシコを助けたことがあった。体長十五センチほどの、頭が白く、尾が長めの愛くるしい鳥だ。下校途中、落ち葉の中にうずくまっていたのを見つけた。どうにも放っておけず、掬《すく》うように両手でそっと包み、その温みに鼓動を速めながら一目散に飯場の家に帰った。羽の根元の傷に赤チンを塗ってやり、段ボール箱に空気穴を開け、麦藁を敷き詰めて寝床を作った。家族の反対を見越して、死んじゃうから飼うんだ、と高らかに宣言した。母は、ああ、だめだめと取り合わず、食い下がると、野鳥を飼ってはいけないのだと正論を口にした。二人の姉も母についた。この頃は六畳一間で一家五人が生活していて、だから無論のこと、鳥は招かれざる客だった。

父は知らぬ顔をして酒を飲んでいた。何とか言って下さいと母に膝を詰められても、うーん、そうだなぁ、と口を濁した。青瀬は青瀬で父を味方につけようと懸命だった。ちゃんと世話をするから、昼間は外に出しておくからと良いことを並べ、しまいには首にしがみついて鳥籠をねだった。

数日後の休日、街に下りた父は鳥籠をぶら下げて帰ってきた。青瀬は仰天した。籠の中のとまり木に真っ黒い羽の鳥が留まっていたからだ。九官鳥だった。「稔、こいつのほうがよっぽど上等だぞ。教え込みゃあ、言葉を喋れるようになるんだってからよう」。そして秘密めかした声で言い足した。「渡り鳥は渡らねえと死んじまうんだ。ウチらと一緒でな」――。

父はただ息子に嫌われたくなかったのだろう。転校に次ぐ転校で友達のできない息子を不憫に思ってもいたに違いない。どのみち野鳥を飼い続けるわけにはいかないのだから、やがて訪れる別れの日に息子の泣き顔を見たくない。そんな親心が、父に突飛な買い物をさせたのだと思う。母や姉たちは大いにむくれたが、父は大岡裁きでもしたような満足げな顔で、青瀬の胸に鳥籠を押しつけた。まずは名前をつけてやれ、と。

青瀬は大泣きした。その時の気持ちが思い出せない。ベニマシコとの別れを覚悟したからだったか。代わりの鳥をあてがおうとする父の無神経さにか。あるいは「ウチらと一緒」のひと言に、悲哀のなんたるかを理解できない幼い心がパニックを起こしたか。

なのに青瀬は「九太郎《きゅうたろう》」と名付けたその九官鳥に夢中になった。家出してでも守ってやるつもりだったベニマシコへの情がどこへ飛んでしまったのか、その覚えもまたない。飯場に、父が目をかけていた「としおさん」という若い型枠職人がいて、その彼が羽の傷を治して森に返すのだと聞かされた朧《おぼろ》げな記憶があるだけだ。いま思えば薄情な子だと苦笑するほかないが、九太郎には、友達のいない孤独な少年をたちまち虜にしてしまう魅力があったのも事実だった。家に来たその日のうちに「オヤスミ」を覚え、翌日にはもう「オハヨウ」と「オカエリ」と「ミノルクン」を言えた。

実際、九太郎は他のどの九官鳥よりも利口だったのではないか。知らぬうちに、家族ばかりか近所の人たちの顔と名前まで覚えてみんなを驚かせた。言葉は百も二百もマスターし、歌謡曲のサビを口ずさんだりもした。青瀬に一番懐いていたのは言うまでもない。「ミノルクン、オカエリ」「ガッコウ、ドウダッタ?」。自己紹介をさせれば「アオセキュウタロウ、デス。ダムノハンバ、スンデイマス。ヨロシクネ」と。茶目っ気があり、かと思うとひどく機嫌が悪くてそっぽを向いている時もあり、何とも人間臭かった。母や姉たちも反対したことなどすっかり忘れて可愛がり、だから七年後に九太郎が死んだ時は父を除いてみんな泣いた。

今で言うペットロスのような時期が家族にあり、だがそれも癒えて久しい数年後、何を思ったか、父がまた九官鳥を買ってきた。当時一家は神奈川の三保ダムの飯場にいて、上の姉が山梨に嫁いで間もない頃だった。父は食事をするのも出掛けるのも、家族が揃っていないと顔を曇らす人だったから、案外本気で、長姉が抜けた穴を埋めようとしたのかもしれない。

父が「クロ」と名付けたその九官鳥を、青瀬はあまり構わなかった。九太郎に比べて能力も愛嬌も格段に劣っていたし、なにより自分がもう高三になっていて、頭は大学受験のことで一杯だった。「オーイ、アオセミノルクーン」。クロの窓際からの呼びかけは、勉強の邪魔にはなっても、気分転換になることは稀だった。

そのクロが父の死の原因を作ることになる。三保ダムの現場を終えた父と母は、当時建設中だった群馬の桐生川ダムへ渡った。青瀬はついて行かなかった。川崎市内の日本料理店に就職が決まった下の姉を頼り、店が用意したアパートに転がり込んだ。受験勉強が追い込みに入り、往復に時間をかけずに図書館を利用したかった。クロは父が群馬へ連れていった。青瀬がそう望んだからだった。

第一志望の建築科に無事受かり、青瀬は都内の安アパートに越した。その二年後だった。父の死は唐突に訪れた。クロが籠の扉を開けて逃げ出し、それを追って近くの雑木林を探し歩くうち崖から転落した。母は嗚咽《おえつ》混じりの電話を寄越したが、青瀬は現実のこととは思えず、呆然とするばかりだった。父は三日間、クロを探し歩いたという。夜明け前に起き出して林に入り、仕事を終えた後も懐中電灯を手に山道を歩き回った。「稔が悲しむだろう」と気にしていた。母が「稔は悲しみゃせんて」と何度言ってもきかなかった。「やっぱ、稔に顔が立たんしな」。三日目の夕刻、出掛けに母に言ったその一言が、父の最期の言葉になった。

慌ただしく葬儀を営み、瞬く間に四十九日が過ぎ、それからしばらくして、青瀬は一人、桐生川ダムに通じる山道を歩いた。歩くうち日が暮れ、辺りは闇に包まれた。周囲と道の区別すらつかないその漆黒の闇の中を、クロの名を呼びながら歩く父の姿が目に浮かんだ。涙が止まらなかった。ずっと父と一緒だった。大きな背中を見て育ち、大きな胸に見守られて育った。花の名前も木の名前も鳥の名前も、みんな父に教わった。こんなにも可愛がられた息子がどこにいるだろう。ついて行けばよかった。受験勉強なんて飯場でだってできた。もう少しだけ、せめて大学に入るまで一緒にいてあげればよかった。父は願っていたろうに。夢見ていたろうに。一人も欠けることなく、いつまでも家族揃って渡りを続けていく人生を。

ハンドルの振動が増した。岡嶋に目をやり、すぐに前方に戻して強く瞬きをした。道はずっと真っ直ぐだ。

半年後に大学を中退した。経済的な理由でそうしたわけではなかった。父の死後、赤坂の設計事務所でアルバイトを始めていた。ただの使いっ走りのはずが、休憩時間に、ル・コルビュジェの伝記本を読んでいたことが幸運を呼び込んだ。ボスが寄ってきて「コルビュジェが好きか」と青年のように瞳を輝かせた。独学でのし上がった苦労人の所長だった。話し出すと止まらない人で、暇さえあれば建築の基礎を教授してくれた。ここぞとばかり質問攻めにしたことで気に入られたらしく、所長が「パトロール」と呼んでいた建築現場の監理に同行を許されるようになった。それは大学の講義が時間潰しに感じるほど実践的でエキサイティングな学びの場だった。コルビュジェを彷彿とさせる「ピロティ」の手法に魅せられた。建物を柱で高い位置に持ち上げ、地上面を吹き放しにする意匠は、当時としては多分に未来的だった。自然とキャンパスから足が遠のき、単位取得も危うくなったが、その頃にはもう、はやる気持ちを抑え切れなくなっていた。事務所から試用の確約を得て退学届けを出した。父も喜んでくれるだろうと思った。末席の製図台で仕事に打ち込んだ。吸収できるものは何でも吸収した。ボスが「三種の神器」とまで崇めていた、鉄とガラスとコンクリートの使い手を目指した。

カッ、カッ、カッ――。

石を打つような特徴的な鳴き声が耳に届き、青瀬はアクセルを緩めた。この時期、こんな高地にジョウビタキがいるとは驚きだ。春先までは郊外の公園や民家の庭でよく見掛ける冬鳥で、スズメより一回り小さく、ゆかりがファンになった初めての野鳥でもあった。

ねえ、ベニスズメって、ちょっとジョウビタキに似てない？

新婚の頃、例によって唐突に、ベニスズメを飼いたいとリクエストされたことがあった。死んだ時が嫌だからと青瀬が渋ると、ゆかりは頰を膨らませた。「私、誰のせいで鳥オタクになったんでしたっけ?」。それはいつもの前ふりで、付き合い始めて間もない頃に新宿御苑で青瀬が五つも六つも鳥の声を言い当てた日の思い出話に転がる。「あれは効いたなぁ。この人と結婚しちゃおうかなって思ったもの」。

そのゆかりも自分の仕事が忙しくなり、鳥を飼うどころではなくなったのだが、日向子が生まれ、二歳を過ぎた頃、今度はなんの相談もなしにつがいのセキセイインコを買ってきた。「我が家」を巡る擦れ違いはあったにせよ、そのことでいがみ合っていたわけでもなく、日に日に可愛さを増す日向子を挟んで夫婦の関係は良好だった。そう思っていたのは青瀬だけだったということか。この頃には、家を建てたいとゆかりが口にすることはなくなっていた。きっと青瀬がそうさせた。「つがい」の小鳥の力を借りようとした、ゆかりの心情が今ならわかる気がする。ベニスズメがインコに化けたのは、青瀬が九太郎やクロの話をしたのを覚えていたからだろう。喋る鳥を選んだ。ゆかりはゆかりで、ありったけの想像力を働かせ、長い渡りの生活で築かれた青瀬の内面世界に歩み寄ろうとしていたのかもしれない。

陽気な「ピッピ」と、やや神経質な「ピーコ」は、幼い日向子の良き遊び相手になった。ピッピは簡単な単語なら覚えられた。「ヒナチャン」と呼びかけられた日向子は小躍りし、その都度、黄緑色の羽に頬ずりをした。だから青瀬は、離婚が決まってマンションを出るとなった時、自分がインコを引き取ることなど考えもしなかった。ゆかりはそうしてほしいと訴えた。それじゃ日向子が可哀相だろうと言うと、ピッピは朝に夕に「パパ」を口にする、それを聞かせるほうがよほど可哀相でしょう、と。日向子は喋らないピーコも可愛がっていたから、せめて一羽だけでもと思ったが、つがいの鳥まで別れ別れになる皮肉さを思うと喉元で言葉が止まった。

　アパートに越してひと月もしないうち、青瀬はピッピとピーコを近くの公園に放した。ゆかりが心配した通りのことが青瀬の身に起こったからだった。ピッピは「ママ」と「ヒナチャン」を忘れなかった。「ママ」は辛抱できても、「ヒナチャン」を耳にするたび、整理したはずの気持ちが四散した。しんと静まり返った一室で、いつ発せられるともわからないピッピの言葉に怯えるようになった。誰かに譲ろうにも、ピッピの記憶は家族の記憶であり、秘密でもあるから決心がつかなかった。

　籠から放たれたつがいの飼い鳥は、ハタハタと力なく飛んで、近くの銀杏の枝に止まった。体を寄せ合い、そこにジッとして動かなかった。猛然と罪の意識が襲ってきた。生木を裂くように日向子と引き離したばかりか、冬は越せぬであろう小さな命を見放した。青瀬は縺《もつ》れる足で銀杏の木に歩み寄り、ピッピとピーコの名を交互に呼んだ。暗くなるまで木の下にいた。つがいは戻ることなく、次の朝には姿を消していた。

　ゆかりがどう取りなしたのか、日向子はその後一度も青瀬の前でピッピとピーコの名を口にしない。当時はさぞや大泣きしたろうに、おくびにも出さず八年が経った。

「これってあれか」

助手席で声がした。

「タクシーの運ちゃんが、酔っ払いを起こす裏技だろ」

下げた窓から吹き込む冷気を言ったらしい。車は国道18号線に入っていて、さっき目にした電光表示によれば外気温は「2℃」だ。

「二日酔いにもてきめんだろう」

笑い顔で青瀬が窓を閉めると、岡嶋は窮屈そうに伸びをした。

「着くか」

「もうちょいだ」

「昼飯はどうするよ」

「見てからでいいか」

「もちろん帰りさ。せっかくだから『かぎもとや』の蕎麦でも食うか」

いいな、と青瀬は返した。中軽井沢の駅前にある老舗で、Y邸を建てていた頃、吉野夫妻に誘われて何度か暖簾をくぐった。

「この辺、詳しいみたいだな」

青瀬が言うと、岡嶋は得意げに頷いた。

「学生の頃、別荘研究で散々通ったんだ。Y邸は石碑の先だっけか」

「右斜めに入る」

「思い出した。シャーロック・ホームズ像の近くだろ」

「その先を上ったとこだ」

答えながら青瀬は前方に目を凝らした。もう信濃追分に入っている。北国街道と中山道の分岐点に立つ「分去《わかさ》れの石碑」は、うっかりすると見逃す。

「おっと、そこだぜ、ホームズ」

「ハッ！　ワトソンって呼べってか」

青瀬は鼻先で笑い、減速してハンドルを切った。辺りは宿場町の風情を残す街並みへと変わる。シャーロック・ホームズ像を右手に見ながら、少し走って北へ上る道に入る。企業や大学の保養施設が犇く界隈だ。それもやがて疎らになり、両側を雑木林に覆われた道をエンジンを唸らせて上り詰めていく。浅間山の頂が覗き、そして見えた。青瀬は首に強張りを感じた。四カ月ぶりに目にするY邸だった。天に向かって幅を増していく台形の青い屋根。そこから突き出した、三本の「光のチムニー」――。

ほう、と発した岡嶋は、シートから身を乗り出していた。

「やっぱ、あの煙突三本は目に来るな。家と言うより豪華客船のフォルムだ」

「そうか」

「二〇〇選じゃ絶賛してたな。四方向の光を仕分けし、しかも雪が吹き溜まらない奇跡的な造形、だっけ？」

「この辺りは相当降るからな。チムニーの断面は北側を絞った涙形にした」

「屋根職人泣かせの意匠だな」

「本当に泣いてた。金も掛かった」

「そのお陰でノースライトを全身に取り込めた。のこぎり屋根に匹敵する発明だそうだぜ」

「らしいな」

「出窓が多いな」

「必要だった」

「えーと、斜めに走る壁と出窓のコラボで奔放な直射光を見事にしつけた」

「それも二〇〇選か」

「そうさ。読んだろ？」

「ざっとな」

「ウッドデッキは濡れ縁風だな」

「回り縁を模した。ほぼ一周させてある」

「白い部分は漆喰か」

「雨に当たらないところはな」

「マツの皮だよな、外壁下部の化粧は」

「化粧？　防寒だ」

「うーん。在来なのにちっとも和風じゃない。かといって洋風でも折衷でもない。なんとも不思議な無国籍の外観だ」

刺さっているのだろう。岡嶋の目には笑みも瞬きもなかった。

みるみるY邸に近づく。周囲に民家がないうえ、外構工事を施していないので、建屋がそっくり全貌を晒《さら》している。吉野一家はいるのか、いないのか。血流が速まるのを感じた。岡嶋は窓の外に首を突き出していた。

「しっかし、クセが強い。所有欲が掻き立てられるのは確かだが——」

青瀬はぎゅっとブレーキを踏みしめて岡嶋を黙らせた。目と耳は、眼前のY邸と、その周囲に人の気配を探っていた。

9

足元で砂利が鳴いた。

家の正面に立ってみて、青瀬は外気よりも冷たいものを額に感じた。駐車スペースに車はなく、幾筋かの轍《わだち》も干からびている。リビングルームのカーテンは閉じられていた。ここから見える一階、二階の窓のすべてがそうだった。

「浦和の奥さんの読みが当たりかもな」

岡嶋がさらりと言ったので、青瀬は尖った目を向けた。

「住んでないってことだな」

「別荘みたいに使ってるんじゃないか、ってほうだ」

気遣いは逆効果だった。

「それならそうと、設計を依頼する時に言うだろうが」

玄関脇の銅板プレートに「吉野」の名は刻まれていない。いや、そんなものを確かめずとも、建築士なら人が住んでいる家か、そうでないかぐらい一目で判断がつく。

「どういうこった」

荒い息とともに言葉が唇を割った。

岡嶋も眉間を寄せていた。玄関チャイムを鳴らし、応答がないと知ると、一回りしようと言って家の西側に向かって歩きだした。

青瀬も後に続いた。吉野夫妻の顔が脳裏にちらつく。家の引き渡しの日、何度も頭を下げ、恭《うやうや》しげに鍵を受け取った。

調べごとは呆気《あっけ》なく終わり、二人は玄関の前に戻った。西も東も北の窓も、カーテンが引かれているかブラインドが降りているかして、家の中の様子は窺い知れない。外周には物置も物干しも自転車もなかった。電気メーターの円盤は微かに動いていたが、生活を賄うレベルにはほど遠く、おそらく冷蔵庫のコンセントすら入っていない。

「引っ越しちまったってことか……」

岡嶋がぼそりと言った。青瀬の見立ては違った。

「そもそも越してこなかった、って話じゃないのか」

吉野陶太が入居の準備をしていたことは承知している。家の引き渡しに合わせて、電気、水道、電話の移転手続きを済ませ、プロパンガスのボンベも裏手に届いていた。普通に考えれば岡嶋の読みが正しい。一家は一旦は入居し、そして出て行った。だが——。

この家は真っ新《さら》だ。そう感じる。

青瀬は携帯を取り出し、通話ボタンを押して耳を澄ませた。ややあって、家の中で電話が鳴るのが聞こえた。昨日と同じく留守電に切り替わった。吉野の携帯に掛け直した。こちらも昨日と同じだ。留守番電話サービスにすら繋がらない。

「施主の元家はどこだっけか」

「田端だけど、もう電話は解約されてる」

青瀬は携帯を懐に突っ込んだ。恐れが現実になった。この家に、吉野一家はいない。

「青瀬――」

上擦った声で呼ばれた。

「こいつを見てみろ」

岡嶋は玄関ドアの鍵穴を指差していた。青瀬は顔を寄せた。傷だらけだ。鍵穴だけでなく、その周りの木製のドア部分にも、引っ掻き傷のような痕が幾つもついていた。ドライバーか何かで手荒にされた結果に見えた。泥棒か。思う間もなく岡嶋が把手を押し下げた。カチャリと音がして、ドアが細く開いた。

岡嶋の目に怯えが走った。

「一一〇番するか」

「入ってみよう」

俺の家だ。残存している感覚が青瀬に即断させた。

「そいつはまずいだろう。どういうことになってるかわからないぜ、中は」

岡嶋は一家惨殺でも想像したような顔だった。

「入ってみりゃあわかる」

「待て。ちょっと待て。施主の仕事は何だ」

「闇金とかじゃないさ」

「真面目に答えろ」

「輸入雑貨の卸しだ」

「会社に電話してみろ」

「知らん」

「知らない？」

「お前は？　名刺をくれってクライアントに言うのか」

マイホームの建築は極めて私的なことだ。自分の勤め先で打ち合わせをしたがるクライアントはまずいない。

「会社名は？　俺が番号を調べる」

「いいって！」

青瀬は語気を荒らげ、岡嶋を押し退けてドアを開いた。

ヒノキの香りが鼻孔をくすぐる。淡い光が溜まる玄関ホールも、モザイクタイルを敷きつめた沓脱ぎも、ドアを開ける前から見えていた。足元に小さな紙類が散らばっている。電気と水道の「使用量のお知らせ」だった。ドアに設えた郵便受けから投じられたものだ。内側で受けるはずのボックスは外されていて、下駄箱の上に無造作に置かれていた。

「ヤバいぜ」

岡嶋は腰を曲げて廊下を凝視していた。靴跡だ。薄く積もった埃の上に、泥混じりの靴跡が奥に向かっている。運動靴の底の模様に見える。一人ではない。少なくとも二人。いや、三人か。

「やっぱ警察だろう、こういう時は」

「泥棒と決まったわけじゃない」

「泥棒ならまだいいさ。拉致とか爆弾造りとかだったらどうすんだよ」

「確認してから通報するんじゃないのか、そういう時は」

青瀬は下駄箱の扉を開いた。空っぽだ。一足の靴も入っていない。

「なあ、青瀬――」

「クライアントの靴跡かもしれん」

「んなわけないだろ」

怖じけた声を無視して、青瀬は靴を脱いだ。

「おい、マジかよ。まだ中に隠れてるかもしれないぞ」

青瀬は上がり框の一枚板を踏んだ。気味が悪いのは確かだが、怒りが遥かに勝っていた。丹精して建てた家を空き家にされたうえ、見知らぬ男たちに土足で踏み荒らされた――。

廊下の電気を点けた。ダウンライトが暖色の光を降らす。靴跡がはっきりする。真っ直ぐリビングルームに向かっている。

ジェー、ギャー。

外でカケスが鋭く鳴いた。岡嶋は小さな悲鳴を発して首を竦めた。

「と、鳥?」

「心配すんな。カラスほど不吉じゃない」

青瀬は顔を戻して歩き出した。フローリングのひんやりとした感触とともに、砂埃のザラつきが靴下を通して足裏に伝わってくる。

「足跡を踏むなよ」

すぐ後ろで岡嶋が囁く。

「気をつけろ。本当にまだいるかもしれんぞ」

青瀬は構わずドアを開け、リビングルームに入った。足が止まる。追ってきた岡嶋も傍らに立ち竦んだ。

ステップダウンさせた絨毯敷きのリビングはがらんどうだった。ソファもテーブルもテレビもない。家の引き渡しのとき既に付いていた照明器具とカーテンを除けば、装飾品の類も皆無。あるのは電話機だけだ。絨毯に直に置かれ、留守電のランプが点滅している。

「そっくり持っていかれちまったってことか」

「そう見えるか」

泥靴はほとんどリビングの絨毯を踏まず、隣のダイニングへと向かっている。盗むべきものが最初からなかったということだ。青瀬は照明を点けて絨毯の表面を見て回った。一旦は入居したのなら、ソファとテーブルの脚やリビングボードが毛足に凹みを残す。何の痕跡もなかった。もはや疑いようがない。吉野一家はこの家に越してこなかった。テレビすら運び込んでいないのだから、別荘的な使用の予定もないと断じていい。

青瀬はぐるりと首を回した。屋外と屋内の境を貫く三つの大きな筒が、高い天井から下に向かって突き出ている。計算通りのノースライトが、オフホワイトの珪藻土《けいそうど》の壁をより白く見せている。苦心して確保した空間の広さが今は恨めしく、事態の不可解さと不条理さを際立たせている。わからない。完成を待ちかねていた新築の家に入居せず、四カ月も放っておく理由とはいったい何か。理由ではなく、のっぴきならない事情。そう解釈すべきか。

頭を一振りしてダイニングスペースに体を向けた。そこは円形の大型テーブルと五脚の椅子がすべてと言っていい。青瀬が置き土産にした「家財」だが、侵入者は触りもしなかったようだ。もっとも、テーブルは太い丸太を支柱にして床に固定されている。造作家具を専門とする職人を呼び、飯場暮らしのちゃぶ台のイメージを伝えて造らせた。一家五人、丸いちゃぶ台を囲む夕餉《ゆうげ》の楽しさは、みんなが隣り合い、みんなが向かい合ってもいる曲線のマジックのお陰もあったろう。同じ五人家族の吉野一家が、わいわいがやがやこの丸テーブルを囲む想像は、青瀬の設計意欲をいたく刺激した。「自分が住みたい家」は、当然のことながら「自分一人で住む家」を意味しなかった。家と家族は不可分なのだ。なのにこの家は、いまだ団欒の声を聞いていない。

青瀬は胸苦しさを覚えた。

「岡嶋」

「何だ」

「やっぱり住みづらい感じがするか」

「何言ってんだお前。早く済まそうぜ」

岡嶋はもうキッチンにいた。釣り棚の扉がだらしなく開いている。食器は見当たらない。冷蔵庫もない。洗剤やスポンジといった台所用品のあれこれも……。シンクの水は出た。ガスコンロの火も点く。それらと向かい合うアイランドの引き出しが半開きで、中を引っ掻き回したらしく、給湯システムや食洗機の取扱説明書が乱雑に重なり合っていた。それに混じって「勝手口」の札のついた鍵があった。侵入を果たした泥棒には不要でも、そのまま晒しておくのもどうかと思い、鍵をさらってズボンのポケットに突っ込んだ。

洗濯機のないユーティリティースペースは寒々としていた。サニタリーもざっと見た。洗面所とトイレには日用品はおろか小瓶一つ置かれていない。バスルームも然りだ。もはや物色もされなかったのか、キャビネットの扉はすべて閉じていた。廊下を進む。中を半周して玄関に戻れる造りだ。靴跡にすっかり目が慣れ、入った賊は二人だと断定できた。階段を上ったのは一人だけだ。その時の会話が聞こえてくるようだった。一応、二階も見てくらぁ――。

似たような台詞を岡嶋に残して階段を上がった。ストリップ構造のサーキュラー階段にしたのは、ノースライトを部屋の隅にまで行き渡らせる工夫だった。壁や仕切りにアルコーブや複雑なニッチの凹みを与えたのもそう、すべては光を効果的に演出するためだった。その意味で、Y邸は「時を刻む家」をも包括した家と言えた。

三つの子供部屋を見て回った。藻抜けの殻だ。勉強机すら入っていない。どの部屋にもロフトを設けたが、台形の家の構造上、正しい長方形を取れたのは一部屋だけだった。三人で取り合いになるのではないかと少々気掛かりだったのだが、今となっては杞憂というほかない。

主寝室のドアを見つめ、押し開けた。薄暗いのは窓のカーテンが閉じているせいだ。賊もそうだったろうが、もはや青瀬は何の発見も期待していなかった。だからと言うべきか、約十畳の部屋の真ん中に、古ぼけた椅子が置かれているのを目にしても、すぐには異物と認識しなかった。電話機を除けば、吉野がこの家に運び込んだと思われる唯一の品だった。肘掛けのついた、何の変哲もない簡素な木製の椅子だ。それが一脚、窓に向かってぽつねんとある。年代物だ。簀《す》の子《こ》張りの背板や座板には歪みが生じている。だが不思議と粗末な造りだとは感じなかった。素性がいい。そんな気がしたのだ。

おい、どうだ？　下で岡嶋が呼んでいる。

どうもない。答えて青瀬はウォークイン・クローゼットに入った。扉は開いていた。造り付けのタンスの引き出しが三つの段とも引き出されていて、中の白木を晒していた。荒ぶった靴跡が見て取れる。地団駄を踏むとはこういうことか。

長い息を吐いた。もう泥棒のことなどどうでもよかった。

青瀬は窓際に向かった。本当は部屋に入ってすぐそうしたかった。胸の高さから天井ぎりぎりまで枠をとった規格外の北の窓。紐を勢いよく手繰ってカーテンを開く。部屋に光が訪れる。線ではなく、束にもならず、極限まで薄く仕上げたベールのような光が、ふわりと部屋全体を包み込む。

建築中、幾度となくここに立ち、その都度、雄大なパノラマに感嘆の声を漏らしたものだった。間近で見る浅間山の迫力といったらない。たおやかに流れる雲を従え、白銀に染まった頂《いただき》は神々しくもある。しかしそれさえも打ち負かす、部屋の真の主役はノースライトに外ならない。今この瞬間もそうだ。窓は、景色を一幅の絵に見立てた額縁としてではなく、この家の「光の玄関」として存在している。

お天道様だって家の客だからな、と言ったのは父だった。吉野の妻香里江に絵心があると知ったことも、眠っていた光のプランを呼び覚ますきっかけになった。田端の借家を訪ねた折、居間の壁に飾ってあった油絵の小品に目がとまった。花瓶に挿された紫陽花を淡いタッチで描いた静物画で、良い絵ですねと褒めると、意外にも香里江が顔を赤らめた。高校じゃ美術部で部長をやってたっていうから、と傍らの吉野が茶化すように言うと、下手の横好きですけど、子供の手が離れたらまた描きたい、と。

天窓や高窓からノースライトを降らせる採光法は、昔から芸術家のアトリエに用いられてきた。絵画や彫刻の製作に最も適した自然光の環境を得られるからだ。アトリエをモチーフに主寝室をデザインしたい、いつか子供たちが巣立ったら趣味の部屋として使ってはどうか。青瀬の提案に香里江ばかりか吉野も大いに喜び、是非そうしてほしいと言ったが、しかし例の呪文を口にすることも忘れなかった。青瀬稔という建築家が住みたい家を建てて欲しいんです。こっちに気を遣わないで下さい。青瀬は言った。私がそうしたいんです。いつか創ってみたかったんです。光をもてなし、光にもてなされる家を――。

あれは白昼夢だったのか。

現実が目の前に転がっている。吉野一家は消えた。何の手掛かりも残さず消えてしまった。いや、何も、ではない。

青瀬は首を回して背後の椅子を見た。窓に向かって一脚。なぜこんな物をここに置いたのか。座るためだ。吉野がこの椅子に腰掛けたであろうことは想像に難くない。階段で二階に運び上げ、部屋の中央に置き、座り、そしてそう、窓の外を眺めた――。

椅子に歩み寄った。やはり相当古い代物だ。ちゃんと座れるのか。壊れてしまわないか。青瀬は慎重に腰を落とした。

視界から山が消え、雲が消えた。すっかり腰を沈めると、真っ青な空だけが巨大な窓枠に囲われた。頭がくらっとした。不思議な視覚体験だった。青い。青い。もはや景色でも空間でもなく、ただ青い。遠近感を奪われた。吸い込まれていく感覚に襲われた。不快ではない。いつか見たような、どこかで見たような、宇宙のほうから地球を見ているような、美しく、懐かしく、そして心が解き放たれていくような。

椅子の柔らかさにも驚いていた。腰も背中も、しっくりと馴染む。木製の製品特有の、背骨や尾骨を圧迫する硬さが、この椅子にはなかった。しばらく身を任すうち、最初に「歪み」と見た背板や座板の反りが、実は「撓《たわ》み」であったことに気づいた。弾力と言い換えてもいい。座る人の重みで撓《しな》る。その秘密を指先が探り当てた。座板と本体とをネジ止めせずに、銅線で縛りつけてある。肘掛けの部分にも工夫があった。前に向かって板がやや斜めに下がっている。肘を置いて、手をだらりと前に垂らした時に楽なように角度をつけてあるのだ。

心地好かった。椅子が体に伝えてくる感触はどこまでも控え目で、視覚を虜にしている青空への浮遊感をもたらす。

目を閉じても青空があった。悠々と泳ぐ鯉のぼりが見える。下久保ダムの飯場で、父と母が幾つもの米袋を縫い合わせて作ってくれた。姉たちの雛人形も母の手作りだった。せがんで買ってもらったものの数などしれていた。質素で、それでいて温かみと手触りに満ちたものたちに囲まれていた。梅の匂いがする。梅林の広がる坂道を歩いて学校に通った。姉たちが代わる代わる手を繋いでくれた。奈川渡ダムでは索道の音に歩調を合わせた。ゴトゴトゴトゴト。材木運搬用のケーブルが山裾を這うように登っていく。分校は小学校と中学校が一緒で、一学年に十人ほどしか生徒がいなかった。崖崩れが通学路を塞ぎ、半年近くも自宅学習になったことがあった。蔵王ダムの飯場に移り住んで、生まれて初めて洋ナシを食べた。あんまり美味しくて作文に書いた。学校の帰りにユリや月見草を摘んできては窓の下に植えた。冬は辛かった。腰まである雪を掻き分けて毎日二キロ以上も歩いた。飯場の水道は凍りついて使えなかった。父と沢まで下りて氷を割り、かじかむ手で桶に水を汲んだ。帰りは腕が抜けそうなほど重かった。父に頭を撫でられた。頑張ったな、稔は強いな、きっとウルトラマンになれるぞ。汲んできた水は飯場の樽に溜めていた。その樽臭い水を飲みながら春を待ち焦がれた。九太郎は樽の水が嫌いだった。「クサイ、クサイ。ジュースヲ　ノマセロ」とわめいて家族を笑わせた。

下で岡嶋が呼んでいる。

光は、矢作ダムでは本当に客人だった。V字の谷の底に飯場があって、太陽は午前十時に上り、午後三時には沈んだ。山際が朝日に赤く染まったかと思うと、すぐにもう青黒くなり、カラスの大群が黒い吹雪となって天を掻き乱す。陽の光のない長い午後を姉たちとトランプをして過ごした。一日たった五時間のノースライトが、いとおしくてならなかった。

「おい、いるのか？　返事ぐらいしろ」

非難めいた声に続いて、岡嶋がおっかなびっくりといった身のこなしで現れた。

「あ？　なにくつろいでるんだ、お前」

「くつろいでる？　馬鹿言うな」

渇いた喉で言い返し、青瀬は腰を上げた。

岡嶋の油断のない目がウォークイン・クローゼットの中を窺う。

「何かあったか」

「何もない。こいつだけだ」

岡嶋が椅子を見た。

「お前が入れたんじゃないのか」

「俺は入れてない」

「じゃあ、施主が持ち込んだってことか」

「泥棒が置いてったんじゃなければな」

「ふざけるなよ、こんな時に」

岡嶋の眉間に寄った皺が、しかし、すっと開いた。瞳に好奇の色が浮かんでいる。

「おい、この椅子、ひょっとして――」

言いながら岡嶋は膝を折った。椅子に手を伸ばす。どうしたと青瀬が問うと、上気した顔が向いた。

「これ、タウトの椅子じゃないのか」

「タウト……？　ブルーノ・タウトのことか」

「他にタウトがいるかよ」

心酔した時期があったのだろう、岡嶋は呆れ顔で言い返した。

ドイツの建築家だ。昭和初期、ナチス政権による迫害から逃れるためベルリンを脱出し、日本に渡ってきた。桂離宮の建築美を「再発見」し、日本の工芸品の普及とデザイン向上に尽力した人物。それぐらいの知識はあったが、学生時代、ル・コルビュジェやジョサイア・コンドルに入れ上げた青瀬にとって、タウトの存在は近代建築史の年表に記された名前の一つでしかない。タウトが日本で建築の設計の腕を揮《ふる》う機会にほとんど恵まれなかったことが印象の薄い理由だと思う。かたや日本滞在時のコンドルには、鹿鳴館やニコライ堂や岩崎邸といった名高い作品がある。だが、岡嶋に「タウトの椅子」というキーワードを与えられてみて、そんな話をどこかで聞いたような気がしてきた。

「骨董屋で手に入るような代物か」

青瀬が訊くと、予想通りピシャリと跳ね返された。

「そんなわけないだろ。現存する物はすべてきちんと管理されているはずだ」

「じゃあ、紛い物ってことか」

「普通で考えりゃあな。でも、なんか本物くさいぜ、これ」

真顔で言って、岡嶋は椅子に尻を沈めた。

「本物を見たことがあるのか」

「座ったことがある」

声が少しばかり得意気になった。

「熱海の別荘にあったんだ。かの有名な日向邸《ひゅうが》だ。今はどっかの会社が所有していて、何年か前までは保養所として使ってたらしい。タウトが日本にいた頃、実業家が自分の別荘の改築を頼み込んで、その時に調度品もタウトがデザインしたって話だ。俺が行ったのは大学を卒業してすぐで、椅子は確かホールに置いてあった――うん、座り心地もこんな感じだった」

思い当たった。話を聞いたのではなく、新聞の記事か何かを目にしたのだ。タウトが設計した椅子が何十年かぶりにどこかで発見された、といった内容だった。さしたる興味も湧かず読み飛ばしたのだが。

青瀬は椅子の背板を指先で突いた。

「こいつが本物だとしたら、どういう話になる？」

「どうって……」

岡嶋は思案顔になった。

「施主が持ち込んだのだとすりゃあ、タウトと何か関係があるのかもしれないよな」

青瀬は曖昧に頷いた。吉野一家がここにいない理由と同じで、考えたところでわかる話ではなさそうだった。

「で、これからどうするよ」

岡嶋が立ち上がって言った。いつの間にか不安げな表情に戻っている。

「予定通り昼メシだ」

青瀬が言うなり、岡嶋は目を丸くした。

「警察に届けないのかよ」

「何も盗られてないしな」

「馬鹿言え。れっきとした家宅侵入だろうが」

「厳密に言ゃぁ、俺たちだってそうだ」

「真面目に聞けって。玄関の鍵を破られてるんだぜ」

「あとで業者を呼んで直させる」

「お前な――」

「ゴタゴタは嫌なんだよ」

青瀬は語気を強めた。今はただ、主のいないこの家が哀れでならなかった。このうえ警察に踏み込まれ、曰く付きの家にされるのは堪え難い。

岡嶋は黙し、だがわざとらしく長い息を吐き出すと、また口を開いた。

「泥棒はともかくだ、いるはずの施主がいないことも警察に言わなくていいのか」

「靴跡を見たろう？　チンケなコソ泥だ。家人と争った形跡もない。ただ越してきてないだけなんだ。調べる必要があるなら俺が調べる」

「どうやって？」

「それを蕎麦屋で相談しようって言ってるんだ」

「イラつくなよ、青瀬」

「お前こそ、柄にもなく小市民っぽく振る舞うな」

岡嶋は口を尖らせた。

「俺は娑婆の常識を言ってる」

「卒業と中退の常識は違うんだ」

「おい、ありもしないコンプレックスをあるように言うな」

「だったら所長と雇われの責任感の差だ――行くぞ。メシだ」

「椅子はこのままかよ。業者が来るまで玄関はフリーパスなんだぜ」

「じゃあ持ち出すのか？　それこそ俺たちが泥棒だ」

「タウトの椅子かもしれないんだぞ」

「だとしても、コソ泥にとっちゃガラクタだ」

結局、クローゼットの中に運び込んだ。ぶつけるな、万が一ってこともあるからな。岡嶋の椅子の扱いは丁寧この上なかった。

青瀬は先に廊下に出ていた。岡嶋が来ないので足を戻すと、北の窓に向かって立ち尽くす背中が目に入った。それはしばらくの間、微動だにしなかった。

「しかしまあ、火を点けられなくて良かったよな」

階段を下りながら岡嶋が呟いた。

その口ぶりからして、「タウトの椅子」の無事ばかりを言ったのではなさそうだった。

10

とっくに昼時は過ぎていたので、「かぎもとや」は客もまばらだった。名物の手打ち蕎麦と季節の天ぷらを注文し、それが礼儀とばかり、二人して蕎麦を啜る音を店内に響かせた。

ここに来る前、鍵を扱う業者を調べて電話を入れた。夕方にはY邸に来られるという。騙すつもりはなかったが、先方は青瀬をY邸の主人と思い込んだようだった。

玄関の床タイルに散らばっていた紙類はすべてチェックした。公共料金はきちんと支払われていた。毎月、電気もガスも水道も基本料金内に収まっていて、口座から引き落とされている。

「住む気はあるってことだよな。電話だって止めてないわけだし」

岡嶋が蕎麦湯を注ぎながら言った。

青瀬は無言で頷いた。腹が膨れたこともあり、言い合いをする気は失せていた。

「だとしても心配だな。施主に連絡がつかないんじゃ」

「ん」

「まずは役場で住民票を取れ。田端からこっちに転入してるかどうか」

「そうだな」

「きょうび、まともに住民課に当たっても出さないぞ。確認申請の時、建築指導課に顔が繋がった人間がいるか」

「いないことはない」

「そいつにうまく話して住民課に訊いてもらえ。転入してないとなったら北区の区役所で転出だ。そっちにツテはあるか」

「あとで名刺を見てみる」

「あ、まだ松井係長がいれば訊けるな。ちょっと俺に任せてみろ」

「そうか。なら頼む」

「役所が出し渋ったら、子供の学校を当たるしかないな。田端とこっち、両方当たれば居場所がわかるんじゃないか」

どれも車中で考えた。だが真っ先にすべきは田端の借家へ行ってみることだろう。電話は解約されているが、だからといって一家が引っ越した確証はない。

「まさかとは思うけど、登記簿謄本もとってみろ。所有者が変わってたりしたら事だ」

「だな」

「なあ、勤め先は本当に知らないのか」

「そう言ったろう」

岡嶋は、わかったわかった、といなして話を続けた。

「上場企業なんかに勤めてる連中は訊かなくても言うけどな。えーと、輸入雑貨の卸しだっけ？ 大きかないよな。それにその手の会社は東京にはごまんと――」

いや、と青瀬は遮った。

「ひょっとすると辞めてるかもしれない」

「えっ？」

「そのうち独立するようなことを言ってたんだ」

「独立？ いつ？」

「だからそのうちだ。ネットで通販をやりたい、勉強してる。そんな話をしてた」

「それを早く言え」

「勉強してる、だぞ。いずれはやりたいぐらいのニュアンスだったんだ」

岡嶋は受け流し、けどさ、の顔で言った。

「もう辞めて、輸入雑貨の通販を始めてる可能性があるってことだよな」

「可能性としてはな」

「ネット通販かぁ。探すとなると、会社を見つけるより難しいかもな」

「だろうな」

「だいたい輸入雑貨ってのが広すぎる。どこのどんな商品を扱うって？」

「聞いてない。勤め先のことは、何でも屋ですよ、って言ってたが」

岡嶋はお手上げのポーズを見せた。

「しかしまあ、金は持ってるんだよな、独立するってことは。Y邸だって借り入れなしで全額払ったもんな。資産家か？」

青瀬は首を捻った。

「にしてはな……。田端は築四十年の借家だし、暮らしぶりも贅沢とは無縁な感じだった」

「だから貯まるってこともある。歳は幾つだっけ？」

「俺たちより五つ下だ」

「四十か。若いなぁ。大阪と同じで親の遺産ってことか」

「資金のことは一度も口にしなかった」

「尽きたのかもな。独立してコケて」

「借金抱えて雲隠れってことかよ」

「ありえるだろ。ウチはあるうちに設計料と監理料を貰ってセーフだったたってことじゃないのか」

「セーフ？　二〇〇選で紹介されちまってる家だぞ。コンペも近いし、変な噂は立てられたくないだろう」

事務所の本音は青瀬が口にした。岡嶋は横を向いてフッと笑い、ややあって顔を戻した。

「それより、なんで信濃追分だったんだ」

「ん？」

「引っ込む理由だよ。東京からこんな田舎にさ。仕事も生活も不便だし、子供の教育だって大変だろうが」

同じ質問を、それとなくだが吉野にしたことがあった。何とかなりますよ。会社はフレックスですし、独立すれば仕事は家でできますしね。子供たちは自然の中でのびのび育てたい。小学校は近いし、中学も自転車で通えます。何も困ることはありませんよ——。

そう話した吉野は、家族の未来図を語るにしてはどこか冴えない表情だった。子供の誰かが、おそらくは末の男の子が今いる学校で深刻な問題を抱えている。青瀬がそんな思いを抱いたのは、日向子に降り掛かったいじめの一件で、これはもう転校させるしかないと真剣に悩んだ時期があったからだった。

「一番は子供の環境を変えたかったんだろう」

「子供？　いじめられてるとかか」

「言わなかったが、そんな気がした」

「なるほどな……。都会じゃナイーブな子はしんどいしな。親のほうも前々から田舎暮らしに憧れがあって、じゃあ、いっそのことってパターンか」

「今どきは珍しくないだろう」

「まあな、ブームっちゃあブームだ」

岡嶋は納得顔で頷き、それから急にぼんやりして虚空を見つめた。

「輸入雑貨とタウトの椅子か……。ハマるようでハマらないな」

「だな」

「気になるよなあ、タウトがどう絡んでくるのか……。あ、タウトの本をやるから読め。段ボール一箱ある」

「本な……。一応寄越せ」

「それと熱海に行くとなったら言え。案内してやる」

「ああ、その時は頼む」

「タウト方面から当たるとすると、あとは高崎と仙台だ。お前、『洗心亭』って知ってるか」

早口になりながら岡嶋は懐に手を入れた。携帯が震えたようだ。

「あ、どうもどうも。お電話、わざわざすみません。今夜こちらからお掛けしようと思ってたんですよ」

青瀬は顔を顰《しか》め、顎で外を指した。岡嶋はもう中腰になっていた。

「えっ？　本当ですか。袴田《はかまだ》先生もいらっしゃる？　いやあ、光栄です」

店の外へ消える丸い背中を目で追った。袴田という名に聞き覚えがあった。岡嶋が先生と呼んだのだから間違いない。保守系の有力県議だ。

青瀬は蕎麦湯を啜った。軽い嫌悪感は、しかし一人になってみて、胸にあった怒りの本流に呑み込まれた。

吉野め。

知らずに拳を握っていた。ゆかりと別れて以来、どこにあるのか、本当にあるのかさえわからなくなっていた猛々しい感情が、噴き出す場所を見つけたかのように結集していた。このままでは済まさない。必ず決着をつけてやる。吉野陶太を見つけ出し、あの家の尊厳を踏みにじった理由を問《と》い質《ただ》す。事と次第によっては――。

「やっ、いらっしゃいませ」

青瀬はハッとして顔を上げた。

店の主人らしき老人が、テーブルの向こうに立っていた。人懐っこい笑みを浮かべている。前に青瀬が来店したのを覚えている顔と声だった。

だから思い切って尋ねてみた。

「ご主人、以前私と一緒に寄った小柄な男の人、そのあと顔を出しましたか」

老人は嬉しげに頷いた。

「ええ、一度おいでになりました」

来た？

「いつごろです？」

「さあて、去年の十二月か、いや、まだ十一月でしたな」

十一月下旬……。Y邸を引き渡したのは十一月三日だった。

「一人でしたか。それとも夫婦か家族で？」

「お二人でしたよ。背の高い奥さんとご一緒でした」

青瀬は表情を変えず礼を言った。

百人に訊いてみるといい。幼子でもない限り、吉野香里江を見て背が高いと答える者はまずいまい。

11

薄暮がみるみる夕闇に変わる。

所沢の街並みが見えた辺りでシトロエンのヘッドライトを点けた。途中、寄る所があるという岡嶋をS市内で降ろした。そこが袴田県議の地盤だと知っていたが、青瀬の頭は信濃追分から一歩も出ていなかった。

蕎麦屋を出た後、岡嶋と町役場に出向いた。建築指導課の主任が青瀬を覚えていて、住民課に話を繋いでくれた。結果は、やはりと言うべきか、吉野一家が町に転入した事実はなかった。念のため登記所にも足を運んだが、吉野邸の名義に変更はなく、抵当権が設定された記載もなかった。ネット通販で失敗し、借金を抱えて逃げたという仮説は早くもぐらついた。

青瀬はハンドルを握り直した。

失踪したクライアントを捜す。普通ではない調査を始めたことへの困惑が胸に渦巻いている。ゆうべはまだ脳内の出来事だったが今は違う。主のいないY邸を探索し、幾つかの公文書を目の当たりにして、想像世界の謎が現実の謎へと切り替わった。実地でも、書類の上でも吉野一家はY邸に辿り着いていなかった。なぜそうなったのか。いったいどこを漂流しているのか。

背の高い奥さんとご一緒でした——。

蕎麦屋の話はどう解釈したものか。吉野香里江の背丈は百五十センチあるかないかだ。去年の十一月下旬に吉野陶太と連れ立って来店した女は別の誰かと考えていい。だが、あの店には青瀬と吉野夫妻の三人で行ったこともあったのだ。なのに店主は長身の女を吉野の女房だと思い違いをした。三人で寄った時、調理場の奥にいたか何かで、香里江の姿を目にしなかったのか。それとも青瀬の連れ合いと早合点したか。

後ろからクラクションを鳴らされた。前方の信号が青に変わっていた。もう昭和通りに入っていて契約駐車場が近い。

つまりこういうことだ。待ちに待ったマイホームが完成し、なのに吉野は引っ越しも住所変更もせず、一方で同じ軽井沢エリアにある蕎麦屋に女房ではない女と現れた。その長身の女と吉野は夫婦然としていて――。

いや待て。そうとは限らない。店主から吉野が来店したと聞かされ、それで青瀬が、一人か夫婦か家族か、と尋ねたのだった。店主の口から「奥さん」が出たのはそのせいかもしれないし、客商売であることを考えれば、一見の中年カップルを夫婦と見なすのは接客マナーの一つというか、無難な対応だと言えなくもない。

が、いったん頭を擡げた邪推はおいそれとは引っ込まない。二人の間には、誰の目にも夫婦と見紛う親密さがあったのではないか。吉野に裏の顔があり、それこそが一家をY邸から遠ざけた理由に思えてくる。

車を降り、歩き出し、蕎麦屋の主人にもっと詳しく話を訊けばよかったと悔やんだ。Y邸の留守電もそうだ。再生してみれば何か手掛かりが得られたかもしれなかった。

「お帰りなさい、先生。遅かったですね」

灯を半分落とした事務所に、経理の津村マユミが残っていた。

「所長は一緒じゃなかったんですか」

「途中で落としたんだ——そっちこそ、勇馬《ゆうま》君のお迎えはいいの？」

いつもは六時丁度に席を立つ。三十二歳のバツイチで、無認可の保育所に三歳の息子を預けている。

「母に頼みました。頼むとホイホイ喜ぶんですよ」

おどけた口ぶりに青瀬は苦笑した。昔はヤンキーだったのだと本人の口から聞かされたことがあるが、ややきつめの眉の角度を除けば名残はない。通信制の商業高校を出て、いきさつは知らないが、岡嶋が事務所の経営に本腰を入れ始めた頃から働いている。

「石巻と竹内は？」

「竹内君は東村山に泊まりで、石巻先生は敷調から直帰です。奥さんの誕生日だそうで」

「へえ」

ゆうべはとんこつラーメンで今夜はケーキか。痩せる道理が見当たらない。

その石巻に頼まれたのだろう、マユミはクライアント向けのプレゼンテーションボードに照明器具の写真を切り貼りしていた。新聞紙大のボードに間取りを描き、部屋ごとのイメージを色鉛筆で塗り分け、そこに「ご提案」の照明器具や家具のカタログ写真を貼っていく。パソコンで作るより断然クライアントのウケがいいんですとマユミは胸を張る。門前の小僧ではないが、経理の傍ら手伝い始めた室内コーディネートの上達ぶりには舌を巻く。図面もかなり正確に読めるので、キャリアの浅い竹内が妙な線でも引こうものならチクリとやる。「あ、こういうのを〝すみま線〟って言うのよね」――。

「それ、急ぎなの？」

青瀬が訊くと、マユミは作業の手を止め、何やら決意したような顔で振り向いた。

「そうじゃないんですけど……。気になっちゃって」

「何が？」

「向こうはどうでした？　吉野さんと会えました？」

すっと懐に手を差し入れられた気がした。

岡嶋がマユミに告げた出張理由は「視察」ではなかったということだ。無論、Y邸のアフターフォローが不調であることは皆承知しているのだが、青瀬を気遣って日頃は誰も口にしない。心配だから見てくると岡嶋が言ったにせよ、ツーカーとばかりマユミまで嘴《くちばし》を容れてきたのが不快だった。こんな時、石巻の戯れ言が頭を過ぎる。マユちゃんと所長は絶対デキてますよ。男のカンです――。

「今日は会えなかった。事情はわからないけど、入居が遅れているみたいなんだ」

「ウソ。まだ引っ越してないんですか」

トーンの上がった声が耳に障った。

「明日にでも訊いてみるよ、田端に行って」

「前の家にいるってことですか」

「越してないんだからそうだろう」

「電話してみました？」

「繋がらないんだ。だから直接訪ねてみる」

「繋がらない？　それって――」

「電話だけ先に越したってこともあるから」

帰りの車中、岡嶋が気休めっぽく言った台詞だった。青瀬がそうだったように、マユミも納得とは無縁の表情を見せた。

「これ、プリント頼む」

青瀬はバッグからデジカメを取り出し、まだ何か言いたげな顔の前に突き出した。Y邸の寝室にあった「タウトの椅子」を撮った。待ち合わせた鍵屋に玄関の鍵を見せたところ、施錠はできるというのでそうさせたのだが、締める直前になって岡嶋が「いけねえ、椅子の写真！」と青瀬の腕を引いた。

「明日でいいから」

自分でプリントする気でいたが、こそこそするのも馬鹿らしくなった。

目の前の電話が鳴り出した。いいよ、とマユミを制して受話器を取った。金子工務店の若社長からだった。青瀬が設計した寄居《よりい》のアパートを施工中だ。

〈青瀬先生は戻られましたか〉

「どうしました？」

〈あ、先生ですか。小一時間前に電話を差し上げたんですが――〉

マユミを見た。察したようだ。大いに狼狽して拝みポーズをとっていた。

「何かトラブル？」

〈ええ。実は前回ご指示のあった外壁のＡＬＣパネルなんですが、どうにも納期に間に合わないらしいんです。別会社の同等品に変更してもよろしいでしょうか〉

「どれぐらい遅れるって？」

〈十日から二週間って言ってます〉

それでは工期をオーバーしてしまう。

「わかりました。変えていいですよ」

「そうですか！　いやあ、助かりました。やっぱり話せる先生だ」

若社長は嬉々として幾つかのＡＬＣパネルの名を挙げた。青瀬は金額的に近いメーカーの商品を指定し、急ぎの時は携帯にかけてくれていいよ、と言い足して電話を切った。

マユミはまだ、すみませんの顔と手を青瀬に向けていた。

「いいって。どうってことない用件だから」

不機嫌な声になった。

やっぱり話せる先生だ――。

拘りのない建築士。若社長の快哉に侮蔑の臭いを嗅ぎ取っていた。

お先、と一声かけてドアに向かうと、甲高い靴音が追ってきた。

「先生――私、あの家、傑作だと思います」

首を半分回して聞いた。

「生意気ですけど、写真しか見てませんけど、凄いと思います」

ありがとう。素直に出掛かった言葉を吉野一家が呑み込ませた。

マユミは気色ばんだ。

「本当ですって。独創的で誰にも真似ができません。所長だって妬《や》いてましたもん。俺も一度でいいからあんな家を設計してみたい、って」

青瀬は硬い笑みを残して事務所を出た。

俺も一度でいいからあんな家を——。もし本当に岡嶋がその台詞をマユミに言ったのなら、石巻の勘繰りを鼻で笑えなくなる。

12

夕食は外で済ませ、マンションの部屋に帰ると留守電のランプが点滅していた。青瀬は靴を飛ばして部屋に駆け込み、吉野だと念じて再生したが裏切られた。

気を取り直し、子機のリダイヤルボタンを押してソファに腰を沈めた。パース屋の西川隆夫。数回のコールで本人がでた。

〈よーう、青ちゃん、生きてたかい。何年ぶり？　十年とか？　『キャンディー』で飲んで以来だっけ？　知ってっか、チーママの加奈ちゃん、あのキザなアルマーニオヤジと結婚したんだぜ〉

のっけから、華やかなりし時代の記憶を煽ってくる。

「お元気でしたか」

〈まあな、相変わらずよ。描いちゃ食い、食っちゃ描いてのエンドレスゲームさ〉

デザインの専門学校を出た後、建築のパースペクティブ一筋でやってきた男だ。透視技法を使った完成予想図はレンダリングとも呼ばれ、西川はそっちが好みらしく「レンダラー」を名乗っている。

「岡嶋が連絡したようですね」

〈そう、それで電話したんだ。やっ、ありがとな、いい仕事回してくれて。本当にありがとう〉

青瀬は言葉に詰まった。西川とも思えぬ言いようだ。

「よしてくださいよ。こっちこそ、忙しいとこに面倒を押しつけちゃったかなって」

〈そんなことねぇって。ヒマでスカスカ。あってもろくな仕事が回ってこなくて参ってたんだ。いや、助かったよ。カミさんも喜んじゃって〉

「そうですか。だったらよかった」

〈山根ってレンダラー、覚えてるだろ?〉

「あ、ええ。西川さんと組んでましたよね」

〈うん。いろいろあってコンビ解消したんだけどさ、あいつ今、何してると思う?〉

「辞めたんですか」

〈新宿界隈でタクシー転がしてるよ。俺、たまたま乗っちゃったんだ。ご多分に漏れずバブルがバーンの後、じり貧で食い詰めたんだと。笑ってたよ。今はそこそこ稼いでるって。けどさ、道が全然わからないもんだから、カーナビなんかチマチマ弄《いじ》ってやがるのよ。プロじゃねえのよ。

絵を描かせりゃ、たいしたもんだったのになぁ〉

　刹那、震える唇がフラッシュバックした。

　辞めたの？　あなた、自分から？

　夥しい数の設計事務所が廃業同然に追い込まれた。役所に食い込み、公共建築の設計で随意契約の恩恵を受けていた中堅の事務所ですら、随契の分け前が激減して経営が傾いた。パース屋の淘汰も当然の成り行きだったが、業界内で「一流」「一・五流」の評価を得ていた西川や山根までもが失職ラインの線上にいたとは想像の外だった。

〈けど、青ちゃんのとこの大将、かなりやり手じゃんか〉

「何がです？」

〈目の付けどころがさ。あれはいい、『藤宮春子《ふじみやはるこ》メモワール』はメチャクチャいいよ。首尾よく取れりゃあ、事務所の大宣伝にもなるしな〉

　あっ、と思わず声が出た。藤宮春子。その名の記憶は鮮明だった。

「こっち出身の、画家の？」

〈だからそうだよ。えっ？　あれ？　青ちゃん、大将がメモワール狙ってること知らなかった？〉

「あ、ええ、お互いちょっと忙しかったもんですから……。じゃあ、メモワールの建設、本決まりになったんですね」

〈らしいよ。って言うか、近いうちコンペになるのを聞きつけたってことだろ、大将が〉

　青瀬は音のない息を吐いた。

おっと、交番とか公衆トイレみたいなチンケなんじゃないぜ——。

確かにそうだ。藤宮春子のプロフィールが矢継ぎ早に蘇る。三年前、パリ郊外で起きたバス事故で他界したS市出身の画家だ。七十年の生涯を独身で通し、その間、ほとんど作品を公開せず、絵葉書の街頭販売で生計を立てていたというが、死後、パリ市内のアパートの自室から八百点を超える油絵とデッサンが見つかった。大半が路上の貧しい労働者や子供たちをモデルにした人物画だった。フランス画壇の重鎮が絶賛したとかで、日本のメディアも大きなニュースとして扱い、遺族が都内で開いた追悼展には長蛇の列ができた。その人気にあやかり、S市の篠塚《しのづか》市長が「メモワール」の建設構想をぶち上げたのが去年の春だった。会見では遺作の保護保存を力説していたが、目ぼしい観光資源がない地元の誘客の目玉にしたいというのが本音だったろう。

いっとき事務所の中でも話題になったが、市と遺族の交渉が拗《こじ》れたという続報が流れていたし、建設計画が具体化したところで億単位の物件になるから、名の通った中央の設計事務所を対象とした指名コンペになるだろうと岡嶋も興醒めの顔で話していた。

〈ま、今後も頼むよ、青ちゃん。俺も誠心誠意やらせてもらうからさ。んじゃ、くれぐれも大将によろしく〉

「あっと、西川さん」

青瀬は早口で引き留めた。

「この電話、なかったことにしてもらっていいですか」

〈はい?〉

「メモワールの件、所長から聞かされた時にびっくりしたいんで」

笑いを塗《まぶ》して言ったが、建築士のメンタリティを熟知する西川には通用しなかった。〈了解、了解〉と明るく返す前に、青瀬と岡嶋の関係を見つめたであろう小さな間があった。

青瀬は缶ビールを握ってベランダに出た。少し風に当たりたい気分だった。ぼんやりと夜景を見つめる。街の灯の瞬きが大きい。大気が揺らいでいるのだ。

遺族と折り合いがついたということか、立ち消えになったメモワールの建設話が息を吹き返していた。いち早く情報をキャッチした岡嶋は指名獲得に向けて動いた。このコンペに参加するためにはまず、S市の指名業者に名を連ねねばならないからだ。県や市の役人と頻繁に会って「岡嶋設計事務所」を売り込んだ。ツテを辿って袴田県議に接近したのも、彼がS市を地盤としているからで、市長や指名委員会への口利きを内願《ないがん》するために外ならない。赤坂の事務所で使い走りをしていた頃を思い出す。指名獲得の「種蒔き」と称して区役所回りをさせられたことがあったが、建築課の役人は皆「議員の紹介状とかないの？」とつれなかった。

青瀬はビールで喉を湿した。

外の西川から岡嶋の腹の内を知らされてみて、少なからずバツの悪さを感じていた。その一方で、自分でなければ腹を立てたのではないかとも思う。億単位の物件のコンペとなれば建築士一人では手に余る。事務所一丸となってアイディアを練り、図面を引かねば戦いの土俵に上がれない。なのに岡嶋はパース屋を紹介してくれと頼んだきり、青瀬が詮索しないのをいいことに、メモワールの件を匂わすことさえしなかった。今日は丸一日、一緒だったにもかかわらずだ。サプライズ好きなのは知っている。晴れて指名業者入りが決まったところで、シャンパンでも抜いて発表するつもりか。いや、それとも——。

青瀬抜きでやりたいということか。

所長だって妬いてましたもん。

岡嶋が事務所の経営に懸命なのは見ていればわかる。このメモワール建設は好機到来と言っていい。東京の事務所を相手にコンペを勝ち抜き、それなりのものを造れば他の自治体からの指名も期待できるし、公共コンペの実績を積み上げていくことで額は小さくとも定期的に随契を取れるようになる。バブルの後遺症があらゆる業種の末端にまで浸透し、淘汰も行き着くところまで行った感のある今こそ、そうした攻めの姿勢が必要なのかもしれない。が、しかし、岡嶋の思いは果たしてそれだけなのか、という話だ。

青瀬は星のない夜空を見つめた。想像が一方向に伸びる。

おそらく発火点があった。メモワールのコンペ話が岡嶋の心に火を点けた。経営者としてではなく、建築士として奮い立つ瞬間があった。事務所の名を売る広告塔ではなく、岡嶋は「岡嶋昭彦の作品」を造ろうとしている。

言っとくけど、東人で終わる気はないぜ、俺は――。

経営者の野心とばかり思っていたが、見くびっていたのかもしれない。だが、よもや岡嶋は四十五歳にして「建築家すごろく」の賽を振ろうとしているわけではあるまい。大手の事務所で商業建築の数をこなし、独立して公共コンペで勝ちまくり、やがては国際コンペの招待を受け、歴史に残る建造物の一等入選を果たして富と名声を手にする。そんな「あがり」を夢見たのは、もはや赤面せねば思い出せないほど昔の話のはずだ。岡嶋に限ったことではない。青瀬も、そして日々現業に忙殺されている数知れぬ建築士たちも。

だとしたら……。

魔法か。青瀬がそうだったように、岡嶋も魔法を掛けられた。非業の死を遂げた孤高の画家に。彼女が永遠の命を得る館《やかた》に……。「藤宮春子メモワール」。死して生き続ける、その甘美な響きが、岡嶋を衝き動かした呪文なのだとしたら。

青瀬は部屋に戻った。風にすっかり体温を奪われたが、額には微熱のような温みがあった。

そのまま隣室に行き、本棚の雑誌を数冊ひと摑みにして引っぱり出した。名もない設計事務所や町の工務店の「自信作」を広告料と引き替えに掲載し、ひたすら褒めちぎるPR雑誌だ。青瀬は床にあぐらを搔いて座り、その中の一冊を開いた。変形狭小の土地に建てられた住宅を特集した号だ。付箋を貼った頁に、吉野夫妻が一目惚れしたと言った上尾の家が載っている。聞きそびれたが、おそらくはこの雑誌を目にして現地に足を運んだのだろう。

〈信濃追分に八十坪の土地があります。建築資金は三千万円まで出せます。すべてお任せします。青瀬さん、あなた自身が住みたい家を建てて下さい〉

昼間からずっと、その呪文の向こうに欺瞞を探していた。

吉野一家の顔が順繰りに浮かんでくる。夫婦は長く連れ添うと顔まで似てくると言うが、吉野と香里江がまさしくそうだった。二人の中学生の娘も、末の小学一年生の息子も、やはり面立ちが両親と重なり合う。幸せそうな一家に見えた。マイホームを得た喜びと高揚感が家族を包み込んでいた。ただ一点、猜疑の目で青瀬を見つめた、あの幼い瞳を除けば……。

仮面家族だったのだろうか。本当は家族の心はバラバラで、なのに各々、現実を押し隠して役者さながらの演技をしていた。男の子だけが真実を訴えていた。叫んでいた。もうこんなのイヤだ、と。

背筋が寒くなる想像だった。

当初は学校のいじめを疑ったが、ただ機嫌が悪かっただけだろう、単なる甘えん坊なのかもしれないと思い直しもした。今は別の原因に目が行く。「長身の女」が家族を引き裂いた。他に情報がないからその狭い入り江に思考が漂着する。

青瀬はビールを呷り、開いた雑誌の上に缶を置いた。上尾の狭小住宅がじわりと水滴で滲む。これが始まりだった。この小さな家と吉野夫妻との偶然の出会いが魔法を生んだのだ。

青瀬は自分の手を見つめた。

何か変わったろうか。

Y邸を建てる前と建てた後とで、自分の中で何かが変わっただろうか。

変わったはずだ。逃げ込んでいた負け犬の巣穴から這い出し、自虐のポーズをかなぐり捨て、授かった新たな生命のおもむくまま自分が創りたい家を希求した。心は羽が生えたように軽やかだった。過去と未来を自由に行き来した。経験と知識と感性と魂のすべてを注ぎ込んだ。完成した家の前に立ち、胸一杯に空気を吸い込み、どこまでも続く空に万感の思いを伝えた。父に見せたかった。ゆかりに知らせたかった。木と光が融け合う「青瀬稔の作品」が出来た、と。あの日、あの瞬間、青瀬は「建築家」だった。両足で大地を踏みしめ、堂々と胸を張り、世界に向けて「ここに我あり」と名乗りを挙げたのだ。

やがて魔法は解けた。吉野から音信がないまま時が流れ、薄皮を一枚一枚剝がされるように自信が痩せ細っていった。特別な家ではなかった。自分が吐いた言葉の虜囚となり、胸に暗鬼を呼び込み、ついには心を食い破られて巣穴に逃げ帰った。一介の建築士に戻って息を潜めている。クライアントの顔色を窺い、工務店の人間に足元を見られ、それでも痛みを感じない不感症の建築士に逆戻りした。だが——。

建てたのだ、あの家を。

己の理想を実現したのだ、形あるものとして。

何も変わっていないはずがない。この体の、この血潮の、この精神の、どこかに変化を遂げた証があるはずだ。

青瀬は拳を膝に落とした。二度、三度と打ち付けた。

ずん——ずん——ずん。

何も起きない。何も応えやしない。青瀬が手を止めてしまえば、この途方もなく広いＬＤＫにあるのは静寂だけだった。

13

数日は、クライアントとの打ち合わせや事務手続きが立て込み、動くに動けなかった。

青瀬が田端に向かったのは週末だった。所番地は田端だが、駒込《こまごめ》駅で降りたほうが近い。ガード下にある東口の改札を出て「アザレア通り」を少し歩き、「田端銀座」の商店街を抜けていく。下町風情が色濃く残っている界隈だ。くねった細い道沿いに、古くからの雑多な店が軒を競っている。売り子が威勢のいい掛け声を飛ばし、焼き鳥や惣菜の匂いが鼻をくすぐる。活気がある。祭りか縁日とでも錯覚しそうな人の数と人いきれに呑み込まれる。

ここを歩くたび、ダムの飯場もこうだったと思う。人と人との距離の近さ。濃密な言葉のやり取り。ただ違うのは、この町には永続的な時間の流れがあるのに飯場にはそれがないことだ。ダムが竣工した途端、時も人の関係もぷつりと断たれ、一つのコミュニティが消滅する。水の底に沈むのは、なにも「故郷の村」だけではないのだ。

店先で団子を包ませながら、青瀬は行き交う老人たちの顔をぼんやり見つめていた。この町に生まれ育ったとしたら、自分はどんな人生を歩んだろうか。離れたくないものから離れずにいられる、逃げたいものから逃げることのできない、そんな人生をたまたま与えられたなら……。

青瀬は釣り銭を受け取り歩きだした。この町とて徐々に変貌してはいる。商店街の先を折れて少し行けば、古くからの住宅地は虫食いになり、マンションやアパートの白々とした外装が目立ち始める。バブル期に相続税が払えず、土地を手放した人が多かったと聞く。そんな新旧の町並みが鬩《せめ》ぎ合う一画に、古びた戸建ての借家が二軒並んである。北側には瀟洒なアパートが建ち、南側は更地で月極め駐車場になっている。

「吉野」の表札は外されていた。

青瀬は長い息を吐いた。心のどこかで取り越し苦労を笑う準備をしていた。区役所を当たってくれた岡嶋から「転出届けは出てないそうだ」と聞かされていたので、僅かな望みを抱いていた。が、表札はない。信濃追分にもここにもいないとあらば、いよいよ「一家蒸発」が現実味を増す。

呼び鈴を押したが応答はない。引き戸の玄関は施錠されていた。Y邸と同じく、どの窓にも隙間なくカーテンが引かれている。

　仕方なく隣の借家に回ってみた。通りに面した部屋のガラス戸が開け放たれていた。煎餅《せんべい》布団に寝そべった髭もじゃの老人が、ホームヘルパーとおぼしき中年の女になにやら悪態をついている。青瀬は首を伸ばし、老人の目がこちらに向くのを待って声を掛けた。

「すみません。お隣はお留守でしょうか」

「知らねえって！」

　まともにとばっちりを受けた。

「ちぃとも付き合いはねえんだ。そんなことより、このババア、不潔だから風呂に入れって言うのよ。この俺が不潔？　冗談はてめえの亭主に言いやがれ」

　聞き出せたのは、大家の居場所だけだった。野口という名で、四つ角を右に折れてしばらく行った先の、庭のある赤い屋根の家だという。すぐに見つかった。五十年配のだらしなく太った男が、家の前の道路にホースを引き、屋根より赤いＢＭＷを洗っていた。

　青瀬は名刺と団子の包みを差し出した。借家で吉野と再会できたら、茶を淹れてもらって一緒に摘む気でいた。

　手短に事情を説明した。新築した家に引っ越してこないので心配になって来てみた――。

　野口は驚いたふうもなかった。

「ああ、そういえば吉野さん、長野に越すって言ってたなぁ」

「言ってたんですね？」

　思わず青瀬は念押しした。

「信濃追分とか、軽井沢とか、具体的な場所も言ってましたか」

「いやぁ、長野ってだけ」

「長野とだけ……。そう言ったの、いつ頃の話ですか」

「引っ越す少し前ですよ」

「こっちはいつ引き払ったんです？」

「えーと、去年の十一月中旬でした。引っ越しといっても、一人だから、たいして荷物もなかったろうけど」

一人？　耳を疑った。

「家族がいたでしょう？」

「離婚したらしいですよ、かなり前に」

離婚？　かなり前？　頭が空転した。

「あの、離婚って、それはいつ？」

「さあ、いつなんだろ。貸家のことはずっとおふくろがやってたんでねぇ。最近入院しちゃいまして。僕が聞かされたのは、奥さんが子供たちを連れて実家に帰ってしまったんだ、ってぐらいで」

「実家に帰った……。だったら離婚でなく、別居ってことかもしれませんよね」

「なるほど、そうかもしれないですね」

目の前の中年男がひどく幼く見えた。髪が薄くなり始めたこの歳まで、ずっと親がかりで生きてきたのか。

「どうしてそんなことになったんです？」

「何がです？」

「奥さんが実家に帰ってしまった理由です」

頭のど真ん中に「長身の女」がいた。

「知りません。おふくろもさっぱりわからないって」

「奥さんの実家はどこだかわかりますか」

「さあ、まったく」

有用な答えは何一つ返ってこない。

「奥さんがかなり前に子供を連れて出て……。じゃあ、それから吉野さんは独りであの家に住んでたわけですね」

「だと思いますよ」

だと思います？

「かなり前って、どれぐらい前です？」

「あー、ちょっとわかりません。僕はノータッチだったので」

「お母様に訊いていただけませんか」

「いやあそれがね、入院ね、ボケ始めちゃったからなんですよ。そのせいでイライラして女房に物を投げつけたりして。挙げ句に玄関で派手に転んでね」

「そうでしたか……」

「まあ、吉野さんが離婚したって、こっちには関係ないことですしね。僕はお金がちゃんと振り込まれてれば、覗きに行ったりしません。昔と違ってうるさいんですよ、プライバシーやら何やら」

嫌悪を押し隠して頷いた。

すぐには頭が整理できなかった。離婚か別居か、いずれにせよ、吉野一家は離散していた。

「かなり前」と言うからには、半年とか一年とか、いや、もっと前なのかもしれない。だとすると妙な話になる。青瀬のもとに、家の設計を頼みに来た時は既に――。

懐の携帯が震えた。青瀬は一寸《いっすん》たじろぎ、野口に短く礼を言って背中を向けた。

〈あ、金子工務店の金子でございます。出先まで追い掛けてしまって誠に申し訳ございません。お言葉に甘えて携帯に掛けさせていただきました〉

若社長の慇懃はすぐにほぐれた。

〈いやぁ、参りましたよ。またミスでして。サッシの窓枠、指定のグレーじゃなく、ブラックが届いちゃったんですよ。メーカーサイドの発注のミスなんで、対処すると言ってますが、ご承知のとおり工期ギリギリなもんで。ここは一つ貸しにしておいて、他の部材の見積もりで還元してもらおうと思うんですが、いかがでしょう？〉

青瀬は目を閉じて聞いていた。

〈先生……？　青瀬先生？　聞こえます？〉

「指定通りグレーでやって下さい」

〈え……？〉

「指定通りに」

怒りではなかった。

Y邸を守ろうとした。ぐらついた信濃追分の台地に、己の心に、鎮まれとばかりに一本の杭を打ち込んだ。

14

民家の屋根越しに校舎らしき建物が見えた。

青瀬は早足になった。気が急いていた。反して思考は足踏みしている。驚きは驚愕に達していた。吉野夫妻が別れていた。あれは本当の話なのか。

今日が土曜日だったのは、小学校の通用門に南京錠がぶら下がっているのを見て思い出した。いや、学校に吉野の息子の転校先を聞こうとやってきたこと自体、気が動転していたというほかなかった。息子は小学校に上がったばかりなのだ。夫妻が「かなり前」に別れたのなら、当時はまだ就学前だった。

青瀬は踵を返し、が、何歩も歩かないうちに、よくよく自分の頭が回っていないことに気づいて舌打ちした。中学生の娘もいたではないか。「かなり前」が何年前にせよ、家族が別れ別れになるまでは、少なくとも下の娘はこの小学校に通っていたはずだ。転校先がわかれば、おのずと香里江の実家に辿り着ける。

スライド式の鉄門越しに校庭を見渡した。人影はない。四階建ての校舎に目を凝らす。一階に職員室とおぼしき大部屋があるが中は暗い。目の前の、鉄門の南京錠は錆が浮いている。がっちり塡《はま》った施錠部分に、何気なく手を触れた途端、背後で女の硬い声がした。

「何か御用ですか」

驚いて振り向くと、自転車を降りた中年の女が、眼鏡の奥から訝《いぶか》しげな視線をこちらに注いでいた。この学校の教諭であることは、最初の声掛けがなくとも見当がついたろう。

「いえ……」

青瀬は口籠もった。女性教諭のあからさまな警戒心が、昨今学校に男が侵入して起こした幾つかの残虐な事件を呼び起こしたからだった。逡巡の間が挙動不審と映ったのか、教諭はいよいよ眉間を引き締め、威嚇でもするように顔と胸を突き出した。

「御用があるなら仰ってください」

咄嗟《とっさ》に青瀬は懐に名刺入れを探った。一級建築士の名刺はおおよそ相手の信を得るものだが、今日は土地の下見に来て訝しがられたのとは勝手が違った。

女性教諭は名刺に目を落とし、だが硬い表情のまま青瀬を上目遣いに見た。

「父兄の方ではないですよね」

確信の口ぶりに、青瀬は軽い衝撃を受けた。

「ええ、違います。実は――」

怪しい者ではないと証明したい気持ちも働き、青瀬は極力丁寧に事情を話した。吉野という家族の家を長野に建てたが引っ越していない。まだこの田端にいるかと思い借家を訪ねたが既に引き払った後だった――。

「それで、子供さんの転校先がわかれば、ご両親とも会えると思いまして」

女性教諭は頷きもしない。

「吉野という名前の女子生徒にご記憶はありませんか？　姉妹で通っていた時期があったかもしれません。いずれにしても、途中で転校したと思うのですが」

「おかしな話ですね」

強い口調で切り返された。

「家を建てたあなたに、なぜその吉野さんという人の居場所がわからなくなってしまうんです？」

「それは……」

「お金ですか」

「えっ？」

「建てた家のお金を払ってくれないとか」

なるほど、いきなり蒸発話を聞かされれば、そうしたほうに頭がいく。

「違います。なんのトラブルもありません」

「だったらなぜ探す必要があるんです？」

「心配だからです」

自然に出た言葉だった。女性教諭は一瞬ひるんだような表情を見せた。

「どこへ行ってしまったのか、心配でなりません。探す手掛かりが欲しいんです。なんとか調べてもらえないでしょうか」

畳みかけたのがいけなかった。劣勢を跳ね返すかのごとく彼女は再び目を尖らせた。

「そんなに親しいのなら、ウチに聞かなくてもいくらでも調べようがあるでしょう」

「親しいというのとは違います。あくまで客と設計士の関係ですから」

「だったら警察に話せばいいじゃないですか」

「それも考えましたが、もし何でもなかったら、吉野さんにご迷惑が掛かると」

「だからって……」

女性教諭は言葉に詰まり、それがまた彼女を奮い立たせた。

「こっちだって迷惑なんですよ。信用できないことばかりなんですよ。うっかり信用したりしたら生徒を守れないんです。つい最近のことなんですけどね、変な男が生徒の名簿を手に入れようとして父兄の間を回ったんです。印刷ミスがあったので回収したいみたいな、もっともらしい嘘をついて。三年生の女の子が、車に乗った男に名前や電話番号を訊かれたこともありました。前には車の中に引きずり込まれそうになった生徒だっていたんですよ。とにかく物騒なんです、最近は」

青瀬は落胆の息を吐いた。

「先生はこの学校、長いんですか」

「長いですよ。それが？」

「吉野という女生徒、記憶にありませんか」

「ですから――」

「校長か教頭に話してみてもらえませんか」

「父兄以外の方の話は伝えられません」

ぴしゃりと言って、女性教諭は指の先で摘んでいた青瀬の名刺を突き返してきた。

頭に血が上った。

「先生の仰る通り、そのうち警察沙汰になるかもしれません。警察官が来れば話すんですね？」

無駄だった。彼女はもう、目の前の男を追い払うことしか頭にないようだった。

「それは何とも言えません。警察官のふりをする悪い人だっていますからね」

15

葉のない木立は風も時も知らせてこない。

青瀬は来た道を戻らず、細い路地を抜けて不忍《しのばず》通りに出た。動坂下《どうざかした》の通り沿いに、以前、吉野陶太と行った喫茶店があるのを思い出したからだった。

記憶通り、純喫茶「カド」は交差点の角にあった。店内には数人の客がいた。四人掛けの席を勧められた青瀬はコーヒーを注文した。吉野はこの店の常連だったかもしれない。それを確かめに来たはずが、すぐには尋ねてみる気になれなかった。

探偵気取りで赤の他人のことを聞き回れば不審がられる。さっきの女性教諭がいい見本ではないか。

父兄の方ではないですよね。

子を持つ父親には見えなかったということだ。さもなくば教育環境にふさわしくない人物とみなされた。着ている黒革のハーフコートのせいか。格好ではなく纏っている空気か。同業の青瀬から見ても、普通の勤め人とは醸す空気の異なる、一匹狼を気取った建築士はごまんといる。何をおいても個性的であらねばならない。強迫観念に近い自意識が、この仕事をしていると常につきまとう。

いや、そうしたこととは無関係に、ただ青瀬という男の正体だか本性だかが見透かされただけなのかもしれなかった。父親としての情も責任も月イチの面会におっ被せ、あとは枷などないかのように世間に厚顔を晒している。そんな生きざまの胡散臭さを、初対面の女性教諭に嗅ぎ取られたか。

細身のマスターがコーヒーを運んできたが、青瀬はやり過ごした。ホームズでもワトソンでもない、と腹の中で言った。実際、探偵ならどうするのか。きっとまだ借家の周辺をうろついている。片っ端から近所の家を当たり、吉野の子供たちの同級生を見つけ出す。引っ越し業者も探すだろう。借家からどこへ家財を運んだのかを突き止めようとするに違いない。だが――。

まずは落ち着くことだ。頭を冷やし、事態を把握することだ。蕎麦店主の証言と、たったいま聞かされた大家の話をクロスさせるとどんな実相が浮かび上がる?

青瀬はコーヒーを一口飲み、ソーサーにカップを戻して腕を組んだ。

かなり前に――吉野香里江は子供たちを連れて実家に帰ってしまった。以来、吉野陶太はあの借家で独り暮らしをしていた。Y邸の引き渡しは、昨年の十一月三日だった。同じ月の中旬に、長野に越すと大家に言い残して借家を引き払った。だが、Y邸には引っ越さず、下旬に「長身の女」と中軽井沢駅前の蕎麦屋に姿を見せた。

脳が抗う。悪意に満ちた作り話としか思えない。Y邸を引き渡した日の記憶は鮮明だ。吉野夫妻は心から家の完成を喜んでいた。あの時、二人はもう夫婦ではなかった？　どうしたらそんな話を信じられる？

しかし……しかしだ。一家はY邸に引っ越さなかった。今現在、所在不明。それは厳然たる事実なのだ。

青瀬は目を閉じた。瞼がひくつく。

かなり前から別居状態だったと仮定する。その状況はY邸の引き渡し時点まで続いていた。遡って、設計依頼の時点ではどうだったか。夫妻が初めて青瀬を訪ねてきたのは去年の三月だった。それは「かなり前」のさらに前なのか、それとも後だったのか。

「前」だろう。その頃まだ夫婦の間はうまくいっていて、だからマイホームの建築話が持ち上がったのだ。つまり夫婦仲が悪くなったのは設計を依頼した後だった。青瀬が図面を引き、Y邸の建築が進み、引き渡すまでの八カ月間の間に……。

いつだ？　八カ月のどの時点で夫婦仲が破綻した？

何も浮かばない。夫妻の様子は依頼から完成までずっと変わりなかった。仲睦まじいというほどではないにせよ、多くのことを共有し、多くのことを受け流す、程良く融け合った夫婦に見えた。ゆかりと自分の関係を重ね合わせ、なぜこうなれなかったのかと二人の顔を見つめたことがあった。青瀬の目が節穴だったのか。いや、夫婦げんかの類ならともかく、別居だ離婚だとなれば何かしらの変調を察知できたはずだ。破綻の予兆はなかった。不協和音を感じたことすらない。

夫婦ともども家の完成を心待ちにしていた。今でもそれだけは間違いのないことに思える。ならば「後」か。かなり前に、いっとき夫婦は危機的な状況に陥った。しかしそう、ヨリが戻ったのだ。「雨降って」ではないが、家族の絆がより強まったからこそ実現したマイホーム建築だった。

筋は通る。だが大家の話とは食い違う。借家を引き払う時、吉野は独りだったと言っているのだ。それに夫婦仲が修復されたのなら、なぜ引き渡しから四カ月もY邸を放っておく？　ヨリが戻り、家が完成し、その後に「長身の女」がしゃしゃり出てきて元の木阿弥になったのか。

腑に落ちない。「前」でも「後」でも納得のいく話の流れにならない。とすれば……。

大家の見立てを疑ってみる必要がある。確かに別居はした。しかしその理由は夫婦の仲違いではなかった。何かのっぴきならない事情があって家族が一緒に住めなくなったのだ。たとえばそう、吉野が多額の借金をこさえ、取り立ての厳しさから妻子を守るために緊急避難的に実家へ帰した。あるいは書類の上でだけ離婚し、家族に累が及ばないようにした。それなら大家の話と矛盾しない。だが――。

たった八カ月の間にそこまでの窮状に陥るだろうか。青瀬に設計を依頼した時点で吉野が金に困っていたふしはない。ローンを組まずに三千万円の建築資金を用意した。信濃追分の八十坪の土地も自前だったのだ。

それこそが、のっぴきならない事情を呼び込んだ原因か。四十歳の勤め人にしては持っているものが多すぎる。親の遺産だろうと軽く考えていたが、そこが盲点だったのかもしれない。輸入雑貨の卸し……。「何でも屋」……。勘繰れば勘繰れる。裏のありそうな、怪しげな仕事に思えてくる。

知らねえって！　ちぃとも付き合いはねえんだ。

不意に、怒声が思考に割り込んだ。隣の借家にいた、あの髭もじゃの老人――。煙に巻かれた。そんな思いが胸にあったから頭に浮かんだのだろう。偏屈な男には違いないし、ヘルパー相手に苛立ってもいた。だから単なるとばっちりと思いなしたが、しかし脳内でリピートされた老人の剣幕と悪態は何やら芝居掛かっていた。俺は何も知らない。関わり合いになりたくない。以前にも同じように声を荒らげ、面倒を避けたことがあったのではないか。

「仕事」を巡るトラブルがあり、そして良からぬ者たちが借家に現われた。そこまで想像が先走ったのは、荒らされたＹ邸の光景が交錯したからだった。あれは単なるコソ泥の仕業か？　奴らの真の目的は――。

青瀬は眉間に痛みを感じて目を開いた。

客の笑い声がする。コーヒーは冷めていた。やめて久しい煙草を吸いたい衝動に駆られた。投げやりな気持ちが湧き上がる。素人の手には負えない。いっそのこと本物の探偵に調査を依頼してしまおうか。

馬鹿な。許されない。相手はれっきとした自分のクライアントなのだ。人の手を借りてプライバシーを探るなど信義にもとる。

だが……。本当にそうか。こんな状況になっても自分のクライアントと言えるのか。事の真相はどうあれ、吉野夫妻は青瀬を虚仮《コケ》にした。「友人」でありたいと願う建築士を端《はな》から拒んでいた。訳ありであることを微塵も覗かせることなく、青瀬に魔法をかけてまんまと家を建てさせた。

わからない。何度もあの借家を訪ね、茶の間で夫妻と打ち合わせの時間を持った。座卓に図面を広げるたび、二人は腰を浮かせて取りついた。楽しみだな。本当に楽しみね。目を輝かせて笑みを交わしていた。おかしなことなど何もなかった。茶の間はいつも片づいていた。掃除が行き届き、華美な調度品や無駄な物はなく――。

青瀬はぎょっとした。

子供が三人いて、下の子は小学校に上がりたてだった。なのに茶の間は判で押したように整然としていた。服や玩具や本や学用品や、子供がいれば隠しきれない雑然さを目にした記憶がない。綺麗好きな奥さん。香里江に対してはそんな印象を持っていたのだが。

そうだった。そもそもあの借家で子供たちと顔を合わせたことがなかった。奥か二階にいるのだろうと漠然と思うことはあったが、姿はおろか声さえ耳にしていない。玄関の靴はどうだったか。傘や自転車や干し物は……。思い出せない。だが、それらを見た覚えがないことだけは確かだった。

全身が粟立つのを感じた。

住んでいなかったからだ。子供たちは、青瀬が初めて借家を訪ねた時からずっとあそこにはいなかった。既に別居していたからだ。別居していながら吉野と香里江は連れ立って青瀬の事務所に現れたのだ。ようやく実感が湧いた。呑み込み難かった大家の証言が太字でなぞられていく。それで思い出した。借家に電話をすると必ず吉野がでた。香里江がでたことは一度もなかった。彼女は吉野から連絡をもらい、青瀬が来る日に合わせて借家に駆けつけていたのだ。いそいそと茶や菓子を出し、吉野は吉野で余裕綽々、手製のパイプを愛でつつ紫煙をくゆらせていた。奇っ怪だ。当時の茶の間の和気を思い返すと不気味ですらある。

青瀬は鼻息で思考の枝葉を払った。

要するに、不仲ではないのに別居していた可能性が極めて高いということだ。あの借家では家族が一緒に住めない事情があった。やはりそこが肝なのだ。秘められたその事情が、今回の一家蒸発と無関係とは到底思えないのだから。

髭もじゃの老人が再び頭を過ぎり、青瀬は席を立った。

レジでマスターに吉野のことを尋ねた。名前と人相風体を話し、前に一度、自分と来たことがあると告げた。ああ、その人ならたまに来て日経新聞を読んでいましたよ。得られた情報はそれだけだったが、頷く青瀬の胸には探偵なるものの明瞭な自発があった。

16

十分後には借家に舞い戻った。

通りに面したガラス戸は開いたままだった。意外なことに、老人はさっきと同じヘルパーの女とにこやかに話をしていた。髭面ではない。顔も身なりもこざっぱりとしていた。なんのことはない、あれほどごねておきながら風呂に入れてもらったのだ。

「先ほどはすみませんでした」

青瀬が声を掛けると、老人は一瞬、怯えたような表情を見せた。

「ああもう、知らねえって言ったろうが」

すぐに威勢を取り戻したが、青瀬は構わず歩み寄った。

「お時間は取らせません。少しお話を聞かせて下さい」

「だから――」

「隣のお子さん、見たことありましたか」

「子供？」

「ここ一年ほどの話です。見ましたか」

「どうだかな。覚えてねえよ」

しらばっくれられた。ヘルパーの女は本当に心当たりがないらしく、怪訝そうに首を傾げ、じゃあ私はこれで、と腰を上げた。

老人が恨めしげな目で見送る。案外、気が弱いのかもしれない。青瀬にとっては好都合だった。

「もう一ついいですか」

「だ、か、ら、俺はなんにも――」

「私の前に吉野さんを訪ねてきた人がいたでしょう」

当たりだった。老人の顔の変化でわかった。

「あ、あんた……あの男の知り合いかい？」

「違います」

強く否定しておいて青瀬は名刺を差し出した。少し待ち、老人の動揺が納まるのを見定めて話を続けた。

「私は吉野さんの友人です。訪ねて来た男とは面識がありませんが、その人が吉野さんの引っ越し先を知っているんじゃないかと思いまして」

「知らねえだろう。あいつもお隣のこと探してたんだから」

不吉な予感が的中した。やはり誰かが吉野陶太を追っている。

「来たのはいつです？　去年の暮れですか」

「いんやあ、年が明けてからだった」

「一人で？」

「そう」

「用件は？」

「だからお隣を探しにだよ。いないのか、どこへ越した、ってそれだけさ。血相変えてよ。けど、知らねえもんは知らねえ。本当に付き合いがねえんだから」

「どんな男でした」

「あれはカタギじゃねえや」

「カタギじゃない？　ヤクザですか」

「それほどのもんじゃねえ。けど、赤ら顔で目つきが悪くてよ、ラグビーやってる奴みたいにガタイがよかった。ああ、そうそう、指にギプスをしてたよ、三本も」

指にギプス……。

「歳の頃は？」

「五十は過ぎてたかな。まあ、ぱっと見、勤め人じゃねえわな」

「借金取りとか」

「そんなのわからねえよ。あんただって、借金取りに見えなくはないぜ」

青瀬は苦笑した。頭では、警察に届け出るべきかどうか考えていた。

「もう知ってることはねえよ。どうぞお引き取りを、だ」

「あと一つ、吉野さんの仕事は知ってました？」

慌てて訊いた。

「家具の輸入だろ」

意表を突かれた。家具……？

「吉野さんがそう言ったんですか」

「違わぁ。前に大家の婆さんが言ってたんだ。テーブルや椅子を安くしてもらったことがあるんだと」

家具と雑貨は別々のカテゴリーだろう。

またしても吉野の秘密の部分に触れた気がした。「何でも屋」だとは言ったが、家具に関して吉野が何かを語ったことはなかった。借家で輸入品らしき家具を目にした記憶はないし、Y邸の造作家具の相談をした時だって吉野は万事お任せの態度だった。

だから、唯一の例外がフラッシュバックした瞬間は瞬きが止まった。Y邸の二階にあった「タウトの椅子」だ。あれを家具と呼ばずして何と呼ぶ。

17

シトロエンのエンジンが持病の息継ぎを始めた。

青瀬はアクセルワークを気にしつつ国道17号線を北上していた。もう高崎市内に入っている。目指す「洗心亭」は、縁起ダルマで知られる少林山達磨寺の境内の一角にある。日本に亡命したタウトが、伴侶エリカとともに二年余り暮らした家だ。ゆうべ本とネットで予備知識を仕込んだ。寺の構内には「タウト展示室」が設けられていて、タウトがデザインした椅子も置かれているという。

誘ってもいないのに、今日はどうしても行けないんだと岡嶋は残念がった。田端はどうだったと訊くので、手短に話すつもりが長くなった。岡嶋は大いに驚き、だが指名業者入りを画策中の頭はフル稼働しているようで、不仲でないのに夫婦が別居した理由をあっさり推断してみせた。

〈子供の学校の都合じゃないのか。奥さんの実家の学校区に通ってるとか〉

〈なぜそんなこと?〉

〈下の男の子、いじめられてるかもって言ってたろ。だから転校させたんだよ〉

〈姉ちゃんたちは?〉

〈いたんじゃないのか、借家に。部活とかで帰りが遅いからお前と顔を合わさなかっただけで。さもなきゃ、一度は本当に不仲で別居して三人とも転校したんだ。両親は元の鞘に納まったけど、子供たちのほうが今の学校を続けたいって話で、だから施主が単身赴任もどきになった。どうだ?〉

赤ら顔の男について意見を求めると、長身の女の亭主じゃないのか、と即答した。岡嶋の推理はどれも可能性の一つを言い当てているとは思ったが、口先に脳があるかのような喋りが癇に障り、わかった、お前はお前の仕事をしろと話を打ち切って事務所を出た。

カーナビはしばらく沈黙している。

青瀬の想像は、吉野の仕事のトラブルと赤ら顔の男が絡み合ったままだった。昨日、借家の老人と別れた後、もう一度大家の家を訪ねた。案の定、真っ赤なＢＭＷは持ち主もろとも消えていたが、玄関先を掃き掃除していた女房と少し話せた。やはり赤ら顔の男は大家宅にも年明けに姿を現していた。応対したのがその女房で、怒ってるみたいで怖かった、どこかわからないけど少し訛りがあった、名前を訊いたのに教えてくれなくて、とやや憤慨気味に事を振り返った。テーブルと椅子の件を尋ねたが、吉野から買ったことは知らなかった。北欧の家具で新品だったというから、タウトとは無縁と思われた。その家具の購入話が引き金で姑の愚痴を聞かされる羽目になった。お婆ちゃん、昔からアタシにはなんにも話してくれなくて。病気になってからは、借家の収入とか貯金とか、アタシが狙ってるみたいなこと言い出して——。

子供の学校の都合じゃないのか。

岡嶋の楽観に靡《なび》きたがる自分がいる。そうであってほしいと思う。だがおそらく違うのだ。未だ吉野からの電話はない。連絡を寄越せない事情があるのだ。かなり前から吉野夫妻は他人に言えないトラブルを抱えていた。別居せねばならない状況に追い込まれていた。そんなさなかにマイホームを建てることを決め、青瀬の元を訪ねてきた。

それが最大の謎だった。

隠遁か。東京から遠く離れた信濃追分に移り住んで難を逃れるつもりだった。あるいは事態が好転する見通しがあった。家が完成するまでには問題を解決できる、一家五人で新生活を始められると考えていた。だが――。

ますますわからなくなる。

〈あなた自身が住みたい家を建てて下さい〉

想像しうるどんな事情とも交わらない言葉。呪文ではなく祈りか。一家の命運を占うがごとく、名もない建築士が描く未来図に賭けてみたとでも言うのか。

カーナビが「斜め左」の指示を発した。

青瀬は了解と呟いてハンドルを切った。そこから三分と走らなかった。碓氷川に架かる橋を渡るとすぐ、少林山の山門が目の前に現れた。

車を降りると静けさに包まれた。杉木立に囲まれた日陰の石段を見上げた。相当な段数がある。遠近法の見本のように先の空が狭い。鐘楼だろうか、石段の尽きる辺りに、参道を跨ぐように設けられた中空の小屋が見える。

境内案内図によれば、その「大石段」を七分目ほど上ったところに左に折れる小道があって、少し歩いた先に「洗心亭」がある。案内図とは別に「タウトの思惟《しゆい》の径《みち》」と書かれた案内板も設置されていた。「洗心亭」を中心に、タウトが好んで歩いた散策コースだという。

寺の人間に当たり、タウトの椅子と吉野の結びつきを探る。目的はそうだが、巨匠建築家と由緒ある寺との奇縁に感じ入り、いささか気が散じた感があった。

石段を上がる。静謐。そんな単語が浮かぶ。百段を超え、鈍《なま》った足を恨めしく思い始めた時、ようやく小道の入口が見えた。そちらに折れて間もなく、鬱蒼とした木立の視界が突如として開け、おそらくは赤城山や榛名《はるな》山であろう優しげな稜線の山々を一望するパノラマが広がった。思わず足が止まった。たかだか石段百段の高低差が、これほどの眺望をもたらすとは意外だった。

小道はゆるやかに上っている。青瀬は目線を上げた。黒い瓦屋根の家が覗いている。軽い衝撃を受けた。あれがそうなのか。「洗心亭」は、家と呼ぶにはあまりにちっぽけで粗末な野小屋に見えた。

が、近づくにつれて印象は一変した。粗末は楚々に変わり、ちっぽけは慎ましさに変わった。伝統的な日本家屋の様式に則った、古いが風格のある居宅だった。誰か掃除にでも入っているのか、戸も障子も開け放たれてあった。部屋は二間のようだ。縁側がある。六畳間の二方に配した縁側をLの字に繫いだ回り縁だ。床の間もある。奥の部屋の中央に刳《く》ってあるのは囲炉裏か。

目から和んでいく自分に気づいた。懐かしさ。ひとことで言うならそうだ。Y邸で「タウトの椅子」に座った時、胸に湧き上がった感覚に似ていた。踵《きびす》を接したかのように、Y邸を設計した当時の記憶が刺激された。回り縁を模したウッドデッキを思いついた瞬間の、晴朗な気持ちが蘇った。

青瀬は家の周囲をゆっくり歩いた。

かつてこの離れ家に二十世紀を代表する建築家が住んでいた。意外性に富んだ歴史の綾が見る者に特別な感慨を抱かせるのは当然のこととして、しかしそうした経緯を知らずとも、凜とした佇まいがこの家の由緒を感じさせる。その一方で、主を失い、人の暮らしが消えた家に共通する哀傷がある。ダム建設の道沿いに点在していた空き家の数々が瞼に浮かぶ。Y邸も同じ道を辿るのかもしれない。影に転じた心でこの家を見つめれば、古めかしい外壁に囲まれた二間だけの薄暗い空間が、吉野一家の謎をそっくり抱え込んだ、怪しげな奇術箱のように思えてくる。

だが、一定以上に私情は波立たない。

ここは紛う事なきタウトの聖地だった。近くには石碑があり、タウトの言葉がドイツ語で刻まれている。本に目を通していたから直訳が頭にあった。

我、日本文化を愛す——。

数奇な運命と言うほかない。時代が、ドイツ生まれの建築家をこの地にいざない、この言葉を残させた。第二次大戦前夜だから七十年も前のことだ。ヒトラー率いるナチ党の台頭……。思想弾圧……。ドイツ建築界のリーダーの一人であり、しばしば軍国主義化に批判的な発言をしていたタウトは、ブラックリストに名を挙げられて地位も名誉も失った。出国があと数日遅れていたら捕らわれていたと言われている。追い詰められたタウトは、日本インターナショナル建築会から届いていた招待状をよすがに亡命した。伴侶エリカ・ヴィティヒとともに。

「あの、失礼ですが——」

遠慮がちな声に青瀬は振り向いた。少し離れたところに、ひょろりと背の高いブレザー姿の男が立っていた。三十代半ばだろうか、肩から重そうな黒いカバンを下げている。

青瀬が話を聞く顔をつくると、男は人懐こそうな笑みを浮かべて歩み寄ってきた。

「どちらからいらっしゃいました？」

寺の人間には見えなかったが、口ぶりはそんなふうだ。

「所沢ですが」

「そうですか。嬉しいですね、タウトファンが他県からも足を運んでくれるのは」

笑みを濃くして、男はカバンのサイドポケットから名刺入れを取り出した。

J新聞文化部記者、池園孝浩《いけぞのたかひろ》。地元紙の記者で、ずっとブルーノ・タウトを追いかけているという。

「近々、タウトの特集紙面を組むので、ファンのナマの声を集めてるんです」

池園は胸の前で大きめのメモ帳を開いた。

「お名前とお歳、よろしいですか」

青瀬は返答に詰まった。業界紙の取材なら何度か受けたことがあるが、これは勝手が違う。

「すみません。私はタウトファンというわけではありませんので」

やんわり断ったが、「ではなぜここに？」と切り返された。

「ちょっと調べたいことがあって、それで寄ってみただけですから」

途端に池園の目が輝いたので、迂闊な返答だったと気づいた。

「調べごと？　タウトに関してですか」

「ええ、まあ……」

「ある程度お教えできると思いますよ。よろしかったらどうぞ」

渡りに舟とも思った。この地元記者はかなりタウトに詳しそうだ。Y邸にあった「タウトの椅子」の出処や真贋について尋ねれば、今この場で正答が得られるかもしれなかった。だからといって、吉野一家の失踪には触れられない。新聞記者に知られるのはいかにもまずい。

「なんなら、ご住職を紹介しましょうか。僕より数倍タウトに詳しいですから」

ここでカメラマンと待ち合わせしているのだが、彼が来たら住職のところにお連れしますよと屈託がない。

断る理由がなかった。寺の人間に話を聞くためにここへ来た。

「お名前、教えていただけますか」

「青瀬です」

「お仕事は何を？」

もはや逃げ出せないと観念し、青瀬は名刺を差し出した。

「やっ！　建築家の方でしたか」

「そんな大したもんじゃありません」

「いやあ、収穫だなあ」

嬉々とした拍子に池園の態度がくだけた。

「ねえ、ホントに教えてくださいよ、現役の建築家がタウトの何を調べてるんです？」

「椅子のことです」

青瀬は言った。これ以上の逡巡は奇妙に思われるだろうし、この記者に話せることと話せないことの線引きは頭の中で既にできている気がした。

「椅子……？」

意外そうだった。調べごとが、建築絡みでなかったからだろう。

「タウトの椅子を研究されている？」

「いえ、そんなんじゃないんです。知り合いが家に残していった椅子がありまして、それが昔、本か雑誌で見たタウトの椅子のデザインに似ていたものですから」

「ルーツを確かめようと？」

「まあ、そんなところです。出処はどこなのだろうと思いまして」

池園は、うーんと唸った。

「それは簡単ではないかもしれませんよ。なにしろタウトは日本滞在中に膨大な数の家具や工芸品をデザインしてますからね。もちろん椅子もたくさん手掛けてます。で、それどんな椅子です？　写真とかお持ちじゃないですか」

持っていると答えると、池園は「座って話しましょう」と家の縁側に青瀬を誘った。並んで腰掛け、マユミにプリントアウトさせた椅子の写真をバッグから取り出した。正面からと横からの二枚。

池園はそれを交互に見て言った。

「なるほど、いかにもタウトという感じの椅子ですね」

「本物でしょうか」

「さあ、この写真だけではなんとも……。それに絵画のように一点物ではないわけですから、本物とか贋作とかいう言い方は当たらないんですよ。タウトがデザインしたものは工業試験場の試作を経て、高崎周辺の町や村の手工業者の間で広く製品化されていたんです。ずっと後になって、タウトが描いた椅子のデッサンや設計図が当時の工場長の家で見つかったりもしていますしね。要するに、タウトのデザインは厳重に管理されていたわけではないし、そもそも商品として売られていたわけですから、乱暴に言うなら、どこの誰がいつの時代にタウトの椅子を真似て作っていたとしてもおかしくない。でしょう？」

同意を求めておきながら、池園はふっと宙を見つめ、小さく声を上げた。

「あ、でも、あれは本物って言っていいんだろうなあ」

「何です？」

「青瀬さん、その椅子の裏側は見てみましたか？『タウト井上印』があれば、いわゆる本物です。タウト指導のもと、ここ高崎で作られたという意味で」

「タウト井上……？」

「当時こっちにタウトの世話をした井上房一郎《ふさいちろう》という人物がいまして、その井上氏が銀座で経営していた『ミラテス』という店で、タウトがデザインした家具や工芸品を売っていたんですよ。でね、そこに出した品物には、タウトと井上氏の二人の名前を図案化した印が押されているんです」

「なるほど、それは気づきませんでした。後で見てみます」

青瀬は落胆を隠しつつ答えた。印の話は興味深いが、もし仮にY邸にあった椅子が当時作られた「本物」だと確認できたとしても、一般向けの店舗で売られたものなら買い手の追跡は難しいのではないか。

「池園さん、真贋はともかく、この写真と同じような椅子をどこかでご覧になったことはないですか。ちょっと変わっているでしょう？　腰掛ける部分の座板がやや撓んでいて、その座板と本体をネジ止めしていないところとか、かなり特徴的だと思うのですが」

池園は改めて写真に見入った。

「そうですね……。似たものは見た気がするんですが、ズバリこのデザインだったかというと、ちょっと自信がないですね」

「私の同僚は、熱海の保養所で見た椅子に似ていると言っているんですが」

「ああ、日向邸ですね」

日本に現存する、タウト設計の唯一の建築物がそれだ。正確には、既にあった邸宅の地下室部分のデザインを手掛けた、と言うべきだが、岡嶋が「かの有名な」と口にしたようにタウトの仕事なくして日向邸が後世に名を残すことはなかったろう。所有者が変わり、今では「旧日向別邸」と呼ばれている。そんな初歩的な知識すら記憶から抜け落ちていたことに、建築史の本を読み返しながら青瀬は当惑した。高校でも大学でも「日向邸」を耳にした覚えがない。高名な建築家に対する教諭や教授の思い入れの度合いはそれぞれだろうし、大学中退による知識の偏りや欠損もあったにせよ、建築家を目指して学んだ短くない歳月、タウトを素通りしてきた自分がなんとも不思議でならなかった。

「青瀬さん、行かれたことは？」

「ありません。白状しますが、これまであまりタウトに関心がなかったものですから」

「そうですか。いや、正直ちょっと驚きました。で、日向邸にこの椅子があったと？」

「同僚はそう言っていました。座ったことがあるんだと」

池園は腕組みをして首を捻った。

「僕も日向邸に行ったのは一度だけなんですが、うーん、このデザインのはなあ……」

「なかったですか」

「地下室には未整理の家具や工芸品がゴロゴロしてたりもするんで……。いや、でも本当に日向邸にあったのだとすれば、その椅子、一点物かもしれませんよ。タウトは建物の設計だけでなく、専用の家具や調度品も手掛けてますから」

日向邸専用に家具をデザインした。確か岡嶋も同じようなことを言っていた。

「一点物と言ってもセットでしょう。椅子の形からして」

なるほど、と青瀬は頷いた。元はテーブルと数脚の椅子のセットだった可能性が高いということだ。経過はともかく、その中の一脚が持ち出されてY邸に運び込まれた。ありえない話ではない。

「タウトの当時の弟子で存命の方がいるので、その人に聞けばどこにあった椅子かわかると思いますけどね。それとも、日向邸に行ってご自分の目で確かめてきますか」

行ってみたいと青瀬は思った。そこにY邸とそっくり同じ椅子があれば出処を確定できるし、現地に行けば一脚だけ持ち出された経緯を聞き出せるかもしれない。別の欲求もあった。遅ればせながら、タウトが手掛けた仕事をこの目で見てみたい——。

「そうだ、今度ご一緒しませんか。日向邸は長らく企業の保養所として使われてきましたが、しばらく前から閉鎖状態なんです。売却話もありましてね、保存をどうするかで地元熱海では議論になっていて。で、建物の歴史的、芸術的価値を確認するためにT大が調査に入っているんです。近々僕も取材でお邪魔するつもりなので、よかったらそのとき声を掛けますけど」

一寸考えて、青瀬はお願いしますと言った。保存問題が絡んだ状況では、建築士を名乗ったところで邸内には入れてもらえまい。

「池園さん——寺の展示室にもタウトの椅子があると聞いたのですが」

「ありますよ。まったく別のタイプの椅子ですけど、そこもご案内しますよ」

池園は腕時計を見て立ち上がり、「どうしちゃったんだろ、カメラ」と小道のほうに首を伸ばした。洗心亭内部の詳細な写真が欲しくて鍵を開けてもらったのだという。

「青瀬さん、時間大丈夫ですか。会っていかれるでしょ、住職に」

「ええ……」

青瀬は曖昧に頷いた。

展示室にある椅子がまったく別のタイプだとするなら、この寺と吉野陶太の接点はないということだろう。だが、無駄足の思いは湧き上がらない。頬に風を感じつつ、なにやら心象のピントが外れたような気分になっていた。空が広い。遥か先、田んぼから飛び立った白鷺が上州の蒼い山々に白線を引く。自分が卑小な存在に思えてくる。下界の悪しき諸々は、来るとき上った大石段によって遮断され、タウトを偲ぶこのエリアでは時間の流れすら浄化されているかのようだ。

心を洗う家……。

「この洗心亭はタウトのために建てられたんですか」

自然と質問が口を割って出た。

池園は「いいえ」と首を振って縁側に尻を戻した。元々は営農指導をしていた大学の学長のために建てられ、それが空いているのを知った井上房一郎がタウトの居宅にと先々代の住職に頼み込んだのだという。

「予定では百日ほどの滞在だったんですが、結局、二年二カ月もいました。日本滞在が全部で三年半ですから、ここは長かったですよね。トルコ政府から建築技術の最高顧問として招聘されて日本を離れるまでずっとです。送別会もここでやったんですから」

「気に入った、ということですか」

「まあ、亡命中ですからね。色々と思いはあったでしょうが、ここでの生活を気に入っていたのは確かだと思いますよ、タウトが残した日記などによると」

それは本心だろうか、と青瀬は思った。

タウトに思いを馳せる我々はいい。だが、当のタウトはいったいどんな内面を抱えて大石段を上ったろう。

「建築家の目からご覧になってどうです」

「何がです」

「この洗心亭ですよ。ご感想をお聞かせ下さい」

「そうですね……。簡素で好感が持てます。回り縁であるとか、床の間や囲炉裏もそうですが、限られたスペースに日本の伝統家屋のマストアイテムが詰まっています。ただ……」

「ただ?」

「この家のサイズは、外国人の夫婦にはちょっと辛かったのではないですか。狭苦しく感じたでしょう」

我が身を嘆いたのではないか。晩年に祖国を追われ、辿り着いた日本でこの離れ家に案内された巨匠建築家は。

「なるほど……。でもタウトはあまり気にしていなかったようですよ。多少は愚痴っていますが、洗心亭のことは総じて褒めていたようですが」エリカは虫に悩まされたようですが」

「正式な、と言うか、戸籍上の妻ではなかったんですよね、エリカは」

「ええ。ですが、ごく一部の人を除いてはタウト夫人だと思っていたんです。ドイツのブランデンブルクで知り合って、タウトが兵役を避けようと火薬工場で監督をしていた時に親しくなったとか。それ以来、ずっと一緒でした。タウトがトルコで亡くなるまで」

ゆらりと心が揺れた。

タウトは愛情に恵まれていた。池園はそう言いたいのだろうか。

「池園さん」

「何です？」

「日向別邸を除けば、日本滞在中のタウトにはほとんど建築の仕事がなかったんですよね」

「ええ。タウト自身、『建築家の休暇』と書いてます」

「当時の日独の関係が影響したということですか？　最終的には軍事同盟まで結んだわけですから」

池園は眉を寄せて頷いた。

「日本で派手に建築家の腕を揮われたのではヒトラーの顔を潰すことになる。時の政府はそう考えたでしょうからね。何の公職も与えず、日本にいるのは許すが、どうかおとなしくしていてくれって辺りが本音だったんじゃないですか」

「蛇の生殺しですね」

「それは確かにそうですが――」

池園は膝をこちらに向けた。

「日本にとっては不幸中の幸いだったかもしれません」

「と言いますと?」

「語弊があるかもしれませんが、建築家として手足を縛られたがために、タウトは工芸運動の指導に力を注げたわけですよ」

タウトが目指したのは、農民が片手間に作る民芸品ではなく、地域に根付く伝統的な工芸文化を国際水準にまで引き上げ、専門の職人にしかなしえない工芸品作りを普及することだったと池園は言う。

「彼はそのために家具のような大物ばかりでなく、竹籠や傘の柄やボタン、バックルといった小物まで膨大な種類の工芸デザインを手掛けたんです。日本の近代工芸の発展に与えたタウトの影響と功績は計り知れませんよ。その一方でタウトは日本各地を訪ね歩いて、桂離宮や伊勢神宮、白川郷といった日本美を再発見して西欧諸国に知らしめた。さらには、克明な日記をはじめ、『日本文化私観』や『日本の家屋と生活』などの本も書いています。建築に本腰を入れていたらできなかったことばかりです。だから僕は、タウトが日本で建築家の休暇をとってくれて本当に良かったと思ってるんですよ」

池園は少し噎《む》せた。

「失礼——で、恩返しではないですが、今度は日本がタウトを再発見する番だと思います。タウトの研究者は全国に大勢いますし、高崎や熱海、仙台などではタウトを偲びタウトから学ぼうという息の長い市民活動が根づいてはいるんですけど、でもやっぱり全国的にみればタウトの知名度は高くない。人物の大きさや業績の中身がほとんど知られないまま忘れ去られてしまっています。衆目を集める建築物を日本に残せなかったことが原因ですが、建築家であることを置いておくとしても、タウトは希代の思想家であり、優れた画家でもありました。僕自身は、彼を類まれなジャーナリストだったと思っています。日記も著作も書かれた物すべてがハイレベルなルポルタージュです。日本人以上に日本文化を深く洞察していて驚かされることばかりです。ブルーノ・タウトを再発見し再考するということは即ち、日本を見つめ直すということに外ならないんです」

話は終わったようだった。

「タウトも本望でしょうね、これだけ惚れ込んでもらえれば」

青瀬が労い半分に言うと、すぐさま切り返された。

「いや、逆に伺いたいですよ。なぜ青瀬さんはタウトを避けてきたんです?」

すみませーん、と大きな声がして、カメラバッグを下げた若者が走ってきた。池園は、遅いよ、と言って腰を上げた。

二人は撮影の打ち合わせを始めた。

タウトを避けてきた?

意味を解せず、だが、青瀬は図星を指された思いでひとり縁側にいた。

18

帰りの関越道は車も疎らだった。

青瀬は漫然とシトロエンを走らせていた。山を下りれば洗心亭は天竺《てんじく》を思うほどに遠く、それでいてハンドルから伝わる振動のように近くにあった。時空の感覚が麻痺しているのは、寺でブルーノ・タウトのデスマスクを目にしたからだろう。それは脳裏に浮かんでいるというより、脳に焼き付いてしまった感がある。

池園の取材を受けた後、彼の案内で寺の受付がある瑞雲閣《ずいうんかく》という建物に向かった。住職はちょうど出掛けるところで、建物の外で立ち話になった。柔和な笑みを浮かべた、見るからに知徳に優れた住持だった。池園に建築家だと紹介され、椅子の写真を見せた。はてさて見事な出来映えだが、残念ながら見覚えはありませんな。

吉野の名前も出してみた。実は写真の椅子の持ち主は吉野陶太という男なのだが、引っ越し先がわからず、椅子を頼りに探してみる気になった。そんな舌足らずの話をした。住職は首を捻り、初めて聞く名だと言った。池園も同じで、だがやはり妙な人探しだと思ったらしく、住職が去った後、青瀬と吉野の関係についてあれこれ訊いてきた。本当のところ持ち主云々はどうでもよくて、タウトの椅子か否かの興味ですよと池園の心をくすぐり切り抜けた。一家蒸発。それさえ秘しておけば、記者が本気で食いついてくることはないのだと学習した。

「タウト展示室」は瑞雲閣の中にあった。こぢんまりとした部屋に幾つものガラスケースが置かれ、タウトが洗心亭にいた当時の写真や直筆の短冊、手紙類、工芸品の数々が陳列されていた。

目当ての椅子もあったが、池園が言った通り、素朴さという点では相通じるものの、デザインそのものはまったく異なる一品だった。

デスマスクは――独立したケースの中にひっそり納められていた。展示室にいた時間の大半、青瀬はそのケースの前にいた。覗き込んだ姿勢のまま、至近のデスマスクから目を離せずにいた。鼻梁が驚くほど高かった。顔をやや傾け、深遠なる思考を想像させる面立ちをくっきり残していた。生前タウトは、死んだらここ少林山に骨を埋めてほしいと言っていたそうです。その願いは叶いませんでしたが、タウトがトルコで没した後、エリカが遥々《はるばる》ここまでデスマスクを届けにやって来たんです。池園の説明を聞くうち、青瀬は心胆を激しく揺さぶられた。

それは本当の話なのか？

時世が変われば亡命生活も終わる。洗心亭はいっときの避難所だとタウトは考えていたはずだ。いつかはわからないが、やがて出て行くことは決まっている。それは「渡り」だ。「滞在」であって「住む」こととは違う。だが――。

住んでいたのか、タウトは？

この地に恩義を感じていた。人生の一番辛い時期に温かく迎え入れられ、大いに感激し、感謝もしただろう。だが、死して異国の地に還りたいとはただ事ではない。いっときの感情の昂ぶりが言わせた言葉ではないのだ。タウトが本心そう願っていたことは、エリカがデスマスクを携えてここに馳せ参じた行為で証明されているのだから。

そのエリカがいたからか。アトリエもテラスも書斎もない異国の離れ家で、だがそこに二人の確かな暮らしがあったから、洗心亭はタウトの「終《つい》の棲家《すみか》」になり得た――。

心が黒く塗り潰された。六本木の、豪奢なマンションの部屋がまざまざと蘇っていた。

ねえ、あそこに戻ろう。２ＤＫだって、車なんかなくったって――。

池園がカメラマンに呼ばれたので、青瀬も展示室を後にした。帰りしな、ダルマの目が出たり引っ込んだりする細工を施した、鈴のついたキーホルダーを買った。「芽が出る」という洒落らしい。二つ買ったが、日向子に会えば、渡せるのは一つだけだとわかっていた。

関越道を下りた。

途端に車の量が増え、青瀬の孤独は薄暮の街に紛れていった。

19

〈いや、椅子は一脚だけじゃなかった。言わなかったっけ？　テーブルとセットで三つか四つ同じのが付いてた〉

「三つか四つか、どっちだ？」

〈そこまでは覚えてない。けど普通、応接セットの椅子が三脚ってことはないだろ〉

「元は四脚以上ってことだな」

〈だろう。いやしかし、Ｙ邸の椅子がずばり日向邸から持ち出されたって推理はそそるな。保養所が閉鎖されたんなら、どさくさもあったろうし〉

「お前が見たのが三脚なら、その時点でもう欠けてたのかもしれないな」

〈そいつが巡り巡って信濃追分にか。それもそそる。あ、いや、施主捜しに繋がらなきゃ意味がないけどな〉

帰宅してまもなく、電話しようと思っていたところに岡嶋の方から掛けてきた。朝方の、言いっ放しに近い口調は鳴りを潜め、妙に親しげな空気を耳に送り込んでくるあたり、あのあと少しは反省したということか。

青瀬は冷蔵庫の扉を閉め、子機を首に挟んで缶ビールのプルトップを開けた。

〈飲んでるのか？〉

「一本だけだ」

岡嶋が笑った。

〈別に何本だっていいさ〉

「忘れたか。お前が釘を刺したんだぞ」

〈誰だって刺すさ。ウチに来た頃の飲みっぷりを見りゃあ〉

青瀬は鼻で笑ってソファに腰を沈めた。

〈じゃあ、日向邸に行くんだな。そのナントカって記者と一緒に〉

「声が掛かったらな。けどその前に、例の椅子に『タウト井上印』が押されているかどうか確認する」

〈タウト……井上印？〉

「知らないか？　真贋の見極めポイントだそうだ。記者が言うには、印があれば本物だが、それは銀座の店で売られた商品だから日向邸の専用家具じゃないってことになる」

〈なるほど。銀座に専門店があったのは知ってたけど、印の話は初耳だ〉

「お前でも抜けがあるんだな」

〈上には上がいるってことさ。いいタイミングでオタク記者を捕まえたな〉

「こっちが捕まったんだ」

〈どっちでもいいけど、勘づかれるなよ〉

言葉の尻尾に重りが垂れた。

〈日向邸行きはいつだ？〉

「だから声が掛かったらだ」

〈くれぐれも気をつけてな。こっちが情報を得るのはいいけど、下手すりゃ藪蛇だ。記者ってやつは——〉

〈あ？〉

「長電話しててていいのか」

「忙しいんじゃないのか、指名獲得で」

小さな間があった。

〈西川さんか〉

「すごく喜んでたよ」

〈なら良かった〉

「でかい仕事になるな、メモワールは」

〈捕らぬ狸はやめとく。まずは指名入りだ〉

「だな」

堰を切ってやったのに、岡嶋の内面は流れ出てこなかった。すべてを話すか、何も話さないか、二者択一しか頭にないのは、秘めたる思いが大きい証だろう。

「岡嶋――一つ訊いていいか」

〈まあ、もう少し待てって〉

「お前はどこで死にたい？」

〈何だよ、それ〉

「死んだらどこに帰りたい」

〈酔ってんのか〉

「まだ一本の半分だ」

〈家だろうよ、誰だって〉

「お前の話をしてるんだ」

〈家だよ。畳の上で死んで墓に入って、お盆は家だ。満足か？〉

「どの家だ」

〈おい、どんな一本の半分だよ。家は家だ。親父が建てた家だが、俺が育った家でもある。さんざん手を入れて今はれっきとした俺の家だ。愛着があるし、一創もいる〉

「女房もな」

〈ああ、そうだ。その通りだ。家族がいる場所が家だ。お前、何が言いたい？〉

「ひょっとして――」

止めるつもりが止まらなかった。

「お前はマユミのアパートで死にたいんじゃないかと思ってな」

嘆息の間があった。

「冗談だ」

〈……〉

「すまん。忘れてくれ。今日、寺でデスマスクを見てから少し頭がおかしい」

ああ、と岡嶋の声が戻った。

〈タウトのな。確かにあれは強烈だ。夫人が遥々届けに来たって話も聞いたか〉

「ああ。エリカは夫人じゃないけどな」

〈そうさ。タウトが亡命した時、女房と子供はドイツに残した。そこんところを悪く取ったのか？　捨てたんじゃないさ。国に残したほうがいいって、ぎりぎりの決断をしたんだと俺は思ってる〉

「じゃあ、エリカは何だ？　水先案内人か？　秘書兼愛人か？」

〈道連れだろう〉

「はっ！　演歌の世界かよ」

〈ナチスの世の道連れだぞ。同志や戦友みたいなもんだ〉

「だから燃え上がったってことか」

〈俺も昔そう思ったよ。エリカの存在が謎で図書館で調べてみたりもした〉

「結論は？」

〈出っこないさ。でも想像はできた。二人は『同心梅』だったのさ〉

「ドウシンバイ?」

〈中国の梅だ。一つの心《しん》に二つの花が咲く〉

「なるほど、一心同体な」

〈そう言っちまうと安っぽいだろ。同心だ。同じ心《こころ》を抱く二つの体だ。いるんだよ、世の中には。言葉でぐだぐだ説明しなくても、通電するみたいに心がシンクロする相手が〉

「そうかよ」

〈誤解してるようだからついでに言っとく。俺とマユミがそうだ。あいつがちっちゃい時から知ってる。親の工務店が潰れてグレた頃も知ってる。あいつが考えていることは何でもわかるし、向こうもそうだ。俺は同心を知ってたんだ。だからタウトとエリカの同心も感じ取れた。色恋とは別の次元の話なんだ〉

色恋とは別。言いたかったのはそれか——。

「わかった」

〈わかった?〉

オウム返しに険が籠もった。息を吸い込む音がした。

〈お前はどうなんだ〉

予想された反転だった。

〈その借り部屋で死にたいのか? 死んだらどこに帰るんだ? 人に訊くからには自分も考えたんだろ〉

「考えたさ」

〈どこに帰る？　離婚前のマンションか？　渡り歩いたダムの飯場のどこかか？〉

「具体的に浮かぶ場所はない」

〈当ててやろうか〉

「当てる？」

〈Y邸だ〉

踏みつけた足を、倍にして踏み返された気がした。

「人の家だ」

〈お前の家だろう〉

「ふざけるな」

〈俺たちはみんなそうだ、って言ってるんだ。自分が生み出した、自分の魂が乗り移った家に帰りたがるに決まってる。デスマスクを被る直前に意識が向かう家だ。お前にはあるが、俺にはない。そういう話だ〉

ぷっ、と通話が切れた。際限なく続くかに思えた会話が無に呑み込まれた。

青瀬は握った子機を見つめていた。

壁時計の音が聞こえる。いつもは届いてこない秒針の刻みが確かなものになっていく。焦燥感が胸にあった。居ても立ってもいられない気分だった。岡嶋の話の、何がどう心に作用したのかわからなかった。突如衝動に駆られ、指がせわしく十桁の数字を叩いた。耳の奥でコール音が響くと心拍は一気に速まった。

〈はい、村上です〉

ゆかりの声は若干の警戒を含んでいた。

「俺、です。青瀬」

〈あ、はい……〉

曖昧な応答があって、それから間が空いた。テレビの音が遠のき、ドアが閉まる音とともに消えた。

〈どうしたの？〉

日向子がどうかした？　いつものそれとは違って当惑の言葉に聞こえた。元夫からの電話はまったく頭になかったか、あるいは電話にでてすぐ青瀬の様子が変だと感じたか。暗い窓にハッとして壁時計を見た。八時を回っている。

「遅くにすまない。日向子は？」

〈テレビ観てる〉

「晩飯は済んだのか」

〈どうしたの？〉

同じ言葉で、今度はしかと用件を促された。それでもまだ、ゆかりが電話の向こうで青瀬の心の状態を窺っている気がした。

「日向子のことだ——相談したいことがあって電話した。今すぐどうこうしなくちゃならないという話じゃないんだ。だけど放っておくわけにもいかないと思って。日向子は十三だろ。もう子供じゃない。子供だけど大人になりかけてるだろ。だから離婚のこと、訊かれる前に俺たちでどう話すか考えておいたほうがいいと思って電話したんだ」

まくし立てる。意に反してそんな話し方になった。ゆかりは黙っている。言わんとしていることが伝わらなかったか。

「なぜ離婚したのか、本当のことを知りたがっている気がするんだ。ここ何回か会って感じた」

〈日向子が何か言ったの?〉

「何も言わない。けどわかる。知りたがってるのは確かだと思う。だから訊かれた時のために準備しとかなきゃならないと思ったんだ。時期が来たら、訊かれなくても話すべきことなのかもしれないとも思った。とにかく日向子にもやもやしたまま成長してほしくないんだ。これから恋愛もするだろうし、自分が立っている土台っていうか、踏切板っていうか、そこがぐにゃぐにゃだと、いざ大人になろうって時に思いきってジャンプできない気がする」

ゆかりは小さく息を吐いた。

〈わかるけど……。準備、って言った?〉

「ん? ああ、言った」

〈日向子にどう話すか準備する〉

「そうだ」

〈同じとは限らないでしょ〉

「どういうこと?」

〈だから、あなたが思っている離婚の理由と私が思ってる理由。同じじゃないのに、私たちで答えをすり合わせておくっていうのは違うと思う〉

一瞬、思考がどこかに飛んだ。

〈ごめんなさい。あなたの言いたいことはよくわかるの。日向子を心配する気持ちも。でも私は私で日向子と向き合ってる。そういう話もしてる〉

「そういう話？」

〈話してあるの。私なりに〉

どう話した？　喉元まで出掛かった。

〈毎日一緒にいるのよ。二人っきりなの。もう何度も訊かれたし、何度も答えた。それが現実〉

「日向子は……？　それでどんな……」

〈心配しないで。嫌な話は一つもしてない。そんなこと日向子に言えない。でもね、あなたと二人で話を作ることはできない。それはしたくない〉

「わかった」

青瀬は虚空を見つめていた。

「それはわかった。だけど誤解しないでくれ。口裏を合わそうと思って電話したわけじゃないんだ。ただ俺は、このままずっと日向子に本当の話をしなくていいのか、わからなくなって、迷ってしまって、君の意見を聞こうと思って電話した」

ゆかりはしばらく黙った後、少し砕けた調子で切り出した。

〈親の離婚なんて今どき珍しくないよ、って言うの〉

「日向子が？」

〈そう。クラスにも何人もいるって。その子たちで誰が一番大変か話し合ったら、誰もちっとも

大変じゃなかったって笑いながら言うの。そうやって私を油断させようとする〉

「油断させる？　心配をかけまいとしてだろ」

〈あの手この手で私が離婚の話をしやすい空気を作ろうとするの。どうってことないって感じで。そういう時の日向子、痛々しくて、まともに顔を見られない。あなたの言う通りよ。日向子は本当のことを知りたがってる。知るのが怖くて怖くて仕方ないのに知りたいの。それって、自分の傷に爪を立てて、もっと傷を深くしようとしてるのと同じに見える。だから私は本当のことなんて絶対に話さない。これ以上、可哀想な思いをさせたくないから話さないの。あなたもそうしてほしい。そうして〉

　青瀬はうなだれた。狭まった気道から思いが漏れた。

「俺は……一度も日向子に謝ったことがないんだ。君にも」

〈やめて〉

　ゆかりは笑った。

〈謝るとかよして。それこそ二人の責任でしょ。私だっていつも心の中で日向子に謝ってる。でも言葉にしたら、あの子、きっと泣き出す〉

「そうだな。それはそうだな」

〈私はね、ユー・アー・ユーって日向子に言ってるの〉

「ユーアー……？」

〈ユー。あなたはあなたよ、って。パパもママもあなたを大好きだし、いつまでもパパとママの子供だけど、それでもあなたはあなた、ずっと見ていてあげるから、あなたの心がときめくほう

に向かって真っ直ぐ歩きなさい、って〉

青瀬は体の深いところから息を吐き出した。そうか。そう話したのか。

〈実はね、私、英会話を習い始めたの。で、日向子の学校の英語と、どっちが上達するか競争してるの。いつかニューヨーカーになるぞぉ、なんて冗談言いながら〉

「へえ、すごいな。ニューヨークで仕事か」

〈夢物語よ。あなたは？　仕事のほうはどう？〉

「なんとかやってる」

〈そ？　これだー、みたいな家が建った？〉

「どうかな」

〈頑張ってるのね。頑張ってね〉

弱っているから元気づけている。その点、昔からゆかりは誰が相手でも見境がなかった。

青瀬は空咳をした。

「それと、もう一つ話があるんだ、日向子のことで」

〈何？〉

「日向子が年明けに言ってたんだ。よく掛かってきた電話が急に掛かってこなくなった。それって終わりってことだよね、って。ちょっと意味ありげな言い方だったんで気になってる。何か心当たりあるかい？」

〈………〉

「もしもし」

〈はい〉

戻った声は硬かった。

「たぶん男の子からじゃないと思う。友達と何かあったのかな」

〈あとで訊いてみる。それでいい？〉

心当たりがあるのだと感じた。青瀬に話せないことなのか。不可解さに眉を寄せた瞬間、あ、と思った。それは微かな声になって送話口に吸い込まれた。

日向子ではなく、ゆかりに掛かってきていた電話だった。そうではないのか。きっとそうだ。日向子は青瀬にサインを送ったのだ。母親に男の存在を感じて、不安になって——。

電話は切れていた。切り際のゆかりの言葉は聞き落とした。じゃあ、だったか、また、だったか。

青瀬はソファに寝転んだ。

離婚して八年だ。何もないほうがおかしい。そうとも、周りの男たちがゆかりを放って置くはずがない。青瀬にだってあった。酒浸りの頃は言うに及ばず、岡嶋の所で出直した後も夜を共にする相手がいた時期があった。

家を建てなくて良かったな——。

俯《うつむ》き、目を閉じるとデスマスクが見えた。

それはタウトにも父の顔にも見える。今際《いまわ》のきわの光景が、西洋の古い絵画のように静止して見える。青瀬は身震いした。さっき胸を襲った激しい焦燥の正体は、やがて自分にも訪れる死を意識したからだったに違いなかった。あれもこれも何一つ決着を見ぬまま終わる。岡嶋からの電話のように、ゆかりとの電話のように、突然ぷつりと切れて暗闇に沈む。次はいつ繋がるのか。次があるのかないのかさえわからないまま沈み続ける。日向子とはあと何回会うのか。何を伝え、何を伝えられずに自分は消えるのか。

父の遺灰は、生前そうしてくれと言っていたと母に聞かされ、群馬の山中の許可地に散骨した。撒いたそばから風に煽られ、土をほんの少し白くしただけで、大半は舞い上がって空の旅に出た。きかない人だね、と母は笑った。その母も二年後に他界した。遺灰は、風がでるまで二時間待って父の後を追わせた。

たくさんの顔が見えていた。たくさんの声が聞こえていた。ゆかりの顔が一番近かった。声もそうだった。

このまま眠れそうだった。理由はわかっていた。

それって終わりってことだよね——。

20

吉野一家が行方知れずのまま、時間ばかりが過ぎた。

青瀬が再び信濃追分に赴いたのは、桜の散り際だった。年度替わりで現場監理の仕事が立て込んだうえ、石巻と竹内が続けて風邪で寝込んだりしたものだから、吉野の調査に使える時間は夜しか取れなかった。

例の椅子に「タウト井上印」があるか否か――。

広大な闇に没したY邸は、それが自分の設計した家でなかったら近寄りがたかったろう。岡嶋には声を掛けずに来た。いよいよ指名獲得の件が大詰めなのか、あるいはあの晩の電話で青瀬への接し方を考え直しでもしたのか、時折、「吉野さんは？」と訊く以外はこの件に立ち入ってこない。

前回持ち帰った勝手口のスペアキーを使って家に入った。中は冷え切っていた。最小限の照明を点け、階段を上った。消えてなくなっているのではないか。そんなオカルトチックな想像が頭を掠めたが、椅子は、岡嶋と納めた時のままクローゼットの中にあった。外に引っ張りだし、横倒しにし、裏を返し、懐中電灯の光を近づけて舐めるように調べたが、そのどこにも「印」が押された痕跡はなかった。銀座の「ミラテス」で売られた品物ではないことが判明し、熱海の「旧日向別邸」の調度品として特別に誂《あつら》えられた椅子である可能性が高まったということだ。いや、どこぞの馬の骨がタウトの椅子を真似て作った紛い物である可能性も依然あるわけだが、改めて椅子を観察してみて、風格といい、その丁寧な造りといい、初見と同様、素性の悪い椅子だとは思えなかった。

青瀬は階段を下りた。いったん玄関まで戻り、侵入者の足跡を起点から辿ってみた。前回と違って、今は赤ら顔の男の存在を知っている。新たな目で見れば新たな発見があるかもしれない。単なる泥棒か、それとも別の目的があって忍び込んだのか。

皆目わからなかった。金目の物であれ、別の何かであれ、隠された物を探す作業に違いはないのだから、土台、素人の手に負える調査ではないと思うしかなかった。

足はリビングルームに向いた。絨毯の上に直置きされた電話機の赤いランプが点滅している。留守電のメッセージを聞こうと決めていた。疚《やま》しさはあったが、吉野一家のためだと自分に言い聞かせて再生ボタンを押した。五件のメッセージが録音されていた。うち四件は青瀬が「連絡が欲しい」と吹き込んだものだった。残りの一件にはメッセージがなく、しかし、息遣いだか、風の音だか、微かな雑音が数秒間残されていた。着信は四月八日午後十時五十五分。五日前の電話だ。「非通知設定」で発信元の番号は知れない。赤ら顔の男だろうかと思いつつ、着信履歴をチェックした。五日か六日おきに、昼夜の別なく非通知の着信が並んでいた。最後が四月八日だ。その時だけすぐには切らず、無言のメッセージを残したということか。

もう一度、四月八日の録音を再生してみた。耳を澄ます。息遣いなのか……風の音なのか……。背筋にぞわぞわと這い上がるものがあった。吉野の存在を感じた。どこか遠くの土地の寂しげな場所で、携帯を耳に押し当てている吉野陶太の姿が目に浮かんだのだ。ここに電話を掛けている。誰か来ていないか、様子を探るために――。

そうなのだとして、吉野が頭に思い浮かべている訪問者は誰なのか。青瀬か。赤ら顔の男か。警察の人間か。それとも「長身の女」か。いや――。

長身の女のことなど忘れかけていた。Y邸に電話を掛け続けているのが吉野だとするなら彼は生きている。もはやそのことが重要だった。吉野は自分の意志で身を隠している。吉野一家は無事だと信じたい気持ちが夜逃げ的な想像を支え続けている。だが、時として揺らぐ。赤ら顔の男がそうさせる。既に交わっていようがいまいが、男と一家が同じボードゲームの盤上にいることは間違いないのだ。

吉野を探す手立てはある。携帯が発する微弱な電波をもとに持ち主の居場所を特定できることは、事件のニュースを見聞きして知っていた。その手を使えるのは警察だけだ。日に一度は思い、さりとて警察に出向き、事件の可能性があると切り出す勇気も抱けず、醜聞を恐れる岡嶋への気兼ねもあって、ゆるゆると気持ちが後退する。そんなことの繰り返しだった。だが――。

青瀬は電話機に目を落とした。

今夜掛けてくるのではないか。吉野の声を聞けるかもしれない。最後の電話が八日で、今日が十三日。これまでのサイクルから考えれば可能性はある。腕時計を見た。午後九時四十七分。よし。

待ってみようと決めてみて、人の家に勝手に上がり込んでいる気まずさを感じた。照明を消して歩いた。リビングルームには留守電の赤いランプだけが残った。それを引き寄せ胡座《あぐら》を掻いた。留守電のセッティングを解除し、が、少し思案してまた戻した。電話が鳴り、録音が開始されたら受話器を上げる。そう決めた。

あとは時間との静かな闘いだった。何度も長い息を吐いた。Y邸にいる。いるはずのない自分がいる。忍び込み、歩き回り、あるかどうかもわからない電話を待っている。巡り合わせの不可思議さを感じずにはおれなかった。闇と静寂に心と体の感覚を奪われていく。留守電のビーズ大の赤いランプが鳥の目に見えていた。カモに似た、それよりやや小ぶりのハジロカイツブリの目だ。血を連想させる真っ赤な目をしていた。遠い昔、沼で見た。どこの沼だったか、それが思い出せない。名前を知っているのだから、父と一緒に見たのだろう。幼かったのだ。きっと本当に幼かったのだ……。

部屋が仄かに明るくなった。月だろう。東の空に上がり始めたのだろう。美しいに違いない。月明かりに、半身を照らされたY邸が脳裏に浮かび上がった。

これだー、みたいな家が建った?

電話が鳴った。

青瀬は心底驚いた。上体は仰《の》け反り、目を見開いたまま波打つ脈動に支配された。

二度、三度とコールが続き、五度目のあと留守電の機能が働いた。ただいま留守にしております。ご用件のある方はピーという発信音のあとに――。ディスプレイが発光している。「非通知設定」。青瀬は我に返って電話器に手を伸ばした。五指が受話器に触れた。まだだ。ピー。

何も言わない。二秒……三秒……。我慢の限界は早かった。青瀬は受話器を引ったくった。耳に当てるなり言った。

「吉野さんですよね」

返事はない。が、微かに音が聞こえる。風か。風だ。電話は戸外から掛けられている。

「青瀬です。皆さん無事ですか。今どこです。教えて下さい。どこに――」

電話がぷつりと切れた。

しばらくは動けなかった。魂を抜かれたような気分だった。吉野だったのだろう。吉野だったに違いない。Y邸に青瀬がいた。青瀬が自分を探していると知った。だが何も言わなかった。助けを求めなかった。細い線が切れてしまった。吉野が切ったのだ。泣いているかもしれない。縋《すが》るに縋れず、吉野は今、泣いているのかもしれない。

くっ。くぐっ――。

青瀬は天井を仰いだ。「木鳴き」の音がする。新しい家は鳴く。自身の最良のバランスを探し求めてミクロの修正を試みる。音は、だが家ではなくタウトの椅子が発した気がした。吉野一家を探し出す、我こそが唯一の道標だと言わんばかりに。

21

池園記者からの連絡を待っていた。

次に旧日向別邸に行く時は青瀬を誘うと言った。Y邸の椅子が、かつては別邸専用の調度品だったとわかれば、別邸と吉野、あるいはタウトと吉野の接点が浮かび上がるかもしれない。それが繋がったところで一家の消息を知る手掛かりになるだろうかと頭の隅で思いつつ、それ以上は想像の線を伸ばさずにいた。大阪のクライアントの図面に手こずっていた。Y邸と同じ家を建てて欲しいという注文は、予想以上に青瀬を苦しめた。立地条件が異なるのに同じ家など建てようがない。いや、Y邸のコピーは建てたくない。抗う気持ちが日増しに強まり、製図板の前で腕組みをする夜が続いた。

四月の第三週に入っても池園からの連絡はなかった。約束を忘れてしまったのか、その場限りの軽口だったたか。彼の名刺を見つめ、だがこちらから電話をするのもどうかと思った。熱心すぎる調査はいらぬ詮索を呼び込む。ただでさえ、池園は青瀬に疑問符を付けていたのだ。

なぜ青瀬さんはタウトを避けてきたんです？
「洗心亭」の縁側で言われた言葉は胸につかえたままだった。心酔している池園にしてみれば、タウトに関心を持つことなく建築士になった男の存在が不可解でならなかったのだろう。「避けてきた」の語感は、皮肉というより、むしろ憤慨に近かった。唐突に言われ、なにやら図星を指された思いに狼狽したが、冷静になって振り返れば、あの場で池園が青瀬の内面を言い当てようなどと考えるはずはないし、そもそも青瀬のことを何一つ知らない初対面の男に、たとえ心の一端であろうと言い当てられる道理もなかった。

にもかかわらず、「避けてきた」のひと言は尾を引いた。たまたまではなく、日本ゆかりの巨匠建築家を素通りしたことにはやはり何か訳があったのではないかという気がしてきた。車を運転していても、ベッドに入っても、達磨寺で目にしたデスマスクが脳裏にちらつき、ある夜とうとう観念して岡嶋が寄越した段ボール箱を開けた。タウトに関する研究書が十冊近く。タウト自身の著作と、日本滞在中に記した日記もあった。

易々と足跡を辿れる人物ではないことだけはすぐにわかった。第一次世界大戦後の表現主義を代表する建築家……。アルプス建築を提案したユートピアン……。大規模な集合住宅《ジードルング》の設計者……。色彩の魔術師……。類まれな画家であり作家……。思想と哲学が複雑に絡み合った建築理念は眩しいばかりで摑み所がなく、理解の緒に就くことすらかなりの時間を要しそうだった。理解したところで今更何が得られるわけでもなく、建築家と建築士の境界を改めて思い知らされるだけだという冷めた予感もあった。クライアントとの関係に神経を磨り減らしてきた月日はおろか、飯場を渡り歩いた幼い日々の記憶までもが色褪せていきそうだった。高台の真新しい家に恋い焦がれた。当時は気づきようもなかったが、少年が恋したのは、定住の象徴としての家だった。生き物は本能的に寄る辺を求める。動かざるものがあってこそ、人はどこへでも行ける――。

渡りの経験は「建築家の原点」になりうるものだった。だから錯覚した。建築の理念や理想を抱いたのではなく、青瀬はただ自分が住む家を造りたいと願っただけだった。タウトの底知れぬ存在感は、そんな思いを強いてくる。知っている。経験が才能や理念に勝るのは一定レベルまでのことで、それを超えれば、人ひとりのちっぽけな経験など、大いなる才能が紡ぎだす理念理想の前に跪《ひざまず》くしかない。

だからタウトを避けたのか。火傷をするのが怖くて、火を熾《おこ》さなかった。建築の世界を目指した頃にはもう、その秘密に気づいていたから。

接点はあったのだ。研究書を読み進めていくうち、既視感のあるタウト作品の写真を何点も見つけた。「グラスハウス」は中学時代に図書館の本で目にしていた。ドイツ工作連盟主催のケルン博覧会に出展された前衛的なモニュメントだった。開催は一九一四年というから、三十四歳のタウトの手による設計だ。鉄筋コンクリートとガラスで施工された格子状のドーム。菱形多面体の形状は巨大な水晶を連想させる。九十年を経た今見ても斬新な建築物だが、十四歳の青瀬はその奇抜なデザインを素通りした。初めて写真を見た時の気持ちが思い出せない。美しいと思ったのか、そうでなかったのか。驚嘆したのか、無感動だったのか。印象は限りなく薄い。赤坂時代も「グラスハウス」がフラッシュバックした記憶はない。日々の設計で、鉄とガラスとコンクリートの「三種の神器」を駆使していながら、タウトとの交信は皆無だった。

「田園ジードルング」を忘れ去っていたことには驚いた。周囲の自然を取り込んだ先進的な集合住宅で、「タウトは都会の住宅を郊外に誘い出した」といった解説がなされている。高校時代に文献を見たはずだ。「魅力ある小集合住宅」をお題とした全国コンペに参加するにあたり、事前に多くの資料に目を通した。テーマのど真ん中に位置し、タウトの代表作の一つでもある「田園ジードルング」を見ていないはずがなかった。だが思い出せない。飯場の、「鰻の寝床」のイメージを木っ端微塵にしたいという、当時の青くて熱い思いが蘇るばかりだ。

タウトは嘆いているのだろう。自分という存在に触れることなく建築の世界に足を踏み入れた青瀬の無知蒙昧《もうまい》を。飯場の部屋の窓際の、九太郎の鳥籠越しの、青瀬が使うことを許されていた五十センチ四方の壁に「田園ジードルング」の写真を貼らなかったことを。桂離宮や白川郷に日本美を見出したタウトは、その日本への深い愛情故に、名もない建築士の元に化けて出たのだ。Y邸に椅子を置き、デスマスクを拝ませ、ここに来て座れと手招きしている。そんなめくるめく妄想が親近感を生んだ。ソファで、ベッドで、タウトの研究書を読み耽る夜が続いた。

何より興味を引かれたのは、三巻からなる『タウトの日記』だった。日本滞在中に訪れた場所、出会った人、感じたこと、そして日々の生活の細々としたあれこれが詳細に綴られている。池園が洗心亭で力説したように、日本文化に対する考察の鋭さと深さには感服するほかない。視点はミクロとマクロを自在に行き来し、ひとたびペンが建築論や文化論に及ぶや情熱が迸る。だが、そうした本筋とは別の所に青瀬の関心事があった。晩年に流転を余儀なくされたタウトの心情を、記述と行間から読み解こうとしていた。頁を捲るたび、エリカの名前を探している自分に気づく。世界に名を馳せた巨匠建築家は、一生活者としてはどう暮らし、どう生きたのか。どんな空間でどんな時間を過ごしていたのか。それはあくまでタウト一人の精神世界だったのか。エリカなくしては存在しえない時間と空間だったのか。

日記の中に登場するエリカは、実に淡々と描かれている。夫婦同然に寄り添い、生死を委ね合ってドイツからの脱出行を果たした相手だというのに、タウトは情動の一片すら覗かせない。「私の看護婦でもあり警官でもあるエリカ」。そんな思わせぶりな表現の裏側に、エリカへの敬意と信頼の深さを想像するばかりだ。岡嶋がしれっと口にした「同心梅」に合点がいかぬまま、文中に「私達」という主語が度々出てくることに青瀬が気づいたのは、日記を相当に読み進んでからだった。それがタウトの回答か。エリカと共にある。同じ時間と空間を共有している。それ以外に何を語る必要があろうか——。

溜め息が唇を割る。

洗心亭に、あの仮住まいの小さな空間に危機はなかったというのか。

ゆかりに絶望したわけではなかった。自分に対しても絶望していなかった。空間に絶望したのだ。ゆかりと築き上げてきた空間が崩壊したことに青瀬は絶望した。瀟洒なマンションの一室が、極寒の地の、鉄のコンテナに変貌した。何もかもが凍りついていた。その空間は三畳一間の飯場よりも狭く、水を汲みに行った真冬の川辺よりも寒く、誰も話し掛けてくれない教室よりも酸素が薄かった。

あの時、2DKのアパートに戻っていたら。

あの時、Y邸を「我が家」として提案できていたら。

青瀬はタウトの日記を閉じた。

家がもし、人を幸せにしたり不幸にしたりするのだとしたら、建築家は神にも悪魔にもなれるということだ。人を幸せにしたり不幸にしたりするのは人だと、洗心亭は、あのつましい居宅は教えているのかもしれない。

タウトはとうとうドイツに帰れなかった。エリカとともに日本からトルコに渡り、イスタンブールに建てた自邸で他界した。終戦の七年前だった。戦後のドイツを見ることなく、国に残した家族とも二度と会うことはなかった。

22

週明けに事務所に出社すると、竹内の興奮した横顔が目に飛び込んできた。その向こうの石巻の髭面も上気している。

「何かあったの?」

青瀬が声を掛けると、竹内は「大アリ喰いですよ!」と意味不明の台詞を口走った。

「所長!　青瀬さん来ましたよ!」

衝立の陰から、岡嶋とマユミがマグカップを手に現れた。揃って満面の笑みだ。

「僕が言っていいですか。いいですよね」

竹内が皆の顔を見回し、返事は待たずに甲高い声を上げた。

「ウチが入ったんですよ、指名に!」

青瀬は岡嶋を見た。

「本当か」

「ああ、たった今、連絡があった」

S市が建設を予定している「藤宮春子メモワール」。その指名業者の一社に岡嶋設計事務所が選ばれた——。

青瀬は握手の手を伸ばした。

「やったな」

「いやあ喜べん。落ちて泣きじゃくってる事務所のことを思うとな」

茶化した物言いに、だが感慨と決意のほどが窺える。

「コンペですよ、コンペ！　燃えるなあ」

本格的なコンペ経験のない竹内は、今にも踊りだしそうな喜びようだ。

「みんな頼むぜ。ウチがマイナーからメジャーに昇格する格好のチャンスだからな。世の中をあっと言わせるプランを出して、東京の事務所を蹴散らそう」

岡嶋が一席ぶつと、マユミが生徒のように手を挙げた。

「はい、やります！　私もお手伝いしまーす！」

「おーし、とことんやりましょう。しばらくは家に帰れねえな」

石巻もボキボキと指の関節を鳴らし、その拳を竹内の腹にグリグリめり込ませた。悲鳴と笑い声がフロアに響く。

青瀬も体温が上がるのを感じていた。文化施設のコンペは赤坂時代にも経験がなかった。絵葉書の街頭販売で生計を立てていたパリ在住の孤高の画家。七十年の生涯を閉じるまで、その優れた作品群は人の目に触れることがなかった。藤宮春子のヒストリーが脳を刺激してくる。彼女の人生と絵画。その両方を包括するメモワールには、いったいどんな器がふさわしいか。

だが……。

やろう、と声を上げられなかった。岡嶋の内心はどうか。このプロジェクトに青瀬が加わることを望んでいないのではないか。タウトの件で電話でやり合って以来、まともに話をしていないこともあって、うまい笑顔を作れずにいた。

「青瀬、ちょっと出られるか」

こちらの内面を見透かしたように岡嶋が声を掛けてきた。

二人で事務所を出て、昭和通り沿いの喫茶店に向かった。途中、岡嶋は「先に行っててくれ」と断り、携帯を手に人けのない駐車場に消えた。県議だかS市の幹部だかに礼の電話を入れるのだろう。石巻や竹内には聞かれたくなかったとみえる。

青瀬は喫茶店に入って奥のテーブル席をとった。ほどなく、晴々とした顔が入店してきた。

「万事、うまくいったみたいだな」

青瀬が言うと、岡嶋は顔を顰《しか》めて頷いた。

「結構苦労したぜ。コンペが始まる前にクタクタだ」

「おいおい、こうなったらモノにしなきゃ嘘だぜ」

「もちろん勝ちに行く。死ぬ気でな」

力んだ台詞は、やはり「青瀬抜き」の腹づもりを想像させる。

「コンセプトは浮かんでるのか」

「これからだ。まずは遺族に当たってみようと思ってる」

「遺族に？」

「藤宮春子の絵を見せてもらって、それからじっくり考える。なんてったって絵が主役だからな。直接見なけりゃイメージも湧かない。だろ？」

「だな」

「他の事務所に先んじて見る。遺族を味方につけられるよう市の人間にも頼んだ」

「やるな」

「やるさ。やれることはすべてやる」

頑張れよ。喉まで出かかったが呑み込んだ。一緒にプランを練るべき人間が言う台詞ではない。

「なあ、青瀬――」

いよいよ本題と青瀬が身構えた時、懐で携帯が震えた。吉野陶太から。ここのところの習慣で一瞬そう思ったが、ディスプレイの番号に見覚えはなかった。

〈青瀬さんですか？　先日、達磨寺でお会いしたJ新聞の池園です〉

「ああ、お待ちしてました」

思わず本音が口を突いて出た。

青瀬は腰を上げ、だが見渡した店内に客はなく、その場で通話を続けた。池園の声は弾んでいた。すっかり遅くなってしまったが、五月十日に静岡の記者と旧日向別邸に行くことになった、一緒にどうか、という誘いだった。

「行きます。ご一緒させてください」

〈わかりました。えーと、どこで落ち合いましょう？　東京か、熱海か〉

一寸考え、「では熱海で」と答えた。話せないことがある相手と電車まで一緒は気詰まりだ。

〈了解です。集合は午前中になると思いますが、静岡の記者と話してまた連絡します。楽しみですね、タウトの椅子。僕もなんだかドキドキしてます〉

電話を切るやいなや、岡嶋が口を開いた。

「例の記者だな」

「聞いての通りだ。日向邸に行ってくる」

「ないんだよな、吉野さんからの連絡は？」

岡嶋の声が低くなった。指名入りが決まったとはいえ、コンペが終わるまでY邸の一件は眠っていてほしいと願うのは頷ける。

「心配すんな。記者には気取られないようにする」

「頼むぜ。爆発されたらたまらんからな」

爆弾扱いしてすぐ、岡嶋は取り繕うように続けた。

「しっかし、どこに行っちまったのかな、吉野さんは」

「逃げてるんだろう」

「赤ら顔の男からか」

「おそらくな」

「背の高い女は？　赤ら顔と関係ないのか。美人局《つつもたせ》だったとか」

口ぶりからして、前に二人を夫婦と推理したことは忘れたようだ。

「ありえるな。二人ともどこの誰だかわからないんだから、夫婦説も美人局説も消せない」

「夫婦か……。美人局の方が蒸発に直結しやすい気がするけどな」

岡嶋を遠くに感じる。この件に寄せる思いの温度差はいかんともしがたい。

「確かにな。けど、長身の女は蕎麦屋の主人の証言だけで、一緒にいたのが本当に吉野さんだったのかだって怪しい」

「大家は？　まったく駄目なのか」

「息子に頼み込んで訊いて貰った。ますますボケがひどくなってゼロ回答だ。引っ越し屋もだ。片っ端から電話してみたが、越した先はおろか、請け負ったかどうかも教えない」

「だろうな」

「だからタウトの椅子ってことだ。現状、目に見える唯一の手掛かりだ」

「あれが本物ならな」

「日向邸に行けばわかる。お前が座った椅子を見つけて、数が足りなきゃ本物って可能性が出てくる」

「そうだな」

話がタウトに舞い戻ったが、岡嶋は得意のうんちくを披瀝するでもなかった。腹に別の話を抱えているからだ。

「で、話は何だ？」

青瀬から切り出した。嫌な話は早く聞いてしまいたい。

岡嶋は頷き、伏し目で一つ瞬きをしてから青瀬を見つめた。

「藤宮メモワールの件だ。力を貸してほしい」

予想が外れた。それは訝しげな表情を作ったと思う。

「聞いてくれ」

岡嶋の言葉に怒気が混じった。

「悔しいけどな、自分の力はわかってる。東京の連中とガチンコして勝てるかどうか自信がない。けど、お前なら勝てるかもしれない」

「買いかぶるな」

青瀬が目を逸らすと、岡嶋はテーブルに身を乗り出して顔を寄せてきた。

「俺は事務所をメジャーにしたいんだ」

「わかってるさ」

「そのためにメモワールがいる。またとないチャンスなんだ。かなり無茶をして指名を取った。どうしても勝ちたいんだ」

「だからわかってるって」

「短期決戦、プランニングの勝負だ」

「もちろん協力する」

「違う」

「違う？」

岡嶋の顔が歪んだ。

「お前はお前でプランニングしてほしい。出来たら俺のと突き合わせる」

突如、真意が躍り出た。

「一緒にはやらないってことか」

「最後はやる」

「まずは俺のプランと競う」

「そうだ」

「岡嶋案がとびきり良ければ、俺のは却下する」

「可能性としては、ある」

話は予想外ではなく、予想以上だった。初めに岡嶋案ありき。それで勝てないと踏んだら青瀬案の美点を取り込む——。

「あくまでお前の作品ってことだな」

辛辣に言ったが、岡嶋は怯《ひる》むでもなく、驚くほど青臭く瞳を輝かせた。

「一つでいい、俺は遺したいんだ」

「遺す？　俺たちはまだそんな台詞を吐く歳じゃないだろ」

「お前はいい。もう遺したから焦らずにいられる」

青瀬は目を剝いた。

「引き合いに出すな。主に蒸発された哀れな家だ」

「認めろ。お前がデスマスクを被る瞬間、最後の意識が向かう家だ。俺にはない」

「その話はよせ。戯れ言だ」

「お前が吹っ掛けてきた話だ」

「謝ったはずだ。忘れろ」

「それだけじゃない。俺のためだけじゃないんだ」

岡嶋は宙を見つめた。

「一創に遺したいんだ。俺が創ったんだと、あの子に胸を張って自慢したいんだ」

刹那、抜けるような青空を見た。広大壮麗なダム。その最上部に張り付く父の姿を見た。

「青瀬、頼む。今回は黒子に徹してくれ」

「……………」

「青瀬——」

手で岡嶋を制した。

「やるさ。俺は岡嶋設計事務所の雇われだ」

23

月末の土曜はよく晴れた。

青瀬は四谷の「喫茶ホルン」にいた。約束の二時を五分過ぎたが、日向子はまだ姿を見せない。春休み中に会うはずが、互いの都合が合わず延び延びになっていた。二年生に進級した。電話は何度かしたが、このまま五月に入ってしまえば「四月分」の面会をどうするか微妙になるから、ＵＳＪ行きやドライブの誘いは諦めて、ともかく顔だけ見ようと慌ただしく今日を設定した。

ゆかりと電話で話したあれこれが、玉突き的に日向子に影響を及ぼしていないか、今朝から気になっていた。離婚して以来、いじめの問題を除けば、ゆかりとあんなに長く話をしたことはなかったし、互いの気持ちに踏み込んだのも初めてだった。あの後、ゆかりが日向子に何かを話したとは考えにくいが、日向子が何かを感じ取った可能性はある。

青瀬は壁の時計を見た。二時十七分。マスター夫妻が、やきもきしているのが遠目にもわかる。荒い息とともに携帯を取り出し、日向子のPHSを呼んだ。来ないのではないかという心配は、何かあったのではないかの不安に変わっていた。少女を狙った昨今の卑劣な事件は、もはや他人ごとではない。

コール音が二度三度と耳に響き、と、店のドアが勢いよく開いた。日向子は、ショルダーバッグの中を手で探りながら入ってきた。「サザエさん」の着メロを奏でるPHSを摑みだし、音を消し、それから青瀬に火照った顔を向けた。

「遅くなってごめんね」

「今の、ママからだろ？　でなくていいのか」

青瀬が言うと、日向子は首を傾げた。

「ウソ、パパでしょ？　かけてたじゃない」

日向子はPHSを弄って、青瀬の目の前に突き出した。

「ほーら、パパの番号だ」

「けど、サザエさんだったぞ」

やだ、と発して、日向子は笑った。

「グループで登録してあるの。見て」

日向子がディスプレイの画面を動かす。「グループ登録・家族」――。そこに「パパ」と「ママ」の携帯番号が並んでいた。

「ね、だからパパからでもサザエさんなの。わかった？」

「わかった」

目はまだ、「家族」の文字を見つめていた。

「知ってる？　ママ、携帯にでるときは、青瀬です、って言うんだよ」

「何？」

「だから――」

ここぞとばかり「ママ話」を持ち出してきた。驚く話ではなかった。仕事では引き続き「青瀬」を使います。離婚する時、ゆかりはそう宣言した。

「もう」

日向子は、青瀬の反応の薄さに口を尖らせ、が、明るいニュースに切り替わった時のアナウンサーのように一瞬で笑顔に戻った。

「ねえ、約束忘れてないよね」

「ん？」

「パパがデザインした家。見せてくれるって言ったでしょ」

「ああ、持ってきたぞ、どっさり」

青瀬は屈み込むようにして足元の大きな紙袋を横にずらした。

「わっ、早く見せて」

雑誌を数冊ずつ摑んでテーブルの上に置く。置いた傍から白い手が伸びる。ほとんどが広告とタイアップしたPR雑誌だ。赤坂時代に載ったものを中心に持ってきた。洋菓子店や美容室の都会的なデザインは日向子の関心を引くだろうと思った。

「すごーい！」

日向子は付箋の貼られた頁を開くたび感嘆の声を上げた。

「うわあ、ケーキ屋さんだぁ。これもパパがデザインしたの？」

「そうだよ」

「ケーキ、好きだっけ？」

「あんまり好きじゃないけど、デザインを考える前に、この店で売る予定のケーキを食べてみた。イメージが湧かないからね」

「そっかあ。なんか真っ白で、童話の中に出てくる家みたい」

「じゃあ、きっとそういう味だったんだ」

「へえー、食べてみたくなるなぁ」

ヘアサロン。ブライダルチャーチ。レストラン。ブティック。日向子はどの写真にも「わっ」と声を上げ、思いつく限りの感想を口にした。無邪気に喜んでいるようでいて、大人びた気配りが言葉の端々に感じられる。

雑誌が残り一冊になったところで、青瀬は紙袋から『平成すまい二〇〇選』を取り出し、テーブルの端にそっと置いた。

「わ、百科事典みたい」

日向子の手が伸びた。頁が捲られる。青瀬は息を殺していた。

北向きに跳ね上がるスカイブルーの屋根……。異彩を放つ三本の煙突……。淡いノースライトに包まれた白いリビング……。浅間山を一望する規格外の大きな窓……。

日向子は無言だった。褒め言葉をすべて使い果たしてしまったかのように押し黙って写真を見つめていた。

やがて、小さな唇から吐息が漏れた。

「これ、好き」

「そうか?」

「一番いいもん。一番好き」

「パパもだ。これが一番気に入ってるんだ」

「パパも?」

「うん。これを建てるために建築士になった、って思えるぐらい気に入っている。人に頼まれた家だけど、自分が住みたいと思う家を建てたんだ」

言ってしまえるものだと思った。そう思ったらなんだか妙に心が軽くなった。

「話したことなかったけど、パパは生まれた時から両親に連れられてあちこち旅していたんだ。日本全国、本当にあちこちだよ。ちょっと住んで引っ越して、またちょっとだけ住んで引っ越して。だから、ずっと住んでいられる家に憧れていたんだ」

突然の告白を、日向子は驚くでもなく、表情を硬くするでもなく、ふんわりと受け止めた。何も聞き返してこないのが不思議だった。ダムの話をした。父と母の話をした。飯場暮らしの話を面白おかしくした。山や森や鳥の話をした。取り留めがなかった。なぜ今なのかがわからなかった。ママと別れることになった、そこに至る長大な物語の序章を語ろうとしているのかもしれなかった。

「パパ、ごめん」

日向子が鼻先を挟むように両手を合わせていた。

「あたし、行かなくちゃ」

「行く?」

「電話でお願いしたでしょ。新しい制服買うの」

入学時に作った制服が小さくなった。あらかじめ大きめのを買ったのに、たった一年で十センチも背が伸びた。

「いま後ろから二番目。やだなぁ、華ちゃんまで超しちゃったりしたら」

ぼやきながら日向子は席を立ち、思い出したようにぺこりと頭を下げた。

「ごめんなさい。今度はもっとだぶだぶの買います」

「よせよ。みっともないから合ったのにしろよ」

「また聞かせてね。おじいちゃんとおばあちゃんの話とか、もっと聞きたいし」

「あ、うん。またゆっくりな」

青瀬も腰を上げたが、大げさな手振りで止められた。

「パパはいて。コーヒー全然飲んでないもん。ゆっくり飲んでて」

「いいんだ」

「よくない。それに最近ちょっと苦手、外で見送られるの。もうちっちゃくないから照れる」

苦笑いで従うしかなかった。

「じゃあ、お言葉に甘えて」

おどけてカップを摘み上げると、日向子は喜び、その陽気さを纏ったまま店を出て行った。

青瀬は長い息を吐き出した。いつもとは違った。日向子の姿が消えても、気持ちは乱れも萎みもしなかった。何かが動き出している。八年間、ずっと変わらなかった景色が変わり始めている。昔の話をしたからだ。日向子がそうさせた。スレスレまで水の溜まっていたコップに「一番好き」のひと言を投げ込んで水を溢れ出させた。

「あ、これ」

背後で声がした。振り向くと、トレイを脇に挟んだマスターがいて、Y邸の頁が開かれたままの『二〇〇選』を覗き込んでいた。

「これが？　何です？」

青瀬が訊くと、マスターは一つ頷いてから我に返った。

「あ、いや、同じの、前にヒナちゃんが読んでたんですよ」

日向子が……読んでいた？

「この本を？　ここで？」

「そうです」

「いつです？」

「えーと、ほら、前回でしたっけ。青瀬さんが遅れてきたのって」

『二〇〇選』を持っていた。家にあったのだ。きっとゆかりが買ったのだ。日向子はそれを持参して、あの日、青瀬が現れるまでここで読んでいた。なのにおくびにも出さず、本に載ったパパの作品を見てみたいとせがんだ――。

一杯食わされたと宙を睨んだのは、マスターがココアのカップを下げる間だけだった。日向子が消えた席を見つめた。十三歳の心が生み出したプリズムを見つめた。『二〇〇選』を読んだから青瀬に仕事の話を訊いたのだ。Y邸のことを「一番好き」と言いたくて、その言葉が一番伝わる場面を考えて、それで青瀬に本を持ってこさせたのだ。冷めたコーヒーに口をつけた。あれこれ想像を巡らす話ではなく、これは噛みしめる話なのだろう。

青瀬はしばらくして席を立った。その拍子に懐で、ちりん、と鈴の音がした。達磨寺で土産に買ったキーホルダーだった。渡し忘れたと知って苦笑した。日向子も一つ忘れた。「ママにも見せていい?」と言っていたのに『二〇〇選』を置いていった。家に、同じ本があるから――。

外は柔らかな日差しだった。

これだー、みたいな家が建った?

ゆかりはY邸のことを言ったのかもしれない。イエスの答えを予想していたのかもしれない。

青瀬は快活に歩いた。

答えは、期せずして日向子に持たせた。建てたい家が擦れ違ったあの夜以来、時が動く音を初めて聞いた気がした。

24

事務所には、祭りの準備に取り掛かったような活気があった。

デスクの配置を大きく変え、空いたスペースに長椅子を二つ並べてコンペの専用台を設えた。そこに市の建設部から持ち帰ったばかりの書類を広げ、岡嶋と石巻がメモを取りつつ基本的な確認作業を始めていた。

「あれもこれもって感じだな」

「ですね、仕様は鉄筋二階建て。展示室は三つで一つが百から百五十へーべー。収蔵庫は二百ブロック以上。エントランスホールは広く取ること。事務室、喫茶室、市民芸術家に開放するギャラリーも必須」

「自由度は案外低いってことだ。外観はともかく、中は」

「ですねぇ……。あれ？　概算は？」

「追って提示するとさ。担当の口ぶりじゃ、上限が坪二百万ってとこだ」

「うーん。だとすると、メリハリが必要ですね。金を掛けるところは掛けて、抜くところは抜く」

大手にいた強みだ。石巻は目に見えて存在感を増している。青瀬にとっては誂《あつら》え向きの状況だった。事務所の二番手でありながら、一歩引いてこのプロジェクトに臨んでいる不自然さが目立たなくて済む。

壁一面に、藤宮春子のポスターや新聞の切り抜きが貼られている。マユミが嬉々として仕上げた。ポスターは昨年都内で催された追悼展のものを入手した。藤宮春子の顔写真は六十歳前後のものか。一見穏やかそうでいて、洞察の眼力と強靭な胆力を見る者に直感させる。作品も三点貼られている。追悼展のパンフレットに載っていたものを拡大コピーした。路上に尻をついてちびた煙草を吸う老人。ハンティング帽を斜めに被った靴磨きの少年。二階の窓から半身乗り出して洗濯物を干す中年の女。ありふれた日常の風景でありながら、それらが決定的瞬間だと感じるのは、藤宮春子が、彼ら彼女らの人生を、なぜ今そこでそうしているかを、深く理解しているからに相違ない。

竹内とマユミも忙しそうだ。端に追いやられたデスクに窮屈そうに並んで座り、「パソ１」と「パソ２」を駆使して資料集めをしている。竹内は「国内」、マユミは「海外」を受け持ち、岡嶋に与えられた「斬新」「簡素」「静寂」のキーワードに引っ掛かる美術館や記念館の写真を片っ端からプリントアウトしている。

「竹内君、これなんかどう？」

「はい？　あ、うん、いいですね。シンプルだし斬新だし。マユミさん、やっぱセンスいいなあ」

「またまた。何も出ないわよ。買物行く時間だってないんだから」

勘がいいはずの石巻は気づいていないようだが、竹内がマユミに好意を抱いているのは確かなことに思える。恋愛感情手前の「姐御好き」のレベルかもしれないが、もしマユミと岡嶋が男女の関係ではなく、岡嶋言うところの「同心梅」だとするなら、竹内が割って入れるチャンスはあると考えていいのだろうか。

「青瀬さん、これどうでしょう」

声が掛かったので、青瀬も腰を屈めてパソコン画面を覗き込んだ。スイスの小都市にある個人美術館だという。斜度のきつい切妻風の屋根。その屋根の両端が地面すれすれまで伸ばされている。既視感のあるデザインだったが、「悪くない。プリントして」と言って、二人の高揚感を削がずにおいた。だが——。

果たして間に合うのだろうか。

コンペは三月《みつき》後の七月末だ。それまでに基本設計を完成させねばならない。平面図、立面図、断面図。添付を求められる説明書の作成にも多くの時間が必要だ。逆算するまでもなく、肝心要の意匠を練る時間的余裕はごくわずかだということだ。悠長に一から美術館の研究をしているようでは、その方面に明るい事務所に太刀打ちできまい。

「いいなあ、ここ。行ってみたいなあ」

マユミがうっとりした声を出した。

「うわぁ、綺麗な湖ですね」

「コンペ終わったらホントに行っちゃおうかなあ、パスポートも残ってるし」

「残ってる？」

「新婚旅行の時に取ったのよ。はい、この話はおしまい」

青瀬は「パソ1」のメールをチェックしたかったが、当分二人は席を立ちそうになかった。

「青瀬、ちょっといいか」

岡嶋に呼ばれた。

「ここの所長、お前の昔の同僚だよな」

名前を見る前に誰だかわかった。

赤坂の事務所で一緒だった能勢琢己だ。仕事で張り合い、ゆかりを巡っても青臭く競い合った。現在は独立して能勢設計事務所を率いている。噂は聞き流し、どんな仕事を手掛けてきたかも知らないが、敗残することなく「バブル後」を戦い抜いた強者であることは言える。その能勢事務所が今回のコンペに指名されていた。青瀬にしてみれば皮肉な巡り合わせというほかなかった。

「どんな男だ」

「俺たちと同い歳だ。腕はピカイチで、公共モノに強かった。今は知らないけどな」

「俺、知ってますよ」

石巻が横から言った。

「三十人以上使って派手にやってます。アパレルやブランド系の店舗をあちこちに建てて、最近だと吉祥寺のラ・アロンソとか」

「ああ、あそこか。勢いがあるってな。けど、なんでそんなチャラい事務所がメモワールなんだ?」

「地方の美術館も荒らしてるんですよ。そっちを得意にしてる男を引き抜いたんで」

「それって、ちょび髭の鳩山《はとやま》か?」

「あ、そいつです」

「だったら、この御徒町の笹村事務所は消えたも同然だな。あそこに長くいたんだぜ、鳩山は」

「そうか。そうでしたね。ラッキーですね。いや違うか。笹村は弱くなっても、そのぶん能勢事務所が強くなったわけだから」

「お後は——ああ、徳田佳久《とくだよしひさ》がボスのα《アルファ》スタジオか」

「強敵ですね」

「徳田御大は有名だけどな、代表作は知らない。あるのか？」

「いや、俺も知りません。ただ、でかいですからね、あの事務所は。五、六十人いるんじゃないかな。きっと美術館要員も抱えていますよ。金もあります。聞いた話ですけど、バブルが弾けた後も金庫に——」

二人の話は切れ目がなかった。

青瀬は、ちょっと寄居を覗いてくる、とマユミに告げて事務所を出た。決して逃げ出したわけではなく、例のトラブル続きのアパートの現場監理に行く予定があった。それでも、事務所の扉を後ろ手で閉じると世界が変わった。コンペが岡嶋のものだとするなら、頬を撫でるこの風は青瀬のものに違いなかった。

所沢に鳥はいないのだろうか。

そんなことをふと思い、駐車場へ向かう道すがら空を見上げた。昨日も同じ思いにとらわれ、マンションの部屋の窓を開いてしばらく耳を澄ました。探し物は往々にして見つからないということだろう、耳に届いてくるのは車や室外機が発する人工的な音ばかりだった。今日も鳥はいない。しかしいつ以来だろう、空に鳥の姿を探したのは。

青瀬はシトロエンで駐車場を出た。

〈今日の所沢は汗ばむような陽気になりましたが、明日から天気は下り坂に向かいます〉

日向子は、ピッピとピーコのことを忘れてしまったのだろうか。

「喫茶ホルン」で昔の話をした。九太郎とクロの思い出話も日向子に聞かせたのだった。「アオセミノルクーン」と口真似までしてみせた。迂闊だったと後で自分を叱咤したのだが、記憶を巻き戻してみるに、日向子は百点満点をつけたくなるような愛娘顔で話に聞き入っていた。そうであってもなくても、以前ならもっと気に病んだ。やはり何かが動き出している。安全が約束された場所から足を踏み出そうとしている。いずれ、そう遠くないうちに、ピッピとピーコを公園で放した話を日向子にしようとさえ思う。死んでしまったに違いないが、ひょっとしたら生きているかもしれないと親子で語り合うことは罪ではない。「ヒナチャン」と呼び掛けられ、温かい羽毛に頬ずりした幼い記憶が、両親の離婚のせいで禁忌となり、どこかに埋もれてしまっているのだとしたら、一緒に掘り起こしてやらねばと思う。

〈いや、どうにかなりませんかねっ、と。ゴミ出しのルールをちゃんと守っている近所の人たち、本当に怒り心頭だと思うんですよ。ねえ、みっちゃん〉

吉野一家はどうしているだろうか。

人間はそう簡単には死なない。人間はいとも簡単に死ぬ。どちらも本当であるなら、どちらか望むほうを望めばいい。Y邸に掛かってきた電話の、耳を掠めたあの音は風だ。吉野の首や背中に吹きつけ、吹き抜けていった。その光景は自分がその場にいて目撃したかのように視床に定着しつつあった。無事でいてほしい。Y邸のことは心配しなくていい。青瀬に対する負い目も不要だ。日向子に「一番好き」の言葉を授けられて、Y邸は真に特別な家になった。もはや揺るがない。トンネルは抜けたのだ。一家蒸発の衝撃と怒りと自虐をドリルに、闇雲に掘削した暗黒のトンネルは抜けた。今はただ連絡が欲しい。電話一本でいい。事情は訊かない。家族はみんな元気だと、そのひと言が聞ければいい。

〈たくさんのメールとお葉書、ありがとうございましたっ、と。このご近所問題、反響が大きいので来週もやりたいと思いまーす〉

ゆかりはどんな反応をしたろう。

日向子のことだから、パパがこう言っていたと、Y邸に込めた青瀬の思いをつぶさに伝えたに違いなかった。ことによると、ゆかりは当惑したのではないか。『二〇〇選』はゆかりが購入したのだろうが、そもそもなぜ買う気になったのか。店でマスターの話を聞いた時は、てっきり青瀬の作品が載っていたからだと思ったが、家に戻って、とんだ自惚れだと赤面した。二百の家には二百のインテリアがある。職業柄、書店でこの本に目を留めるインテリアプランナーは多いだろうし、もしかするとゆかりが手掛けたインテリアが掲載されていたのかもしれない。仮に興味を引かれたのが家そのものだったとしても、Y邸ではなく、他の作品や作者を目当てに買い求めた百九十九の可能性があるということだ。『二〇〇選』には、さっきコンペの競争相手とわかった「能勢設計事務所」の若手の作品も載っていた。

〈そうなんです！　体にいいだけじゃないんです。おいしいから多くの人たちに飲み続けられているんです〉

知ったら能勢も驚くだろう。

十年以上も会っていない元同僚に仮想敵にされているとは夢にも思うまい。日向子が不安を口にしたのがきっかけで、ゆかりに男の影を感じた時、真っ先に頭に浮かんだのが能勢琢己の顔だった。といっても、次に浮かぶ男の顔も名前もありはしないのだ。離婚後のゆかりの人間関係は知る由もない。だからいつまでも能勢は仮想敵であり、ゆかりとセットで心に仕舞われている。彼の評判が耳に届いたり、雑誌で写真を目にしたりするたび、我が身の今を思い、そして、ゆかりのこれからを思った。誰か良い人はいないのだろうか、と。能勢以外ならいい。青瀬が知らない誰かであればいい。ゆかりが夢見た「木の家」で、心豊かに、心躍る日々を一緒に送れる誰かとなら祝福できる、と。

寄居駅が見えてきた。

ＪＲ八高線のほか、東武東上線と秩父鉄道が乗り入れているターミナルなのだが、役場に近いその一帯は「日だまりの町」といった風情で喧騒とは無縁だ。コンビニに寄り、職人たちへの差し入れを買った。アパートの建築現場はすぐそこだ。

現場の前にシトロエンを着けると、ヘルメットを被った金子工務店の若社長が小走りで寄ってきた。恐縮しきった顔だ。

「あ、どうもどうも――」

「いやあ、先生、毎度毎度、誠に申し訳ありません。確認すればよかった。私もね、まさかとは思ったんですよ、絨毯が赤だなんて」

電話で報告を受けていた。青瀬が指定書に書き込んだブルーの「B」が、レッドの「R」に読めたと言うのだ。

「こっちこそです。今後はもっと綺麗な字で書きますから」

「あ、そんな！　私のミスですから。間もなく青が届きますので、何卒ご容赦を」

青瀬は少しおどけて言ったのに、若社長の表情は緩まなかった。先だってサッシの指定変更をぴしゃりと断ったのが効いている。変化は、あの時から始まっていたのだ。

青瀬は完成間近のアパートに目をやった。

その日に微かな痛みを感じた。クライアントの依頼は「若い夫婦が好みそうな洒落たアパート」だった。ぎりぎりの予算の中で極力希望に沿ったつもりでいたが、それは定尺材料に意匠の手足を縛られた、最大公約数的な二階建てアパートでしかなかった。

「どんな赤です？」

青瀬が尋ねると、若社長は小さな目をぱちくりさせた。

「何が……です？」

「絨毯ですよ。オレンジ系の赤とか、くすんだ赤とか」

「あ、いや、それが結構シブめの赤で。赤というより、ボルドーとかバーガンディみたいな」

青瀬は破顔した。

「どっちもBですね。いや、Vかな」

「えっ？」

「ちょっと見せてもらえます」

「ええ、中に……」

大きな背中に続いた。中に入る直前、もう一度アパートを見上げた。

絨毯は赤と条件付けられたとして、タウトなら外観にどんな修正を施すか。突飛な思いつきは、突飛なアイディアを幾つも閃かせ、青瀬の午後を愉快にさせた。

25

シトロエンに岡嶋を乗せてS市に向かっていた。「藤宮春子メモワール」の建設予定地を現地調査する。ルームミラーには、すぐ後ろを走る石巻のプレイリーが映っている。助手席の竹内が何ごとか盛んに話し掛けている。二人は現調の前に役場や図書館で調べごとがあるので分乗になった。言わずもがな、事務所で電話番のマユミは大いにむくれた。

「心配ならお前のランクルを出せ」

「なんか変な音しないか」

「ナビだと三十二分だ」

「四、五十分掛かるか」

岡嶋は膝の上で書類を捲っている。昨日は藤宮春子の遺族宅を訪ね、彼女が描いた原画の一部を見てきたという。巧い。暗い。恐い。それが岡嶋の感想だった。

「巧いと暗いはわかるが、恐いっていうのは何だ」

前を見たまま青瀬が言うと、岡嶋は手を止めてこちらに首を回した。

「平たく言うと、生きてるみたいだ、ってことだ。人物の目があまりに多くを語っているように見えて恐い」

青瀬は頷いた。パンフレットを拡大した不鮮明な三枚の絵を見ただけで、岡嶋に近い感想を抱いていたからだった。ちびた煙草をくわえた老人は、自身の来歴のすべてを瞳に湛え、同時に描き手である藤宮春子の人生を祝福しているかのように見えたし、靴磨きの少年は、ハンティング帽に半分隠れた目から、斜に構えた内心と、次の瞬間磨き終わって表出するであろう、己の職人技への自負心を感じ取れた。洗濯物を干す中年女の眼差しはさらに複雑で、脳と無関係に動く手先と、二の腕の弛《たる》みを嫌悪する内面と、部屋の中からの夫だか父親だかの呼び掛けを無視している小さなドラマまで想像させた。

「全部、人物画なのか」

「ほとんど人物だと遺族は言ってた。俺が見た原画も労働者や子供たちや、まあ、暮らし向きが楽じゃない市井の人々って感じだった。煉瓦造りの職人とか、清掃車の運転手とか、路上で酒をちびりちびりやってる老人とかな」

「およそパリっぽくないな」

「パリって言ったって広いからな。彼女の住んでたアパルトマンは北端の18区で、その中でも場末も場末、大昔に廃業した町工場なんかも混在してる貧しくて治安も良くない場所だって遺族は言ってたよ。かの有名なフレンチカンカンのムーラン・ルージュは近いし、モンマルトルの丘や、その丘に立つサクレ・クール寺院とか、観光の人気スポットではあるんだけどな。鉄板のエッフェル塔や凱旋門やシャンゼリゼ通りは遥か彼方だ。まあ、花の都とは無縁だったから、ああいう絵を描けたんじゃないのか」

岡嶋は呆れるほど屈託がない。青瀬がすんなり「黒子」を呑んだことで安心したのか、あるいはコンペに勝つ秘策でも思いついたのか、まずは事務所内で青瀬とプランを競うという話はすっかり張力を失っている。

　結局のところ、岡嶋は昔のままなのか。改心したかのような生きざまは世間向けの戦略で、根っこの部分は変わっていないのだとしたら興醒めだ。人を見くだし、利用できるものは何でも利用し、大物ぶりを自己演出する。金にも女にもルーズだった。不意打ちのような「同心梅」の話で煙に巻かれたが、タウトとエリカの関係はともかく、いま岡嶋とマユミの関係を当て推量するなら、青瀬はおそらく石巻の側にいる。

　とはいえ、一つだけは信じてやれる。一人息子の一創に注ぐ岡嶋の愛情は疑いようがない。一創に遺したい、あの子に胸を張って自慢したい、と吐露した心情は理屈抜きにわかった。岡嶋の身に改心なるものが本当にあったのだとしたら、それはこの春、六年生に進級した、一創がもたらした福音と断じてよさそうだ。

「これ見ろよ」

　信号で車を止めると、青瀬の顔の前にスナップ写真が突き出された。

　瞬時、何の写真だかわからなかった。

「藤宮春子の部屋だ。すげえだろ」

　言われて青瀬は目を見張った。

　アパートの一室だ。説明されなければ、薄暗い通路か廊下と見間違う。人がひとり歩けるかどうかの狭い空間の奥に腰高の窓があり、その窓際にイーゼルらしきシルエットが写っている。部屋が通路に見えるのは、それ以外の床という床にうずたかくキャンバスが積み上げられているからだ。その多くは天井付近にまで達していた。

「平積みしていいのか、絵を」

そんな末節を口にしていた。本当に言いたいことは驚きに呑まれていた。

「そうするしかなかったんだろう。なんせ八百点以上あるんだからな」

青瀬はアクセルを踏み込んだ。信号の青が一瞬ぼやけた気がした。八百枚の絵。それを視覚化して思い浮かべたことはなかった。

「いったい何年かけて描いたんだ」

「三十になる前に渡仏したって言ってたからな、約四十年ってとこか」

溜め息が唇を割る。

「誰にも絵を見せずに、か」

「藤宮春子はホンモンの芸術家だったってことさ。評価も金も無縁のところで描いてたってことだからな」

聞いたふうな岡嶋の台詞が、青瀬を苦笑させた。

「ん？　何が可笑《おか》しい」

「お前の説を借りれば、建築家にはホンモンの芸術家はいないってことになる」

岡嶋も笑った。

「俺たちの仕事は部屋に隠しておけないからな。それに施主が金を出さなきゃ、ただの一つも造れない」

「承認欲求のない芸術家が芸術家と言えるのか、って議論もあるけどな」

「藤宮春子のことを言ってるのか」

ムッとした声だった。

「一般論だ」

「ない」

岡嶋は言い切った。

「彼女には当たらない。お前も原画を見ればわかる。藤宮春子は真の芸術家だ」

「随分と惚れ込んだな」

「惚れたかって？」

岡嶋はまた笑い、だが、しばらくして独り言のように言った。

「本物の芸術品をただの箱に住まわすわけにはいかないってことだ。芸術は、それに見合う芸術で囲うのが礼儀だ」

後方のプレイリーが右にウインカーを出した。竹内が子供のようにバイバイの手を振っているのがミラーに映る。

青瀬は気づかないふりをした。岡嶋の改心を疑わしく思ったことを、少しばかり恥じていた。

26

S市丘平町《おかひらちょう》――。

その名の通り、メモワールの建設予定地は、なだらかな丘陵地を背にした灌木地帯にあった。ナンテンが群生しているというが、遠目には田舎によくあるだだっ広い原っぱに見える。ロケーションはまずまずだ。少し南に自然湖を開発した大規模な公園があり、周辺にはサイクリングロードが整備されている。土産物店を除けば店らしい店はない。西に向かって民家が点在し、そのまた先のほうでは住宅団地を造成しているらしく、数台のブルドーザーが黒煙を上げて土を均《なら》している。「S市郊外」と呼ぶに相応《ふさわ》しい一帯だが、街の中心部からここまで車なら十五分、バスでも二十分とアクセスは良好な部類に入る。

「青瀬、スルーだ」

「何？」

「先客だ」

いったんシトロエンの速度を落としたものの、そのまま建設予定地を素通りしたのは、路肩に品川ナンバーのポルシェが駐まっていたからだった。近くに二人いる。鼻の下にちょび髭を蓄えた長身の男と、黄色い縁取りの眼鏡ばかりが目立つ丸顔の男が、手元の資料と建設予定地の草むらを見比べながら話をしている。

「髭が鳩山だ」

少し先に車を止めると、岡嶋が体ごと後ろを振り向いて言った。笹村事務所からヘッドハンティングされた美術館荒し。今では能勢事務所でナンバー3に格付けされているという追加情報も入っていた。

青瀬も首を回して後方を見た。鳩山たちの視察は終わるようだった。余裕綽々、広い空をオーバーに見渡したり、靴に付いた土をハンカチで払ったり、そんな都会人の振る舞いが目に障る。

「どうってことないさ」

岡嶋が座席に体を戻して言った。

「あのちょび髭、ドイツに視察旅行に行く時は剃ったって話だ。その程度の男だ」

青瀬は返事をしなかった。鳩山の人間性を攻撃してみたところで何も始まらない。コンペで戦う相手を目の当たりにして血の気が増したということだろう。それは青瀬も同じだった。ルームミラーの角度を弄《いじ》った。向こうの二人はまだ立ち去らない。

「コンセプトは浮かんでるのか」

青瀬がそれとなく訊くと、岡嶋は鼻から荒い息を吐いた。

「まだだ。あちこちの館を見てから考える」

「それで勝てるか」

「それじゃ勝てないってことか」

「尖るなよ。単なる美術館比べになれば、慣れてる連中のほうが有利に決まってる」

「お題はメモワールだ」

「展示品を見せるノウハウは同じだ」

「だったらどうする?」

岡嶋は反問してきた。真剣な目だった。青瀬は言葉を探した。ここで軽はずみなことは言えないと思った。

「いかにもな美術館の発想を捨てろってことだよな」

岡嶋が自答したので息をついた。

「そう思う。既存や固定観念に囚われないほうがいい」

「お前のプランは？」

ノータイムで訊かれた。遊びのない声だった。

「まだだ。何も浮かんでない」

青瀬は前方に視線を向けて言った。

舌打ちの音がした。青瀬はぎょっとして岡嶋を見た。が、岡嶋の目はルームミラーを凝視していた。

青瀬もミラーを見た。向こうの二人がこっちを見ている。顔を寄せて何やら言葉を交わした。そして、ゆっくりとした足取りで歩き始めた。

「来るぜ、所長」

「仕方ねえ。仁義を切るか」

強がってみせて、岡嶋は助手席のドアを押し開いた。

近づいてきた鳩山は薄い笑みを浮かべていた。もう一人の、黄色い縁取りの眼鏡が、ブロンズのレンズ越しに車の前部を覗き込む素振りをみせた。型落ちのシトロエンを値踏みしたか、あるいは「所沢ナンバー」を揶揄しておいてのマウンティングか。

「やっぱりですか」

妙な第一声を口にすると、鳩山は業界人が好みそうなアルミ製の名刺入れを取り出した。負けじと岡嶋がランバンの名刺入れを開く。あれほど鳩山、鳩山と言っていながら二人は初対面だった。

「やっ、所長さん直々に。どうかお手柔らかに願いますよ。なんといっても、地元さんは強い。よっぽど頑張らないとウチに目はないなあ」

余裕も皮肉もたっぷりの鳩山が、四人の手がクロスして名刺が行き渡ると、今度は青瀬に顔を向けた。

「あれ？　青瀬さんて、ひょっとしてウチのボスと知り合いじゃありません？」

予想していた。青瀬は惚《とぼ》け顔をつくって鳩山の名刺に目を落とした。

「なるほど、そちらのボスは能勢さんか」

「じゃあ、やっぱり？」

「ええ、昔、赤坂で一緒でした」

「えーと、ほら、最近載ったでしょう。なあ宮本、なんだっけ？」

「すまい二〇〇選ですか」

言ったのは、黄色い縁取りの眼鏡ではなく岡嶋だった。青瀬は内心舌打ちした。

「そうそう、その二〇〇選ですよ。ウチのボスが青瀬さんの作品をみんなに見せて、こういう突き抜けた家を設計してみろ、俺の昔のポン友なんだ、意匠の出来に事務所の大きい小さいなんて関係ないんだ、って。あ、いや、失礼。ボスがあんまり熱っぽく語ったもんですから」

岡嶋が笑みを硬くしたのがわかった。

「ちなみに、おたくの事務所のスタッフは何人です？」

まさかの追い打ちだった。知っていて訊いているとわかり、岡嶋の目が泳いだ。

「今は、五人で回してます」

「五人？　今回のプロジェクトチームってことですか」

「所員が五人なので総掛かりです」

「あ、それは、それは――少数精鋭の極みですなあ」

堪らず青瀬は割って入った。

「能勢は元気なようですね」

「はーい、元気も元気、若い連中も呆れるほど元気です。例のほら、事実婚の奥さんと別れた後はちょっとしぼんでましたけど、最近じゃ三日と上げずに銀座をはしごしてますよ。そうそう、この前なんかね――」

聞き流すしかない話が続いた。用済みとばかり、鳩山はもう岡嶋に顔を向けることもしなかった。

「じゃあ、ぼちぼち行ってみます。お会いしたこと、ボスに伝えます。喜びますよ。しかし、青瀬さんが参戦するんじゃ、益々ウチはピンチだなあ。いや、身も心も引き締まりました。やっぱり現地に足を運ぶと収穫がありますねえ」

ほとんど鳩山だけが喋って、同業者の顔合わせは終わった。

ポルシェが走り去るまで岡嶋は無言だった。乾いた排気音が聞こえなくなっても口を閉ざし、建設予定地の草むらをただ見つめていた。前哨戦は完敗だった。鳩山に足元を見られ、「無名」の悲哀を味わったに違いなかった。何か言い出すまで待とうと青瀬がポケットに手を入れた時、岡嶋がぼそりと言った。

「勝ち目はある。遺族はこっちの味方だ」

岡嶋は手早くバッグを開き、ここに向かう車中で青瀬に見せた写真を取り出した。いや、下にもう一枚ある。

「アパートの外壁だ。さっきのとは逆に、外から藤宮春子の部屋を撮ったそうだ」

青瀬は思わず唸った。積み上げた煉瓦にモルタルを塗りたくった外壁。それは戦火だか風雨だかに滅ぼされた廃墟を連想させた。黒ずんだモルタルは大半が剝がれ落ち、晒された赤茶色の煉瓦も劣化がひどく、今にもボロボロと崩れてしまいそうだ。その壁に一つ窓がある。縦長の窓がぽっかり口を開けている。真っ黒だ。いや真っ暗と言うべきか。八百点の絵が眠る室内の様子は窺い知れない。窓枠の金属を跡形もなく食い尽くした錆が、窓の下から地面へと無数の赤黒い筋を引いている。

ここに住んでいた。ここで描いていた。一枚の写真ではわからなかった。室内と外観の両方を重ね合わせてみて、初めて藤宮春子の覚悟というか、画家としての峻烈な生きざまが立ち上がってきた。

「遺族はな、俺にメモワールを創ってほしいって言ったんだ」

岡嶋は遠くを見ていた。

「リップサービスかもしれないけどな。最初に行ったし、地元だしな。けど、はっきり言った。藤宮春子の妹さんが、あなたに建てて欲しい、そうなるといい、って」

二枚の写真は、その証として岡嶋の掌中にある。焼き増しはなく、他の事務所の人間の目に触れることはない。岡嶋はそう信じたがっている。

青瀬は空に視線を逃がした。

心の針が揺れていた。もしここで鳩山に出くわさなかったら、岡嶋は二枚目の写真を青瀬に見せたろうか。

27

その夜、青瀬は夢にうなされた。

掛け布団を撥ね上げたのは午前三時だった。息が乱れ、背中にどっぷり汗をかいていた。

タウトの夢だった。

あろうことか、タウトが激昂していた。顔が真っ赤だった。いや、赤茶色だった。眼鏡のレンズが曇り、広い額からゆらゆらと湯気が立ち上っていた。筋張った足の十指で洗心亭の畳を鷲摑みにして立ち、天井に頭が着きそうな長身をくの字に前傾させ、突き出した人差し指を激しく振り、獣のような声で誰かを叱責していた。逆鱗に触れたのが誰かはわからない。障子の陰になって姿が見えない。エリカではないのだ。彼女は洗心亭の外にいて、遺された写真にある、表情の読み取れない顔でタウトを見つめていた。

ドイツ語か、ロシア語か、英語か、あるいは日本語だったのか。タウトの言葉は唸り声と混じり合って聞き取れない。怒っていることだけがわかる。噴火のごとく怒り、噴石のごとく吼えている。それは容赦なく、間断なく、際限なく、障子の向こうの誰かを責め続けている。

恐ろしい夢だった。目が覚めて、それが夢だとわかった後も、五感を解放してくれない残響が恐ろしかった。すぐ隣の世界でタウトの怒りは続いているのだ。それは阿鼻地獄のごとく終わりがないのだ。

しばらくはベッドの上で呆然としていた。解釈を試みようにも、夢の中身が奇矯すぎて現実とリンクさせるのは難しかった。今夜はタウトの本を読まずに電気を消した。就寝前の儀式をパスしたのは、「藤宮春子メモワール」のイメージを闇の中で立ち上がらせてみようと考えたからだった。しかし岡嶋が邪魔をした。コンペが決まってからというもの、彼が見せる言動の振れ幅の大きさのほうが関心事として勝っていた。いずれにせよ、タウトの高邁な建築論に浸る気分ではなかった。三日後に「旧日向別邸」に行く。タウトの夢を見たきっかけを言えと言うなら、それだと答えるしかなさそうだった。

遠足前の小学生でもあるまいに。

青瀬は寝室を出て、体に張り付いたシャツを手繰り上げながらバスルームに向かった。ゆかりの夢を見たのなら合点がいったろう。眠りに落ちる前は能勢のことを考えていたのだ。仮想敵に関する情報は少なければ少ないほどいいと改めて思う。何も知らなければ本当の敵にならずに済む。Y邸を褒めたとか、事実婚の女と別れたとか、銀座で豪遊だとか、今の青瀬にとってどれも無意味な情報なのに、ゆかりとセットになると某かの意味を持ってしまう。

シャワーを浴びた。いつもより長く目を閉じていた。

建築界の重鎮の古稀を祝うパーティー会場だった。目の前を、イブニングドレス姿のゆかりが横切った。青瀬の隣には能勢が立っていた。それがすべての始まりだった。二人同時に火が点いた。まったく同時だったから、どちらかが引き立て役に回る機微など入り込む余地がなかった。ゆかりも、今にして思えば、二人の男に同時に猛アタックをかけられて浮かれていた。能勢は毎晩電話を掛けていたらしい。二人で会うのはちょっと——は青瀬も言われていたから、呉越同舟、能勢と二人でデザイン業界のパーティーに乗り込んだ。その甲斐あって定期的に飲む若手のグループに加わることができた。紳士協定は結んだものの、能勢はいつも青瀬の倍はゆかりと喋った。「さっき能勢さんがね——」。ゆかりが口にするたび体温が上がった。分が悪いと感じていた。事務所のボスに「双子」とからかわれたぐらいだから、容姿に差はなかったし、担当分野は違えど、仕事の能力もセンスもそうそう自分が劣っているとは思っていなかった。が、青瀬と違って、能勢はとびきり陽気でポジティブな性格だった。若いのに博識で話術にも長けていた。建築はもとより、商業デザイン、映画演劇、クラシック音楽、漫画やオカルトなどのサブカルチャーに至るまで歌うように話した。なによりゆかりにぞっこんで、編み物が趣味だと知ればどっさり本を買い込んで読み漁り、食べ物の好みを聞き出しては遠方まで足を運んで豆大福を買ってきたりもした。分が悪いと感じたのは当たっていたろう。実際、ゆかりの気持ちが能勢に傾いていると感じた時期が確かにあった。

だからゆかりに「渡り」の話をした。他にもう青瀬が切れるカードはなかった。社会に出て、どちらかと言えば引け目に感じることの多かった己の生い立ちを、能勢を倒す武器に変え、ゆかりを幻惑するファンタジーに変えた。過去はそのためにあった。映画にも演劇にもクラシック音楽にも触れることなく過ごしたあの時代を、山と森と鳥と花と暮らしたあの長い旅を、目の前の一人の女性と引き替えにした。本当を言えば、肝心の場面には霧がかかっている。ゆかりに出自を訊かれたから話したのか、あるいは問わず語りだったのか。思い出せるはずのことを思い出せないのだから、やはり後者なのだろう。日向子と同じだった。ゆかりは一度も質問を挟まず、青瀬の長い物語に聞き入っていた。

潮目が変わった。それからしばらくして初デートに漕ぎつけた。ゆかりは「鳥類」という単語を再発見していた。「青瀬さんは鳥類だからわからないと思うけど」とか「へえ、鳥類はそんなふうに考えるんだ」とか使った。それは照れ隠しであり、この人が特別な人であってほしいと願うゆかりの心情を暗示していたから、二人の距離は急速に縮まった。今ならわかる。「木の家」の種子を内包していたゆかりは夢を見た。重なり合う世界を持てると信じて、青瀬の胸に飛び込んだ——。

能勢は諦めなかった。電話を断られると手紙を書いた。コンサートやミュージカルのチケットは必ず二枚予約していた。グループの飲み会では尻をこじ入れてでもゆかりの隣に座った。二時間並んで買い求めたロールケーキを、好物だよね、と笑顔で切り分けた。逆転を信じている顔だった。一縷《いちる》を引き寄せて大綱を得る。それは公私を問わず能勢の行動原理そのものだった。だから一縷を断ち切った。結婚を急いだのだ。もう互いのアパートを行き来する関係になってはいたが、寝ても覚めてもデザインのことを考えているゆかりの頭の中に、結婚の二文字があるのかどうか、ちょっとわからなかった。「結婚しようか」。並んで食器を洗いながら顔を見ずに言った。ゆかりの手が止まった。「何？」「結婚しよう、って言ったんだ」「プロポーズ？」「そうだよ」「私、人類だけど、いいの？」。生まれてこの方、あんなに笑ったことはなかった。ゆかりは床にぺたんと尻を落として泣いた。あんなに嬉しそうに泣く人類を見たのは初めてだった。

青瀬はベランダに出た。

缶ビールを手にしていた。日付が替わったのだから構うまい。夜を夜景にしていた灯りはもうない。薄い雲がかかっている。夜明けは近いのか、そうでもないのか、雑に拭かれた黒板のような夜空にそれを知る手掛かりはなかった。

コングラチュレーション。晴れやかに言って、能勢は握手の手を差し出した。応じた笑みが引くほど強く握られた。顔は覚えていない。武士の情けで直視しなかったのか、ゆかりに「渡り」を語った時と同じで、疚しさを伴う記憶だから塗り潰したのか。能勢はなぜ自分が負けたのかわからない顔をしていたはずだ。恋敵が「鳥類」に化け、ゆかりが望む通りに羽ばたいてみせる光景など、千夜の夢にも現れまい。「きっとずっと、能勢さんには鳥の声が聞こえないんだろうなあ」。むず痒い負い目があるから能勢の存在を消せずにいる。能勢という男が、素晴らしいやつだと知っているから消さずにいる。青瀬がゆかりと別れたと知った時、能勢は何を思ったろう。離婚後、ゆかりは能勢に会ったろうか。

ベッドに戻ったが寝つかれなかった。

夜空より暗い闇は作れても、安心して逃げ込める塒《ねぐら》にはならなかった。すぐ隣でタウトが怒り続けている感覚は、消えるどころか、さらなる明瞭なディテールを携えてぶり返していた。タウトを素通りした罰ではあるまいが、障子の陰にいるのは自分なのだと考えるしかなくなっていた。このマンションの一室が、終わりなき阿鼻地獄ということか。ここで独り、無為な夜を永久に繰り返す。鳥に化けた罪で。またとない幸福を手放した罪で。

家を建てなくて良かったな。

青瀬は固く目を瞑《つぶ》った。

タウトの怒りが鎮まることはなかった。エリカに助けを求めた。誰に教わったわけでもないのに、それがタウトの怒りに対抗しうる唯一の方法だと知っていた。

28

五月十日——。

連休明けとはいえ、東京駅はいつもながらの賑わいで、幾つもの修学旅行の一団が魚群のように移動していた。熱海に行くのはいつ以来かと思いつつ、青瀬は九時五十六分発の「こだま」に乗り込んだ。指定席を取ったが、車内は拍子抜けするほど空いていて、座席にちらほら覗くビジネスマンの足の組み方にも悠然としたところがあった。

青瀬はバッグから資料を取り出し、座席テーブルの上で開いた。ブルーノ・タウトが設計を手掛けた「旧日向別邸」の間取り図や紹介記事の数々……。竣工は昭和十一年だった。美術や建築に造詣の深かった実業家、日向利兵衛がタウトに設計を依頼した。と言っても、その数年前に別邸自体は既に完成していて、タウトに託されたのは地階部分の改築だった。世界に名を知られた巨匠建築家に見合う仕事とも思えないが、当時の日本政府が、ヒトラー政権下のドイツから亡命してきたタウトを厚遇できなかったという無理からぬ事情もあった。日本滞在中の建築の仕事はたった二件で、改築とはいえ設計のすべてを任されたのは日向別邸だけだった。そこにタウトは

「社交室」「洋風客間」「和室」の三室を中心とする地階の世界を造り上げた――。

手元の資料を捲るうち、「注意書き」の文字が目に留まった。邸内を調査・見学する際の注意点を記した綴りだ。数日前にJ新聞の池園がファックスで流してくれた。「火気厳禁」「ぶつけない」「引きずらない」「こすらない」。禁止形の語句がずらりと並び、嫌でも貴重な文化遺産を見に行くのだという気にさせられるが、それにも増して胸がわくわくする。毎晩タウトに関する本を読み、その思念の深遠に思いを巡らせ、さらには夢うつつの世界でさんざん叱られたせいだろう、タウトへの興味は仰ぎ見るほど大きく膨らみ、そればかりか近親の情すら感じている自分に驚く。Y邸にあった椅子の素性を突き止めるために計画した訪問ではあるが、日向別邸の見学を心待ちにしていた自分の気持ちは誤魔化しようがないし、さらに言えば、タウトの作品とまみえることで、メモワール構想の激発を得られるのではないかと密かに期待してもいた。

定刻に熱海に着いた。

ホームに降り立った青瀬は、歩き出さずに周囲を見回した。池園も同じ電車だったのではないかと思ったからだ。が、彼は次の「こだま」だったらしく、少し遅れて改札に現れた。

「お久しぶりです。先日はありがとうございました」

人懐っこい笑顔は、達磨寺で会った時のままだった。

「運良くぴったりの電車がありました。青瀬さんは車で?」

「一本前のに乗りました。置いていかれるとまずいと思って」

「あ、そうか。うっかりしてました。東京からご一緒すればよかったですね」

敢えて避けたとわかっては悪いから、青瀬は作り笑いで頷いた。

「じゃあ、さっそく行きましょうか」

「歩いていける場所なんですか」

「ええ。五、六分です。ちょっとありがたみがないですけどね」

駅前の道路を横断し、小高い丘のほうに向かう脇道に入った。土産物店や民家が立ち並んでいる。その先は急な上り坂だ。

「後でご紹介しますが、こっちの地元紙に、昵懇《じっこん》にしている笠原《かさはら》という記者がいましてね。その彼からさっき携帯に電話があって、T大の面々は三十分ほど前から邸内に入ってるそうです。実測調査の補足ですから、僕らも邪魔にはされないでしょう」

池園は道々、そんな説明をした。

坂を上り切ると突然視界が開け、青々とした海が広がった。相模湾だ。正面に霞んで見えるのは初島か。

こっちです、と池園は今度は下りの石段へ足を向けた。

「椅子の件、何かわかるといいですね」

「あ、ええ、そうですね」

すっかり見学者の頭になっていたから間抜けな返事になった。

石段を下りた先はなだらかな下り坂で、「あそこです」と池園が指を差した先に別邸の玄関と石畳が見えた。周囲に梅の木と灌木が配され、白壁に大きく開いた木戸が遠目にも年季を感じさせる。建物は木造二階建て。財を成した実業家の持ち物だったわけだが華美な印象は受けない。

戸口には行灯《あんどん》風の外灯が設えられていた。表札の代わりに、現在この館を所有している会社の名が記されている。

「さっ、青瀬さん、どうぞ中へ。ちゃんと話してありますから」

失礼します。誰に言うともなく言って、青瀬は玄関の木戸をくぐった。温度が僅かに下がった気がする。三和土《たたき》は薄暗く、五、六足の靴がきちんと揃えてあった。磨かれた上がり框は重々しい造りで、足裏の感触が床板の材質の良さを伝えてくる。

が、目当ての建築遺産は地下にある。厳密には「半地下」だ。日向別邸の元々の造りはかなり変わっていて、家屋は山を整地した場所に建っているが、庭の部分は、海に面した斜面を鉄筋コンクリートで造成した人工地盤の上にある。海に向かって張り出した、その人工地盤の下の空間に、タウトの手による増築が施された。海側には開かれ、山側には閉じられた半地下という特殊な建築条件。天井も床も壁も、その半地下部分を形作るコンクリート構造は既にあったわけだから、タウトが手掛けた設計は「増築」というより、「地下空間の改築」と称したほうが正しいかもしれない。つまりは、建築物ではなく「空間」を造った——青瀬はそんな解釈を携えてここへ来た。

「下りましょう」

「ええ」

七十年近く前に造られた、地下空間へ誘う階段は、すぐ左手にあった。青瀬は、やや緊張した面持ちの池園に続いて階段を下り始めた。二十段ほどの急な階段だ。大切に保存されてきたのだろう、華奢に見えた踏み板は軋みもなくしっかりと大人の体重を支えた。

階下に真っ直ぐ伸びる竹竿の手すりに最初の意匠を感じる。それが単なる思いつきでないことは、地階の小さなホールに下りてわかった。壁に細竹がびっしりと張られ、隣室との間にくり抜かれた空間にも竹を使った格子状の造作が施されている。

その先も竹が水先案内人を務める。ホールから、丸いケーキを四分の一に切り分けた形の階段を伝って「社交室」へ向かうが、その階段の手すりも竹製だ。しなりを加えて湾曲させた竹を四本繋ぎ合わすことで、ケーキの丸みの部分をうまく出している。

「社交室」の天井には、隣の「洋風客間」のほうに向かって夥《おびただ》しい数の裸電球が吊り下げられている。その電球の群れを支える梁の役割を果たしているのもまた竹の竿であり、それぞれの電球のコードは鎖状に編み込んだ竹材で装飾されている。念には念を。そんな言葉が青瀬の頭に浮かんでいた。

「タウトは竹という素材に魅せられていましたからね」

池園が解説の口ぶりで言った。

「お話ししましたっけ？　タウトは高崎で日本伝統の竹工芸に興味を持ったんです。タウト自身、竹製の電気スタンドを考案したりもしてます。ここでは日本美の象徴として、竹の持つ特性と可能性を追究した感がありますよね」

この地下空間に足を踏み入れた誰もがまずそう口にするだろう。同じ素材の反復に、作り手であるタウトの知略を感じる。

青瀬が黙っていたからか、池園は、自由に見てて下さいと言い残し、奥の和室で立ち話をしている男たちのほうへ歩いて行った。

一つ息を吐き、青瀬は「社交室」を見渡した。二十畳以上の広さがありそうだ。クリーム色の壁は艶やかな漆喰塗りだった。資料によれば、当時はここに卓球台やビリヤード台が置かれていた。今はがらんどうだ。竿竹に吊られた、五十や百ではきかない数の裸電球を改めて見上げる。それは天井の左と右に一列ずつ配されていて、隣の客間に向かって伸びている。真っ直ぐではない。電球の列は多少くねっているし、よく見れば電球のコードの長さも不揃いだ。わざとそうしたのだろう。タウトの術中に嵌ったというべきか、その演出は、父に連れられ、いつかどこかの村で出掛けた夏祭りの縁日を彷彿とさせた。

隣の「洋風客間」に足を向けた。入ってすぐ左手にソファセットが置かれ、海側に面した開口の広いガラス戸が開放されていた。右手に目が誘われる。部屋の幅そのままの横長の階段が、壁に向かって五段ほど造作されている。「客間上段」と資料にある。足を運んでみると、学芸会の舞台にでも上がっていくような高揚感があった。舞台の上は、狭くも広くもない、ちょっと不思議なスペースだった。壁一面に臙脂《えんじ》色に近い絹織物が貼られ、天井には天窓風の照明器具が嵌め込まれている。振り向けば、窓越しに相模湾の水平線が見える。下段のソファからは木立で幾分遮られる眺望が、目線を高くすることで満眼を得られる仕掛けだ。

建築士の目で見るなら、この階段構造の「客間上段」が、与えられた悪条件の解決方法として発想されたことは想像に難くない。崖が傾斜しているため、閉ざされた山側と開かれた海側との間には一メートルほどの高低差があったという。それを一つの室内空間として成立させるために段差を埋める工夫が必要だった。タウトは恐ろしく大胆に、巨大な造作家具とも言える階段構造で課題を解決した。いや、悪条件を逆手に取る恰好で、多人数の客人を同時に海の景色でもてなす「階段椅子」として具現化してみせた――。

隣の「和室」にも階段構造が見られた。三畳ほどの上段は「書斎」と称され、やはり相模湾を一望できる特等席だった。階段は茶色に近い赤系統の色で塗られ、柱や鴨居も同色で統一されている。この色は見たことがある、と思った。それが何か思い出して首筋が強張った。タウトの顔だ。夢の中で激昂していたタウトの顔の色が、丁度こんな茶色に近い赤だった。

「青瀬さん——」

ビクッとして振り向くと、池園が立っていた。傍らに、ずんぐりむっくりした中年の男がいて、「笠原です」と名刺を差し出した。道すがら池園が口にした、地元A新聞の学芸部記者だった。なにやら不満がありそうな、不機嫌が慢性化しているような顔つきだ。

「どうでした？　ご覧になった率直な感想を聞かせて下さい」

会ったばかりの笠原に不躾《ぶしつけ》な質問をされて、青瀬は少しムッとした。タウト酔いした——率直な感想はそうだったが、不躾には不躾とばかり「疲れました」とそっけなく答えた。実際、青瀬はぐったりしていた。

「タウトは、現代的要素と日本的要素の併置——と言ってるわけですが、その辺り、どう感じました？」

笠原が畳みかけてくるが、青瀬の舌は回らなかった。称賛の思いは胸にある。が、それをいま言葉にして人に伝える気にはならなかった。タウトに意見を求められている気がしないのだ。ゆっくり時間をかけて考えろ。むしろそんなメッセージを感じ取っていた。

「タウトは、三つの部屋を音楽家に準《なぞら》えて表現していますよね」

知らぬ間に池園が話に加わっていた。

「最初の社交室をベートーベン、洋風客間をモーツァルト、和室はバッハ」

「音楽家というより、三人の音楽性の違いを比喩的に言ったんだろう？」

真顔で笠原が言い、池園が「そうそう、そういう意味です」と軽く返す。青瀬に助け船を出したのかと思ったが違ったようだ。池園はタウトの話をしたくてうずうずしていたのだろう。笠原のほうも、はっきりしない青瀬に興味をなくしたらしく、顔だけでなく体まで池園に向けてしまっていた。

「けど、池ちゃん、それだって誤解される可能性があるよ。タウトはさ、ベートーベンの音楽性を社交室に取り入れたり、モーツァルトの雰囲気を纏った客間を造ったわけじゃないんだから」

「そうだと書いたものを前に何かで読みましたよ」

「あ、それ信じてるの？　違うんだって。タウトは、それぞれの部屋に独自のリズムを与えた、って言っただけ。要は、それぞれリズムは違うけど音楽という同じジャンルのもので三つの部屋を統一したってことを言いたかったんだよ。それが併置ってことだろ？　併置すなわち融合と読み替えていいと思うんだよ、俺は」

以前なら門外漢の気分になったろう。が、読書の成果でだいたいのことはわかる。

「最後のほう、ちょっと乱暴かなあ。笠原さんは思い込みが激しいから」

「はっ？　思い込みが激しい？　乱暴？　どこが乱暴さ？　もうアッタマきちゃうなあ。日本の古典様式を現代化しようって試みが、イコール融合なんだよ。現にこの別邸でやってるじゃないか。タウトは一つ一つの部屋でやって、三つの部屋トータルで見てもやってる。竹に対するあの執着一つとったって、単に素材の魅力に惚れ込みましただけじゃ説明がつかないだろ？」

「うんうん。新日本的なものということですね。確かにこの地下全体がそうだ」

「だろう？　タウトは禅の精神も取り入れて、厳粛で古典的なものにしたかったとも言ってるんだ。音楽を禅と置き換えて考えてみるのも面白いと思う」

「あ、その禅の話、僕も好きだなあ。なんか、日本文化に対する愛情を通り越して、日本人への感謝の気持ちみたいなものさえ感じるんですけど」

「それを言うなら、タウトを日本贔屓にした桂離宮に感謝ってことかもしれないけどさ、でもあったと思うよ俺も。思いたいよなあ、やっぱり」

青瀬は込み上げる笑いを堪えていた。無神経そうに見えて、この笠原という記者は案外いい男なのかもしれなかった。

我、日本文化を愛す――。

洗心亭にあった石碑の言葉を思い出す。タウトに祝福された日本文化。それはやはり幸福な事件だったのだと思う。戦後は忘れられた。極端な西洋化と経済性優先の大合唱に呑み込まれ、今や日本文化という価値観そのものが消えかけている。だが、かつてブルーノ・タウトという「偉大なる外の目」に激賞された事実が、七十年近く経った現在もなお、「日本美再発見」の声を上げる根拠と自信を与えてくれる。タウトを素通りすることはできない。素通りしてきた青瀬がそう思う。建築の世界に身を置き、さしたる自覚もないまま日本文化の破壊者的な仕事を繰り返してきた男がそう思う。

青瀬は目線を上げた。和室――洋風客間――社交室と続く空間を見つめる。「茶色に近い赤」の偶然の一致は、あくまで偶然の一致でしかなかった。三つであり、一つでもあるこの空間が、怒りとは無縁の清気に満ちているからそう言える。日本への、これがタウトの置き土産になった。昭和十一年の秋に別邸改築を終えたタウトは、ひと月もしないうちに日本を発ち、招聘されたトルコで建築家の最晩年を過ごした。

エリカが少林山にデスマスクを届けに来たのは、それから二年後のことだった。魂が還る場所は、生きているうちは留まれない場所なのか。日本文化を愛したタウトは、しかし当時の日本という国に対しては眉を顰《ひそ》めていたに違いない。昭和十一年と言えば、二・二六事件が起こり、日本が急速に軍国化していった時期だった。祖国の軍事独裁化によって人生を狂わされ、亡命を余儀なくされたタウトが心穏やかにいられたはずがない。二・二六事件当日の日記は、「少林山の雪景は白と黒の二色だ。ところが東京ではこれに赤が加わって、黒、白、赤の三色となった」と書き出している。以下、抑制の利いた記述が続き、事の推移を冷静に見つめようとするタウトの内面が窺えるが、しかし喝破していたのだろう、「いずれにせよ戦争は『非常時』という仮面の下に本格的な歩みを進めているように思われる」と日記を締めくくっている。トルコ政府からの招聘は、建築の仕事に飢えていたタウトに離日を決意させた。だが理由はそれだけだったろうか。「日本からの亡命」の思いが心の片隅にあったのではないか。想像するばかりだが、たとえそれが「再亡命」だったとしても、当時はトルコとドイツの関係も悪くなかった。二の舞三の舞の不安を抱えての離日だったに違いない。時代は、晩年のタウトの心をいっときも落ちつかせることがなかったのだ。だが——。

目の前に広がる空間には、恐れも苛立ちも、ましてや怒りの気配など微塵もない。あるのは意志だけだ。「遺す」という強固な意志を感じる。だからこの空間は七十年近くも「遺った」のだ。

初めて仕事で建物の図面を引いた時の気持ちを思い出す。自分が引く一本一本の線が、この大都会のあちこちで地上に形を成していく。胸が躍った。建物を新たに生み出す喜びは比類がなかった。その建物がやがて消えてゆくことになるなど考えもしなかった。だが消えた。十年も経たないうちに、青瀬が設計した幾つもの商業建築が取り壊され、あるいは改築され、ありえない壁の色に塗り替えられていった。創ることしか頭になかった。自分の後ろを振り返る自分を想像できなかった。

「遺すつもりのない家は建てるなと言われた気がします」

何度目かの笠原の問い掛けに、青瀬はそう答えた。笠原と池園はいたく満足したようだった。

「笠原さん、熱海市がここを保存するという話は進んでいるんでしょうか」

青瀬が訊くと、さっきまでとは別人のような明るい声が返ってきた。

「はいはい、大丈夫です。東京の篤志家の女性が、建物を保存することを条件に購入資金を市に寄付する——その線でまとまりそうです」

「それはよかった」

「あ、ところで青瀬さん——」

池園が思い出したように言った。用件はわかっていた。

「椅子のほうはどうでした」

「空振りでした」

青瀬は即答した。

椅子はあちこちにあった。ホールから出た場所、社交室の壁沿い、洋風客間の上段にも何脚も置いてあったが、近づいてみるまでもなく一目で違うとわかる物ばかりだった。岡嶋の話は何だったのかとは思ったが、ここですべての謎が解けるといった大それた期待はしていなかったから、落胆もさほどではなかった。

「青瀬さんの同僚は、ここで似た椅子に座ったと言ってたんですよね」

「ええ。そうなんですが……」

「倉庫にあるのかなあ」

「管理人さんがいるのなら、帰りがけに訊いてみようと思います」

そうかそうか、と笠原が言った。

「青瀬さんは椅子を調べに来たんでしたっけね。写真あります？　ちょっと私にも見せて下さい」

青瀬は頷き、バッグの中を探って椅子の写真を取り出した。

「やっ」

写真を見るなり、笠原が小さく叫んだ。

「知ってますよ、この椅子。きっとこれだと思うなあ」

「ホントに？」

池園が食いつき、「どこにあります？」と周囲を見渡した。

「いや、ここじゃなくて、上多賀《かみたが》の蕎麦屋にあるんだ」

「あ、じゃあ笠原さんが前に話してた、あのテーブルセットのことですか」

「うん。それだよ。似てるなあ、って言うかそっくりだ」

青瀬は勢い込まなかった。困惑気味の表情だったと思う。中軽井沢に次いでまた蕎麦屋かと思ってしまったし、悪い男ではないにせよ、急に陽気になった笠原の信頼度は、いまだ限りなくゼロに近かった。

29

相模湾は陽光を反射して煌めいていた。

三人は日向別邸を後にしてタクシーで上多賀に向かった。車で十五分ほどの距離だという。

「実はね、七年前に別の地元紙に書かれちゃったネタなんですよ」

笠原が頭を掻きながら話し始めた。

「その蕎麦屋さんの建物も元は日向氏の持ち物だったんです。さらに元をただせば別の場所にあった他の人の別荘だったんですけどね、日向氏が買い取って昭和十年に上多賀に移築した。その時、タウトに工事監理を頼んだんです」

聞くうち青瀬は引き込まれた。話が極めて具体的だったからだ。

日向氏の依頼を引き受けたタウトは、移築現場近くの民家を確保し、エリカと共に高崎から移り住んだという。タウトはその民家で自分たちが使う椅子とテーブルを設計し、地元の大工に作らせた。移築工事が終わってタウトが高崎に引き揚げる時、日向氏がそっくり譲り受けて別荘に置いた。その後、建物の所有者は何人も変わったが、椅子とテーブルは持ち出されることなく、所有者から次の所有者へと引き継がれていった——。

「つまり、その移築された別荘が、今は蕎麦屋になっているということですか」

青瀬が煎じ詰めると、笠原は小刻みに頷いた。

「そうですそうです。二十五年ぐらい前から蕎麦屋さんが所有していて、七年前に当時中学生だった娘さんが夏休みの自由研究で『私の家とブルーノ・タウト』を書いた。その話を某新聞が記事にした、というわけです」

「笠原さんは実際に椅子とテーブルをご覧になったんですか」

「見ましたよ。追っ掛け記事を書くために取材に行きましたから……」

「前から知ってたんですよね、笠原さんも」

池園が庇うような口ぶりで言った。

「まあな。タウトは日記にも上多賀で椅子とテーブルを作らせてるって書いてたしな。頭の隅にはあったんだけど、すぐに記事にする話じゃないと思ってさ」

「娘さんの自由研究っていうのがミソでしたよね、あの記事は」

「ああ、やられたって感じだった。まったく、いいタイミングで書かれちまったよなあ」

記者同士の会話に入れないでいるうち、タクシーは蕎麦店の駐車場に滑り込んだ。

店は営業中だったが、顔の通じた笠原が手短に話をすると、穏やかな物腰の店主が店の奥に案内してくれた。椅子とテーブルはいつもはしまってあるのだが、たまたま親戚の者が見たいと電話を寄越したので部屋に出したところだという。

「ラッキーでしたね」

池園が耳打ちしたが、青瀬に応じる余裕はなかった。岡嶋の話とは大きく異なる。椅子は、日向別邸の調度品として作られたものではなかったというのだ。しかし、急浮上したこの話には真実味がある。まさかが本当になりそうな予感があった。

通されたのは六畳の和室だった。

青瀬は息を呑んだ。がっしりとした長方形のテーブルが目に飛び込み、そして周囲に配された六脚の椅子に目を奪われた。歩み寄り、椅子の一つをテーブルから引き出した。写真と見比べるまでもなかった。目が正確に記憶していた。それはY邸にあった椅子と形も年季も瓜二つだった。

「これですか？」

笠原の問い掛けに、ええ、とだけ答えた。

椅子を斜めにして見た。引っ繰り返して裏側も見てみた。「タウト井上印」はない。当然だ。これは売り物ではなく、タウトとエリカが生活で使うために作らせた「一点物」なのだ。ハッとして振り向いた。心配そうな店主の顔があった。

「あ、すみません」

青瀬は頭を下げ、ことさら慎重な手で椅子を起こした。

「座ってみてもいいですか」

どうぞの声に促されて腰を沈めた。しっくりきた。親しみと懐かしさが湧き上がる。Y邸の椅子に座った感覚とまるきり同じだった。目を閉じると、Y邸の二階にいる錯覚に陥った。視界一杯に広がる、あの青空までもが蘇る。だが――。

違うのだ。目を開けて、改めて椅子の数を数えた。六脚だ。テーブルはその六脚がぴたりと納まる寸法で造られている。椅子は一つも欠けていないということだ。ならばそう、Y邸の椅子の出自はここにあるテーブルセットではない。青瀬がいま座っている、この本家を真似て作った紛い物ということになる。

「オリジナルじゃないってことですね、そっくりだけど」

池園が残念そうに言った。

「けどさ、池ちゃん、商品として売られた椅子がコピーされたのとは訳が違うぜ。タウトが家でちょっと使った後は、本物はずっとここだ。それこそ、門外不出で七十年近くこの屋敷の中にあったんだぜ」

「だから何です?」

「鈍いなあ。偽物を作った誰かは、ここに来て、この椅子をじっくり見なきゃならなかったってことさ」

「なるほど、冴えてますね。でもですよ、じゃあここに来た人を全部調べるんですか? 七十年ですよ。写真の椅子がかなり古いことは確かだし、五十年前とか六十年前とかじゃ、調べようがないじゃないですか」

「それこそ七十年前かもしれませんよね」

青瀬は椅子から立ち上がって言った。二人の話を聞いていて思ったのだ。椅子は、最初は七脚あったのではないか、と。

「頼まれた大工が、一脚余分に、たとえば自分の分もこっそり作っていたとか。いや、なんだか贋作とは思えなくて。あまりに似ているので」

二人は大きく頷き、二人同時に言った。

「大工かあ」「大工がね」

「もう亡くなってるでしょうが、子供とか孫とか見つかれば……。タウトの日記に大工の名前はありましたっけ」

二人は牽制し合うようにすまし顔を作り、不利な先攻は池園が引き受けた。

「うーん。名前までは書いてなかったと思うなあ」

「ないな。確か……別邸の関係で『佐々木さん』という大工が出てくるけど、自家用の椅子とテーブルは名無しの大工だ」

「探せますかね」

言ってから青瀬はしまったと思った。新聞社の調査力に頼りたいのは山々だが、これ以上、深入りを許すのはまずいと感じた。

池園は弱り顔だった。

「別荘を移築する時、タウトは近くの民家に住んでいたわけですから、大工もそんなに遠くの人ではないですよね。ただ七十年前ってことになると……。ご主人、何かご存じありません？」

話を振られた店主は首を捻った。

「いやあ、そこまで詳しい話は伝わっていません」

「ですよね。ここはやっぱり、地の利のある笠原さんに人海戦術を発動してもらうしかないかな」

笠原は眉間に皺を寄せて腕組みをしていた。今にも男気だか、タウト担当記者の意地だかを口にしそうだ。

「そんなご無理はお願いできません。まったくぜんぜん事件とかじゃないんです。私が個人的に会いたい友人と、ちょっと会えなくなってるだけですから」

慌てて言うと、笠原の体から空気が抜けた。が、顔はまだ池園の煽りが効いている。

この場を切り上げようと思った。青瀬は店の主人に顔を向け、訊くだけ訊こうと思っていた質問をした。

「吉野陶太という人が、この椅子のことで訪ねて来たことはありませんか」

「ああ、来ましたよ」

瞬時に反応できなかった。

来た？

「小柄な男の人でしょう？」

そうです。答えた声が掠れた。

「その人ならよく覚えてます。椅子のことがこっちの新聞に出ましてね、それから二年ぐらいして来たんですよ。椅子を見せてもらえないかって」

青瀬は棒立ちしていた。

「仙台がルーツなんだって言ってましたけど、その人ですよね？」

「だ、だと思います」

「すごく嬉しそうでしたよ。あなたみたいに椅子を撫で回したり、座ったりして。そのうち、この椅子の設計図を持ってるんだと言い出してね。びっくりしました」

急転直下。そんな四字熟語が矢のように頭を突っ切った。

30

帰りの新幹線は、そうするしかなく池園の隣に座った。

青瀬は一人の時間を持ちたかった。上多賀の蕎麦店で得た情報は驚くべきものだった。吉野陶太が店を訪ねていた。自分のルーツが仙台だと明かし、タウトの椅子の設計図を持っていると言い放った。話が突如具体性を帯び、かつ確かな結果に向かって動き出した感があるだけに、頭に「一家蒸発」がある青瀬と、そうでない池園が一緒に推理を進めるのは難しくなった。既にホームで電車待ちをしている間に一波被《かぶ》った。「青瀬さん、吉野さんが仙台出身だって知らなかったんですか？」「長野だと聞いてます。ルーツという言い方ですから、本人が仙台生まれとは限りませんよね」――。

生まれは仙台なのか？　吉野から出身地を聞かされた記憶はない。東京に住む人間が、敢えて明かさなければ、その人間は東京出身ということだ。「吉野さん」のことを何も知らない青瀬は、池園が何か言い出すたびに緊張せざるをえない。が、一家蒸発にまとわりつくタウトの謎に、マニアならではの洪水的情報量で青瀬にサジェスチョンを与え続ける池園という記者が、地雷さえ踏まねば、考えうる最高のワトソンであることもまた確かだった。

「惜しかったですよね。その吉野さんて人が、どうして椅子の設計図を持っているのか聞けてればなあ」

　青瀬は深く頷いた。店主は尋ねたそうだが、吉野に話をはぐらかされてしまったと残念がっていた。

「吉野が店に来たのは、五年ぐらい前ということになりますよね。地元の新聞に椅子の記事が載ったのが七年前で……その二年後ということでしたから」

「なるほどと思いましたよ、二年後って話は。実は地元紙に載った一年半か二年ぐらい後に、建築雑誌がタウトの特集を組んだことがありましてね、上多賀の椅子のエピソードにも触れていたんですよ。たぶん、吉野さんはそれを読んで店に行ったんでしょう。東京じゃ地方紙は読めませんからね」

　腑に落ちた。少し遅れてもう一つ腑に落ちた。Y邸の二階で椅子を見つけた時、「タウトの椅子」に関する記事を読んだ記憶が頭を過ぎったが、新聞ではなく、ならば青瀬も建築雑誌で目にしたということだろう。

「しかし、仙台は大きな手掛かりですよ」

　池園が興味津々の顔で青瀬を見た。言わんとしていることはわかる。

「タウトは仙台にいたことがあったんですよね」

「そうです。よくご存じですね。高崎の洗心亭に落ちつく前でした。旧商工省の工芸指導所というのが仙台にありまして、そこに招聘されたんです。昭和の初めの恐慌に対応して創設された施設でしてね、国は工芸産業を奨励育成して輸出振興を果たそうと考えたんですね。タウトはその黎明期に立ち会ったことになります。指導所側にとってみれば、これほどの幸運はなかったでしょう」

「そこでは何を？」

「デザインもしましたが、タウトが招かれた理由は指導所の意識改革にありましたから、国際競争力を持つ工芸品を生み出すための思考方法とでも言いますか、分厚い事業計画書を書いて指導所に提案したそうです」

「長くはいなかったようですね」

池園は首を傾げて青瀬の顔を覗き込んだ。

「なんか青瀬さん、タウトに詳しくなってません？」

「本をだいぶ読みました。池園さんに感化されて」

「感化だなんて」

池園は嬉しそうに笑った。

「やっぱりブルーノ・タウトは避けて通れませんものね」

「避けてたわけじゃないんですよ。まあいいです。それで？」

「ああ、それでね、タウトは四カ月足らずで仙台を去りました。指導所のスタッフは全員タウトの提案に賛同してたんですが、どういうわけか、タウトの目には、所員が何も実行しないし実行するつもりもないと映ったようで。それでイライラが募って……」

池園は自分が叱られたような顔をした。

「仙台で椅子は造ったんでしょうか」

本題に引き戻すと、池園は即座に頷いた。

「照明スタンドの工作計画と一緒に、椅子やドアハンドルの試作も行っています」

「タウトが椅子の設計をした?」

「おそらくしてます。上多賀でやったように設計して所員に造らせた」

「だったら、仙台で設計した椅子と蕎麦屋の椅子が、同じ設計図から起こされた可能性もあるってことですね」

池園は、うーん、と唸った。

「それは確認が難しいでしょうねえ。設計と言っても、椅子や工芸品の場合は建築の図面を引くのと違って、タウトがフリーハンドで簡単なスケッチを描いて、それに寸法を書き込んだだけみたいなものが多いですからね。いや、でもお気持ちはわかります。想像は膨らみますよね。例えば、仙台でタウトがあの椅子を提案したのに所員がうまく造れなかった。上多賀に来た時にふと思い出して地元の腕のいい大工に造らせてみた、とか」

「そうだとして、じゃあ、元々の設計図は仙台の工芸指導所にあるということですね」

若干の期待を込めて言ったが、池園は首を振った。

「その可能性はあったでしょうが、さっき確認が難しいと言ったのは、指導所が昭和四十年代に工業技術試験所として発展解消されたからなんです。発展解消と言えば聞こえはいいですが、要は指導所の廃止です」

「資料は残ってない?」

「現在は産業技術総合研究所の東北センターになっています。当たってみないと何とも言えませんが、タウトのことはあまり省みられることがなかったそうですから、散逸している可能性大ですね」

だとすると、吉野はどうやって椅子の設計図を手に入れたのか。

「当時の指導所の関係者がその椅子の設計図を長いこと保管していて、それを吉野さんが何かの拍子で手に入れたというのが一番自然じゃないですかね」

「さもなくば、吉野の父親か祖父が指導所の所員だった」

青瀬が言うと、池園は、うん、うん、と力強く頷いた。

「もともと家に設計図があったという説ですね。そっちが有力かな。いや、前にもお話ししたように、そういうケースがたまにあるんですよ。代々、大工をしている家の物置からひょっこりタウトの設計図が出てきました、みたいなことが。吉野さんのご職業は何でしたっけ？　大工とか家具職人とかじゃないですよね」

一瞬詰まってから答えた。

「輸入雑貨の卸しです。フリーになったかもしれませんけど」

「お父さんとかお祖父さんは？」

「知りません。吉野は家族のことは話さないので」

「やっぱりそこら辺かもしれませんね。どちらかが指導所の関係者で――あ、何だろ」

池園は震える携帯を取り出し、ちょっとすみません、と青瀬に断ってデッキに向かった。

青瀬はひと息ついた。途端に走行音と車内の揺れが確かなものになる。

同床異夢だ。池園はさぞかし訝しがっているに違いない。いったい吉野とは何者で、青瀬とはどういう関係なのか――。

こっちが聞きたい。吉野陶太とは何者か。自分とはどういう関係なのか。大工か家具職人の家に育った？　そんな話は知らない。耳に掠ったこともない。青瀬が知っているのは、田端の借家の大家に輸入家具を売ったという話ぐらいだ。

上多賀の椅子の設計図を持っている？

その設計図を元にＹ邸の椅子を造ったというわけか。誰が造った？　吉野ではない。彼は大工でも家具職人でもないし、仮にそうだとしても彼が大人になって造ったのではオリジナルと年代が合わない。父親か祖父が造ったのだ。いつどこでだ？　オリジナルが造られたのと近い年代に絞り込んでいいだろう。場所はやはり仙台の指導所か。父親か祖父が指導所に勤めていて、タウトに設計図を渡されてＹ邸の椅子を造った。あるいはタウトが去った後、残されていた設計図を見て造った。椅子と設計図は「吉野家」が所有し、吉野陶太に引き継がれた。設計図が複数存在したと考えれば合点がいく。几帳面でメモ魔のタウトのことだ、同じ椅子の設計図を書き写したノートがあって、それを上多賀の大工に示した――。

青瀬は日の暮れかけた車窓を見つめた。

いつも頭にイメージする吉野の顔から笑みが消えていた。ルーツは仙台。胡散臭い物言いだ。常日頃から人を欺いて生きている男の悪達者ぶりを空想させる。吉野を責めたり恨んだりすることはやめた。一家揃って元気な顔を見せて欲しいと、それだけを願っている。なのに吉野は性懲りもなく青瀬を騙す。過去のどの時点に遡ってみても嘘をつく。Ｙ邸が「籠脱《かごぬ》け」の籠に思えてくる。青瀬にはわからないが、吉野には籠脱けをすると得をする理由があって、見事成功させる。青瀬は空になった籠を見せられて、どこへ消えたとおろおろしながら辺りを見回している。

「青瀬さん――」

目を開いた。池園の顔と、その向こうに車掌の姿が見えた。慌てて懐からキップを取り出すと、池園が自分のと重ねて車掌に手渡した。

「すみません」

「いえいえ、お疲れのようですね」

「あ、いや……。タウト酔いをしただけです」

「タウト酔い?」

「ええ。まんまと日向邸を飲まされて」

「日向邸を飲まされてタウト酔いかあ。いいコメントですね。それ、頂いていいですか」

どうぞどうぞと言いながら、青瀬は軋む首を回した。

「あの、もし青瀬さんがよければ、僕のほうで仙台を当たってみましょうか」

遠慮がちに池園が言った。

「向こうのM新聞に詳しいのがいますし、前に仙台に行った時にタウトを研究している人の知り合いもできましたから」

いや、と青瀬は言った。が、その後が続かなかった。

「ご迷惑ですか」

「違います。その逆で、笠原さんにも言いましたけど、皆さんにご迷惑をお掛けしたくないんです」

「迷惑だなんて――」

「そのタウトの研究者って人、紹介していただけませんか」

池園の瞳に一瞬落胆の色が混じったが、それだけだった。

「わかりました。社にある資料から拾って後でお知らせします」

「すみません。助かります」

「でも、青瀬さんが仙台に行かれるのでしたら、日程が合えば僕もご一緒したいなあ。あの椅子の由来と顚末、わかったら面白い記事になりそうですもん」

青瀬は曖昧に頷くしかなかった。

車窓はもう薄暗かった。

日向別邸は少しも遠ざからなかった。タウトが造った半地下の空間は、タウトが造った椅子を巡るごたごたなど意に介していないようだった。

31

所沢に戻ったのは午後八時過ぎだった。

事務所に立ち寄ると、マユミがまだいた。デスクに竹内の丸まった背中もある。コンペ専用台の上は写真と資料の山だ。

「お疲れ様でーす」

マユミはすこぶる元気だ。「なんか二人目の子を産む気分」だそうで、一人目の勇馬君は母親に預けっぱなしの状態らしい。竹内は目の下にうっすら隈が出来ている。聞けばコンペが決まって以来、ずっと微熱があって夜寝つけないのだという。

岡嶋と石巻は一昨日から視察に出ていて、今夜は甲府泊まりだ。「国内担当」の竹内がピックアップした百点近い美術館や記念館の資料を、他の四人の投票で篩《ふるい》に掛けたのち岡嶋が十数点に絞り込んだ。いかにもな館を構想しないために、いかにもな館を見て回ってくる。出発前に岡嶋は強気とも弱気ともつかぬ台詞を青瀬に囁いた。西川も同行させたほうがいいとアドバイスした。コンペは、コンセプトとプレゼンとパースの出来がすべてだ。審査員の目を見開かせるパースを西川に描かせたいのなら、構想過程の岡嶋の脳内を少しでも多く彼に覗かせることだ。

「チキショー、僕も行きたかったなあ」

悔しがり方も、どこか育ちの良さを感じさせる竹内の肩を叩いた。

「愚痴るな。ここでだってアイディアは考えられる。どんどん出せよ。津村さんもそうしろ」

マユミは自分の鼻を指差した。

「あたしも？　いいんですか」

「パソコンで世界中の建物を見たろう。いいモノ、美しいモノをさんざん見た脳を信じて、どんなメモワールを造りたいかイメージするんだ。意匠の断片だっていい。思いついたら言葉や絵にして所長を刺激してやれ」

「そっかー、そうですよね。へんてこだってなんだって、アイディアは多いに越したことありませんものね」

マユミは華やいだが、竹内は浮かない顔のままだった。

「そうしたいのは山々なんですけど……」

デスクに伸ばした指先が分厚い本をぺらぺら捲っている。『S市の歴史』。岡嶋が出発前に出した宿題だった。「地元のハート」を摑むヒントになりそうな象徴的な出来事を拾い上げておいてくれ、と。マユミもだ。戦後のパリの、労働者階級の暮らしぶりを伝える資料を集めるよう指示されている。

「S市の歴史を掘るのは名案だろう。東京の事務所にその発想はないからな」

「いや、僕もそう思います。だから今日も朝から図書館に行ってたんですけど、リアルのほうで呼び出されちゃって。深谷《ふかや》の物件が川に引っ掛かったんですよ」

「境界トラブルってこと？」

河川に近い物件を手掛けた際によくある。川との境界をはっきり示せと市の下水道課辺りがいちゃもんをつけてくる。

「違うんです。昨日、国交省のパトロールが回ってきて、河川区域内だからってダメ出しされちゃったんですよ、ハウスが」

国交省？　ハウス？

「一級河川沿いなんで国のお出ましというわけです。あ、ハウスってのは家じゃなくて園芸農家のハウス。家と一緒に建てたんですよ。家のほうはもちろん河川区域外だったんですけど、ハウスが内側だったんだなあ。こっちもうっかりしてたんですけど、即刻撤去しろとか高飛車に言われてクライアントがビビッちゃって。それなんで今日、国交省の出張所に談判に行ってきたんですよ」

面倒見の良さには今さら驚かない。竹内の夢は日本中の金のない人に低コスト住宅を行き渡らせることだそうで、そのせいかどうか、彼の仕事ぶりは人助けとか世直しとかに一脈通ずるところがある。

「話はついたの？」

「ちゃんと届け出をするということでなんとか。けど、聞いて下さいよ。その提出書類ってのがかなり笑えて。撤去計画書ってのを書かされるんですよ。経験あります？」

「ない。撤去計画ってハウスの？」

「そうなんです。上流の観測所で川の水位が一定レベルを超えたら、自己責任で出動するって想定で、何人がかりで何時間でどんな機材を使ってハウスを撤去するのか事細かに書けって言うんですよ。青瀬さんの名前も書きましたからね。いざって時はユンボの操縦とかしてもらいます」

青瀬は笑った。

「私も人数に入ってるんですって」

こちらも笑いながらマユミがコーヒーを差し出した。

「マユミさんは怪力だから、二人分って計算になってます」

「あ、竹内君、ひどーい」

マユミが艶やかな声を出すと、決まって竹内ははにかむ。そんな微笑ましい光景が、しかし笑ってなどいられない状況を際立たせもする。ハウスの撤去計画騒ぎで半日潰れた。竹内はただでさえオーバーワーク気味の仕事をこなす一方で、コンペの下準備に追われ、さらには青瀬と手分けして石巻が手掛ける数件の現場監理を代行している。マユミにもしわ寄せが来ている。パソコン画面はパリの古い地図が占拠している。デスクの上は帳簿と未処理の伝票の束、そして室内インテリアの提案書が、書きかけのまま何枚も散らばっている。

総勢五人の事務所で大型コンペを抱え込めばこうなる。「少数精鋭の極みですなあ」。何度追い払っても、鳩山の不遜顔が瞼に像を重ねてくる。コンペ専用台の端には、マユミが手作りした、カウントダウン用の日捲り暦がちょこんと置かれている。「岡嶋設計事務所の90日戦争！」の勇ましいタイトルと「79」の真っ赤な数字。コンペの勝ち負け以前に、あと七十九日間、このハードワークに事務所は堪えられるだろうか。「90日戦争！」の下に小さく書かれた「勇馬ゴメンネ♡」の丸文字も、目を細めて見られなくなってきた。

「青瀬さんのほうは成果あったんですか」

竹内が笑みの残る顔で言った。

「成果って？」

「あれ？　今日行ってきたんですよね、ブルーノ・タウトの日向邸」

「ああ、うん」

「どうでした？　メモワールに何か生かせそうですか」

青瀬もコンペのための視察。岡嶋がそんな話をしたのだろう。

「ホント言うと、僕はタウトにあんまり興味なくて。なんかゴーマンな感じがするんですよね。何年かいただけなのに、日本美の再発見とか言っちゃって」

池園や笠原が聞いたら頭から湯気を立てて怒ったろう。いや、青瀬も少なからず気分を害した。

「もしタウトが日本に来てなかったらって考えると、ちょっと怖い気がするけどな」

ささやかな反撃を試みると、竹内は大げさに驚いてみせた。

「怖い？　えっ、えっ、それってすごい褒め言葉じゃないですか。タウトが来日してなかったら日本の建築史が変わったとか？」

「変わってないと言えるか」

「そりゃあ、まあ、ゼロじゃなかったでしょうけど」

「七十年前、ほんの少しかもしれないが、タウトが日本人の物の見方を変えた。それは確かだと思う」

「やっ、なんか青瀬さんらしくないなあ」

「どこが」

「熱いところが」

言ってから、竹内は吹き出した。

「マユミさんといつも話してるんですよ。青瀬さんはクールだ、ゴルゴ13みたいだって」

「あたしは言ってませんよ、そんなこと」

マユミが慌てて口を挟んだ。

「言ったじゃんかあ、高倉健みたいだって」

「ウソばっかり。だってあたし、全然知らないもん、高倉健とかゴルゴサーティーンとかって俳優さん。みんな竹内君が言ったんじゃない」

青瀬と竹内が顔を見合わせ、ドッと笑ったその時、デスクの電話が鳴った。

岡嶋からだと思ったのだろう、ほっぺたを膨らませていたマユミの機嫌が瞬時に直った。飛ぶ足でデスクに向かい、受話器を取り上げ、が、すぐに表情をなくして首を傾けた。

岡嶋なら代わってもらおうと青瀬もデスクに歩み寄っていた。マユミは「少々お待ちくださ い」と先方に言い、送話口を押さえて青瀬を見た。

「新聞社の人からなんですけど……」

ああ、と思った。池園だ。さっそく社で仙台のタウト研究者を調べてくれたのだ。

代わるよと言って、青瀬はマユミから受話器をもぎ取った。「あ、でも……」。マユミが逡巡した理由はすぐにわかった。

〈岡嶋昭彦さんですか〉

くぐもった声だった。池園とは似ても似つかない、陰を帯びた声質……。

「所長は出張中ですが、どちら様です?」

〈いつお戻りになります?〉

「それは――」

ホワイトボードに目をやった。明日中か、遅くとも明後日には戻る予定だ。

「こちらから連絡させます。お名前と電話番号をお教え下さい」

嫌な間があった。その理由もすぐにわかった。

〈あなた、岡嶋さんじゃないんですか?〉

青瀬は受話器を耳から離した。俺を岡嶋だと疑っている? 向こうの疑心が、そのままこちらの疑心に転移した。

「違います。そちら、お名前は?」

〈東洋新聞の繁田《しげた》と言います。岡嶋さんのお戻りがいつになるか教えて下さい〉

東洋新聞——国内で一、二を争う大手新聞社だ。

「はっきりしません。ご用件は何です？」

〈携帯の番号を教えていただけませんか〉

「できません。ご用件を仰って下さい」

〈あなたが岡嶋さんならお話ししますがね〉

人を食った物言いに怒りを覚えた。

「連絡は取れますが、用件がわからないのでは伝えようがありません」

今度は思案の間があった。誰かと相談しているのかもしれない。新聞社の社内の喧騒だろうか、電話の向こうに雑多な音がある。

〈取材の申し込みです〉

唐突に声が戻った。

「どんな？」

〈ご本人にお話しします。ちょっと込み入った内容ですので〉

まるで話が嚙み合わない。青瀬は苛立ったが、相手は名前も身分も明かしている。こちらも看板を掲げて仕事をしている以上、所長とは会わせないの一点張りで押し通すわけにもいかない。

「電話があったことは伝えます。東洋新聞の……？」

〈繁田です〉

「所属はどちらです」

そんな質問が口から出たのは、今日一日、池園や笠原と一緒だったからだ。

〈社会部です〉

威圧を纏った声だった。嫌な予感が的中したような気になった。

「社会部というと、何か事件の関係ですか」

〈後はご本人に〉

ぴしゃりと扉を閉じられた。

「わかりました。他に伝言は？」

〈ぜひお会いしたい、と。明日またこちらから電話を入れます〉

「一応、伝えます」

受話器を置いた。思わず手荒い置き方になった。

「青瀬さん――」

声に振り向くと、心配そうな二つの顔が並んでいた。上擦った声で竹内が言った。

「事件って何です？」

「いや、てんでわからない」

口だけで言って、青瀬は岡嶋の携帯を鳴らし、二人に背中を向けた。何度目かのコールの後、底抜けに明るい声が耳に飛び込んできた。

〈よう、青瀬。もう戻ってたのか。どうだったよ、日向邸は？〉

だいぶ飲んだとみえる。

「それは帰ったら話す。西川さんとは合流したか」

「した。昨日な。西川さんに用事か」

「違う——今な、事務所に東洋新聞の繁田っていう記者から電話があった。お前に訊きたいことがあるんだとよ」

努めて軽い調子で言ったが、岡嶋の息が引くのがわかった。

〈記者が俺に……？〉

「ああ、また電話を寄越すと言ってた。社会部の記者らしい。何か心当たりはあるか」

〈……いや〉

あるのだ、心当たりが。

原因の見当はついたが、背後の二人を気にして青瀬は話を変えた。

「そっちはどうだ」

〈えっ？〉

「館巡りだ。収穫ありやなしや」

〈あ、うん……色々と参考になった……。その記者、用件は言ってなかったのか〉

「会ったら話すとよ。それより岡嶋、タウトの椅子は日向邸じゃなく、上多賀の蕎麦屋にあったぞ。しかも椅子は六脚だ。記憶違いか？」

〈上多賀……？　かもな。あん時はあちこちタウトの関係を回ったから……〉

岡嶋は気も漫《そぞ》ろだった。

「で、いつ戻る？」

〈明日……戻る。いったん〉

「わかった。あんまり飲み過ぎないようにな。西川さんによろしく伝えてくれ」

電話を切ると、傍らに張り付いていたマユミが青瀬の顔を窺い見た。

「所長、何て?」

左右の眉が繋がりそうな顔だった。

同心梅なら訊くまでもないはずだ。マユミが感じている虞《おそれ》は、甲府にいる岡嶋もそのまま感じている。

32

かなり無茶をして指名を取った——。

岡嶋の台詞をはっきり覚えていた。聞かされた瞬間に鼻先を掠めた、きな臭さとともに記憶されていた。十中八九その件だ。記者がコンペ絡みで何かを嗅ぎつけた。いったい岡嶋はどんな無茶をしたのか。

青瀬は缶ビールを床に置き、テレビを消してソファに寝そべった。明日になればわかる。岡嶋が戻ったら問《と》い質《ただ》し、状況を把握し、必要なら対策を考える。そうするしかない。今できることは何もない。

目を閉じた。念じながらそうしたが、脳裏にも網膜の裏側にも日向別邸の空間は浮かんでこなかった。なのに抱《いだ》かれた感覚はある。あの空間に招かれ、もてなされた余韻は残っている。あるべき「外観」がなかったから余計にそう感じるのかもしれない。見たのではなく、日向別邸を体験した。七十年の時を超えて、青瀬は客人の一人となった。

仙台に行くべきか。

コンペの準備と、そのコンペの先行きに叢雲の気配を感じている今、よし行こうとはならない。吉野陶太の「ルーツ」に迫ったところで、またぞろ彼の不誠実さを知るだけに終わりそうな気もする。池園を始めとする、タウト繋がりの記者たちに頼り過ぎている現状を顧みてもいた。池園も笠原も学芸員の風情で、およそ事件などとは縁遠い存在に思えるが、「一家蒸発」を知ったら彼らだって豹変するかもしれない。事務所で「繁田」の電話を受けたばかりだから警戒レベルが増す。あれも記者、これも記者とは思うものの、根っこまで別だとは限らない。所長が一世一代の意気込みで臨んでいるコンペに横槍を入れられ、そのうえY邸の件まで表沙汰になったら岡嶋設計事務所はガタガタになる。

仙台は後回しでいい。そもそもそんな遠方にまで調査の足を伸ばす必要性も緊急性もありはしないのだ。吉野は探されることを望んでいない。青瀬が何度Y邸や彼の携帯に電話しても、ただの一度も連絡を寄越さない。誰にも所在を知られたくないのだ。赤ら顔の男から逃れるために、吉野は自らの意思で行方を晦《くら》まし、自らの意思で一切の気配を断っている。だが——。

子供たちはどうしたろう。

時々そのことを考える。中学生の娘二人と小学一年生の息子がいた。信濃追分で二度、地鎮祭と家の引き渡しの時に顔を合わせた。長女は両親の背丈を越えていて、歳の割に大人びた感じがしたが、青瀬に対してはシャイな感じの笑みでバリアを張っていた。次女もどこかよそよそしく、話し掛けても「楽しみです」とか「気に入りました」とか優等生的な答えしか返ってこなかった。それでも姉妹は幸せそうに見えた。始終くっついていて、互いにちょっかいを出してはクスクス笑ったり口を尖らせたり、青瀬のことを盗み見て囁き合ったりしていた。地鎮祭の日、香里江の陰から疑心を宿した瞳で青瀬を見つめていた末の息子は、家の引き渡しの日も心を開かなかった。ろくに自分の部屋を見ようともせず車に戻り、首を垂れてゲームボーイに興じていた。「仮面家族」を疑った。「長身の女」が吉野夫妻を離婚か別居に追い込んだのではないかと想像した。両親と娘二人は夢のマイホームを手にした幸福な家族を演じきり、末の息子だけが崩壊した家族の真実を語っていたのだと考えた。大家から田端の借家には吉野しか住んでいなかったと聞かされ、Y邸の建築は、家族の心を再び一つにする祈りのプランだったのではないかとも考えた。だがわからない。どこを切り取っても確かさはなく、今もって肯定も否定もできずにいる。わかっているのは一つ、吉野一家の事情は、赤ら顔の男の登場ですべての説明がつくほど単純ではないということだ。

吉野夫妻はいい。蒸発という、端から見れば常軌を逸した今回の行動も、問題の起点があり、発火点があり、様々な展開を経た末に自分たちが選択した道だ。だが三人の子供たちは結果だけを突きつけられた。その道の先に何が待ち受けていただろう。どことも知れぬ町で一家五人で隠れ住んでいるのか。逃げているのは吉野だけで、香里江と子供たちはどこかに身を寄せているのか。あるいは夫妻は一緒で、子供たちだけ何処かに預けられているのか。どれであっても浮かぶ絵に子供たちの笑顔はない。学校はどうしているのか。生活費は足りているのか。香里江の実家にいてくれていればいい、と祖父母の庇護に一条の光を求めてみるが、だとしても赤ら顔の男の脅威が及ばない保証はない。三本の指にギプスをした、その魔の手はどこまで伸びるのか。

　青瀬はむくりとソファから起き出した。こんな時に、と自分を嫌悪するが、いつもそうであるように、建築とは無関係のことを考えているさなかに創造の扉は開く。靴磨きの少年の目がある。イーゼルがあり、人物画が置かれている。向かい合う場所に階段構造の「客間上段」がある。イーゼルは一つではない。七つも八つも、いやもっとたくさん横に開いて並んでいて、それぞれに巧くて暗くて恐い人物画が立て掛けられている。客間上段を一段上がる。するとイーゼルの列の後ろにまたイーゼルの列があるのに気づく。二段上がるとさらに後ろの列が姿を現す。三段上がると、四段上がると、十段上がったときには、相模湾が全貌を晒すように数百のイーゼルに置かれた数百の絵が、描かれた名もなき人物たちが一斉に命の叫びを発する。そうとも、藤宮春子の世界に権威づけられた名画などないのだ。どの絵が格上でどの絵が格下だとか、最上級の絵が一室を与えられるとか、そんなありふれた世界ではないのだ。どれも名もなき絵であり、どれも等しく名画なのだ。だから併置する。藤宮春子の人生を一枚の絵として見せる。階段を上がるごとに彼女の呟きを聞き、彼女の日々を目撃し、最後には絵画に殉じた彼女の魂と、描かれた人物たちの魂の集積を体感することになる。それだけではない。それだけでは終わらない。そう、客間上段の下には「下段」がある。階段構造の中央に、地階に向かうもう一つの階段構造が組み込まれている。Y邸の二階にあったタウトの椅子に腰を沈めるのだ。一段、二段と階段を下りると絵が消える。浅間山が消える。その視線の先にあるのは青空だ。遠くの壁に刳《く》られた巨大な横長の窓に、ただ空だけが見える。どこへでも行ける。どこにだって繋がっている。藤宮春子が命を燃やし尽くしたパリの空にだって――。

電話が鳴っていた。青瀬は二度三度と両拳で膝を叩いてから腰を上げた。やっと電話に足を向けた時、解除し忘れていた留守電機能が作動した。

〈岡嶋だけど……。明日の午後記者に会う。お前も同席してくれないか〉

消沈した声だった。受話器を上げようとして、しかしやめた。

〈頼む〉

小さな間の後、通話が切れ、伝言ありを知らせる赤ランプが点滅を始めた。

またとないチャンスなんだ。かなり無茶をして指名を取った。どうしても勝ちたいんだ――。

それでも青空は消えなかった。激昂したタウトのように、激しく指を上下させながら、青瀬は閃きのその先を疾走していた。

33

翌朝も空に鳥の姿はなかった。

青瀬は朝食を取らずにマンションを出た。シトロエンで市役所に行き、建築確認の申請を一件済ませてから、丸井の裏手のレストランに足を向けた。

岡嶋はもう来ていて、奥まった席で腕組みをしていた。表情がいつになく強張っているのが、ルクスの低い照明の下でもわかる。

が、青瀬の姿を見つけて、おう、と掛けてきた声は普通だった。

「二人はどうした」

青瀬は向かいの席の椅子を引きながら訊いた。

「甲府に置いてきた。こっちは電車のデッキで電話三昧だ」

早くも質問を誘う口ぶりだった。

千円の日替わりランチを注文すると、青瀬の逡巡の間をついて岡嶋が言った。

「一時に記者が来る」

「どこに？　ここにか？」

「そうだ」

青瀬は腕時計を見た。十二時を回ったところだ。

「さっきマユミから連絡があった。記者がまた電話を寄越したって言うんで、こっちから通信部に掛けてここを指定した」

「通信部？」

「東洋新聞のS通信部だよ。昨日の電話でそう名乗ったろ」

「繁田って記者だよな」

「ああ」

「俺には社会部だと言った」

岡嶋は嫌悪も露《あらわ》に鼻で笑った。

「コケ脅しってやつだろ。そういう記者らしいんだ、繁田って男は」

岡嶋が消沈を脱した理由の一端が垣間見えた。昨夜からあちこちに電話を掛けて、「そういう記者」と言えるほど敵を知ったのだ。

青瀬はテーブルに肘をついて岡嶋との距離を詰めた。記者が来るまでおよそ一時間。あまり余裕はない。

「タチの悪い記者だってことだな。なんでそんなのに絡まれた」

それには答えず、岡嶋はジッと青瀬の目を見つめた。

「お前、事務所を辞めたりしないよな」

青瀬は面食らった。

「辞める？　俺が？　何でだ」

「違うならいい」

岡嶋が逸らした目を青瀬は追った。

「ちゃんと話せ。俺が辞めたがってるみたいなことを誰かが言ったのか」

「そうじゃない」

「だったら何でそんなことを思った」

「わかった」

岡嶋は両手で青瀬を制した。

「話すから落ち着け。前にな、もう一年以上前だが、興信所の人間がお前のことを訊きに来たんだ」

耳を疑った。

「興信所だと……？」

「まあ探偵だ。それっぽい男が接触してきた」

「何で来た?」

「お前に縁談があるようなことを言った」

青瀬は仰け反った。

「いつの話だ」

「だから一年以上前だ」

「はっきりしろ。正確にいつだったか思い出せ」

「去年の……二月だ。大雪が降ったろ?　まだ道に残ってた」

「それで、その探偵は——」

「縁談話はなかったんだな?」

「ない」

岡嶋はあっさり頷いた。

「俺もそう思ったよ。別の調査の口実だろうってな。それで逆に探りを入れたりもしたんだが、探偵の狙いはわからなかった。わからないから、ひょっとしてお前が他の事務所に移る算段をしてるんじゃないかと思った。新しい事務所がお前の人物調査をしてるのかもしれない、ってな」

「馬鹿言え。移籍話が本当なら、探偵が所長のお前に当たったりするか。しないだろう。もし話がまとまらなかったら、陰でコソコソ動いた俺はここに居づらくなる」

「だよな。立つ鳥跡を濁さずが探偵のルールだ」

「なに言ってるんだお前?　なんでいま探偵話なんだ、もうすぐ記者が来るって時に」

「なあ青瀬――」

岡嶋はまた青瀬の目を見つめた。そして言った。

「お前を信じていいんだな」

背筋がゾクッとした。普通に見えるが、普通ではない岡嶋が目の前にいる。まさかと思う。だがそのまさかなのだ。岡嶋は移籍話の真偽を確かめようとしているのではない。東洋新聞に情報を流したのはお前かと青瀬に問うているのだ。

「俺はお前に感謝している。ここを辞めようと思ったことはただの一度もない」

言わねばならないことを言った。

「わかった。悪かった」

岡嶋の暗鬼はしゃがみ込んだようだった。入れ替わるように青瀬の心中で再び暗鬼が立ち上がった。誰が何のために俺を調べさせた？

プレートランチが席に届いた。ウェイトレスの長い髪が今にもパスタに触れそうだった。

「探偵は俺の何を訊いた」

食べ終わるまで、と決めた。コンペの話はそれからでも間に合う。

「いろいろだ。お前の出身とか大学とか、家族や仕事ぶりなんかだ」

目が尖ったのが自分でわかった。

「話したのか」

「適当にだ」

「どう適当にだ」

「だから――」

岡嶋はフォークの手を止めた。

「親の仕事で全国を転々としてた、大学は中退した、しばらく前に離婚した、子供は娘が一人、仕事は天才肌――そんな程度だ」

「ゆかりや日向子のことも話したのか」

「あのな――」

岡嶋は音を立ててフォークを皿に置いた。

「探偵はゆかりさんのところにも行ったんだ。俺が喋ろうが喋るまいが、ってことだったんだよ」

なんだと……？

青瀬はうろたえた。

「な、なぜ、お前がそんなことを知ってる」

「何がだ」

「ゆかりのところへ探偵が行ったことだ」

「電話があったんだよ、彼女から。興信所がお前のことを聞きに来た、お前に再婚話があるのか、って」

「岡嶋――」

青瀬もフォークを置いていた。

「お前、ゆかりと連絡を取り合ってるのか」

「それきりだ。その後はない」

「前は？」

「あった。ほんのたまにだ」

こいつ――。

「年に二度か三度だ。おかしくはないだろう、お前たちが夫婦だった頃は親睦会で飲んだりしてたんだから」

「いつからだ」

「六、七年前だ。都内の見本市でばったり出くわしたんだ」

離婚して幾らも経っていない時期から――。

「なぜ黙ってた」

「隠してたわけじゃない。言いづらかっただけだ」

何を訊いても、抑揚のない乾いた声が返ってくる。

「俺のことを話のネタにしてたのか」

「もういいだろう」

「ネタにしてたんだな」

「俺と彼女にとってお前は共通の知り合いだ。風の便りの話ぐらいはする」

「俺がこの事務所に来てからもか」

「どうしてます？　とか訊くから、元気でやってるとか、その程度のことは言った」

脳が揺さぶられた。

どうしてます？

青瀬はゆっくりと椅子の背もたれに体を預けた。

三年前、仕事らしい仕事をしていなかった青瀬に突然岡嶋が誘いの電話を寄越した。ことによると、あれは――。

二人ともパスタを残した。青瀬は食欲などどこかに飛んでいた。岡嶋はサラダやヨーグルトにも手をつけず、やめたはずの煙草を立て続けに吸っている。

「いつから吸ってんだ」

「昨日からだ」

フロンティアライト。知らない銘柄だった。

「軽い。一ミリグラムだ」

「そういう問題じゃない」

「そういう問題だ」

青瀬は腕時計を見た。一時十五分前だ。頭を切り替えるしかなかった。

「繁田って記者は取材の理由を言ったのか」

「会ったら話すとよ」

「メモワールの件だな」

「俺を名指ししてきたんだからそうだろう」

青瀬は頷いた。もし一家蒸発の件ならＹ邸の作者を当たる。

「いたほうがいいのか、俺も」

「ああ、頼む」

素っ気ない返事だった。そうだろうとも、心細いから青瀬を呼び出したわけではなかったのだ。

「俺の疑いは晴れたってことか」

「マユミかもしれないな」

岡嶋はぼそりと言った。普通に見えるがやはり普通ではない。

「聞いたら泣くぞ」

「そいつはどうかな」

「同心梅はどうした」

「あいつは弱っちいんだ。俺と同じだけな」

青瀬はまた腕時計を見た。

「タチの悪い記者なのか」

さっきと同じ入口を開くと、岡嶋は忌ま忌ましそうに舌打ちした。

「篠塚市長の首をすげ替えたいと思ってる連中がいるんだよ。繁田はそのお先棒を担いでやがるんだ」

青瀬はぎょっとした。

「政治が絡んでるってことか」

「勝俣《かつまた》って県議がいて、その後ろに草道《そうどう》がいる。市長は猪口《いのぐち》派だからな、次の総選挙までに市長を引きずり落としたくてたまらないんだ」

草道も猪口も名の通った古参の代議士だが、にわかに相関図が浮かばない。

「繁田はどう噛んでる?」

「草道は前に国家公安委員長をやってる。繁田は二年前まで東京本社で警察庁を担当していたから知り合いだ。仕事でとんでもないチョンボをしてこっちの通信部に飛ばされたらしい。だからここで草道に貸しを作り、社の偉い奴に口添えしてもらって東京に帰ろうって魂胆だ。メモワールは市の目玉事業だから狙われた。連中にとって市長を叩く格好の攻撃材料なんだよ」

誰かの受け売りだろうが、立て板に水のごとく裏事情をまくし立てる岡嶋の姿に違和感が膨らんだ。蛇の道は蛇ということか。岡嶋にも、岡嶋が腐《くさ》した勢力と同類の「バック」がついている。繁田に関する個人情報もそこから得たし、危機管理の指示も仰いでいる。岡嶋は誰かに言われたのかもしれない。事務所の中は大丈夫なのか、と。

大きく間違ってはいまい。岡嶋設計事務所は「市長派」の傘の下にいる。だから岡嶋は記者に怯えるふうもなく、普通に見えるのだ。だが——。

「なんで記者はウチを攻めてくるんだ」

「攻めやすいからだろう」

「政争に巻き込まれた。それだけか」

「そうだ。とばっちりだ」

「疚しいことはないんだな」

「岡嶋——」

流れの中で言った。岡嶋は宙を見つめた。時計の針は一時を指した。

「ない」

断言されれば支えるしかない。一蓮托生。青瀬は腹を括《くく》った。

「これもコンペのうちだ。勝ち抜け」

岡嶋の返事はなかった。視線は青瀬の肩を越え、音を立てて開いた店のドアに向けられていた。

34

先方も二人だった。

どちらが繁田かは一目でわかった。三十代半ばの小太りの男がそうだ。目つきは油断なく、なのに薄い笑みを浮かべているように見える。片割れの男は大学生と見紛うほど若かった。緊張からか、頰に赤みが差し、足の運びもどこかぎこちない。

それが電話で申し合わせた目印だったのだろう、岡嶋は二つ折りにした雑誌を顔の前に翳《かざ》した。

二人が気づいて歩み寄ってくる。

青瀬が岡嶋の横に席を移すと、二人は向かい側に回り込み、会釈もせずに名刺を差し出した。

『東洋新聞埼玉総局　S通信部記者　繁田満』

『東洋新聞埼玉総局　記者　深野慎也』

岡嶋が渋々とした態度で懐から名刺入れを取り出した。

「あなたが岡嶋さんですか」

繁田は岡嶋の顔と名刺を見比べ、それから青瀬を見た。

「青瀬です。昨日、事務所であなたの電話を受けました」

「あ、そうでしたか。その節は大変失礼しました」

青瀬は名刺を出さなかった。岡嶋の話を聞いた直後で、繁田に対する先入観はハゲタカやハイエナに近い。

繁田はウェイトレスを呼んでコーヒーを二つ注文し、「こちらとはレシートを別に」と付け加えた。

「話は手短に願います」

岡嶋が腕組みをして言った。

「さあ、短く済むかどうか……」

繁田は勿体ぶって、バッグの中からノートを取り出した。若い深野も真似するようにそうした。

「こいつは今、埼玉県警の本部を廻っているんです」

奇妙な紹介のされ方をした深野が、岡嶋と青瀬を交互に見た。精一杯虚勢を張っているさまは滑稽ですらある。

岡嶋は繁田を睨みつけた。

「始めて下さい。こう見えても忙しいんです」

「藤宮メモワールの件で、ですか」

繁田はニヤリとして切り返してきた。

「当然それも。ウチにとってはビッグプロジェクトですから」

「その指名を取るために随分と無理をなさったみたいですね」

「何です？　はっきり言って下さい」

岡嶋が強い口調で言い返すと、繁田はノートの隙間から一枚の紙を抜き出した。こちらには見えないようにして中身を目で追う。

「S市の門倉《かどくら》建設部長と何度も飲んでらっしゃいますね。えーと、割烹品月《ひんげつ》……中華楽園……韓国飯店……。日にちも言いましょうか」

「それが何か」

岡嶋は表情を変えずに反問した。

繁田は笑った。

「まいったなあ。門倉部長は実質的に指名業者選定の権限を握っているわけです。あなたはその部長に飲み食いさせ、結果として指名業者の仲間入りを果たした。つまりは、ワイロを贈って見返りを得たということになるんじゃないですか」

「人聞きの悪い。飲食代は折半してます。ワイロなんてありませんよ」

「なるほど、そうですか」

繁田の顔は微塵も納得していない。

「しかしですね、コンペの話が浮上してから、あなたは門倉部長と頻繁に飲んでいる。部長はコンペの審査員も務めるわけですよ。誤解を招くとは考えなかったんですか」

「たまたまです。酒席でコンペの話をしたことは一度もありません。門倉さんとは、あくまでプライベートのお付き合いです」

「ほう。どんな？」

「あなたに話す必要がありますか」

「ご参考までにお聞かせ願えませんか。納得のいく話でしたら、こちらもおとなしく引き揚げますよ」

岡嶋は煙草に火を点けた。勢いよく煙を吐き出し、口を開いた。

「私は中学高校とサッカーをやっていましたが、門倉さんもそうで、それが縁で以前から付き合いがあったんです。S市ではJ2のチームを誘致して市を活性化させようという構想があるので、そういった夢物語を飲みながらしていたわけです」

青瀬は息を殺していた。初めて耳にする話ばかりだ。

「なるほど、それで篠塚市長も含めて三人でサッカー観戦に出掛けたわけですな」

「えっ……？」

「行きましたよね、国立に」

嫌な間ができた。横に動きかけた岡嶋の顔が縦に振れた。

「ええ……行きましたよ。もともとJ2の誘致を口にしたのは市長だったわけですから。一度、後学のために観に行こうという話になったんです」

「しかし、J2ではなくJ1の開幕戦だ」

「いけませんか、J1を観ちゃ？　ゆくゆくはJ1を目指すんですよ」

「別に悪いとは言っていませんよ。で、チケットは誰が取ったんです」

繁田は畳みかけてきた。

「私です。言っておきますが代金は割り勘ですよ。後でちゃんといただきました」

「交通費も？」

「もちろんそうです」

「飲み会の時は違ったようですね」

「えっ？　何です？」

「ですから、門倉部長との飲み会ですよ。あなたが帰りの足を持ったでしょう」

「いや、そんな記憶はありません」

岡嶋が答えた途端、繁田の手が動いた。

「実は私、岡嶋さんの名刺を見るのは今日が初めてではないんですよ」

肉厚の短い指がノートの間からコピー用紙を引き抜き、テーブルの上に広げた。

岡嶋の名刺の拡大コピーだった。

「S市の某タクシー会社の運転手が持っていました。門倉部長を市内の自宅まで乗せ、代金はこの名刺の事務所に請求するよう言われたそうです」

青瀬は横目で岡嶋の顔を盗み見た。紅潮している。予想外の窮地に違いなかった。おそらく、そのタクシーの運転手が市長の政敵サイドの人間だったのだ。

「記憶にありません」

岡嶋は強弁した。

「困りましたね。記憶はなくても名刺はここにある。どう説明なさるんです」

繁田は慇懃に攻め続ける。

「帰りの足を持ったということは、飲み食いも岡嶋さんが持ったと考えるのが自然じゃありませんか。Ｊ１観戦の際の市長と部長のチケットも往復の交通費もすべてあなたが払った。そうではないんですか」

「違います」

「しかし――」

「単なる推測でしょう、あなたの」

青瀬は横から言った。反撃に出たというより、パンチをまとめて打ち込まれた選手を抱きかかえるセコンドの心境に近かった。

繁田が思い出したように青瀬を見た。

「確かに推測です。ですが、単なる、ではありませんよ。あなたにだってそれはわかるでしょう」

「所長は十分答えた。もういいでしょう」

「えーと……」

「青瀬です」

「五人のうちのお一人ですね」

「何です？」

「不思議に思いませんか」

「何がです」

「公衆トイレと交番以外に実績のない、たった五人の設計事務所が、こんなに大きなコンペに参加できたことですよ」

「そんな無礼な質問に答える義務はない。これから我々はクライアントに会う用事があります。この辺で切り上げてもらえませんか」

繁田は呆気《あっけ》なく頷いた。

「そうしましょう。あなた方の考えはよくわかりましたしね。もうしばらく取材をしてみますよ。またお会いすることになると思いますが、その時はよろしく」

最後はぞんざいに言って、繁田は隣の深野に目配せした。

深野は岡嶋と青瀬を等分に見て言った。

「この件に関しては、県警の捜査二課も重大な関心を持っています」

二人の記者が立ち去ると、ミュートを解いたように周囲のテーブルの話し声が聞こえてきた。

「ハッ！　重大な関心だとよ。繁田に言わされやがって」

岡嶋が派手に笑い飛ばした。が、脂汗とともに何やら邪悪な相が顔にべったり張り付いていて、とても笑っているようには見えなかった。

「評判通りのコケ脅し男だ。わかったろ？」

青瀬は、ああ、とだけ答えた。汚職だの政争だの、日頃その種の記事をあまり読まないので、実際のところ、今終わった取材が事務所にとってどれほどの脅威となるのか計りかねていた。繁田が並べ立てた岡嶋の暗躍ぶりにはショックを受けたし、少なからず裏切られた気もしたが、赤坂時代なら、営業の人間たちが挨拶代わりに交わしていた接待話の一つに過ぎない。繁田が確証を持って岡嶋に突きつけたのはタクシー代の件だけだ。それが即、新聞記事になったり警察が乗り出してくるという想像には現実味がなかった。だが——。

岡嶋の上機嫌は理解できなかった。その場凌ぎの回答に終始した。反撃らしい反撃の場面もなく、繁田の見立てを崩す有効打は一つも繰り出せなかった。なのに危機は去ったと言わんばかりに「手札を全部晒しやがって」などと軽口を叩く。本当に優勢勝ちを納めたと思っているのか。ＫＯされずに切り抜けたことを喜んでいるのか。それともナニか、この程度の追及なら「バック」がどうとでもできると高を括っているのか。

自分も悪事に与《くみ》しているような気分になる。繁田の質問を蒸し返して問い質したい衝動に駆られる。

「まだいるか？　俺はあちこち相談しなくちゃならないんで行く」

岡嶋が伝票をさらって席を立った。

「青瀬、ありがとな。お陰でうまくいった」

言われて怒りが込み上げた。

「ちょっと待て」

「何だ」

「俺には嘘を言うな——一創君にもだ」

35

岡嶋からはそれきり連絡がなく、夜になっても事務所に姿を見せなかった。

青瀬は竹内とマユミの質問攻めにあった。石巻と西川も心配して甲府から電話を寄越した。所長に訊けと突き放したが、それでは済まず、勘違いした記者が絡んできたが問題ない、心配はいらないと話した。青瀬が口を濁したので、コンペに関係したことだと知れた。急にみんなの口数が減ったのは、薄々気づいていた岡嶋の「無茶」を各々想像したからだろう。

マンションに帰ったのは午後十時を過ぎていた。エレベーターの前で、手押し車の老婆と一緒になった。こんな時間にコンビニの袋をぶら下げているのだから独り暮らしなのだとわかる。

青瀬は、こんばんは、と声を掛けた。いつもは会釈だけだが、今夜の老婆はとりわけ小さく見えた。

「絆創膏がなくて……あったのに」

老婆は言い訳をするようにもごもご言った。

「どこか怪我を？」

「擦り傷ね。歳をとるとね。言わないでね」

「えっ……？」

「不動産屋さんにね。年寄り独りだとね、面倒を起こすと更新してくれないから」

「面倒だなんて」

「息子も住んでることになってるの。でも、バレちゃってるみたいなの」

エレベーターの扉が開いた。先に老婆を乗せ、十階ですよね？　と訊いた。老婆の顔が微かに綻《ほころ》んだ。

「家を畳んでね、ここに来たの」

「そうでしたか」

「庭とか、屋根の修理とか、大変だから」

「わかります」

「雑草なんかね、抜いても抜いても生えるから、刈っちゃえばいいやって、芝と一緒に芝刈り機でね。そしたら、何年かしたら、雑草だけの庭になっちゃった」

「強いですからね、雑草は」

「芝が弱かったのね。反対したのに、主人が夏に植えたから」

「ええ」

「ここはいいの。これだけだから」

老婆は首に掛けた鍵を摘んで見せた。

十階の扉が開いた。おやすみなさい、と声を掛けたが、老婆は何も言わずに手押し車を押して行った。

十二階の部屋に着くまで老婆のことを考えていた。灯を点ける瞬間は慣れることなく怯む。朝出た時の静止画を目にするのは、今の生活というより、過去の一場面を目撃した気分になる。

青瀬はキッチンで缶ビールのプルトップを引いた。口を近づけ、が、ふと思い立ち、戸棚の扉を開けて江戸切子《きりこ》のグラスを取り出した。しばらく使っていなかった。あることも忘れていた。赤坂の事務所で見習いをしていた頃に奮発して買ったのだった。

リビングのソファでグラスにビールを注いだ。他の家の子たちのようにガラスのコップで粉ジュースを飲むのが夢だった。夢は叶い、叶ったことすら忘れ、今こうして無感動にグラスを傾けている。日向別邸と同じ三つの部屋を併せ持つ空間ながら、残念なことにこちらの空間は文字通り空っぽで、五感の針はぴくりとも動かない。それでも住める。住んでいられる。人はこの空間を愛することだってできる。今夜も寝室の暗がりにタウトがいたとして、だが、この空間を疎んじる青瀬のことは叱れても、十字架のごとく、部屋の鍵を首に下げた老婆に怒りの矛先を向けることはできまい。

昼間受けた取材のことは、自分でも驚くほど過小評価されて心の片隅に追いやられていた。岡嶋の「バック」の力を信じたのか、所詮あれは岡嶋個人の問題だと突き放したのか、どちらも本当の気持ちに思えてくる。棘は、別のところに刺さっているとわかっているからだ。

興信所を使って青瀬のことを探ったのは誰なのか。

岡嶋に話を聞かされてから何度自問したろう。誰が、なぜ？　答えの在処《ありか》を手繰ろうにも糸口さえ見つからず、頭の中には白紙の回答用紙が山積みになっている。

探偵はゆかりのもとにも行ったのだ。再婚話を騙って青瀬のプライバシーを聞き出そうとした。ありえない行為だ。探偵が暴走したとしか思えない。いったいゆかりに何を訊いた？　性格？　金遣い？　酒量？　女癖？　元夫の再婚話を吹き込まれたうえ、過去の生活をほじくり返されたゆかりはどんな気がしたろう。日向子が知れば動揺すると心配もしたろう。青瀬には直接確認できず、だから岡嶋に電話をして再婚話の真偽を尋ねた。岡嶋は何と答えたか。ないと思うとは言ったろうが、ないと断言はできなかったはずだ。ならばゆかりの中で青瀬の再婚話は消えていない。探偵が現れた去年の二月からずっと「心の準備をしておくこと」として胸に留め置かれているのではないのか。衝動の波に襲われる。今からでも遅くない、ゆかりに電話をして、自分の口から再婚話などデタラメだと――。

睨みつけていた電話が鳴った。

好戦的に歩いて受話器を上げた。相手は、浮かんだ顔のどれとも違った。

〈津村です。所長から連絡ありました？〉

マユミの声は硬かった。青瀬は時計を見た。十一時近い。

「ない。今どこ？　家？」

〈まだ事務所です〉

「竹内は？」

〈食事に出ました〉

「君はもう帰れ。所長は心配ないって言ったよね」

〈でも、何度携帯を鳴らしてもでないし、家にもいないし〉

こめかみがひくりとした。

「家に掛けたの？」

〈ええ。まだ帰ってないって奥さんが……〉

「もうするな。却って心配させる」

〈あんまり心配してないみたいでした〉

冷ややかな声が内耳を通過した。

「そりゃあそうだろう。岡嶋の帰りはいつも遅いんだ。ともかく心配しなくていい。岡嶋は関係者と話をしてるだけだから」

〈関係者って、コンペの？〉

一拍置いて答えた。

「そうだ。東洋新聞に言いがかりをつけられたから対策を考えてるんだ」

〈誰と？〉

「詳しくは知らないが味方がいる」

〈どんな言いがかりだったんです？　教えて下さい〉

「だからそれは所長に訊いてくれ。俺がいい加減なことを言うわけには――」

〈だって、つかまらないんだもん〉

青瀬は受話器を握り直した。

「帰ったほうがいい。勇馬君が待ってる」

〈もう寝てます〉

「母親だろう？　いいから帰れ。一分以内に事務所を閉めろ」

乱暴に電話を切った。

青瀬はその場にどっかり胡座を掻いた。脈が落ち着くまでに時間が必要だった。

岡嶋の携帯を鳴らした。留守番電話サービスに繋がった。思わず「馬鹿野郎」と口走った。岡嶋に掻き回されている。やることなすことが青瀬の気持ちを乱れさせる。

ゆかりと連絡を取り合っていたと白状した。青瀬とゆかりが離婚した後のことだ。三年前、電話してきた岡嶋は言った。自分を安売りするな。よかったらウチに来ないか、と。青瀬の窮状を知っていた。製図の技術を日銭に換え、その金で飲み歩くだけの自堕落な生活を風の噂で知っていた。風は自然に岡嶋の耳に吹いたのか。誰かが吹かせたのか。

ゆかりに近しい人間ならみんな知っている。弱っている者を放っておけない質《たち》なのだ。喧嘩をしても、相手が自分以上のダメージを負ったとわかると無条件で気持ちを寄り添わすのだ。公園やスーパーで泣いている幼子を目にすれば必ず駆け寄ってしゃがみ込んだ。大きな災害があったと知るや、それが国内であれ海外であれ、その日のうちに義援金を振り込んだ。結婚前に青瀬が話した、傷ついたベニマシコを助けたエピソードに執心していて、時折思い出しては口にした。ねえ、「としおさん」はベニマシコをちゃんと森に返したかしら。

ゆかりが岡嶋に頼んだのかもしれない。青瀬を救ってくれないか、と。

その後も事務所の一員になった青瀬を気に掛けていた。「どうしてます?」。その言葉はもはや岡嶋の発したものではなく、ゆかりの声と心配そうなイントネーションを与えられて青瀬の耳の中でリピートされていた。Y邸にのめり込んでいたことも岡嶋が耳に入れたかもしれない。だから『二〇〇選』を買い、そして青瀬が電話をかけたときに言った。

これだー、みたいな家が建った?

最初からだった。岡嶋に雇われる前から、青瀬の再起のドラマが始まっていた。耳たぶが熱くなる。恥ずかしく、悔しくもあり、それでいて――。

あっ、と思った。

脳内に稲妻が走った。

何かが見えた。何かが重なり合った。言葉が何かを示唆したのだ。

最初から……?　始まっていた?

岡嶋に関することじゃない。ゆかりでもない。考えていたこととは別のどこかに思考がジャンプしたのだ。きっと吉野に関わることだ。そうとも、それは一家蒸発の謎を解くための——。

電話が鳴っている。目の前の電話が鳴っていた。受話器を上げた。無意識にそうしていた。

〈こんなに遅くにすみません。J新聞の池園です。すごいニュースが入ってきて、それで我慢できずに電話してしまいました〉

眩暈を起こすほど明るい声だった。

〈青瀬さん、驚かないでくださいよ。仙台にね、吉野さんのことをよく知っているという人がいたんです〉

「えっ？　何です？　いた？」

〈ええ。ご友人の吉野さんのお父さんかお祖父さんだと思います。吉野、職人、椅子の設計図を三点セットにしてですね、仙台方面でタウトを研究している人たちを電話で当たっていたんです。そしたらヒットしました。山下草男《やましたくさお》という人です。七十年前、どこで働いていたと思います？〉

頭が回り始めた。が、池園は青瀬の返事を待たなかった。

〈例の仙台の工芸指導所なんです。タウトがいた時期、その下で働いていたんですよ！　しかもですよ、その山下さんが木工職人の吉野さんなら知っている、よく覚えていると言っているんです。あ、いや、まだご本人とはお話ししていません。ご高齢なので電話の会話は難しいそうなんです〉

「しかし……」

〈もちろん吉野違いの可能性はあります。珍しい苗字ではありませんものね〉

池園は青瀬の疑問を先取りして言った。

〈でも、当たりだと思うなあ。絶対当たりですよ。仙台に行く価値はあります。行けば山下さんから話を聞けますから〉

「しばらくは行けません」

結論から言った。まずは池園の興奮を冷ます必要があった。大進展には違いない。だが心の天秤は傾かなかった。コンペと繁田と、そして正体不明の重い分銅が片方の皿に載っている。

〈えっ……？　お忙しいんですか〉

てきめんに声のトーンが下がった。それで青瀬も平静を取り戻した。

「ええ。色々あって、仕事が立て込んでいるんです。行きたいのは山々ですが、吉野の件は緊急性がありませんし」

「しかし青瀬さん、緊急性ということでしたら、縁起でもありませんが、山下さんはとうに九十を過ぎているはずですし、以前僕は、前橋空襲の体験者の取材を後回しにしていたら、その方が亡くなってしまったことがあって」

「それはわかりますが」

「僕が行ってきましょうか、仙台」

「池園さん」

もう言うしかないと思った。

「実を言うと私、少しばかり後悔しているんです。達磨寺でついあなたに吉野の話をしてしまいましたが、本当のところ、探偵みたいにどうあっても彼を探そうとは思っていないんです。引っ越し先がわからなくなっているだけですからね」

池園が息を吐いたのがわかった。

〈すみません。僕も探偵みたいなことをしたいわけではなくて。ただもう、タウトの椅子の話が本当に魅力的だったものですから……。吉野さん探しのほうもタウトの方面からお力になれればと思っただけで、ご迷惑だったのなら謝ります〉

「そんなこと。池園さんには本当によくしていただいて心から感謝しています。ただ、吉野の所在も椅子の件もすんなりわかってくれればよかったんですけどね。長引くうち考え込んでしまって。吉野は私に探されたくないんじゃないのかな、と。私に引っ越し先を告げなかったということは、つまりそういうことなのかなって」

幾つもの嘘を重ねてきたが、最後は本心の近くに着地した。

「お気持ち、よくわかりました」

深く頷く姿が見えるようだった。

「では、しばらくそっとしておきましょう。一応、山下さんや関係者の連絡先をメールしておきますが」

「ありがとうございます」

「お気持ちに変化があったらご連絡下さい。また青瀬さんと旅がしたいので。それと――」

池園も最後に本心を覗かせた。

「椅子の話、他の社には話さないで下さいね。書ける時が来たら僕が書きたいので」

電話を切ってから、青瀬はハッと一声笑った。池園が初めて垣間見せたあざとさに、なにやら救われた気がした。

喉がカラカラだった。リビングに戻り、テーブルの上のグラスを取り上げ口に運んだ。が、それはグラスを摑んだ指の形だけで、江戸切子は足の指の前で音を立て、ビールの液体もろとも床に四散した。しばらくは呆気に取られ、ようやく雑巾を取りに行く気になり、母さんは正しかったな、と苦笑いした、その時だった。

あっ……！

今度は小さく叫んでいた。

今度の稲妻はすべてを照らした。

今度の思考のジャンプは着地点を見出した。

わかった。最初から、の意味が。始まっていた、の意味も。

Y邸建築を巡る物語には、青瀬の知らない前日談が存在していた。事は「最初から」仕組まれていたのだ。縁談も移籍話もなかった青瀬の身辺を調べさせた人物がいた。去年の二月にだ。そして一月後《ひとつき》、吉野夫妻が事務所に現れた。あの時にはもう「始まっていた」のだ。

〈すべてお任せします。青瀬さん、あなた自身が住みたい家を建てて下さい〉

不可解な依頼であり、だがそれは願ってもない依頼でもあったから、青瀬は呪文の解読を放棄し、魔法の世界まで呼び寄せて現実から切り離した。

だが——。

吉野夫妻は違った。青瀬に仕事を依頼する現実的な理由があった。謎に満ちたこの一家蒸発は、青瀬を調べ、青瀬を選び、青瀬に家の設計を依頼した時から「始まっていた」のだ。

足の指先がちくりとした。

まずはこいつだ。

青瀬は床に膝をつき、グラスの破片に手を伸ばした。暴れ出しそうになる心を鎖で繋ぎ止め、江戸切子の模様を掻き集めた。

36

二日後、青瀬は東北新幹線で仙台に向かった。

池園には仁義を切らなかった。事務所にも、夜には戻るとだけ告げて行く先は明かさなかった。岡嶋はあれから一度も事務所に姿を現さない。昨日の夕方連絡があったが、電話にでた石巻によれば、何を訊いても口を濁すばかりで要領を得ず、「あのあと繁田から電話はないか」のみが岡嶋の用件だったという。

それでも「はやて」に乗った。もはや吉野一家の蒸発は一クライアントの問題ではなく、「青瀬起因説」まで考えねばならない状況になった。吉野が興信所を使って自分のことを調べていた。確証を得たわけではないのに、青瀬はその想像をほとんど疑っていなかった。「最初から」と「始まっていた」のキーワードが、断片的な情報と謎の羅列で収拾がつかなくなっていた青瀬の脳内に、合理性のあるフレームを与えたからだった。

新たに獲得した視座で事を振り返るなら、吉野夫妻が青瀬に仕事を依頼した理由にまず無理があった。上尾の家に一目惚れしたと言った。当時も内心首を傾げた。上尾の家は変形狭小地に苦し紛れに建てた代物だった。あの一軒だけを見て、名もない建築士に三千万もの大金を託す決断は普通ならできまい。要は、普通ではなかった、のだ。

しかしこうも考えた。夫妻は純粋に良い家を建てたかった。だから青瀬が信頼できる建築士かどうか調べたのだ、と。確かに家は人生最大の買い物だ。満足のいく家を建てるために一年も二年もあちこちの設計事務所を訪ね歩く人だっている。だが、およそ探偵を雇って建築士を調査させるなどという馬鹿げた話がこの世にあるとも思えないし、吉野は上尾の家を内覧して家主と会っているのだから、設計者の名前や所在を知るための調査というレアケースも消せる。導き出される結論は一つだ。吉野は上尾の家を知る以前に青瀬の身辺を調査した。興信所の報告で上尾の家の存在を知り、それを設計依頼の口実にしようと決めて青瀬に会いに来たのだ。

そんなこととは露知らず、依頼を受けた。以来、漠然と抱いていた不信とも不安ともつかない微かな気掛かりは、Y邸の完成後、一家蒸発という思いも寄らない形で現実のものとなった。借家の大家の話が正しければ、設計依頼の時点で既に吉野夫妻は別居か離婚をしていた。なのに青瀬の目には仲のいい夫婦に映った。つまりは話の出発点に欺瞞が存在し、だからその出発点にこそ今回の不可解な出来事の真相を解き明かす鍵が隠されているに違いないと青瀬は考え続けてきた。しかし無論のこと、それは吉野一家が抱える事情に起因した応報であって、自分に関わりがあるなど夢だに思わなかった。

実は自分も不可解な出来事の出発点に立っていた。一つの役割を担っていた。そう思うと得体の知れない恐怖を感じる。問題はその役割だ。自身が演出した舞台で、吉野はいかなる役を青瀬に与えたのか。

それがわからない。

悪意があったとは考えづらいのだ。裏ではともかく、仕事を進める中で詐術的な言動はなかったし、青瀬や事務所の社会的な立場を脅かそうとした形跡も認められない。吉野は実際に家の設計を依頼したのだし、設計料も建築費も全額支払った。メリットこそあれ、青瀬にも事務所にも不利益が及ぶことは何一つなかったのだ。結果として今、一家の蒸発に気を揉まされてはいるが、それだってY邸を見学に行った浦和のクライアント候補が、誰も住んでいないようだと知らせてきたから発覚したのであって、それがなければ今もってトラブルの認識すらなかったかもしれない。


青瀬は車窓に目をやった。田園風景が流れている。それはあまりに広く、あまりにゆっくり流れているので、新幹線に乗っていることを忘れる。

ゆうべは過去の因縁を考えていた。赤坂時代、学生時代、渡りの時代にまで遡って「吉野」の名の記憶を辿ってみたが徒労に終わった。忘れてしまったか、青瀬が気づかぬまま通り過ぎてしまった出来事があるのかもしれない。だが、過去のどの時代の接点であれ、悪意を伴わない因縁だとするなら、吉野はなぜ青瀬の前に現れた訳を明かさなかったのだろう。やはり悪意は存在していて、災禍はこれから青瀬に降り掛かってくるということなのか。

〈あなた自身が住みたい家を建てて下さい〉

悪意の欠片《かけら》もない言葉だ。しかし時としてそれは壮大な皮肉に聞こえる。

アナウンスが流れた。まもなく仙台だ。

赤ら顔の男に追われて一家は蒸発した。その単純明快な推測は生きている。金絡みか、「長身の女」の問題か、蒸発の直接的な原因が偶発的かつ後発的だった可能性は確かにある。だが、偶発には得てして目に見えない起因が存在するものなのだ。

吉野を見つけ出す。起因を解き明かさねば、この謎に一生付きまとわれる。なぜ青瀬に家の設計を依頼したのか。なぜ青瀬でなければならなかったのか。

37

昼を少し回っていた。

青瀬は仙台駅に降り立った。地方都市にありがちな閑散とした新幹線駅を想像していたので、その巨大さと賑やかさに一驚した。それでいて忙しく歩かされるような空気はどこにもない。季節は東京と比べて一月ばかり巻き戻ったかのようだ。

東口を出てタクシー乗場に足を向けた。池園がメールで情報をくれたのは、電話でも話していた山下草男という老人だった。昭和初期に旧商工省が仙台に設けた工芸指導所で働いていた。その指導所に招聘されて三月半ほど仙台に滞在したタウトと面識があり、直接指導も受けたという。昨日、役所勤めをしている孫に連絡を取ったところ、山下は九十を超えて多少耳が遠くなったが、頭ははっきりしていると言い、青瀬との面談を快諾してくれた。

タクシー待ちの客はいなかった。車の外で煙草をふかしていた運転手が、愛想笑いを浮かべて後部の自動ドアを開いた。座席に尻を滑り込ませた青瀬は、手帳のメモ書きに目を落とした。

「榴岡公園《つつじがおか》は近いですか」

「十分と掛かりませんよ。仙石線でも一駅だけど……。いいですか、出して」

「ああ、お願いします」

先方が指定した待ち合わせ場所は、榴岡公園の脇にある中学校の前だった。その敷地の一角に工芸指導所の記念碑が建っているというから、山下老人は当時の思い出話をしたいのかもしれなかった。

「公園の脇に中学校がありますか?」

「ありますよ。宮城野《みやぎの》中ってのが。そっちにつけます?」

「そうしてください——その中学が工芸指導所の跡地ってことなのかな」

「工芸指導所……? ああ、昔あったやつですか。今はだだっ広い道路が通っててね、周りにはマンションとかも建ってるし、跡地だかなんだかわかりませんよ」

「記念碑が建ってるって聞いてきたんですけど」

「へえ、そりゃあ知らなかったなあ」

地理不案内を恥じたのか。運転手は目的地に到着して精算を済ますと、青瀬に続いて車を降り、通行人に記念碑の場所を尋ねたりしている。

青瀬は榴岡公園の方に目をやっていた。葉桜の辺りから鳥のさえずりが聞こえる。ホッピリリ、ピピロ、ピピロ、ピピロ——。

キビタキだろうと思った時、運転手に呼ばれた。

「お客さん、これらしいですよ」

手袋の人差し指を、中学校の金網のフェンスに突っ込んでいた。日陰で目立たないその場所に、高さ三メートルほどの自然石が建っていた。歩み寄って金網越しに見た。青み掛かった石碑に「工藝発祥」と記されたプレートが嵌め込まれている。見事な揮毫だ。その足元には大きめの金属板が設けられていて、記念碑の設立趣旨が綴られている。

「あの――」

運転手だと思って振り向いたが違った。小柄な中年男と、その後ろにさらに小さな老人の姿があった。白木の杖をついている。山下草男とその孫――と言っても不惑が近そうだ。不意に現れたので驚いたが、見れば路肩にワンボックスの乗用車が停まっていた。

「青瀬さんですね?」

「ええ、そうです」

「山下の孫です。実は私、マスオさんでして」

昨日電話をしたから、彼が小沢姓だと知っていた。差し出された名刺には、N村総務係長とあるが、村の名前は寡聞にして知らなかった。口ぶりからして「マスオさん」は常套句らしく、卑屈なところは少しもない。

「遠くまでご苦労様です」

「こちらこそ、突然無理なお願いをしてしまって」

挨拶を終えると、青瀬はタクシーの運転手に手を上げた。満足そうな顔で車に乗り込むところだった。

肝心の山下老人は、青瀬に挨拶するでもなく、フェンスの金網に凭《もた》れるようにして記念碑の金属板に目を凝らしていた。

「ドイツの建築家ブルーノ・タウトを招き……機能実験……規範原型の研究を行うなど……近代デザイン運動を……世に先駆けて実践した……まさに近代工芸及びデザイン研究発祥の地である……」

読み終わったらしく、山下老人はくるりと振り向き、深い皺に沈んだ瞳で青瀬を見た。

「タウトさんはね、仕事にはすごく厳しい人だったよ。作業所も毎日熱心に見て回ったんだ。こんな顔してさ」

山下老人はわざとらしいしかめっ面を作って見せた。

青瀬は老人の期待通りに笑ってみせた。感慨と困惑が胸に広がる。タウトと同じ時間を共有した人間が目の前にいる。七十年前の興奮をいまだ胸に留めたままここに現れた。語りたい多くの話があるのだろう。「吉野」を切り出すには多少の時間が必要に思えた。

「エリカ夫人もいい人だったよ。いい秘書さんだった。こっちには三月ちょっとしかいなかったけど、本当はもっといたかったんだ、二人ともさ」

山下老人は小さく足踏みをしながら体の向きを変え、広い道路に向かって両手を精一杯開いた。

「立派な指導所だったんだ。広くってね、陸軍さんの敷地だったから。ほら、あっちに庁舎と付属舎があって、工場があって、倉庫に寄宿舎に守衛の詰め所だろ」

しばらく話に付き合う腹を決めた。

「俺たち所員はみんなタウトさんを尊敬していたさあ、吸収できるものは全部吸収してやれって感じでさ」

祖父は正規の所員ではなく、小間使いのようなことをしていたんです。小沢が耳打ちしてきたが青瀬は聞かないふりをした。

「タウトさん、ここを離れる時にすごくいい話をしたよ。優れた工匠の手になる見事な工芸品は、他のいかなる芸術品にも劣らないってね。なあ、いい言葉だろ？　それからさ、質ってものは、どこの国で創られようともまったく同じだ、とも言ったよ。住宅にせよ家具にせよ衣服にせよ、欧米の事物を取り入れる段になると、日本人の持つ優れた感受性はいったいどこへいってしまったんだろうって思うほど無批判になる。ただ欧米で流行してるってだけで有頂天になってしまう。ヨーロッパでもアメリカでも日本よりひどいイカモノをたくさん作っている。それが非常に多く日本にも入ってきている。なのに、アチラ趣味の物なら、どんな物でもお構いなしに歓迎しようとする、ってさ」

七十年も前に、そんな話をしていたのかと驚く。

「で、イカモノを生産しないための心構えは四つだ。材料の正しい選択。諸材料の正しい取り合わせ。材料の正しい処理。それと、用の充足——この四つをきちんと守らなければイカモノは避けられない」

門前の小僧というべきか。いや、後になって翻訳されたものを読んだのだ。記憶の中にいるタウトが、日本語を話していたと疑わなくなるまで、何度も何度も読んだのだ。

「ただささ、その四つを守っただけじゃ駄目で、高い価値を生み出す地盤がなければ優れた質は育たない、ってタウトさんは言うわけ。優れた古い伝統を持つ工房の子息たちが、これまでの作品と違った、まったく新しいものを作ろうとして、そのために長い伝統を捨て去るという甚だ危険な邪道に陥るのをたびたび見てきた、ってね。その辺りで吉野君はわからなくなっちゃったんだろうなあ。俺もそうだったし――」

あっ、と思ったが、山下老人の話は止まらなかった。目を瞑り、暗誦するように続ける。

「新奇なものを作ろうとする欲求そのものが、既に質と矛盾している、ってことさ。優れた技術は、中断することを許さない一つの長大な連鎖をなしており、質はこの連鎖の中に保存され、ただ形や装飾などが極めて些細な変化を、それも外面的変化を受けるに過ぎないから……。とはいえ、偉大な技術は、日本でもヨーロッパでも、先人の仕事をそのまま継承するというだけでは決して成立しない。日本が世界の諸民族の中で特殊な地位を占めているのは……」

言葉が途切れた。口はまだもごもご動いている。目を閉じたまま、その顔は瞑想にでも入ったかのようだ。

「あの――」

声を掛けようとすると、脇から小沢が「青瀬さん」と割り込んだ。眉を寄せた表情から、青瀬の質問を遮る意図が窺えた。

「何でしょう」

「一つだけ伺っておきたいんですが……。青瀬さん、今回の件で以前にウチの役場に電話を寄越したことはありませんよね」

意味を計りかねて首を傾げた。

「いえね、山崎さんと大倉さんの紹介ですし、お二人から記者さんを通しての人探しだとも聞いていますので、決して疑っているわけじゃないんですが」

知らない名前が重なった。池園がタウト繋がりのツテを辿って山下草男を探し出したということだ。

「いえ、電話はしていません。失礼ながら、私は今日初めてN村の名前を知りました」

答えてから、自分の頭が回っていなかったことに気づいた。

「私の他に、吉野のことを尋ねる電話があったということですか」

「そうなんです。別の者が電話を受けたんですが、吉野陶太さんの名前を挙げて、故郷がそっちと聞いた、居場所を知らないかと、かなりしつこかったらしくて」

赤ら顔の男だ。田端の借家周辺だけでなく、ここにも探索の手を伸ばしていた。

「そうでしたか」

青瀬は平静を装った。事情を明かせないもどかしさと申し訳なさが、顔に出てやしまいかと気になった。

38

話の続きは車の中で聞くことになった。

道端で長々と立ち話をするわけにはいかないし、小沢が、北に車で三十分ほどの場所に「吉野家」の墓があるので行ってみましょう、と提案したからだった。

「吉野君のことはよーく覚えてるよ」

後部座席に座るなり、山下老人は懐かしそうに言った。青瀬は慌てて手帳を開いた。頭ははっきりしているという話に嘘はなかったが、それは自分のペースで喋っている時に限ってのことで、質問に対する受け答えはかなり怪しかった。

「吉野さんは木工職人だったわけですね」

「そうそう、親の代からね。隣村の人間だから、よくは知らないよ。俺の倅はN村に越したけど、ほら、結婚してからだから」

「ええ」

「タウトさんはね、太白山《たいはくさん》が気に入ったみたいだった。あの三角形が好きで、よくスケッチしてたから」

「吉野さんも指導所で働いていたということでしょうか」

「なりそこないだよ。かわいそうになあ吉野君、あんなに熱心だったのに」

「なりそこない……。どういう意味です」

「だから、ほら、伝習生になりたかったんだけど、まだ十五歳だったから」

「つまりですね――」

運転席から小沢が言う。

「当時、指導所で年に二、三回、若手の工芸職人に対する伝習生教育というのをやってたらしいんですよ。三カ月ぐらいの期間で」

そうそう、と山下が受ける。

「それに漏れちまったんで、直談判みたいにね、タウトさんに教えを請おうと指導所にやってきたのよ。タウトさんはあちこちの村を歩いていたからね。それで吉野君はドイツの偉い先生が来てるって噂を聞きつけて、自分で作った椅子を見てもらおうとしたわけさ」

「椅子を？」

繋がるでしょう、と小沢が微笑む。

「実際に吉野さんがタウトと会ったかどうかははっきりしないんですけどね。祖父も記憶が曖昧で」

「ちゃんと覚えてるさ。タウトさん、吉野君の椅子は見たんだよ。でさ、例のあれさ。優れた古い伝統を持つ工房の子息たちが、これまでの作品と違った、まったく新しいものを作ろうとして、そのために長い伝統を捨て去るという甚だ危険な邪道に陥るのをたびたび見てきた、って話になっちゃったんだ」

小沢は小さく笑った。

「それもどうかわかりません。でも、青瀬さんがお探しの吉野さんがタウトの椅子の設計図を持ってると聞いて私はピンときました。きっと、タウトが設計図を書いて吉野少年にあげたんですよ。こういうのを作ってみなさい、って」

青瀬は深く頷いた。吉野少年が吉野陶太のルーツ。それはおそらく間違いない。

「吉野少年の下の名前はわかりますか？」

小沢に尋ねたつもりが、「伊左久《いさく》だよ」と山下が甲高い声で答えた。

「姉さんがいたんだが、女工になるんで家を出たんだと。機織りのさ、そういう時代さ」

車は緩やかな上り坂に差し掛かっていた。民家は疎らだ。もうN村に入っているのかもしれない。

「お墓があるということは、生家もまだあるということでしょうか」

「とっくにないさ」

吐き出すように山下が言った。

「米を盗んで一家離散さ。まったくなあ、可哀想だよ吉野君は」

「えっ……？　誰が米を？」

「伊左久さんのお父さんが近所の家から盗んだんだそうです」

ルームミラーに映る小沢の表情が曇った。

「腕のいい職人だったらしいんですが大酒飲みで。一家離散も本当の話です。米泥棒なんかしたら村八分の時代ですから」

「そんでもって、吉野君も友だちにいじめられた。臭い臭いって囃し立てられて。ほら、逆さに読むとだから、伊左久を」

「お父さんはどこかに逃げてしまったそうです。お母さんは胸を患って山奥の療養所にいたらしいんですが、一年もしないうちに亡くなって……。吉野少年がその後どこに行ったのか、誰も知ってる人がいないんですよ」

青瀬は手帳を閉じた。

気持ちが沈む話だった。父親が失踪し、母親が亡くなり、吉野伊左久は一人で村を出た。伝習生になる夢も絶たれ、いったいどこへ向かったのだろう。山下は、姉が機織りの女工になるため家を出たと言った。その姉を頼ったのか。それはどこか遠い町か。ちゃんと辿り着けたのだろうか。

青瀬もダムの飯場を出た。高三の夏、独立した下の姉を頼って渡りの生活から抜け出した。大学受験に燃えていた。ここが人生の岐路だと意を決し、渋る父を振り切った。いま思えば、吉野伊左久の境遇を知ればなおさら、なんと幸福で恵まれた巣立ちだったことか。

吉野伊左久は当時十五歳。存命なら今、八十は越えている。吉野陶太は四十。息子にしては歳が離れすぎている気がするが、しかし孫だとすると、伊左久、その息子と二代続けて二十歳前後に子をもうけていなければ計算が合わない。時代背景や伊左久が舐めたであろう辛酸を考え合わせるなら、遅い結婚をし、遅くに陶太を授かったと考えるべきだろう。いずれにせよ、先代の不祥事が招いた一家離散は、吉野伊左久のみならず、吉野陶太の生い立ちにも影を落としたに違いない。一家離散。一家蒸発。それも連鎖かと思うとなんともやりきれない気分になる。

青瀬は山下に顔を向けた。

「吉野伊左久さんのお姉さんはどこで女工をしていたんでしょう」

「あー、それは聞いたことなかったなあ。美人さんだったらしいけど、すごくちっちゃかったんだと。吉野君もちっちゃかった。顔も幼くて十五歳には見えなかった。だから伝習生になれなかったのかなあ」

「どこどこの機織りの産地とか、村の娘さんたちが行くならここだというようなところはなかったですか」

「ないなあ。N村も俺の村も、行くのは商家の女中ばっかりで、機織りに出る娘はいなかったよ。

だから覚えてたんだ。珍しかったから。吉野君、本当に可哀想なことしたなあ。親父さんが米を盗んだばっかりに。でも椅子を造ったろ。タウトさんには認めてもらえなかったけど、設計図とかくれたんなら、見所はあるってことだったんじゃないかな。どっかで家具職人になったかな。丁稚奉公とかして、なったんじゃないかな、やっぱり」

なったかもしれない、と青瀬も思った。

そうであってほしいとも思った。実際そうだったのではないかとも思う。Y邸の椅子は、造作はおろか年季もオリジナルと見分けがつかなかった。タウトが設計図を書いてあげたのだとして、伊左久はそれからさほど年が経たないうちに完成させたと考えていい。年若くして、あのレベルの椅子を造る技術を持っていたなら、日本中どこでだって職を得られたろう。が、しかし——。

どこでだって、が人捜しには壁になる。「どこ」を特定するとなると、途端に雲を摑むような話になってしまう。

青瀬は音のない息を吐いた。

吉野伊左久という人物の境涯を知り得ただけでも来た甲斐はあった。息子だと思われる吉野陶太の心中に、その起点に、おいそれとは打ち砕けないコアが存在することを想像できたからだ。だが青瀬との接点は見えないままだ。山下の話を聞いた上で、敢えて起点の重なりを求めるなら「渡り」以外にない。吉野もまた父伊左久に連れられて長い放浪生活をしていたとイメージするのだ。伊左久が他界し、吉野は定住を考えた。青瀬の身の上をどこかで耳にし、探偵に調べさせ、そして「あなた自身が住みたい家を建てて下さい」と依頼した。おい、ちょっと待てよと、これまで集めた情報たちが一斉に異議を唱えるが、これまで思い巡らせた中で最も善良な推理であることは間違いなかった。パイプをくわえた笑顔やY邸を見上げた感慨深げな表情とも矛盾しない。初めて事務所を訪ねてきた時の、大真面目な顔が思い出される。吉野は本当は青瀬にこう言ったのだ。あなたなら私の建てたい家がわかるはずです、と。

「青瀬さん、仙台は初めてですか」

場を明るくするように小沢が言った。

「ええ」

「東北にはご縁がない？」

「いえ……。子供の頃、山形に少しいたことがあります」

「へえ、山形ですか。山形のどこです」

「蔵王です。父がダムの建設に関わっていたものですから」

「ダム建設ですかあ。じゃあ、青瀬さんも連れられてあちこちへ？」

「ええ。日本中を回りました」

「わあ、羨ましいなあ。私なんか、生まれてこのかた半径三キロぐらいの日常ですもの。マスオさんになってから、さらに半径が狭まっちゃって」

小沢に釣られて青瀬も笑った。

色々だ。旅に憧れる者もいれば、定住を夢見る者もいる。いつかは地べたに根を下ろしたいと願う者も、地べたに別れを告げて高層階に終《つい》の生活を託する者も。

「間もなく着きます」

小沢が言って三十秒もしないうちに車が止まった。空と緑と、あとは点在する民家の屋根だけが遠くに見える場所だった。

吉野家の墓は、苔のような下草の這う窪地の隅に一つぽつんとあった。少し先に、共同墓地があるのが見える。米を盗んだ罪はそこまで重かったのか。

家名を刻んだ墓石はなく、漬け物石を一回り大きくしたような凡石《ぼんせき》が地面に半分埋まっていた。打ち捨てられている。遠目に思ったが、歩み寄った青瀬は目を見張った。

墓石の前に花が手向けられていた。新しくはない。しおれ、干からび、もう何の花だかわからない。

誰が？

思った刹那、全身が粟立った。

吉野だ。ここに来たのだ——。

青瀬は棒立ちになった。

頬に風を感じた。と、ホームを通過する列車のような一陣の風が体を吹き抜けた。それは平原を走り、草木を靡かせ、耳に風鳴りの記憶を蘇らせた。

青瀬は名刺とペンを取り出し、しばらく考えてから「連絡を下さい」とだけ書いた。小沢が車に戻ってクリアファイルを持ってきてくれた。それに名刺と、地面に群生しているクローバーの葉を挟んで墓石の前に置き、四隅に重しの石を載せた。

手を合わせ、目を閉じた。

わかった気がした。Y邸の二階の、大きな窓の前にタウトの椅子が置かれていた訳が。吉野が父伊左久を座らせたのだ。あるいはそれは骨壺だったかもしれない。空を見せたのだ。タウトの思い出とともに、この寒村の晴れ渡った空に帰れと、吉野が見せたのだ。

青瀬の背後で嗚咽が漏れた。

「よかったなあ、吉野君、よかったなあ」

39

その日のうちに所沢に舞い戻った。

ウチに泊まっていけという山下老人の誘いを丁重に断ったのは、携帯に岡嶋から連絡が入ったからだった。今夜中にどうしても会って話したい、マンションに戻ったら電話をくれ。余裕のない声だった。東洋新聞の繁田が第二波を仕掛けてきたのだろうと思った。前回と違って劣勢を感じたということか。

約束通り、青瀬はマンションに戻ってすぐ岡嶋の携帯を鳴らした。留守番電話サービスに繋がった。ビールは岡嶋の分も買ってきた。半ダースのパッケージをばらして冷蔵庫に入れ、十五分ほどして再び携帯を鳴らしたが留守電のままだった。「戻ったから」と伝言を入れた。少し怒った口調になった。

朝が早かったので帰りの新幹線はうとうとした。「善良な推理」を巡らせてからというもの、吉野に対する感情は角をなくしていた。仙台から先の足取りは摑めなかったが、墓に手向けた花を目にしたからだろう、吉野を近くに感じた。実際近くにいて、すぐにでも会えそうな気がした。

初めて会ったあの日、事務所で吉野に切符を渡された。青瀬は吉野と同じプラットホームに立ち、同じ列車に乗ったのだ。行き先の伏せられたミステリートレインだった。どこに着くかはわからないが、目的地があることはわかっている。やがて到着する。列車が止まり、ドアが開き、その時すべてがわかる。いや——。

既にわかっている。真相を知っている。

青瀬は狼狽した。

わかっている？　知っている？　なぜそう思うのか。

わかっているからだ。知っているからだ。真相はすぐ隣にある。襖一枚隔てた向こう側にある。襖を開けばいい。ただそうすればいい。なぜそうしないのか。

インターホンが鳴ったのは、日付が変わってからだった。フル回転を続けた青瀬の脳は、結果を得られぬままシャットダウンしていた。主人を置き去りにして暴走した脳の裏切りを呪い、頭痛薬を飲み、だらりとソファに寝そべっていた。

〈俺だ。開けてくれ〉

青瀬はマンションのオートロックを解除し、部屋の内鍵も開けて待った。ほどなく岡嶋が入ってきた。かなり飲んでいるのは一目でわかった。もつれた足で居間に進み、フローリングの床にどっかりと胡坐を搔いて荒い息を一つ吐いた。

「大丈夫か」

「ああ」

「水飲むか」

「酒をくれ」

「ビールしかない」

「くれ」

青瀬が席を外したのは三十秒ほどだった。戻ると岡嶋に劇的な変化があった。顔がくしゃくしゃだ。歯を食いしばり、握った両拳を膝の上で震わせていた。

青瀬は缶ビールを差し出した。

「何があった」

岡嶋が受け取らないので、テーブルの上に置いた。

「繁田からアクションがあったのか」

「……お終いだ」

「おいおい、よせよ。ちゃんと話せ」

岡嶋は天を仰いで言った。

「今日の東洋に記事が出る」

驚きよりも、まさかが先に立った。

「馬鹿言え。あんな程度の話が記事になるもんか」

「なるんだ、それが。手品みたいに」

地に落ちるように岡嶋の首が垂れた。

「……繁田が市議会にチクって、革新系の議員を動かしたんだ。反市長派の保守系市議も相乗りした。今日にも百条委員会ができる。市長と業者の癒着を追及するための百条委だ」

何だと……？

「それじゃ、あの男、自分で煽って話を大きくして、それを書くってのか」

「繁田の常套手段らしい」

怒りが込み上げた。あれしきの疑惑で警察は動かない。動いたとしても捜査に時間が掛かる。だから議会に火を点けた。騒ぎが大きくなれば警察も動かざるをえなくなる。そんな目論見か。

「繁田から再取材はあったのか」

「ない」

「ない？　するって言ってたよな。それもなしに記事にするのか」

「繁田の一存じゃない。勝俣を通して草道の意向も働いてる」

そうだった。勝俣県議。草道代議士。市長の首をすげ替えようとしている勢力がある。岡嶋の「バック」はどうした？　ここに来る前、岡嶋はその連中と会っていたはずだ。百条委は潰せないのか。既に水面下の戦いに敗れたということなのか。ならば記事が出た後の対応を話し合っていたのかもしれない。想像したくはないが、それは口裏合わせのための――。

「入院しろとよ」

岡嶋がぼそりと言った。

「入院って？」

「………」

「お前がか？」

「……ああ」

「誰に言われた」

「……」

青瀬は岡嶋の肩を揺すった。

「誰がそんなこと言ったんだ」

市長か。部長か。それとも県議か代議士か。

岡嶋の濡れた目が光った。

「百条委に呼び出しを食う前に入院だ。病気だからコンペも辞退だ――そう決まった」

決まった？

青瀬は言葉を失った。誰かが決めた。岡嶋を切り捨てると決めた。繁田よりあくどい連中。そうなのかもしれなかった。

落胆は後からやってきた。コンペが消えた。藤宮春子メモワールが夢と消えた。岡嶋設計事務所が、岡嶋昭彦が、確かな意志を持ってこの世に遺そうとした建築物が消えた。

「青瀬……」

「何だ」

「事務所を頼む。潰さずに続けてくれ」

言った直後だった。口に手を当てた岡嶋の体がくの字に折れた。

トイレで吐かせた。背中をさすってやった。こんなにも痩せていたか。手のひらに背骨がごつごつと当たった。

リビングに戻った岡嶋は、開き直ったように缶ビールのプルトップを引いた。

「よしとけ」

「ほっとけ。夜が明けりゃあ東洋だ。あと何時間かの命だ」

「相手は紙っぺらだ。命まで取られやしない」

「取られる。俺は終わりだ」

「岡嶋――」

「仙台は何かわかったのか」

聞く気があって言ったとは思えなかった。

「後で話す。それより――」

「仙台は？」

青瀬は音のない息を吐いた。

「吉野陶太のルーツが仙台だった。それだけだ」

「日向邸はどうだった」

「どうって？」

「タウトとは出会えたか」

そういう話がしたいのなら付き合おうと思った。怯えているのだ。新聞が各戸に届くまでの時間を別の何かで埋めようとしている。

「出会えたと思う。お前に借りた本を全部読んだからな。そうでなけりゃ、平行線のままだったかもしれん」

「タウトはなぜ桂離宮を褒めたと思う」

いきなり話が飛んだ。青瀬はついていった。

「桂を気に入った。他に理由があるか」

「昭和初期に台頭していたモダニズムがタウトにそう言わさせた側面も否定できない——俺が習った教授はそう言ってた」

「様式闘争ってやつか」

「それだ。当時の日本のモダニストたちは桂離宮を担いで、ギリシャ風やゴシック風の壁をぶち壊そうとしていた。だからタウトに目をつけた。世界的な巨匠建築家のお墨付きが欲しくて桂に連れて行った。話の筋は通るよな」

「そんな単純な話じゃないだろう。それにタウトが良くないと思ったものを良いと言うとは思えない」

「そりゃあそうさ。モダニズムを煎じて言えば、実用性と機能性だ。その先に機能美がある。だが、そもそもタウトは表現主義の建築家だ。モダニストじゃなかったんだ。まあ、来日した頃にはそれに近い考えを持っていたかもしれないし、モダニズムと日本建築の簡素美をリンクさせていた部分もあったろうが、でも、少なくとも純粋なモダニストとして桂を鑑賞したわけじゃない。そのタウトが桂を美しいと言った。泣きたくなるほど美しい、ってな」

「ああ、拝観した日の日記に書いてるな。泣きたくなるほど美しい、眼を悦《よろこ》ばす美しさ、って」

「要するに、日本のモダニストたちの思惑はともかく、タウトが桂離宮の再発見者だった事実は動かない。あの複雑怪奇な男が、美しい、という最もシンプルな言葉で桂を評価した。様式闘争を嘲笑っていたのかもしれない。眼に美しい物には絶対的価値がある。いや、美しさこそが唯一絶対の価値だ。タウトはそう言いたかったんじゃないのか」

「それはどうかな。タウトは実用性と機能性の重要さについても口を酸っぱくして言ってる」

「違う。タウトの傑出したところは、自分の審美眼を信じ、生涯を通じてその自信にいささかの揺るぎもなかった点だ——どうでもいいことだけどな」

ぎょっとして岡嶋の目を見た。

どうでもいい?

青瀬は息を呑んだ。そして戦《おのの》いた。眼前に、もう何もかも投げ出してしまったようなぞんざいな瞳があった。それは、心にぱっくりと開いた傷口にも見えた。

「どうでもいいってことはないだろう」

青瀬は言った。岡嶋のその言葉で会話を終わらせまいとした。

岡嶋はしばらくして口を開いた。

「タウトだろうがコルビュジェだろうがライトだろうが、俺は何だってよかったんだ。浸れればよかった。心酔できるものを探してただけだ。出会ったからって何も変わるもんじゃない。変わった気になったって、シャワーを浴びるたびに流れ落ちちまう。俺は俺の人生しか生きられない。隣の席の子が絵が上手で、それが羨ましくて、こっそり覗いて真似して描いてた。そんな本性が一生ついて回るんだ」

岡嶋は腰を上げた。

「んじゃ、帰るわ——一創の寝顔を見ないと、だ」

吹っ切ったような台詞だったが、顔は悲しげだった。

「入院するなよ」

青瀬は堪らず言った。

「百条委に呼ばれたら出ればいい。やったことはやった、やってないことはきっぱり否定すればいい」

「……………」

「岡嶋、これで終わりじゃない。またいつかコンペをやろう」

岡嶋は横を向いて顔を隠し、小さく笑った。

「ずっと逃げてるお前に言われるとはな」

40

空が白んだ。

青瀬は近くのコンビニで東洋新聞の朝刊を買った。岡嶋の誇大妄想。そんな一縷の望みは、紙面を開いた途端に断たれた。大きな記事だ。見出しが三本もついている。

『市長と設計業者が癒着?』

『藤宮春子メモワール・指名業者選定に便宜か』

『S市議会、今日にも百条委設置へ』

記事の中身は、疑惑追及に乗り出した市議の主張に全面的に寄り掛かったものだった。東洋の繁田と「反市長派」が描いたシナリオ通りと言うべきか。事務所や岡嶋の名こそ伏せられてはいるものの、記者との「一問一答」まで掲載されていた。

――指名業者選定の前後、何度も門倉建設部長と飲食を重ねていたようだが。
O氏　それが何か？
――誤解を招くとは思わなかったか。
O氏　飲食代は折半してる。ワイロなどない。
――帰りのタクシー代は設計事務所が払っている。
O氏　……記憶にない。
――篠塚市長、門倉部長の三人で、東京へサッカー観戦にも行っている。
O氏　コンペとは関係ない。三人ともサッカー好きなだけで、あくまでプライベートな付き合いだ。
――チケット代や交通費は事務所がもった。
O氏　違う。割り勘だった。

青瀬は全身に熱を感じた。
繁田と岡嶋の間で、確かにこんなやり取りがあった。だが微妙に違う。どこがどうとは言えないが、読み手に「黒い業者」を印象付けるための作為が施されている気がする。記事の末尾には、駄目押しのように市議のコメントが添えられていた。

〈当然O氏も百条委に呼んで話を聞くことになる〉

事務所を頼む。潰さずに続けてくれ――。

岡嶋が口にした言葉が生々しく耳にある。こんな記事が出てしまえば、業界内の風当たりは相当強いだろう。経営が立ち行かなくなる可能性だってある。身支度を整えながら、青瀬はそれ相応の覚悟を決めた。

事務所に出社すると、まだ八時前なのにスタッフ三人の姿が揃っていた。デスクの上に、埼玉県版を開いた東洋新聞があった。石巻とマユミは電話中だ。竹内はオロオロしていて、救いを求める顔で青瀬に寄ってきた。

「新聞社からじゃんじゃん電話がきてて」

東洋の記事を読んで、さっそく他の社が電話をしてきた。内容の信憑性はともかく、「百条委設置」は無視できないということなのだろう。

石巻が押しつけるように受話器を置き、マユミも真っ赤な顔でそうした。

「どう答えてる」

青瀬は二人の顔を交互に見て言った。

「所長は病気で休んでいるので何もわかりません――そう答えてます」

マユミの声は電話対応のまま険しかった。

「朝早くにあたしの家に電話があったんです。これから病院へ行くって言ってました」

青瀬は頷いた。

そうか。やはり入院するのか。

「大丈夫かしら……」

マユミは顔を翳らせて青瀬を見た。この騒ぎで、青瀬に電話で叱咤されたことなど飛んでしまったようだ。

「大丈夫だよ。重病ってことはない」

「もう！　こんなデタラメ書きやがって」

竹内がデスクの東洋新聞をバンと叩いた。

「ホントにひどい！」

マユミが同調したが、石巻は宙を睨み、ややあって渋面を青瀬に向けた。

「この話、デタラメなんですか」

「そんなの決まってるじゃないですか！」

マユミが甲高い声を上げた。

「俺は青瀬さんに訊いてるんだ」

石巻の低い声が部屋を制した。マユミと竹内の目も青瀬に向いた。

「巻き込まれた、ってことだ」

青瀬は誰とも目を合わさずに言った。

石巻は眉間に皺を寄せた。

「巻き込まれた？　どういうことです」

「篠塚市長を追い落としたい連中がいるんだ。そいつらに利用された」

「政治家が絡んでる？」

「そうだ」

「けど……」

石巻は新聞に目線を落とした。

「火のない所に、って言うじゃないですか。その政争うんぬんは別として、所長が市長や部長に飲ませてコンペの権利を取ったっていう話はどうなんです」

「所長はそんな人じゃありませんよ」

横からまたマユミちゃんが言った。感情が先走っている。

「じゃあ、マユミちゃんに訊くけどさ。飲み会の帰りのタクシー代、事務所で落としたっていうのは嘘なわけ？」

「そんなのわかりません。タクシー代なんていっぱい計上してますから」

「わからないはずないだろう。S市の部長なんだからタクシーでS市内に帰った。拾い出してみればいいじゃないか。さっきの記者にもそう突っ込まれたんだ」

「私も訊かれました。だから調べてみました。タクシー会社からの請求書は何枚もありました。所長が使ったんだと思います」

石巻は仰け反った。

「あったんだ、やっぱり」

「所長が使ったんですよ」

「S市内からS市内？」

「そういうのもありました」

「じゃあ、所長じゃないじゃないか」

「二人とも、やめましょうよ。所長がS市内の移動に使ったのかもしれないし、S市の部長だからって市内に住んでるとは限らないでしょう」

竹内が割って入った。所長ではなく、マユミを庇おうとしている。が、マユミは援護射撃など無用の顔でなおも言う。

「絶対所長ですよ」

「何でそう言い切れるわけ？　それにさ、タクシー券を使ってるわけでもないのにタクシー会社から請求がくるなんておかしいじゃないか。所長なら降りる時に料金払って、領収書をマユちゃんに渡すってことだろ」

「二月ぐらい前から、S市で使うタクシーはまとめて後払いにしてたんです。たくさん使うから、って」

「所長がそう言ったの？」

「そうですよ」

マユミは胸を張ったが、図らずも岡嶋が確信犯的に接待工作をしていた疑いを濃くする結果となった。

石巻は顎髭を摩《さす》り、青瀬を見た。

「青瀬さんはどう思ってるんです？　聞かせて下さいよ」

非難めいた響きがあった。青瀬も共犯。石巻はそう考えているのかもしれなかった。

「岡嶋が懸命だったことは確かだ」

「それはわかります。普通じゃ取れない仕事を引っ張ってきてくれた。俺だって所長は頑張ったと思ってますよ。でも、タクシー代をこっち持ちっていうのはまずいでしょう。俺は本当のことが知りたいんです。ここに書かれたようなことが実際にあったんですか」

「あったかもしれない」

青瀬は吐く息で言った。

「けどな、本人がそうだと言わない限り、俺たちは支えるしかない」

その台詞は、石巻もマユミも頷かせなかった。何かを言おうとしたマユミは、だが背後で鳴り出した電話に髪を振って向き直った。

「はい、岡嶋設計事務所です。ああ、いつもお世話になっています。はい？　ええ、確かにウチのことですけど、内容はデタラメです。新聞が勝手に書いたんです。全然心配いりませんよ。予定通り、施工して下さい」

電話に聞き耳を立てていた石巻が、青瀬に体を寄せてきた。

「どうなります」

「何がだ」

「事務所ですよ。こんなことになって、この先やっていけますか」

建築士ではなく、妻と子供四人を抱える家庭人の顔だった。

「クライアントからの電話は？」

「ありません、まだ」

石巻は、まだ、を強調して言った。

新聞には「所沢市内のO設計事務所」と出ている。岡嶋設計事務所が藤宮春子メモワールのコンペに参加することは一般には公表されていないが、知れるのは時間の問題だろう。

「コンペはどうなるんです」

竹内が言った。急に不安になった顔だった。

青瀬は荒い息を吐いた。訊かれたなら言うしかない。マユミも電話を終えてこちらを見ていた。

「下りることになる」

竹内は「そんなぁ！」と悲鳴に近い声を上げた。それきり事務所から音が消えた。石巻は椅子を回し、壁のポスターを仰ぎ見た。マユミはコンペ専用デスクを見つめていた。「岡嶋設計事務所の90日戦争！」。カウントダウンの日捲りは「75」を表示している。

また電話が鳴った。止まっていた空気が動き、マユミの手が伸びた。石巻は席を立ち、うなだれた竹内の肩をさすると、青瀬に歩み寄って囁いた。

「コンペを下りるってことは疑いを認めるということですよね。ますます事務所はヤバくなる」

「辞退の理由は病気療養だ」

「そんなの通用しないでしょ。みんな、不正をしたから下りたんだって思いますって。そうなったらもう仕事なんかきませんよ」

「だったら新しいところでも探したらどうだ」

青瀬が小さな癇癪を破裂させると、石巻は口を尖らせた。

「それは青瀬さんじゃないんですか」

「どういう意味だ」

「前に、辞めるための準備してたでしょ」

岡嶋が話したのか。あるいは興信所の探偵は石巻にも接触したか。

「俺は辞めない」

「もちろん、俺だって辞めませんけど」

「岡嶋は、事務所を潰さないでくれって言ってた」

「けど、その所長がこんな――」

「石巻！」

青瀬は目を剝いた。

「忘れたのか？　岡嶋が拾ってくれなきゃ、お前は今ごろお義父さんの顔色を窺いながら肥料工場の事務仕事をやってたんだ。俺はのたれ死にしかかってたところを拾われた。思い出せ。バブルのプールで溺れた惨めな負け犬に、もう一度建築士の名刺を持たせてくれたのは誰だ？　俺とお前は所長と心中だ。覚悟を決めておけ」

石巻は首を垂らして押し黙った。竹内は口をぽっかりと開け、マユミは受話器を握り締めたまま、唇を嚙んで青瀬を見つめていた。

41

午後になり、石巻と竹内はそれぞれ現場監理の仕事に出掛けたが、青瀬は事務所に居残った。

新聞社や業者からの電話は一段落したものの、マユミを一人残して外出するのは気が引けた。

二時まで待ったが、岡嶋からの連絡はなく、青瀬は携帯を鳴らしてみた。病院にいるなら電源を切っているはずだが、予想に反して耳にはコール音が響き、ややあって通じた。

「青瀬だ」

〈いつもお世話になってます。岡嶋の家内です〉

妻の八栄子《やえこ》がでた。自宅に電話しなかったのは、その八栄子と馴染みが薄かったからだった。家に行ったことは数えるほどしかないし、そんな時でも彼女はお茶を出すとすぐ奥に引っ込み、話らしい話をしたこともなかった。

「岡嶋、どうです」

〈先ほど入院しました〉

「そうですか」

青瀬があっさり受け止めたからだろう、八栄子の声が変わった。

〈診てもらったら、胃と十二指腸にひどい潰瘍ができていて、出血もしていて、このままおいたら危ないところだったと先生に言われました〉

青瀬は相当に驚いた。

詐病ではなかった。強烈なストレスが、たった数日で胃と腸の壁を食い破ってしまったということか。いや、コンペの指名を獲得するためずっと体に無理を強いてきたからだろう。ゆうべ目にした岡嶋の無念そうな顔が浮かんだ。手のひらに触れた背骨のごつごつが、より強調されて蘇った。

「病院はどこです」

〈第二病院ですけど。しばらくかかると思います。出血が続いていて、血中のヘモグロビンの数値が半分以下になってしまっているんだそうです。輸血するほどではないけれど、ちゃんと増血しながら潰瘍も治さないとなりませんから〉

八栄子の口調は、青瀬が後ろめたさを感じるほどに恨みがましかった。見舞いは不要。そう言われた気さえした。新聞記事のことも、事務所運営のことも、八栄子は一言も口にせずに電話を切った。

「奥さんがでたんですか」

声に振り返ると、マユミが瞳に妖しい光を宿していた。以前にも思った。八栄子が事務所やスタッフに無関心でいるのは、マユミの存在が影響しているのではないのか、と。

「入院したそうだ。ひどい潰瘍が見つかったらしい」

途端にマユミは青ざめた。

「大変……」

「ん。入院はしばらくかかりそうだ。そのつもりで外部には対応してくれ」

「奥さん、心配してました?」

また怒鳴られたいのか、と思った。

女房が心配してないはずがないだろう。そう言い返すつもりが、マユミの闇の部分に引きずり込まれたようなところがあった。

「心配してないって言いたいのか。どうしてだ」

「あの人は信用できません。女として最低のことをした人ですから」

マユミは言葉の強さに見合った目で青瀬を睨んだ。

女として最低のこと？　八栄子の不倫でも目撃したのか。マユミの離婚原因は、夫の度重なる浮気だったと前に本人から聞かされた。その辺りが被ってマユミを尖らせているのか。いや、やはり「同心梅」は岡嶋の作り話で、ストレートな嫉妬心がマユミを衝き動かしている。そう思えてならない。

「津村さんには関係のないことだろう」

関係あるならあると言え。所長とは男女の仲だと白状してみろ。

「ありますよ。あたしだって青瀬先生や石巻先生と同じなんです。所長に拾われなかったら、あたしも勇馬もどうなっていたかわかりません。だから所長のためだったら何でもします。どんなことだってしてます」

青瀬が怯んだ、その直後だった。ドアがノックされた。そのまま誰も入ってこないので、どうぞー、とマユミが声を掛けた。

「失礼します」

腰低く現れたのは初老の男だった。

「何でしょう」

青瀬が応対した。男は深々と頭を下げた。

「所長の岡嶋さんは……」

「ちょっと体調を崩しまして、今日入院しました」

「そうでしたか……」

男はひどく落胆した様子を見せた。

「それは大変な時にお邪魔してしまって……。実は私、藤宮春子の甥にあたる者でして。先日、岡嶋さんとお会いしました。お人柄に大変感銘を受けまして、それでというか、今朝の新聞を見て、居ても立ってもいられなくなってやって参りました」

青瀬は慌てて男にソファを勧めた。

柳谷孝司《やなぎやこうじ》――藤宮春子の妹の息子。男はそう自己紹介した。

「私としては、母もそうですが、岡嶋さんにメモワールを設計していただきたいと思っているんです。それだけに今朝の記事が残念というか、心配でならなくて」

「いや、かなり先走った記事で……。こちらとしてはあれがすべて事実だとは考えていません」

どちらとも取れるよう慎重に言葉を選んだつもりだったが、柳谷は目を輝かせた。

「記事は嘘だと？」

「そうは言いませんが、本当だとも言えません」

「では、メモワールをやっていただける可能性はあるわけですね」

「いえ、それは何とも……。なにぶん、岡嶋が入院してしまったものですから」

青瀬は言葉を濁した。

「やってもらえるといいなあ」

柳谷は独り言のように呟き、上着の懐から封筒を引っ張りだした。中に指を差し入れ、一枚の古い絵葉書を取り出した。凱旋門周辺の素描だった。裏には、走り書きの文字が斜めに何行も記されていた。切手も宛名もない。郵便として出されたものでないことは一目でわかった。

「母もとても心配して、これを岡嶋さんに持っていけ、お守り代わりに、と」

青瀬は、掠れた鉛筆の文字を口の中で読んだ。

埋めること
足りないものを埋めること
埋めても埋めても足りないものを
ただひたすら埋めること

「これは……？」

「遺品の中にありました。伯母が街頭で売っていた既製品の絵葉書だと思います」

青瀬は頷いた。

「日本語で書き残したものはこれだけでした。岡嶋さんにお見せしたら、いたく感激されて。足りないものを埋める——それこそが芸術なのだと」

営業上の台詞か。真にそう思ったのか。

「それから岡嶋さんは、伯母が描いた絵をほとんど売らなかったことについて、きっと彼女は特定の誰かのために絵を描いていたのだろう、と仰って。それで岡嶋さんにメモワールを造っていただきたいと強く思いました。実は、母も私も岡嶋さんとまったく同じことを考えていたからです」

「と言いますと?」

「『無言館』をご存じですか」

「ええ、知ってます」

長野の上田市にある美術館だ。戦没した画学生の遺作を展示している。岡嶋たちも今回の視察リストに入れていた。

「伯母は亡くなる二年前に一度だけ帰国したことがあるんです。どうしても『無言館』に行きたいと言って」

青瀬は黙って話の先を促した。

「実は、祖母が生前話してくれたのですが、伯母は従兄の戦死にひどくショックを受けたそうなんです。伯母とは家が近くて、物静かな画学生でした。戦況が悪化して、学徒出陣で南方に行かされましたが、その途中、船が米軍に沈められたそうです。伯母はその従兄に淡い恋心を抱いていたようなんです。まだ十五、六歳でしたが、従兄が戦地に行く前まで絵を習ったりしていたんだと祖母は言っていました」

「『無言館』にその方の絵が?」

「いえ、空襲で焼けてしまって一枚も残っていないんです。だから伯母は『無言館』に行ってみたかったのだと思います。若くして亡くなった画学生たちに、従兄を重ね合わせて絵を鑑賞したのだと思います」

従兄のために絵を描いていた。小さな恋心が、若者の悲運の死が、この世に八百枚を超す絵を遺した。

青瀬は葉書の文字を目でなぞった。

足りないものを埋めること――埋めても埋めても足りないものを　ただひたすら埋めること――。

岡嶋は読み解いたのだ。誰かのために創り、遺す。その思いが火よりも熱いことを理解していたから。

岡嶋さんにくれぐれもよろしくお伝え下さい。是非とも伯母のメモワールを設計していただきたい。繰り返し言い、藤宮春子の資料をどっさり置いて柳谷は事務所を後にした。がっかりさせることになる。青瀬は深く頭を下げて見送った。

感傷に浸る間はなかった。マユミが藤宮春子の葉書をバッグに入れ、岡嶋の見舞いに行くと言い出したからだった。瞳が濡れている。柳谷がもたらした悲恋話が、また一つ、マユミの感情スイッチをＯＮにしたのかもしれなかった。

「入院したばかりなんだ。少し様子をみたほうがいい」

青瀬が遠回しに止めると、マユミは涙目を吊り上げた。

「だから行くんです。買い物とかもあるでしょうし」

「何度も言わせるな。奥さんが全部する」

冷水を浴びせる思いで言ったが、火に油を注ぐ結果になった。

「奥さんの資格なんてありません。胃に穴が空くまで放っておいて」

「それは岡嶋が好き勝手やってたからだ」

「青瀬先生はわかってない！」

「わかってないのは君だ！」

バッグを肩に掛けて出て行こうとするので、思わず腕を掴んだ。が、瞬時に振りほどかれた。

「少し落ち着け」

「落ち着いてなんかいられません。所長が今どんな気持ちでいるか」

「だからこれ以上乱すな。君が行ったたって邪魔なだけだ」

「邪魔？」

「そうだ」

「知ってます？　知らないでしょ！」

「何をだ」

マユミの顔が醜く歪んだ。

「一創君、別の男の人の子供なんですよ。所長が我慢して黙ってるのをいいことに、あの人、しらばっくれて奥さんやってるんです」

視界が静止した。マユミだけがコマ送りのように動いてドアから出ていった。

青瀬は動けなかった。気持ちが追いつかずにいた。

馬鹿な。

しばらくして吐き出した。それ以外に出てくる言葉はなかった。

42

岡嶋設計事務所の混乱は、日を追うごとに度を増した。

工務店や下請け業者からの電話が引きも切らない。クライアントからの問い合わせも相次ぎ、竹内が三十代の教諭夫妻に提案していたエコロジー住宅がキャンセルされた。どこで聞きつけたのか、Y邸のコピーを所望している大阪のクライアントからも「どないなっとん？」と電話が来た。図面が出来ていないうえにこの騒ぎだから平謝りするしかなかった。

「所長の退院はいつになるんだ」

応接スペースのソファには、八木沼《やぎぬま》という、五十年配のガラの悪い男が居座っていた。「ちょっと訊きたいことがある」と電話を寄越し、十分もしないうちに本人が乗り込んできた。百条委員会の設置を発議したS市議だと名乗り、廃品回収会社社長の名刺を青瀬の胸に突きつけ、勧めもしないのにソファに腰を深く沈めて威圧感を振りまいている。

「しばらくかかると思います。胃と十二指腸の両方ですから」

青瀬が言うと、八木沼は目元に露骨な懐疑の色を浮かべた。詐病を疑っているのだ。

「もう一週間以上入ってるじゃないか。見通しぐらいはわかるだろう。あと一週間とか、十日とか」

「見当がつきません。増血の治療も必要だそうですし」

八木沼は浅黒い顔を挑発的に突き出した。顎に斜めに走った古傷が嫌でも目につく。

「わかってるだろうが、百条委に呼ぶ日を決めたいんだよ、早急にな」

「追って診断書を届けます」

「そんなに悪いのか」

「悪いから入院したんでしょう」

苛立ちが言葉に出たが、本当のところ、青瀬も岡嶋の病状を正確には把握していなかった。先週、二度病院に足を運んだ。一度目は検査中だったので見舞いの品だけ置いて帰り、翌日再び出向いた時には、病院の廊下で東洋新聞の繁田がうろうろしているのを見かけた。岡嶋のほうは逃げるように個室に移動した直後で気が昂ぶっていたし、妻の八栄子が誰をも敵視するような顔で付き添っていたので、突っ込んだ話はできずじまいだった。

「お茶も出なくてすみません。こんな状況なのでお引き取り願えませんか」

マユミと竹内が電話対応に追われている。それを一瞥した八木沼は、舌打ちをして腰を上げた。

「所長に伝えとけ。逃げられんぞ。退院がいつになろうが、必ず議会に来てもらうことになるからな」

「あなたたちのシナリオ通りにいくとは限りませんよ」

恫喝。脳が過敏に反応した。

「あなたたち……?」

八木沼はソファに尻を戻し、青瀬を威嚇するように両脚を大きく開いた。

「よう、どういう意味だ？　シナリオっていうのは何だ」

青瀬は粘つく唾を飲み下し、言った。

「政争はそちらの仕事みたいなものでしょうが、ウチみたいなちっぽけな会社を巻き込むのはよしてほしいということですよ」

「はっ！　盗っ人猛々しいとはこのことだ。偉そうな口を叩くな。役人に飲み食いさせて指名に潜り込んだくせによ」

「したかどうかわかりません」

「したんだよ、ここの所長が。どうせお前らだってグルなんだろうが」

「そっちのグルを棚に上げて追及するのは汚くないですか」

八木沼の顔色が変わった。殴られるのではないかと思ったが、八木沼は膝頭でテーブルを揺らしただけだった。「退院が決まったら連絡を寄越せよ」。吐き捨てるように言うと、体を揺すりながら事務所を出て行った。

電話を終えたマユミと目が合った。

「まるっきりゴリラだな」

青瀬は茶化してみせたが、マユミは「ええ」だけで受け流し、再び鳴りだした電話に手を伸ばした。岡嶋の見舞いに行くと言い張ったあの日以来、めっきり口数が少なくなった。病院で八栄子と何かあった。嫌な想像が浮かぶものの、話を蒸し返す気にはなれなかった。

「クライアントと会ってくる」

外はもう薄暗かった。マユミに嘘をついて外出するバツの悪さを、誰のせいにしてよいやらわからなかった。

43

青瀬はシトロエンで第二病院に向かった。

八木沼に詰め寄られたからではなく、今日中に岡嶋を見舞いに行くつもりでいた。所長代行として岡嶋の病状をきちんと把握しておく必要があるし、今後のことも話し合わねばならない。なにより岡嶋の顔を見たかった。マユミが口走った一創の話は、青瀬が知る由もないだけに打ち消せずにいるが、それでも岡嶋と会って、なんでもいいから話をしたかった。

事務所の中は殺気立っているようでいて、その実、虚無感に覆われている。コンペが消え、目標を失い、騒がしさと煩わしさだけが敗戦処理だか消化試合のごとく残されている。なのに不思議だ。感情は胸で滞留せずに、外へ外へと出て行こうとする。ここ数日で、数週間で、いったい何年分の真情を表出させたろう。人と関わり合おうとしている。俗離れの幻想から目覚め、諦観の自縛からも解放された。Y邸を建てたからだ。Y邸を心に取り戻したからだ。

だから思う。Y邸がこの世に誕生した理由は、善であり、愛であってほしい、と。

〈あなた自身が住みたい家を建てて下さい〉

青瀬はアクセルを緩めた。前方の信号が黄色から赤に変わった。その先には第二病院の白い建物が見えている。

脳が別のものを見せようとする。青瀬一人、海岸の波打ち際に立っている。くるぶしの辺りで、真相の波が寄せては返している。

既にわかっている。真相を知っている。青瀬はもうそのことを疑っていなかった。材料は出揃っている。線は繋がっている。襖は開きかけている。あとは――。

懐の携帯が震えた。

もう病院の敷地に入っていた。ハンドルを左に切って駐車場入口の手前で車を止めた。携帯はまだ震えていた。

「はい、青瀬です」

〈いつも大変お世話になっております！〉

金子工務店の若社長だった。

〈ご報告です！　雨樋と外灯の支柱、先生のご指示通り絨毯に合わせてボルドーで塗ってみました。いや、それがもうメチャクチャ良くて、白金台《しろかねだい》にありそうなオシャレなアパートに大変身しました。施主も大喜びで〉

「それはよかった」

〈先生も是非、お時間が空いた時に見にいらして下さい。写真じゃこの良さは伝わりませんから〉

「うーん、ちょっとバタバタしてまして……。新聞は読みました？」

〈あー、読みましたよ。あんなのどうせ選挙か何かが絡んだ嫌がらせでしょ。もうこっちの業界は、誰を応援しろとか人を出せとか上からの圧がすごくてうんざりなんです。先生、あんなの気にしないでバリバリやって下さい。仕事は人と人ですもん。私はどこまでも先生について行きますよ〉

鼻孔の奥がつんとした。

こちらこそよろしく。若社長の期待に応えて、青瀬は颯爽たる建築士を堅持した。

44

夕方の面会時間は六時までだった。あと一時間ほどある。

内科病棟四階の5号室。個室のドアが並ぶ廊下は学生寮のように貧相だ。名札のプレートは外されている。青瀬は周囲を見回してからドアをノックした。応答がないので、「青瀬です」と呼び掛けた。ドアに耳を寄せると微かに返事が聞こえた。男の声だ。

部屋に八栄子の姿はなかった。中はひどく狭苦しい。岡嶋はベッドに横になっていて、電動スイッチを操作して上半身を起こそうとしている。点滴のスタンドが二台あるが、今は何も下がっていない。

青瀬は息を呑んだ。モーター音とともに持ち上がってきた岡嶋の顔が、別人のようにやつれていたからだった。頬は瘦《こ》け、皮膚はパサパサで脂気がなく、目の下には痣《あざ》と見間違うほどの濃い隈があった。

「油が抜けたな」

無難な言葉を掛けると、岡嶋は弱々しく笑った。

「中華や焼肉の点滴はないからな」

笑い返そうとしたが頬がつれた。青瀬は顔を伏せて隠し、ベッドサイドの丸椅子に腰掛けた。

「退院すればたらふく食えるさ。おい、無理して起きなくていいぞ」

「事務所はどうだ」

「どうってことない。心配するな」

「苦情とかキャンセルは？」

「問い合わせは結構ある。激励の電話もある。キャンセルは一件だけだ」

「他の新聞は書き立ててるのか」

「そうでもない。様子を窺うような記事ばかりだ」

「石巻と竹内はどうしてる」

「竹内は津村さんと電話番だ。石巻は現場を飛び回ってる。あの男、やっと本気を出した感じだ」


部屋に入った時から気づいていた。サイドテーブルの上に凱旋門の絵葉書がある。マユミは、やはりここに来たのだ。

「青瀬。そんな恐い顔するな。医者が言うには、見かけほど重くないんだってよ。眠れないだけだ。ずっと眠れない。で、このツラだ。それが役に立ったけどな」

「ん？」

「さっき来やがったんだよ、東洋の繁田が」

「ここにか？」

「ああ、嗅ぎつけられた。ノックもなしに入ってきたんだ。カメラ片手にな。けど、俺の顔を見るなりビビッて、それに丁度八栄子が戻ってきて声を上げたもんだから、早々に退散したよ。今度は何て書くかな。何も書けないだろうな。ざまあみやがれ、だ」

入院するなよ。自分の台詞が今となっては心にひりつく。

「すっかり良くなるまで籠城してろ。外のことは任せとけ。何も心配するな」

「悪いが、そうするしかないみたいだ」

岡嶋は一つ息をつき、思い立ったように上掛けを剝がすと、腰を回してベッドサイドに両足を垂らした。スリッパを履く気だ。

「何だ？　トイレか」

「一服だ」

岡嶋は枕の下に手を突っ込み、フロンティアライトのボックスと百円ライターを取り出した。

「お前な――」

止める間もなく、青いパジャマの全身を晒した岡嶋は窓際に向かった。

「ここ、なんか藤宮春子の部屋に似てるだろう」

話を逸らしておいて、岡嶋は腰高のサッシ窓を開き、手を支えに少し体を浮かせて、窓の桟に半分尻を乗せた。髪が風で揺れる。病人のしていることだからひどく危なっかしく見える。

「本当によせ。四階だぞ」

構わず岡嶋は煙草に火を点けた。

「看護師にどやされるぞ」

「どやされないように吸う」

岡嶋は傍目にわかるほど深く吸い、それから顔を背けて口を突きだし、窓の外に向かって煙を吐き出した。

「ほらな」

「治らんな、潰瘍は」

「青瀬」

「何だよ」

「タウトは言ったろ。桂離宮を見て、泣きたくなるほど美しい、って」

青瀬は煙る岡嶋の横顔を見つめた。どうでもいいこと。そうケリをつけたのではなかったか。

「知ってたんだろうなあ、タウトは。この世で一番美しいものをさ。形あるものか、観念的なものか、ともかく絶対美と呼べるものの在り処を知っていて、だから自分も美しいものを創造しようとした。それって、自分の心を埋める作業だよな。埋めても埋めてもまだ足りないものを、ひたすら埋めていく終わりなき作業だ」

青瀬はサイドテーブルの絵葉書に目をやった。岡嶋もそうしていた。

「事務所に柳谷さんが来たんだってな」

「来た」

遺族が寄せる期待を、今さら岡嶋に伝えるのは酷だろうと黙っていた。

「柳谷さんの家で原画を見せられた時、俺は震えがきたよ。小汚い身なり……道路のゴミと溶け合ったような顔の皺……ちびた煙草を挟んだ節くれだった指……。なのにどの絵も美しかった。技法だの写実だの訴える何かがあるかないかだの、そんな観方はどこかに吹っ飛んじまって、ただ美しさに呑まれたよ。美しかったなんてうっかり口にすると安くなるし、お前に先行したいなんて色気もあって言わなかったけどな」

「巧い、暗い、恐い——そして美しい、か」

岡嶋は短くなった煙草を口元で摘み、窮屈そうに体を曲げ、窓枠の下の外壁に擦りつけて消した。小さな火の粉が一つ、二つ、風に攫われて闇に呑まれた。

「藤宮春子の胸には揺ぎない美の手本があったからな。聞いたろう？　恋とも呼べない恋だ。思春期の、白日夢みたいな想い出だ。従兄が死んでしまったからその美しさは永遠になった。何十年もひたすら美しい絵を描いた。それでも胸にある絶美《ぜつび》には手が届かなくて、とうとう死ぬまで描き続けた。ありえるか？　ありえないだろう？　勝てるか？　勝てっこないだろう？」

岡嶋の顔に赤みが差していた。

「勝てっこないけど、俺は創ってみたいと思った。彼女の絵が永住するにふさわしい美しい建物を設計したかった。ほんの一瞬、シンクロした気がしたんだ、彼女と」

「ん」

「けど、俺には彼女をエスコートする資格がなかった」

岡嶋は首を垂れ、それを起こして青瀬を見つめた。

「繁田の言ったことは本当だ。部長のタクシー代は俺がもった。飯も一回奢った。Ｊリーグの開幕戦や交通費は誓って折半だった。俺が苦労したのは、部長と市長が筋金入りのサッカー馬鹿で、そこに食い込むツテがなかったからだ。高校でサッカーをかじったのは嘘じゃないが、補欠だったし、途中で辞めたしな。で、市長の取り巻きのＯＢやチケットを確保できるダフ屋まがいの奴に飲ましたり食わしたりした。相手は役人じゃないから甘く見てたが、派手に動いた結果がこれだ。みんなを巻き込んで、コンペも駄目にしてしまって、本当に申し訳ないと思ってる」

「もういい」

わかっていたことだった。いや、青瀬はもっと深刻な接待漬けを想像していた。

「ベッドに戻れ。まずは体を治せ」

と、病室のドアが開いた。八栄子のハッとした顔が見えた。青瀬は反射的に腰を上げたが、意外なことに八栄子のほうが遠慮した。どうぞごゆっくり。言うが早いかドアが閉じられた。

「いいのか」

「いいんだ」

岡嶋は窓を閉めてベッドに戻った。煙草バレたかなと小さく笑い、胡座を掻き、体をもぞもぞさせて青瀬と正対した。

「何か話があるんだろ」

「ん？　報告は全部したぞ。お前の状態も大体わかった」

「話があって来た。そんな顔してるぜ」

病室に入ってから一創のことは頭になかった。岡嶋の観察眼が確かなら、ゆかりの話を言い当てられたということだ。今日訊く気はない。この騒動が収まったらと決めていた。

「言えよ。気になる。気になるとまた夜が長いんだ」

「……………」

「興信所のことだろ、縁談話の。俺もあん時はどうかしてて口を滑らせた」

青瀬は観念の息を吐いた。ならば訊く。

「ゆかりに頼まれて俺を雇ったのか」

あっ、と発して、岡嶋は両手を顔の前で左右に振った。

「違う、違う。それは誤解だ。俺の意思で雇った。事務所を強くしたかったんだ」

「俺が事務所に入る前からゆかりとは連絡を取り合ってたんだよな」

「言ったろ？　年に二、三回だ」

「俺の落ちっぷりが話題になった。ゆかりの性格からして黙ってられないはずなんだ」

「心配はしてた。けど、自分が雇うならともかく、人に雇ってあげてくれなんて、それは言えんだろう」

青瀬は頷かなかった。

「東人で終わる気はないって俺が言い出したのがその頃だったんだ。お前の力は知ってた。だから雇った。アンダースタンド？」

「えっ？　何？」

「だが、思ったより戦力にならなかった」

「俺がだよ。バブルですっかり牙を抜かれて言いなり建築士になってた」

ずっと逃げてるお前に言われるとはな――。

「おい、自虐は嫌味だぜ。Y邸を建てたじゃないか」

心が素直に頷いた。直後、その心がどこかに運ばれた。青瀬と吉野陶太が佇む、あの始発駅のプラットホームを見下ろしていた。

「どうした青瀬？　おい――」

「もう一つ、訊いていいか」

「あ？　ああ、何だ」

「興信所の件だ——探偵がゆかりのところに俺のことを訊きに来た。それが再婚話だったんで、驚いたゆかりはお前に電話した」

「そうだ」

「お前はなんて答えた」

「ないと思うけどな、って答えた。断定はできんだろ。お前はプライベートなことは口にしないし」

　青瀬は頷いた。

「その後、彼女は連絡を寄越したか。あの話はどうなったか、とか」

「いや……。それきりだった」

「その件がなくても、年に二、三回、電話があるんだろ」

「そういや、あれから一年以上経つけど一度もない」

「わかった」

　真にわかった。胸に感慨の波が押し寄せていた。

「心配はしてたと思うぞ。何度も掛けにくかったんだろう」

「かもしれないな」

「どうにかならないのか」

　言葉ではなく、岡嶋の目で意を解した。

「どうにもならないさ、今更」

自分の声が頭蓋に響いた。

「二分に一組別れてるご時世だ。二十分とか二時間に一組ぐらい元の鞘に収まったっておかしかない」

岡嶋は本気で言っているのかもしれなかった。

青瀬は小さな決意をして腰を上げた。

「また寄る」

「まだいいじゃないか」

声の大きさに驚いた。顔は縋っていた。青瀬を見上げるその角度が、目の下の隈を際立《きわだ》たせた。不安定なことには気づいていた。強気と弱気が交互に顔を覗かせ、岡嶋の言動には確かな脈絡がなかった。

青瀬は椅子に尻を戻した。面会の終了時間まで付き合おうと決めた。

岡嶋は安堵の笑みを浮かべ、大きな息を吐いた。

「ああ、なんかお前とこうしてると学生時代を思い出すな」

「俺は半分しかいなかったからな、懐かしさも半分だ」

「俺は嫌なやつだったろ？」

青瀬は苦笑した。

「かもな。いつ改心したんだ」

「ハハッ、じゃあ今はいい奴なんだな」

「繁田よりはましだ」

「ブラックだな、おい！　それでこそ青瀬って感じだけどな」

「俺はそんなにブラックか」

「て言うかブラックボックスのほうだ。何が隠れてるか、何が飛び出すかわからない。Y邸がいい例だ」

「褒めてるのか」

「どうだかな。タウトと同じだ。お前はわからないことだらけだ」

「なんだ、褒め殺しかよ」

「なあ青瀬、一つ聞かせてくれ」

「何だ」

「お前にとって一番美しいものって何だ」

また波長が変わった。急に言われてもな、と言い返そうとした時、どこからともなく答えが頭に投げ込まれた。唯一絶対の美――。

「ノースライトだ」

「そうか……。北の光か……。技法じゃなかったんだな、Y邸は」

「歳かもな。赤坂時代は、見てくれのいいものイコール美しいものだと思ってた」

「わかる」

「お前は？」

「ん？」

「一番美しいものって何だ」

反問は予想していなかったのか、岡嶋は思案顔に瞬きを重ね、その空白に青瀬が不安を感じるほど考えた末に言った。

「勇馬の笑顔かな」

耳を疑った。よもや勇馬は岡嶋の――。

「馬鹿、冗談だよ、冗談！」

岡嶋は青瀬を指差して笑った。

「なんだよ、その顔。ないない。俺にはそういう能力ないんだから」

理解するのに数瞬要した。舞台が暗転し、次に現れた岡嶋は丸裸に見えた。

「お前にはちゃんと話しておきたいんだ」

岡嶋の顔から笑みが引いた。

「以前はたまにマユミのアパートに寄ってた。居心地がいいんだ。勇馬も懐いてるしな。でも誓ってマユミとはない。兄妹みたいなもんだ」

「罪作りだな」

青瀬は言った。マユミの取り乱しようが目に焼き付いている。

「マユミに甘えてた。それは認める。あんまり分かり合えるんで、同心梅を本気で信じてた。男と女の友情なんて言うとこそばゆいけど、同心梅の関係は悪くないと思った。男は、男には決して話せないことがあるからな。それが悪かった。一創のことを知った時――一創のことはマユミから聞いたろ?」

青瀬は無言で頷いた。

「一創のことを知った晩、ぐでんぐでんに酔ってマユミにぶちまけた。本当に最低のことをした。憎しみを半分マユミに手渡しちまった」

岡嶋は目を瞬かせた。

「八栄子とは昔からうまくいかなかった。そりゃあ、いい時も楽しい時もあったけど、八栄子は保険の外交が何より大事だった。俺は一端《いっぱし》の建築家気取りでパーティーをはしごしたりしてたから見事に擦れ違った。互いに相手を見くだしてたようなところもあった。俺は保険の仕事を小馬鹿にしてたし、八栄子は稼ぎの少ない俺を醒めた目で見るようになった。そうこうするうち、五年前に一創のことを知った。昵懇の医者がいてな、そいつが精子の数を研究してるって言うんだ。尿道炎の治療が終わって、面白半分で受けた検査でわかった。俺は半狂乱になったよ。能力のことじゃない、一創のことでだ。だけど八栄子には何も言わなかった。一度ひっぱたいたけど、なぜひっぱたいたのか言わなかった。問い詰めもしなかった。殺してやろうとかは思ったけど離婚は考えなかった。なぜだかわかるか？」

青瀬は続きを待った。

「みっともないからだよ。首に一級建築士の看板ぶら下げてアーティスト気取りで生きてきたのに、実は女房に裏切られて、ずっと騙されてて、他の男との子供をせっせと育ててたなんて、死んでも業界の連中に知られたくなかった。俺はそういう男だ。そういう男なんだ」

噛み締めた唇が震えていた。

「……一創は……いい子なんだ。賢いし、優しいしな。うんと可愛がってたのに、寝顔見て、この子が自分の子じゃないなんて、昨日まで自分の子だったのに、あんまりじゃないか。世界が真っ暗になっちまった。我が身の不幸を呪ったよ。いっそのこと家に火を点けて、一創も八栄子も俺もみんな灰にしちまおうかとも思ったんだ。そんな夜もあったんだ……。だけどな……」

岡嶋の表情がすっと和んだ。

「可愛かったんだ。自分の子じゃないってわかっても一創が可愛かった。こいつめ、とか、どこの馬の骨なんだとか、頭で思ってみても情はまったく別なんだ。可愛くて可愛くてしょうがなかった。血じゃないんだ。過ごした時間なんだ。それは俺と一創だけのものなんだ。建築家になりたいって言うんだ。作文にそう書いたんだ。お父さんみたいな建築家になりたいって」

岡嶋は、頷く青瀬を見つめた。

「俺は自分が嫌いだった。俺みたいな狡《こす》っ辛《から》くていじけた奴が大嫌いだった。それでも一創が可愛くて、自分の子じゃないってわかっても可愛くて、俺にもそんなところがあったんだなって、どうにも涙が止まらなくて、なんだか生まれ変わったような気持ちになった。こいつのために生きよう、こいつのために何か遺そうって、それでしゃかりきになって仕事をしたよ。お前を雇ったのもそうだ。事務所を強く大きくして一創に手渡したかったんだ。八栄子とは冷え切ったままだが、許しちゃいないが、同じ屋根の下にはいられる。あいつにも事情があったんだろうとは思う。言われない俺よりも、言わないでいるあいつのほうがとも思う。それでどうにかやってきた。それが普通になってきた」

岡嶋の体から力が抜けた。目元を指で擦り、少しはにかみ、ぽんと両手を合わせた。

「俺の話は終わりだ。ご静聴ありがとうございました」

「終わりじゃないさ。これからも聞かせろ」

涙声にならぬよう、しっかり言った。

廊下が賑やかになった。夕食の配膳が始まったようだ。

青瀬は立ち上がった。岡嶋は、今度は笑みの残る顔で青瀬を見上げた。

「次はお前の話を聞かせろ」

岡嶋は握手の手を差し出した。

それが何やら照れ臭く、青瀬はその手を軽く叩き、「また来る」と言って踵を返した。

45

事務所には寄らずにマンションに帰った。

青瀬は玄関以外、灯りも点けずにソファに転がっていた。晩飯は摂らなかった。ビールを空ける気もしない。頭痛がひどい。薬をいつもより一錠余分に口に入れ、唾液で飲み下した。手には電話の子機を握っていた。強く、そして弱く、気持ちの波に従順に握り直していた。

岡嶋の残像が浮遊している。あまりに多くの話を聞かされたからだろう、感慨は凝縮され、同情や共感すら振り払われて結晶化していた。あれが岡嶋の人生——。

次はお前の話を聞かせろ。

そうしようとしていた。知るべき自分の話を知ろうとしていた。そう決意して二時間が経っていた。

青瀬は上半身を起こした。左右のこめかみを指で押した。痛みは若干和らいだ。壁の時計を見た。八時二十五分。タイムリミットだ。これ以上遅くなったら今日は掛けられない。

子機のボタンを押した。この電話から掛けても「サザエさん」が鳴るのだろうか。

〈はい〉

「パパだ」

不安そうにでた声にすかさず被せた。

〈えっ？　パパ？　どうしたの〉

こんな時間に日向子のＰＨＳを鳴らしたことはなかった。

「今どこ？」

〈部屋。自分の〉

「勉強中？」

〈あ、今ね、数学のない国がないか調べてたとこ〉

日向子はおどけた。

「そっか。邪魔してごめん。ちょっと……」

青瀬は口籠もった。日向子の心のプリズムを思った。少しばかり大人びた反射を期待した。

「ちょっと訊きたいことがあって電話したんだ」

〈何？〉

日向子の声がまた細くなった。

「たいしたことじゃないんだけどさ」

精一杯明るい声を出した。

「ほら、前に家に電話があったって言ってたろ。何度もあったのに掛かってこなくなったみたいなこと」

〈あ、うん……〉

「その電話に、日向子もでたことあったかい」

〈……〉

「吉野さんて男の人だったろ」

〈えっ？　えっ？　なんでパパ知ってるの〉

青瀬は目を瞑った。

「パパの知り合いなんだ。だから何も心配しなくていい。悪い人でも怪しい人でもないんだ。わかった？」

〈パパの知り合いなの？〉

「そっ。よく知ってる人なんだ」

〈えー、そうだったんだ。あたし、なんか変なふうに思っちゃってた〉

日向子は心底ホッとしたようだった。

「当ててみようか？　最初の電話は去年の二月だったろ」

〈えーと……〉

「大雪が降ったろ」

〈あ、降った。その頃だったと思う。何回も掛かってきたの。ママが変な顔して、電話持って部屋に入っちゃうから……。あとはたまーに掛かってきた〉

「最後はいつだった?」

〈十一月。カレンダーにバツしてあるはず。それからは一度もない〉

点線は、もうそのすべてが実線に変わっていた。

始発駅のプラットホームには三人いた。吉野と青瀬と、もう一人、ゆかりが立っていた。

〈でも、なんでパパの知り合いがママに掛けてきたの〉

「ママとも知り合いなんだ」

〈ふーん。そうだったんだ……〉

「怖がらせてごめんな」

〈あ、パパは怖くないよ、全然〉

「よかった」

本心そう言った。この話は終わりだ。

「日向子、ところで次はどうする」

〈えーと、またホルン?〉

「Y邸に行くか」

考えていたわけではなかった。日向子を喜ばせたくてぽろっと口から出た。

〈ホント?〉

行けっこない。事務所があの有様では。

「次は無理かもしれないけど、その次とか、そのまた次とかなら」

〈行く！　行きたい！　約束だよ。絶対連れてって〉

「持ち主が留守にしてるんだ。掃除道具とか持参だぞ」

〈了解！　なんでも――〉

不意に声が消えた。

「日向子……？　もしもし」

すぐに思い当たった。日向子が大きい声を出したので、ゆかりがドアをノックしたのだ。案の定だ。部屋に入ってきたようだ。何か話をしている。

と、耳に日向子の声が戻った。

〈ママいるよ。話せば？〉

期待と興奮を帯びていた。日向子にとって、願ってもないチャンスが訪れたということなのかもしれなかった。

「いや……いいんだ」

〈どうして？　だってパパ、その吉野さんて人の電話のこと訊きたいんでしょ？　ママも知り合いなんだよね〉

心の準備ができていなかった。ゆかりもそうだろう。たった今、日向子が吉野の名前を口にした。気が動転しているはずだ。

「ママには後で掛けるから。そう言っといてくれないか」

日向子が何か言い掛けたが、「数学がんばれよ」と明るく呼び掛けて電話を切った。

どっと疲れを感じた。それは徹夜続きだったバブル期にも経験したことのない、体中の細胞が重たいローラーに舐められていくかのような疲労感だった。

　脳細胞だけが覚醒している。解き明かした謎を起点から精査している。

　吉野は興信所に青瀬の調査をさせた。その過程で、青瀬に離婚した元妻がいることを知った。探偵はゆかりにも直当たりした。青瀬の再婚話に驚いた彼女は岡嶋に電話をして事情を尋ねた。それが真相の襖を開く邪魔をした。探偵の急襲を受けたゆかりは、その時点では一連の騒ぎの被害者でしかなかった。だが「その後」があった。吉野は興信所という隠れ蓑を脱ぎ捨て、自らゆかりに接触を試みた。何度も電話で話をした。ゆかりは、調査の理由が青瀬の再婚話ではない、別の何かであることを知った。だからそれきり岡嶋に電話をしなかった。する必要がなくなったのだ。

　吉野もまたゆかりから知り得た情報があった。おそらくは、建築への情熱を失い、客に言われるがまま惰性で図面を引く建築士の今が語られた。それから吉野は上尾の住宅を内覧し、香里江とともに事務所を訪れ、青瀬に家の設計を依頼した。

〈あなた自身が住みたい家を建てて下さい〉

　あれはゆかりの言葉だった。

　ゆかりから青瀬へのメッセージだった。

　気づいてしまえば、この世でたった一人、ゆかりしか言いえない言葉だった。愛ではなく、善だった。ゆかり自身にもどうすることのできない、無垢で無分別な善が、あの呪文を生み、青瀬に魔法をかけたのだ。

喜んでいいのか、悲しんでいいのか、わからなかった。見知らぬ国の、見知らぬ誰かに用意されたお伽噺が自分の目の前に舞い降りた。ただ見つめるしかなかった。深く息をし、その物語に身を委ねるしかなかった。

それぞれ好き勝手な主張をしていた多くの情報が、ゆかりの言葉の磁力に引き寄せられてくる。吉野は時折ゆかりに電話をして、Y邸建築の進捗状況を報告していた。最後の電話は、Y邸が落成した去年の十一月だった。「長身の女」はゆかりだったのだろう。吉野が誘い、あるいはゆかりが望んでY邸を訪れたのだ。

ゆかりが神で、吉野はその使いだったのか。

否だ。興信所を使って青瀬のことを調べたのは吉野だ。三千万円もの大金を用意したのもそうだ。あくまで吉野が主体でゆかりを引き入れたのだ。まずは吉野の意思があった。赤の他人に三千万円を差し出す理由をゆかりに明かした。しかもその理由を青瀬に知られることなく、秘密裏に事を成し遂げたい、と告げた。

ゆかりは呑んだ。あの言葉は、だから生まれた。青瀬を立ち直らせたい。秘めた願いを吉野の計画に托した――。

吉野が青瀬に隠した、その理由とは何か。

青瀬は電話を待っていた。きっとゆかりは今夜中に掛けてくる。

だから携帯が鳴った時、瞬時にでた。

〈久しぶりだな〉

能勢琢己だった。声を聞いたのは十年ぶりぐらいか。つくづく思う。この男はゆかりとセットなのだと。

「番号はどこで知った」

〈西川さんに訊いた。悪かったか〉

「いや、いい。何だ？」

〈話は聞いた。大変だったな〉

「まだ進行形だ」

〈コンペは下りるんだって？〉

「ん」

〈残念だ。せっかくぶつかったのにな〉

「いつかまた、だ。必ずリターンマッチはする」

〈またがあるのか〉

額を指で突かれた気がした。

〈ワイロはアウトだ。事務所を倒す〉

「余計なお世話だな、それは。こっちにはこっちの――」

〈ウチに来ないか〉

真空の間ができた。

〈今々って話じゃない。事後処理が終わって落ち着いてからでいい。考えてみてくれ〉

青瀬は目を閉じた。

「泥船から逃げ出せってか」

〈船長以外は残る義務はないだろう〉

「赤坂も泥船だったな」

〈あん時は業界全体が泥船だった。今は浮いてる船がある。迷わず飛び移れ〉

「ありがたい話だが、それはない。所長に恩があるんでな」

〈心中する気か〉

「馬鹿言え。所長と一から建て直すさ。いいからお前は自分の船の心配をしてろ」

家の電話が鳴った。ゆかりからだろう。

「切るぞ。いいメモワールを造れ」

携帯を置いた手で子機を摑み耳に押し当てた。が――。

風の音……？　吉野……？　違う。女のすすり泣きだ。いや、ゆかりではない。掛けてきたのは八栄子だった。

〈主人が……病室から……窓から……〉

飛び降りた。

青瀬は空いている手のひらを見つめた。ほんの何時間か前、岡嶋の手と微かに触れた、その指先が小刻みに震えていた。

青瀬が病院に着いたのは零時近かった。

玄関の脇にパトカーが一台駐まっていたが、それ以外は変わった様子もなく、灯りの落ちた一階フロアは静まり返っていた。微かな期待が息を吹き返す。八栄子は、飛び降りたとは言ったが、死んだとは言わなかった。そんな強弁とも詭弁ともつかない解釈を自分に言い聞かす。

病室に向かうべきかどうか迷った。夜間受付のカウンターを探した。甲高い自分の靴音だけが耳に跳ね返ってくる。廊下の角を折れた時だった。公衆電話に張りつく八栄子の姿が目に飛び込んできた。

丁度電話を終えたところのようだった。受話器を耳から離し、フックにかけ、静止した。壁に凭れかかった格好のまま動かない。

炎が吹き消された気がした。薄暗い廊下が、さらに明度を失った。

青瀬がゆっくり歩み寄ると、真っ赤な目がこちらに向いた。その目も眉も鋭角に釣り上っていて、泣いているというより怒った顔に見えた。

「奥さん……」

次の言葉が出てこなかった。

「こっちです」

消え入りそうな声で言って、八栄子は壁から離れた。病室ではなく、岡嶋は地下の霊安室にいるという。

階段の踊り場で、下から上がってきた制服警察官と擦れ違った。後でまた話を聞かせて下さい。警察官が囁くように言い、八栄子は深々と頭を下げた。

霊安室のドアは細く開いていて、線香の匂いが微かに廊下に漏れていた。八栄子のうなじを見つめながら入室した。シーツで覆われた、寝台に横たわる人型の隆起……。顔の白布は八栄子が外した。

頭のどこかで、タウトのデスマスクを想像していた。そんな死顔であることを願っていた。しかし違った。頭から額、耳、口元、顎にかけてしっかり包帯が巻かれていて、露出している顔の面積は少なかった。

頬や鼻に傷はなく綺麗だった。瞼は静かに閉じられたように見える。苦痛や苦悶を感じさせない死顔だった。

合掌することすら忘れていた。体が熱源を失い、感情は鈍磨していた。目に見えていることは動かしがたい現実なのに、実感とは触れ合わなかった。

「ほんの少しだけ、息があったんです」

不意に八栄子が言った。目に瞬きがなかった。

「駆けつけた時はまだ……」

その時の光景を見つめている顔だった。

「何か言いましたか」

「何も」

「遺書は」

「ありませんでした」

八栄子は両手で顔を覆った。

病院の夕食で出されたおかゆはほとんど食べたのだという。八栄子が帰るときも変わった様子はなく、九時の消灯前後も異変を感じた看護師はいなかった。

事が発覚したのは午後十時だった。５号室の窓が開いているのを巡回の看護師が見つけた。四階の窓の真下は壁沿いにツツジが植栽されていて、岡嶋の腰から下はそこに落ちたが、頭と胸はアスファルトの地面だった。逆だったら助かっていたかもしれないと医師は言った。警察官はたくさん来たが、明白な自殺ということで、検視の時間は短かったという。

八栄子は顔に白布を戻した。指輪のない白い手が、たった今、岡嶋の人生の幕引きをしたかのように見えた。

「一創君は」

ふと思って口にした。八栄子は顔を上げ、首を傾げて青瀬の目を探った。

「まだ知りません。寝ていたので、母に家に来てくれるよう頼みました」

それきり黙った八栄子は、霊安室を出て、階段を上り、一階フロアに戻ると、暗がりで足を止めて青瀬を振り向いた。

「主人から聞かされたでしょ」

えっ……？

「そう。私が死なせたんです」

あっ……。

下で一創のことを訊いたからだと気づいた。青瀬は考えもしなかったが、八栄子は階段を上りながら考えていたのだ。

八栄子はまっすぐ青瀬を見つめていた。

「可哀想な人――青瀬さんにも泣いてもらえないなんて」

八栄子の瞳から新たな涙が溢れた。

「たった一人の友だちなんだって主人は言ってました。昔から仲が良かった、一番気が合った、って」

唇がフッと笑った。

嘘をつけ。お前と俺はそんなに――。

胸に熱源を感じた。わっと体温が戻るのを感じた。どこかに閉じ込められていた感情が一斉に幟旗《のぼりばた》を上げていく。

死んだ。岡嶋が自殺した。

ほんの数時間前まで笑っていた。あんなに顔を近づけ、あんなにたくさん話をした。

そうか。そうだったのか。死ぬ気だったからだ。遺書など必要なかったのだ。長い長い遺言を青瀬に聞かせた。岡嶋が口にした話の一つ一つが、言葉の何もかもが、遺書であり遺言だった。

気づかなかった。気づいてやれなかった。

緩みかけた涙腺が、しかしぎゅっと締まった。

いや……。

本当にそうだったか？

岡嶋は……病室の岡嶋は……死にたがっていたか？

青瀬は八栄子に頭を下げてふらりと歩き出した。それが次第にしっかりした足取りになり、やがて早足になった。床に引かれたブルーのラインを大股で追う。右に左に折れる廊下を抜け、内科病棟に入った。エレベーターを待つのももどかしく、階段を駆け上がった。四階に辿り着いた時には息が切れていた。ナースセンターを素通りして個室の扉を開いた。電動ベッドは消えていた。窓に駆け寄った。鍵を外し、窓を開き、上半身を乗り出して下方の外壁を見た。暗いが見える。五……六……七だ。いや八つある。煙草を揉み消した痕だ。岡嶋の口ぶりからして、病室で煙草を吸ったのはあの時だけではない。その前にも、そしてあの後、青瀬が帰った後にまた吸ったかもしれない。

事故だったのではないか。

鮮明に覚えている。岡嶋が腰高窓の桟に尻を乗せた時、スリッパの爪先は床から微かに浮いていた。だから危ないと思ったのだ。そしてそう、看護師にバレないようにと、岡嶋は窓の外に顔と口を突きだして煙を吐いた。片手で窓枠を摑んではいたが、うっかりバランスを崩せば転落する危険が――。

「何してるんですか」

尖った声に振り向くと、入口に少女のような看護師が立っていた。青瀬は慌てて窓を閉め、部屋を間違えたと言って看護師の脇をすり抜けた。廊下は普通に歩いた。誰かが追い掛けてくる気配はなかった。

事故でも自殺でも岡嶋が死んだことには変わりがない。しかし遺された者にとっては、とりわけまだ六年生の一創にとっては、同じことだとは言えない。周囲が隠してもいずれは耳に入るだろう。父親が自分を遺して楽な場所に逃げた。父親自身が抱える苦しみのほうが、自分への愛情よりも重かった。永久に傾いたままのその天秤を、ことあるごとに見つめることになる。いや、もっと辛い思いをするかもしれない。自分は岡嶋の子ではないと知る日がもし来たら、父親の死に負い目を感じ、己の存在を責め、そして母親を憎むのではないか。

ふと父を思った。逃げた九官鳥のクロを探し回り、崖から転落して死んだ。青瀬が悲しむだろうと思って探していたのだ。父が勝手にそう思い込んでとった一人相撲だったのに、青瀬の胸には、自分のためにとか、自分のせいでとか、当時感じた負い目が今も消えずにある。しかし、だからと言って父の思い出は何一つ損なわれていない。愉快で豪快なまま心に生き続けている。不慮の事故だったからだ。その死が本人の生きざまとは無関係に訪れたからだ。もしあの日、父が自ら死を選んだと知らされていたとしたら、青瀬の知る父のすべてが揺らいだことだろう。笑った顔も怒った顔も、優しさも厳しさも、自殺という終着点から遡って別の意味を探し続けることになる。

岡嶋が自殺をするはずがなかった。一創のことをあんなにも愛しそうに語っていたではないか。そうとも、コンペの反省の弁もタウトや藤宮春子の美の話も何もかも、「これから」のための助走だった。遺言ではなく、もう一度人生をやり直す、建築の道を歩き続ける、岡嶋の決意の表明だったに違いないのだ。

下りはエレベーターに乗った。が、一階で扉が開くやいなや青瀬は飛び出し、全速力でフロアを駆け抜けた。閃いたのだ。転落事故だと証明する方法を。

病院の夜間出口を出た青瀬は駐車場に走った。シトロエンの車内から懐中電灯を持ち出し、取って返して建物に向かった。屋外の案内表示板に目を凝らし、大体の見当をつけて内科病棟の裏手に回った。そこは中庭のような場所だった。中央に芝生の広場と小山があり、遊歩道と建物の境目にツツジが植栽されている。上を見ながら歩いた。腰高の窓が、狭い間隔で並んでいれば、そこが個室のエリアだとわかる。が、上に手掛かりを求める必要はなかった。下のアスファルトに大きな水滲《みずにじ》みがあったからだ。事後、血を洗い流した痕に違いなかった。

怯んだのは数秒だった。青瀬は腰を屈め、水滲みの前のツツジに懐中電灯を向けた。葉の上、枝の中、根元へと光を移動させていく。あった。すぐに煙草の吸い殻を見つけた。根元近くまで吸ったうえ、壁に擦り付けて火を消したからくしゃくしゃで、ほとんどフィルターの部分しか残っていない。光を近づける。フロンティアライトの横文字表記が読み取れた。岡嶋が吸っていた銘柄だ。しかし青瀬が探し出したいのは「綺麗な煙草」だった。吸っている最中に岡嶋が転落したのだとすれば、煙草は消されずに落下した。長さはともかく、くしゃくしゃにはならず原形を留めているはずだ。

二本……三本……四本……。吸い殻は次々と見つかった。どれもくしゃくしゃだ。想像を巡らす。落ちた後も消えずに燻《くすぶ》り続けたかもしれない。ツツジの葉を焦がした可能性がある。そのまま地面で根元まで燃えて自然に消え、「綺麗なフィルター」を残している可能性だってある。

五本……六本……。どれもくしゃくしゃの吸い殻だ。病室の外壁には八本分の痕跡があった。あと二本。青瀬はツツジの枝や根元に手を突っ込んで掻き分けた。探す範囲も広げた。遊歩道も舐めるように見た。だが、ない。あと二本がどうしても見つからない。

くそっ。

水滲みの先を辿った。線を引いて繋がる排水溝の入口に光を当てた、その時だった。靴音を聞いた。顔を上げると、少し先の街灯の下に男が立っていた。

東洋新聞の繁田だった。

「何しに来た」

青瀬は低い声で言った。今にも怒声に変わりそうだった。

繁田は動じなかった。片手を後ろ手にしている。カメラを隠しているのだ。現場写真を撮りに来たのだ。

この野郎――。

青瀬は威嚇の足で繁田に向かった。近づきながら懐中電灯でまともに顔を照らした。眩しそうにしたという以外、表情は読み取れなかった。

青瀬は懐中電灯を放り出し、両手で繁田の胸ぐらを掴んだ。

「何しに来たんだ」

「警察で聞いて……」

「帰れ！」

胸ぐらを揺すった拍子に、ぱさっと何かが地面に落ちた。

花だった。透明のビニールでラッピングされたユリの花束が、よろけた繁田の靴に踏まれていた。

繁田に顔を戻すと、今にも涙が溢れ出そうな両眼があった。喘ぐように何か言った。すみません……。そう聞こえた。

怒りに、本当に火が点いたのはその時だった。

「思い上がるな！」

青瀬は繁田の襟元を締め上げ、自分もろともツツジの生け垣に突き倒した。

「お前の記事で死んだんじゃないんだ。あんな記事ぐらいで岡嶋が死ぬかよ！　これは事故だ。よく調べて本当のことを書け！」

47

翌日は朝から降ったりやんだりの空模様だった。

岡嶋の死はどこの新聞にも載っていなかった。疑惑の業者が自殺。そんな書き方になるだろうと青瀬は覚悟していたが、あの遅い時間だ、朝刊の締切時間に記事が間に合わなかったのかもしれない。

午前七時前には事務所にスタッフの顔ぶれが揃った。青瀬が電話で呼び集めた。数分前から沈黙が続いている。なぜすぐに知らせてくれなかったんですか。マユミが叫ぶように言ったのが最後だった。そのまま机に突っ伏して泣きじゃくっている。八栄子の目の前で岡嶋の遺体に取り組る。それは修羅場に違いない。青瀬は昨夜の自分の判断を肯定していた。

「なんでこんなことに……」

呻くように石巻が発した。目が真っ赤だ。

「視察の時は楽しそうだった……。世間があっと驚くようなメモワールを建てようって言ってたのに……」

竹内は見るも哀れなほど消沈して背中を丸めている。が、石巻の言葉に反応して体を起こした。青瀬を見た。涙に沈んだ小さな瞳に怒りを宿している。

「新聞のせいですよね。あいつがあんなこと書かなきゃ、所長は死ななかったんだ」

「役所や議員の連中もだ」

石巻が憤怒の息を吐いた。

「きっと所長が死んでホッとしてる。入院に追い込んで、所長一人に全部おっかぶせて……。たとえ事故だったとしてもあいつらの責任だ」

青瀬は腕組みをして黙っていた。

転落事故だという自説は、皆が集まってすぐ開陳した。得心の顔はなかった。青瀬がそう思いたがっていると受け止めたふうだった。無理もない。コンペの不正を新聞に書き立てられ、体を壊し、入院していたのだ。自殺の動機は駒が揃っている。

警察もそうだった。青瀬は繁田をツツジの植え込みに置き去りにした後、八栄子と三十分ほど話をし、それから警察署に出向いた。当直に、病院の現場に臨場した刑事がいて、渡りに舟とばかり小部屋で事情聴取された。コンペに絡む話を延々と訊かれた。弱気になっていなかったか、どんな言動をしていたか、自殺を仄めかしていなかったか、要点はそこに尽きた。

合間合間に煙草の話を挿し込んだ。ハンカチにくるんできた六本の吸い殻を見せ、排水溝の中を調べてほしいと訴えた。刑事は話を面白がった。投身自殺なら窓の桟に靴底の汚れが着くはずだ、それがなくて綺麗ならあなたの言っていることが正しいと証明できる、しかし場所は病室だ、スリッパだから桟に汚れが付着していなくても一向に構わない——そんな即興の推理をもったいつけて語った。いや、そうしながら青瀬がなぜ執拗に事故だと主張するのか、その理由を見極めようとしているフシがあった。保険金が下りるか心配ですか、と訊くので、契約したばかりでなければ自殺でも下りるでしょうと答えると、そうですそうです。どっちに転んでも保険は下りるんです、と惚《とぼ》けた笑みを浮かべ、奥さんはベテラン外交員だから先刻ご承知でしょうが、と含みを持たせた言い方をしてこちらの反応を窺ったりもした。自殺だと確信していても、刑事の脳には、不倫関係の男女が邪魔な夫を突き落とすといった基本プランが浮かぶものなのかもしれない。いずれにせよ、八栄子の聴取時間は普通より長くなるのだろうと感じたし、一創の出生の経緯が警察に知られることがないよう祈りもした。

「事務所はどうなるんですか」

石巻が硬い声で言った。悪い答えを予期している顔だった。

「奥さんは畳んでくれと言っていた」

青瀬が言うと、石巻は頷き、そのまま俯いた。竹内は長い息を吐き、諦め顔で事務所の中を見渡した。マユミが首を回してこちらを見ていた。涙でぼんやりとした目が、突如焦点を結んだ。

「でも、所長は続けてほしいって」

「そう望んでた。俺もできれば続けたいと言った。だがこればかりは仕方ない」

「奥さんの一存で——」

「よせ」

青瀬は一喝し、石巻と竹内に顔を向けた。

「いま手掛けてる仕事は継続して完遂する。解散の話はそれからだ」

場は静まり返った。青瀬はマユミを視界から外していた。

「通夜とか葬儀はやるんですか」

石巻が言った。誰もが自殺だと思っていてもやるのか――。

「やる」

八栄子の意向は、昨夜警察に行く前に訊いた。とてもできない、と首を横に振るのを、やるべきだと青瀬は強く勧めた。煙草の話を聞かせた。事故だと思うとも言った。だから普通に葬式を出せばいい、と。八栄子には届かなかった。理を説いてもただ泣くばかりだった。一創君のためにも――咽《のど》まで出掛かったが言えなかった。マンションに戻ったのは午前三時を過ぎていたが、まんじりともできなかった。誰もがすることを、岡嶋にしてやれないことが無念でならなかった。

と、六時前になって八栄子が電話を寄越した。親族会議が持たれ、通夜は内々で、葬儀は斎場でということに決まったと言った。大叔父が裁断したのだという。こそこそしてたら岡嶋家がワイロの話を認めたことになってしまう、と。

「ウチで仕事関係の受付をやると伝えてある。二人いればいい。俺ともう一人」

「わかった」

石巻と竹内が同時に手を挙げた。

人選はせず、青瀬は衝立の裏に回った。咽が乾ききっていた。流しの水でコップを満たし、一気に飲み干した。

「先生――」

振り向くと、体の軸の揺らいだマユミが立っていた。顔は泣きすぎて正体がない。

「何？」

「私もいいですよね。お手伝いに行って」

来るなとは言えない。が、来るのなら訊いておかねばならない。

「津村さん――岡嶋が入院した日、奥さんと何かあったか」

マユミの潤んだ目が少し尖った。

「何もありませんでしたけど」

「病室には行ったよね。絵葉書があった」

「行きました。でも、所長に帰れって言われて……」

マユミはまた泣き出しそうだった。

「岡嶋はなぜ帰れと言ったの？」

「こんなところまで来たら、お前も疑われるって」

タクシーの領収書のことを言ったのだ。

「私、構いませんって言いました。そしたら所長、頼むから帰ってくれって。すごく悲しそうな顔して……」

「それで帰った。奥さんとは会わなかったんだね」

「会いました」

「会った？」

「廊下で擦れ違いました。でも、奥さん、あたしのこと、わからなかったみたいで……。無視したのかもしれませんけど、あたしに何か言われるのが怖くて」

「そうか」

話したほうがいいと思った。青瀬はマユミに顔を寄せた。声を落とす。

「岡嶋は悔やんでた。君に憎しみを半分手渡してしまった、って」

「なぜ？」

マユミは青瀬を睨みつけた。

「なぜあたしにそんな話をするんです」

青瀬は自分の唇に指を立てた。衝立の向こうの気配を窺い、そして言った。

「君が拘ってるからだ」

「あの人、一度も所長に謝ってない」

「謝ってもどうにもならないこともある」

「所長、死んじゃったんですよ。あんまりじゃないですか。本当のこと知らされないまま死んじゃって」

涙声が力を帯びていく。

「コンペは引き金になっただけです。あの人が所長を死なせたんです」

「あれは事故だ」

「所長のこと、ずっと苦しめてたんです。一創君が誰の子なのかとうとう――」

咄嗟に手が出た。マユミの口を塞いだ。五指に力を込めて言葉を封じ込めた。

「二度とその話は人にするな。君はもう俺に話した。俺はきっと誰かに話す。その誰かもまた別の誰かに話すんだ。いつか一創君の耳に入る。わかるか？」

マユミの全身はわなないていた。青瀬は手を放さなかった。

「岡嶋の代わりに恨むのか？　岡嶋は奥さんとやっていけるって言ったんだぞ。一創君のために生きるって俺に言ったんだ。君は一緒に行けないんだ。勇馬君がいるから別の道を行くしかないんだ」

「………」

「死ぬときは一人だ。岡嶋もそうだった」

「………」

「即死じゃなかったそうだ。しばらく息があったんだそうだ」

「………」

「だけど君の名前は呼ばなかった。君の助けは必要なかったからだ」

マユミは目を閉じた。大粒の涙が溢れ、青瀬の手の甲を打った。

ハッとして手を放した。途端にマユミは激しく噎《む》せた。顔を上げると今度は咽に手を当て、過呼吸に陥ったように途切れ途切れに息をした。慌てて背中をさすった。そこへ、大丈夫ですか、と竹内が現れた。水をくれと頼んだ時、マユミがふぅーと長い息を吐いた。そして徐々に呼吸が整っていった。

「すまなかった」

青瀬が掠れ声で言うと、マユミは両手で顔を覆った。細い体が力なく半回転して壁に凭れた。ゆうべ目にした八栄子の姿とダブって見えた。

「本当にすまなかった」

もう一度言って踵を返した。竹内の心配そうな顔があった。どうすることもできず、ただマユミの背中を見つめている。

青瀬は竹内の傍らをすり抜けた。頼りなく、器用でも押しが強いわけでもない、しかしとびきりお人好しのこの若者が、マユミの心を振り向かせる奇跡を信じてみたかった。

48

葬儀の日は薄日が差した。

市郊外の斎場には四つの式場があって、岡嶋の告別式は一番小さい式場を借りて行われた。だからといって弔問客が少なかったわけではなく、「会社関係」の受付の前には喪服姿の長い列ができた。目頭を押さえている人が多かった。そして誰もが無口だった。一昨日、新聞に一斉に記事が出た。どれも概ね「疑惑の業者が自殺」だったが、東洋新聞は「事故と自殺の両面で調べている」と書いた。

受付には青瀬と竹内が立ち、石巻は椅子に座って香典のチェック役を務めた。マユミは姿を見せていなかった。一昨日、昨日と事務所を休んだ。無断ではなく、二日とも病欠の連絡を寄越した。昨日は青瀬が電話を受け、具合を尋ねると、まだ少し眩暈がするが、葬儀の手伝いはしたいと言った。声は落ち着いていた。心配しないで下さいとも言っていたが、青瀬は弔問客に香典返しの引換券を手渡しつつ、時折目を上げて喪服の一団の中にマユミの姿を探していた。

別の女の姿も探していた。ゆかりが来るだろうと心の準備をしていた。

銀行、信金と続いた後に、西川の女房が恐縮しきった顔で現れた。主人はすごくショックを受けてしまって……ご飯もまったく食べられなくなって……本当に気が小さいものですから……お許し下さいませ……。

工務店主や内装業者の見知った顔が続いた。金子工務店の若社長が、杖をつく先代社長を伴ってやってきた。目も鼻も真っ赤だった。受付の順番が近づくにつれて顔がぐしゃぐしゃになり、弔意も口にできず青瀬の手を固く握った。石巻と竹内にもそれと似た場面があった。岡嶋設計事務所は日々仕事をしていたのだ。

「青瀬さん――」

隣の石巻に囁かれて、慌てて目の前の客に引換券を渡した。うっかりしたのは、ゆかりを見つけたからだった。列の後方についたが、洋装の、すらりとした立ち姿は見逃しようがなかった。

連れがいることにもすぐ気づいた。つくづく、と改めて思う。能勢琢己は、黒は黒でも一目でブランドものとわかるスーツに身を包んでいた。受付に近づくや、ゆかりを従えるように前に出て、懐から剝《む》き身の香典袋を取り出した。「能勢」の名前に石巻が反応し、上目遣いに顔を見た。

「この度は」

能勢はすぱっと儀礼を済まし、青瀬に顔を寄せた。

「駐車場で一緒になったんだ」

斜め後ろのゆかりが微かに頷いた。

「こんなことになるとはな。電話で話した件、もう一度考えてみてくれ」

小声で言って、能勢は脇に消えた。ゆかりの姿が確かなものになる。俯き加減に、紫色の袱紗《ふくさ》を開いて香典袋を取り出す。その細い指に光るものはなかった。

「後で少し話せないか」

青瀬は引換券を差し出し、言った。

ゆかりは顔を上げた。見つめる青瀬を真っ直ぐ見つめ返した。瞳が潤んでいる。しかしその瞳の奥に、某《なにがし》かの覚悟だか諦観だかの意思を宿していた。訊かれずとも話すつもりで来た。そう見えた。

「ええ。少しなら」

ゆかりは背後の客を気にする素振りを見せて青瀬の視界から外れた。

残像がしばらく網膜にあった。七年ぶりだった。日向子が小学校に入学する時、両親揃っての面談を学校側に求められた。それ以来の再会は僅か数秒で終わった。

「ちょっと中を見てきます」

弔問客が途切れると、そわそわした様子で竹内が席を外した。それを見送った石巻が青瀬に顔を向けた。

「さっきの能勢さんて」

「能勢事務所の所長だ」

石巻はただ頷いた。青瀬の移籍話を思い描いたに違いなかった。

読経が始まってすぐ、マユミが現れた。横からでも裏からでもなく、真正面から来て「津村」の香典を机の上に置いた。そしてすぐに机のこちら側に回って、箱の中の香典袋の整理を始めた。仕事を横取りされた石巻が呆気に取られている。

気丈に振る舞っている。泣き腫らした顔だが、今は泣いていなかった。

「ご苦労さん」

青瀬が声を掛けると、マユミは手を止めず、青瀬の顔も見ずに、すみません、ズル休みをしました、と言った。

「えっ、そうだったの?」

「勇馬とべたべたしていました。ずっと帰りが遅かったから嫌われちゃって」

「うん」

「ママはコペンが大好きなんでしょ、って言われました」

マユミは笑い損ねて唇を噛み、泣き顔になりかけ、だがモデルのように勇ましく髪を掻き上げて青瀬を見た。

「ご心配をお掛けしてすみませんでした」

あっ、と声がした。戻ってきた竹内がマユミを見つけて場違いな笑顔を覗かせた。

「中はどう?」

青瀬が訊くと、竹内は一転、顔を曇らせた。供花と花環を全部チェックしてきたのだという。

「ありませんでした。市長のも建設部長のも……」

石巻が目を尖らせた。竹内とマユミは俯いてしまっていた。

「いいさ。俺たちが送ってやればいい。さあ、交代で焼香しよう」

青瀬は歩き出した。無言で石巻が続いた。

式場の中は思い掛けず照度があった。さっきまで外へはみ出ていた弔問の列が今はもう短い。前を進む人の肩越しに八栄子の姿が見えた。ハンカチで顔が半分隠れている。焼香を終えた客に頭を下げ続けている。傍らに一創がいる。口を真一文字に結び、微動だにせず、目の前を通る客を睨むように見つめている。八栄子の半歩前に立っている。黒ずくめの大人たちから母親を守ろうとしているかのように目に映る。

来年は中学生だ。ちょうど幼さが消えかかっている顔だ。岡嶋がどこかに連れて行ったと言っては写真を見せたがり、成長の過程を目が覚えているから、すぐそこにいる一創は、まるで最新の一枚のようだ。

〈血じゃないんだ。過ごした時間なんだ。それは俺と一創だけのものなんだ〉

青瀬は焼香台の前に立った。小ぶりの額に納まった、遺影の笑顔が眩しかった。いつ誰が撮ったのか、こんなデレデレした無防備な笑顔はかつて見たことがなかった。

俺は嫌なやつだったろ？

うっ、と声が出た時には手遅れだった。たちまち涙した。止めようがなかった。もう止めようとも思わなかった。

49

斎場の前は、弔問客の帰りの足を見込んでタクシーが列をなしていた。

ゆかりは建物を出てすぐの所で待っていた。近づいてくる青瀬の顔をジッと見つめた。泣いた顔は、ことによると一度もゆかりに見せたことがなかったかもしれない。

どこか落ち着ける場所で話したかったが、このあと葬儀の片付けもあるので、芝生に向かって歩き、木製のベンチに誘った。青瀬は少し尻をずらしてゆかりのほうに体を向けた。ゆかりは浅く座り、膝を伸ばして靴先を見つめている。時の移ろいを感じさせない。ゆかりの横顔はそうだった。

「……こんなに早く……。あなたと同い歳ですものね」

「うん」

「可哀想に奥さん……。息子さんも……。まだ小学生?」

「六年生になったばかりだ」

「神様なんていないのね」

「いるからこうなったのかもしれない」

「どういう意味?」

「決められてたってことさ」

「ひそひそ話が聞こえたけど、本当なの?」

「いや、事故だ。病室の窓から誤って落ちたんだ」

「そう……」

ゆかりは、どっちにしても、の顔で溜め息をついた。

岡嶋の死を悼む時間が、二人を隔てる川の流れを緩やかにさせていた。他で会ったのなら難しかったであろう、気持ちを素直に口にできる環境を与えてくれた。ちゃんと話せそうだった。吉野に関しては、多くのことを省略して話しても通じるはずだし、そうしたほうがゆかりを問い詰めるような場面を極力減らせるだろうと思った。

「吉野さんを探してるんだ」

青瀬が切り出すと、ゆかりがこちらを見た。

「探してる……?」

吉野は誰かと問い返さない。省略にゆかりも同意している。

「吉野さん、いなくなってるんだ。Y邸に家族で引っ越したはずが、引っ越さなかった。田端の借家を引き払った後、一家の行方がわからないんだ」

ゆかりは相当驚いたようだった。知らなかったのだ、吉野が姿を消していることは。

「本当なの」

「本当だ」

「お留守って、じゃあ……」

「日向子には、一家蒸発だなんて言えないから」

ゆかりは頷いた。

「いつからいないの」

「去年の十一月からだ。Y邸を引き渡したのが十一月の頭で、そのまま引っ越さずに消えたんだ」

ゆかりは記憶を辿る顔になった。

「何か思い当たることはない？」

「ない……。ありません」

「会ったんだよね、十一月下旬に吉野さんと」

一瞬空気が張ったが、ゆかりはすぐに「ええ」と答えた。

「その時、何か言ってなかったかい？　失踪を仄めかすようなこと」

「何も言ってなかったし、何も感じなかった」

「塞ぎ込んでいたとか、妙だなと思ったこととか」

「普通だったと思う。Y邸を見せてもらって、お蕎麦をご馳走になって、吉野さんはずっと楽しそうだった。じきに引っ越しするようなことも言ってた」

Y邸……。お蕎麦……。ゆかりが下絵を描いてくれた気がした。そうなら青瀬は主題の筆を揮える。

「知ってるだろうけど――去年の三月に吉野さんと奥さんが事務所に来た。俺を名指しで家の設計を依頼した。その理由と今回の蒸発は繋がってるんじゃないかと思うんだ」

数秒待ったが、ゆかりは黙っていた。

「繋がっていないかもしれないけど、知りたいんだ」

ゆかりは困った顔になった。

「教えてくれないか。吉野さんが俺に設計を依頼することになった経緯を」

「言えないの」

意の籠もった声だった。

「あなたには言わないでほしいって吉野さんにお願いされたの」

「わかった」

青瀬は潔く引いた。口止めされていることは予想していたし、言えないのなら言わなくていい。もう二度とゆかりに鋭利な言葉を向けない。そう心に決めてここに来た。

吉野から聞くまでだ。吉野に訊くべきことなのだ。

青瀬は質問を変えた。

「Y邸に行った後、吉野さんから電話はあった？」

「それがないの」

「一度も？」

「一度も掛かってこないし、私も掛けてない。掛けてみましょうか？」

青瀬は当惑したが、すぐに「頼む」と返した。ゆかりが掛ければ、あるいは吉野は電話にでるのかもしれない。

ゆかりはバッグから携帯を取り出した。

「番号わかる？　吉野さん、いつも家に電話をくれてたから、これに入ってないの」

ゆかりは青瀬が読み上げた番号をプッシュして携帯を耳に当てた。コール音が漏れ聞こえる。と、留守番電話サービスに繋がった。二人は顔を見合わせた。ずっと電源を切ってたんだ。青瀬が早口で言った直後、ピーと電子音が鳴った。ゆかりは一つ頷き、咽をごくりと鳴らし、言った。

「青瀬……です。連絡を下さい。青瀬稔さんが心配しています」

二人同時に長い息を吐いた。

「連絡くれるかしら」

「留守電に繋がったのは初めてだから、何かいい兆しかもしれない」

「だといいけど」

「どうしても会って話がしたい。依頼の理由を知りたいだけじゃなくて、吉野さんを見つけ出したいのも本当なんだ。奥さんや子供たちがどうしてるか心配だ」

ゆかりは深く頷いた。

「怪しげな男の影もある。吉野さんを探し回ってる」

「悪い人?」

「わからない。でも、吉野さんはその男に追われて逃げている気がする」

ゆかりは口元に手を当てた。

「警察には?」

「言ってない。あくまで俺の想像だから」

「吉野さんの足取りは全然わからないの?」

「仙台には少なくとも一度行ってる。近くの村に、吉野さんの先祖の墓があるんだ」

「仙台にお墓?」

ゆかりは首を傾げた。

「吉野さんの故郷は桐生じゃないの?」

すとんと思考が別の場所に落ちた。桐生――。

青瀬の顔色が変わったからだろう、ゆかりの顔も張り詰めた。

「吉野さんがそう言ったの?」

「え……ええ」

「群馬県の桐生だよね」

「そうだと思うけど」

「……」

「桐生が何?」

「親父が死んだ場所だ」

「あっ……」

「桐生川ダムの飯場にいて――」

言いかけて、さらなる連想が脳を突き上げた。

桐生織物だ。そうだった。桐生は古くから織物で知られた街だった。吉野伊左久の姉がそこで女工になったのだとすれば線は繋がる。一家離散した伊左久は姉を頼って桐生にやってきた。そこに落ちつき、所帯を持ち、そして陶太が生まれた――。

きっとそうだ。事の発端は桐生の地にあった。そこで何かが起きたのだ。

青瀬は大学受験を控えて桐生についていかなかった。青瀬より五つ若い吉野は、当時は中学生だったということになる。絞られた。中学生の吉野、吉野の父伊左久、青瀬の父、この三者の関係性の中に因縁が隠されているとみていい。

「いいわ。話す」

ゆかりの声でベンチに引き戻された。

話す……?

「もう約束がどうとかって段階じゃないもの。吉野さんから聞かされた話、探す手掛かりになるかもしれないでしょ。だから話す」

ゆかりの顔は上気していた。

「私も全部を聞かされたわけじゃないの。本当のことかどうかも正直わからないけど」

青瀬は目で先を促した。

ゆかりは胸に手を当てた。落ち着こうとしている。

「あなたにね――青瀬稔さんに大きな恩があるって。返しても返しても返しきれないほどの大きな恩があるって吉野さんは言ったの」

青瀬は呆然とした。

大きな恩……?　俺に……?

「あなた、わかる?」

「わからない。まったく」

「最初から話すとね――」

ゆかりは早口になった。今回の事がある前に、吉野とゆかりは名刺を交換したことがあったのだという。ゆかりが内装を手掛けたレストランバーに、プライベートブランドの北欧家具を納入したのが吉野だった。ありふれた苗字ではないから「青瀬ゆかり」の名刺に吉野はもしやと思ったそうだ。以前から「青瀬稔」を探していたからだ。興信所に調べさせると、七年前に別れた元妻だとわかった。

「それで探偵が私のところに来たわけ。で、しばらくして吉野さんが家に電話してきた。私はすっかり忘れてたんだけど、北欧家具の話をされて、ああ、とか言ってるうちに青瀬稔さんのことで折り入って話があるって言い出して。興信所のこともあったから気味が悪くて、最初のうちはすぐに切ってたの。別れた人ですからもう関係ありませんって。あ……」

「いいんだ。それで？」

「何度目かの電話の時、吉野さんが興信所に頼んだのは自分だと告白したの。私すごく驚いて、腹も立って、なぜそんなことしたのってきつく言ったのよ。そうしたら、青瀬稔さんに大きな恩があるって言い出して。恩返しがしたいから相談に乗ってほしい、知恵を貸して下さいって」

ゆかりは間を取った。青瀬は質問を挟まなかった。「恩返し」の一点を除けば、概ね青瀬が想像していた通りの流れだった。

「青瀬さんに知られずに恩返しをしたいって言うの。恩返しだとわからない形で恩返しをしたい、その方法が浮かばないって」

恩返しだとわからない形で恩返し……。

「おかしな話でしょ？　事情は明かせないって言うの。何度も訊いたんだけど、それは許してほしいって言うの。本当におかしな話ではあるんだけど、吉野さんは懸命というか、切羽詰まっているっていうか、とにかく真剣で。だから私も引き込まれて……。それでね、吉野さんがまとまったお金があるって言い出した。三千万円あるって。それを受け取ってもらえる方法はないかって言うの。そんなの無理って私は言った。やめてとも言った。そんな訳のわからないお金を受け取る人じゃない、あの人の人生を混乱させるのはやめてほしいって。でも吉野さんは困り果てていて、事情を明かせない以上、お金で誠意を示すしかないって。私も困り果てて、それで……」

ゆかりはその先を言わなかった。青瀬も尋ねなかった。そこに吉野の事情は存在しない。青瀬とゆかりの事情だけがある。

遠くにマユミの姿が見えた。青瀬を探している。

「私、行かないと」

察したのだろう、ゆかりが腰を上げた。そして青瀬を見つめ、頭を下げた。

「ごめんなさい。私も共犯ね。あなたを騙すことになってしまった」

すぐに言葉が出なかった。タクシー乗り場に向かうゆかりを追って肩を並べた。もう吉野の事情は考えていなかった。隣を歩くゆかりのことを考えていた。言いたいことがある。それをどう言えばいいかわからなかった。

あと数歩で、タクシーの自動ドアが開く。

青瀬は足を止めた。そして言った。

「俺はＹ邸に救われた」

ゆかりも足を止めた。

「あなたのためにしたんじゃない。私のため」

「君のため？」

「そう。それだけ。えーと、なんだっけ、あれ。『時を刻む家』?」

「えっ?」

「あー、私、失敗したなあ。あなたの建てたい家を建てさせてあげればよかった。器なんてなんだってよかったのよね。木造でもコンクリートでも煉瓦でも粘土でも、私はどんな家でだって暮らせたのに」

「ゆかり」

八年ぶりに名を呼んだ。細い背中はもうタクシーに歩み寄っていた。ドアが開いた時だった。キィー、ギー。ゆかりが空を見た。

「今の……」

「あ、なんだったろ」

「サギよ。きっとアオサギだわ」

ゆかりは勝ち誇った笑みを浮かべた。その横顔がスローモーションのようにゆっくりとタクシーの後部座席に吸い込まれていった。

50

その夜、タウトの夢を見た。

またしても高崎の洗心亭で怒鳴っていた。前と違って障子の向こう側が見えた。誰もいなかった。タウトはからっぽの空間に向かって吼えていた。

日が覚め、夢だとわかり、青瀬は再び目を閉じた。眠かった。眠くて眠くてたまらなかった。

少しの間だけ、岡嶋の顔が漂っていた。

岡嶋の魂は今どこだろう。ちゃんと家に還ったろうか……。ああ、聞きそびれた。岡嶋にとって、世の中で一番美しいものは何だったのだろう……。手を握ってやればよかった。病室で、別れ際に、岡嶋が差し出したあの手を、強く握ってやればよかった……。

少しだけ、ゆかりの声が聞こえた。

私はどんな家でだって暮らせたのに……。自分が青瀬を壊した……。神はやはりいないのか……。Y邸を見て、木の香りとノースライトに包まれて……。ゆかりは何を思ったろう……。

少しだけ、吉野が割り込んできた。

父親が作ったタウトの椅子を置いたのだ。Y邸の特等席に、真っ先に、それ一つだけ……。因縁は、伊左久と青瀬の父との間に……。吉野の言う「大きな恩」は、父の死と無縁ではないのだろう……。

51

葬儀の日から十日ほどして、八栄子から電話があった。

青瀬は、事務所から歩いて十分ほどの岡嶋宅に向かった。話は事務所の整理に関することだと見当がついた。青瀬のほうにも伝えておきたい話があった。どうしたら切り出せるか、思案しながら昭和レトロの呼び鈴を鳴らした。

和室に通された。予想は大方当たっていたが、穏やかな話にはならなかった。

「皆様にはそれ相応の退職金をお支払いします。ご迷惑をお掛けした分も上乗せさせて頂きます。それで終わりにして下さい。私たちのことは忘れて下さい」

八栄子の顔は白く、声は冷ややかで抑揚がなかった。

青瀬は頷くことも、何かを言い返すこともできず、瞬きを重ねた。終わりにしてくれ。忘れてくれ。私たちとは誰か。八栄子と一創を指しているのか。

「私、病室の外で立ち聞きしたんです」

八栄子は一度伏せた目を上げ、青瀬を見つめた。

「一創のことは秘密にして下さい。絶対に誰にも話さないと、この場で約束して下さい。津村さんにも……青瀬さんから強く言って約束させて下さい。誓わせて下さい。お願いします」

「無論それは――」

「騙し続けていたわけじゃないんです。別の誰かを好きだったとか、お付き合いしてとか、そういうのじゃないんです。保険の仕事で企業廻りをしていて、毎年新入社員を全員加入させてくれる人がいて、断っても断ってもお酒を飲みに行こうと誘われて……。ちゃんと話せばよかった。とうとう話せなかった……。主人は何も訊かなかったし、一創のことも変わらず可愛がってくれた。それなのに話したら、誰とどうしたみたいなことを私の口から聞かされたら、きっと主人はそういうことに堪えられないから、風船が破裂するみたいに何もかもが吹き飛んで消えてしまう

「わかりました。もう——」

「でも話せばよかった。話して離婚されればよかった。私じゃなかったら、別の人が傍にいたら、仕事でこんなことになっても、きっとあの人は死んだりしなかった」

ひとしきり泣く時間が必要だった。

青瀬はいよいよ決意を固めた。自殺ではなく、事故死。それを八栄子の心に刻みつけるためにここに来た。

昨日また警察署へ行ってきた。当夜の刑事を捕まえて三十分ほど話をした。排水溝は調べてくれていた。煙草の吸い殻は一つも見つからなかったという。窓の桟も鑑識にやらせたんだと刑事は恩着せがましく言った。結果的にスリッパの底の繊維材は採取されなかったが、靴の泥と違って付着しづらい、それに煙草を吸って、それから自殺したのだとすれば、スリッパの足は桟に触れずに宙を移動して窓の外に出ることになる、と一方的にまくしたてた。青瀬は新たな疑問をぶつけた。そもそもスリッパを履いたまま飛び降り自殺をする人なんているんですか、と。刑事は、ないことはない、と曖昧な返事をした。そのうち、靴の場合はたいてい脱ぐが、スリッパは元々ケースが少ないからなんとも言えないと軌道修正し、最後には、遺書を残さない発作的な自殺者は靴やスリッパのことなんて考えないんだと強弁した。

所詮他人のことなどわからない、という点で刑事の考えは正しかった。発作的な自殺までは否定しきれない。病室の岡嶋が不安定だったことは確かだし、青瀬が席を立とうとした時の、縋る顔も声も消し去りようがない。一創のために生きるという思いは、その思いが昂ぶれば昂ぶるほど、こんなことになって一創に顔向けができないという絶望感に近接していくのではないかと想像したりもした。自殺だった可能性はある。しかしだからといって事故だった可能性が塗り潰されてしまっていいわけがない。遺書はなかった。スリッパの件もそうだし、煙草の煙を外に吐き出した時の、あの危うい体のバランスをこの目で見ている。それに――。

「すみません。お茶も淹れないで……」

八栄子は、目元にあった指を畳につき、腰を上げようとした。

「構わないで下さい。座っていて下さい」

青瀬に言われて八栄子は座り直した。幾分、表情が和らいでいた。どんな時でも、涙が連れ去っていくものがあるのだ。

青瀬は居住まいを正した。

「お話はよくわかりました。秘密は守ります。責任を持って守らせます。どうかご安心下さい」

「ありがとうございます」

「ただ、その一創君に関わることなので言いますが、岡嶋は自殺ではなく事故です」

「その話はもう……」

「大切な話ですから聞いて下さい。一創君は学校で言われます。最初は陰口でしょうが、お父さんが仕事で悪いことをしたと誰かに言われる。自殺だったという噂も、あなたや親戚の人がどんなに隠しても一創君の耳に入る。いつか一創君はあなたに訊きます。いつかではなく今日か明日かもしれない」

八栄子は手で口を押さえた。

青瀬は懐から手帳を取り出し、挟んでおいた四つ折りの紙を開いて座卓の上に置いた。新聞記事の切り抜きだった。

「その時は一創君にこれを見せて下さい」

警察は事故と自殺の両面で調べている――。

「この記事だけなんです、事故の文字が入っているのは。他はみんな、自殺とみている、です。だからこの記事を一創君に見せて、警察がそのあと調べた結果、事故だとわかったのだと教えてあげて下さい」

「でも……そんな……」

「騙す訳じゃない。あれは本当に事故だった。あなたが信じないと意味がない。あなたが信じなければ一創君も信じない」

八栄子は苦悶の表情を浮かべた。

「あの晩、岡嶋はまだ息があったんですよね。でも、何も言わなかった。誰の名前も呼ばなかった」

「……ええ」

「生きようとしていたからじゃないですか」

「えっ?」

「死のうと思って落ちたわけじゃなかった。だから、まさかいま自分が死ぬなんて思ってなくて、五分後も一時間後も何年先までも当たり前に生きると思っていたから、何かを言い残すなんて頭は働かなかった。冗談じゃない、生きなきゃ、生きなきゃ、ってそれしかなくて、喋るほうなんかに最後の力を使えなかった」

八栄子は深く頭を垂れた。大粒の涙が一つ、二つ、新聞記事の切り抜きに落ちた。

「もう泣かないで下さい。あなたが死なせたんじゃない。誰のせいでもない。事故だったんです」

八栄子は微かに頷いた。指先が、拭おうとするように記事に滲みた涙をなぞった。

青瀬は意を決して言った。

「奥さん、岡嶋設計事務所を続けさせて下さい。一創君が大人になるまで私にやらせて下さい。強い事務所にして一創君に引き継ぎます。岡嶋が望んでいたことでした。私も同じことを望んでいます」

八栄子は首を縦にも横にも振らなかった。ただ真っ直ぐ青瀬を見つめていた。と、突然腰を上げた。

「お待ち下さい」

廊下に消えた八栄子はすぐに戻った。Ｂ４のスケッチブックを手にしていた。

青瀬は両手で受け取った。やけに薄かった。表紙と裏表紙の厚紙を除けば十枚ほどの紙しか残ってなさそうだ。綴じ込みの針金のところに、紙を破り取ったあとのカスが溜まっている。

表紙を捲ると、最初の頁に建物のデッサンが現れた。遠景だ。なだらかな弓なりの屋根を持つ、小山のような、丘のような建物だ。そのてっぺんに、何かはわからないが丸みのある突起物が描かれている。造形は単純だが、敢えて単純化したものだとわかる。スケッチでも模写でもない、自前のデッサンだと建築士の目が判断した。「藤宮春子メモワール」の草案《エスキース》。スケッチブックを開く前から予想はしていたが、実際にそうだとわかって青瀬の胸は波立った。

「病室で描いていたんです」

八栄子の声に青瀬は顔を上げた。

「病室で？」

「ええ。サイドテーブルと壁の間に挟んであるのを看護師さんが見つけて……。今日、警察から戻ってきました」

警察は遺書だと早合点したのかもしれない。そんなことを思って改めて見たからか、建物の立ち上がり際に黒い雑な丸印が描かれているのに気づいた。二頁目を捲ると、遠景だった建物が近づいた。黒い丸印が縦に伸びて楕円形になった。三頁目はさらに近づき、楕円形が長方形になり、それが何であるかわかった。

藤宮春子の部屋の窓だ。アパートの外から撮った、あの写真そのままのデッサンだ。雑な線だが、窓を囲む煉瓦やモルタルの剝がれ落ちた感じも描かれている。イメージが摑めた。屋根が弓形にカーブした、白く、大きく、美しいメモワールの建物の下部に、原寸大のアパートの窓を嵌め込んだ——。

四頁目、五頁目、六頁目と見た。驚きに目を見張り、そして最初の頁から見返した。ストーリーがあるのだ。あの小さな窓に向かって、真っ直ぐ一本の道が描かれている。館を訪れた人は、白亜の建物目指してこの道を歩くのだ。おやっ、と思う。遠いからまだ窓だとはわからない。黒ずんだ壁の滲みのように見えるだろう。気になって歩を進める。やがてそれが窓であり煉瓦の壁であると気づく。さらに近づくと、古く、貧しく、物悲しい、パリの知られざる一面に突き当たる。そしてそこに黒くぽっかり空いた窓こそが、孤高の画家の、峻烈な魂が宿る場所であることを知る。窓の中を覗き込んでみたくなる。それぐらい人と窓は接近している。が、歩を先に進めると視界から窓と壁が消えていく。道は左に折れつつ緩いスロープを下るのだ。建物沿いに続く道は半地下となり、両側の壁がせり上がってくる。ただの壁ではない。そこには上から下までびっしりとタイルが貼られている。賑やかなタイル画回廊《ギャラリー》だ。街や人や看板や歌や酒や踊りが絵巻物のように描かれていてパリ18区の今昔を旅してみせる。藤宮春子が生きた世界だ。生きた時代だ。ああ、と思う。建物の屋根の美しいラインは、モンマルトルの丘なのだ。そのてっぺんに描かれていた丸い突起物は、丘の上に建つサクレ・クール寺院のドームだったのだ。頷きつつ、今度はスロープをゆっくり上って地上に出る。そこには、素朴で厳かな、藤宮春子メモワールのエントランスが待っている。

青瀬は感嘆の息を吐いた。

これは精緻なルポルタージュだ。それでいて物語性に満ちている。岡嶋は、藤宮春子の作品を容れる建物を創ろうとしたのではなかった。藤宮春子を、その人生を建物にしようとしたのだ。

内観はどうか。

こちらは二枚しか描かれていない。あとは最後の頁まで白紙のままだった。最初の一枚に青瀬は首を傾げた。直線が五本、等間隔に横に引かれている。それだけだ。その線と線の間に、ところどころ横にした鉛筆の芯でなすったような、雲のような……。本当に雲か。ならば下から天井を見上げた……。脳内で３Ｄ機能が働いた。すぐに答えは出た。のこぎり屋根だ。昔から様々な工場で採用されてきた、作業の手元を優しく照らす、ノースライトを優先的に取り込むための屋根窓だ。

驚きに声も出ぬまま、もう一枚のスケッチを見た。こちらはパースもどきで人物まで描き込まれていたが、バッテンや黒く塗り潰した箇所が多く、脳内の試行錯誤がそのまま投影されていた。絵画の展示方法をあれこれ考えていたことはわかる。候補らしきその一つは奇抜だった。床に直に絵がある。透明のガラスだかアクリル板だかの下に埋め込まれている。腰を屈めた人物が床の絵を鑑賞している。幼児とおぼしき小さな人物は床に寝そべり、絵の上に手を伸ばしている。そこに、のこぎり屋根の窓からノースライトが降り下りている。

床に直に絵を展示するという奇想がまずあって、光の反射を最小限に抑える手段としてノースライトを思いついた。推理はそうだが、青瀬の気持ちは違った。青瀬の美点を取り入れた。取り入れることをよしとした。岡嶋は自愛の殻を破り、岡嶋設計事務所の所長として振る舞おうとしていたのだ。

「青瀬さん――」

八栄子に呼ばれた。ずっと観察するようにこちらを見つめていたのには気づいていた。

「何でしょう」

「本当のことを聞かせて下さい。建築士同士ならわかりますよね――これは遺書ですか」

八栄子は肩を固く張っていた。しかしその目は否定の言葉を欲しがっていた。

「違いますよ」

優しく言った。八栄子はもっと聞きたがった。

「コンペが駄目になって、出来もしないものを描いてたんですよ。それでも?」

「それでも、です――見て下さい。このスケッチブック、薄いでしょ。おそらく視察で目にしたもの描いたものは全部破り捨てたんです。そして病室で一から自分のアイディアを練り始めた。人をあっと言わせるような外観を思いついて小躍りし、内観がどうにもうまくいかず地団駄を踏んでいた。手に取るようにわかります。建築士だからわかります。岡嶋は、あの病室で終わろうなんて気はさらさらなかった」

ふっと力が抜けて、額に皺のない、撫で肩の八栄子が目の前に戻った。一つ溜め息をついた。転機を感じさせる、陽性の粒子を含んだ溜め息だった。

「一創は建築家になれるでしょうか」

青瀬は小さく笑って頷いた。

「私も小学生の時、作文に書きました。建築家になりたい、絶対になる、って」

52

青瀬はその足で事務所に向かった。

扉を開くと、三人の顔がこっちに向いた。部屋の空気は淀んでいる。廃業が決まった以上、新規の仕事は受けられないし、そもそも仕事の依頼がほとんど来ないから、先細りのやるせなさが皆の会話を少なくさせている。石巻は数日前から警察の動きを気にしている。所長が死んだとはいえ、いや、死んだからこそ、警察の捜査のメスが入るのではないかと心配している。事務所の扉が開くたび顔に緊張が走る。テレビニュースでしばしば目にする、段ボール箱を抱えた捜査員が大挙してなだれ込んでくるシーンを想像するらしい。

杞憂だろう。S市の百条委員会は腰砕けになったと聞く。反市長派の市議にとって岡嶋が入院したままではよかった。疑惑が濃厚になったと口角泡を飛ばして市側を追及していたのだが、岡嶋に死なれて政治ショーの見せ場を失い、さらにはタクシー代の肩代わり以外に確たる不正の事実が出てこなかったこともあって尻窄《しりすぼ》みになった。反市長派の保守系市議はすっかり白け、今や百条委が開催されても、声を張り上げるのはごく少数の革新系市議だけだという話だ。

青瀬は壁のポスターを見た。藤宮春子。その名がすべての始まりだった。コンペ専用台に目を向けた。片付けるに忍びなく、誰も手を出さない。日捲りの暦が倒れている。カウントダウンの赤い数字は「75」のまま、紙相撲の負けた力士のように天井を仰いでいる。

「先生――どうぞ」

マユミがコーヒーを淹れてくれた。

「ありがとう」

「そうそう、言い忘れてましたけど、先生の奥さん、綺麗な方でしたね」

「元、だ」

「もったいないな」

一人の時はいざ知らず、みんなの前では暗い顔を見せなくなった。そのマユミに反比例するかのように竹内が危険水域に入っている。業者との電話中に突然涙ぐんだかと思えば、クライアントとのアポを忘れてすっぽかしたり、呼んでも答えず、ぼんやり窓の外を眺めていたり……。先行きの不安や、マユミと別れ別れになることへの寂しさもあるのだろうが、やはり岡嶋の死が、その喪失感が、日を追うごとに竹内の心を浸蝕している気がする。所長と新人の関係といい、年齢差といい、兄というより父親に近い存在を失った。自殺と思い込んでいるのだから、岡嶋の死に某かの負い目を感じているのかもしれない。それは石巻にもマユミにも同じことが言えた。

事務所は今後も継続する――。

言えば空気は一変するだろう。マユミは大いに感激し、石巻は気持ちを立て直し、竹内の心にも光が差し込み、ひと月前まで、現にここにあった日常に向かって事務所は復元力を発揮するだろう。だが――。

その前にやるべきことがある。ただ設計事務所としての機能を継続すればいいわけではない。継続するのは「岡嶋設計事務所」でなければ八栄子との約束を果たせない。胸に熱の塊がある。それは岡嶋の自宅を出てから些《いささ》かも冷めていなかった。

青瀬は倒れた日捲り暦を手に取った。頭の中で引き算をしつつ暦をびりびりと破った。「53」まで数字を減らし、それを専用台の真ん中に立てた。

「先生、何してるんです」

マユミが慌てて寄ってきた。

「続行だ」

「続行？　えっ？　コンペをですか！」

素っ頓狂な声が、石巻と竹内を振り向かせた。

「こっちに来てくれ」

二人に声を掛け、青瀬はバッグの中から紙袋を取り出し、中身をコンペ台の上に広げた。スケッチブックとアパートの写真、あとは岡嶋が柳谷孝司から預かった、藤宮春子の資料の数々。のったりと二つの体がコンペ台についた。顔には疑問符が張り付いている。

青瀬は一人ずつ顔を見てから言った。

「コンペを続行する。ウチのプランを完成させるんだ」

「そんな……」

竹内はへなへなとしゃがみ込んだ。

「だってもう……」

「青瀬さん、どうしたんです。今さらそんなこと言い出して」

石巻が悲しげに言った。

「こんなこと、やめましょう。辛くなるだけだ」

「これを見てもそう言えるか」

青瀬はスケッチブックを開いた。

「竹内、立て。見てみろ。モンマルトルの丘にインスパイアーされたメモリアルだ。ほら、頂《いただき》にサクレ・クール寺院のドームが見えるだろう。ここに窓がある。この写真だ。藤宮春子が四十年間絵を描き続けたパリのアパートの外壁と窓が、丘の麓で、この記念館の壁で生き続けるんだ。それとこっちだ。半地下の回廊を彩るタイル画だ。藤宮春子の生きた街と時代を見事に活写してる。メモリアルだ。これこそが留めるべき想い出であり、伝えるべき記憶だ」

「こ、これ……」

マユミが青瀬を見つめた。

「岡嶋だ――所長が病室で描いたんだ」

石巻と竹内も青瀬を見た。そして、スケッチブックに目を戻した。石巻の手が伸びて頁を捲った。竹内の手も伸びる。指が建物のラインをなぞる。目が真剣になる。もう説明はいらない。これは遺書でも遺作でもない、今この瞬間もフル稼働している建築家の脳内だからだ。

やがて石巻が唸った。竹内も唸った。マユミは目頭を押さえていた。

「石巻――」

「は、はい」

「図面を起こせ」

「えっ？」

「岡嶋のプランで戦うんだ」

「戦う……？　いや、わかります。俺もこれはやりたい。造ってみたい。でも、もうコンペには――」

「すぐに描き始めろ。モンマルトルの丘のラインの向こうに、のこぎり屋根が隠れていることを忘れるな」

「そんな！　無茶です。この草案《エスキース》だけじゃ」

「できるさ、お前なら。ありったけの知識と想像力で描かれてない部分を補え。知ってたか？　お前が本気を出したら俺も岡嶋も敵わないんだ」

石巻の両肩を摑んだ。

「バブルの焼け野原は忘れろ。敗残は罪でも恥でもない。自分の力を信じて線を引け」

「青瀬さん……」

「展示ホールは俺が描く。柱割りや階段をどうするとか、お前がみんな決めていい。俺が合わせる。こっちが先にアイディアが出たら突き合わせて検討する——それと竹内」

「は、はい」

「部材を厳選しろ。坪単価を百五十万以内に押さえ込め」

「えーっ！」

「驚いてる時間はない。ローコスト住宅のノウハウを総動員してやれ」

「でも、だって、元は坪二百でしょ」

「それじゃ勝てない」

「勝てない？　勝つ？　誰に？」

「能勢事務所の鳩山にだ」

竹内よりも石巻が強く反応した。

「ど、どういうことです」

「能勢の事務所に持ち込んで、鳩山の案とプレコンペさせる」

「プレコンペ？　そこで勝つ？」

「そうだ。岡嶋プランで鳩山プランを凌駕する。中身でもコストでも、だ。あとは向こうの所長の裁量次第だ」

「おおっ」

「だから超特急でやる。ぎりぎりで持ち込んだんじゃ、玄関払いされるのがオチだからな」

青瀬は日捲り暦を手に取り、再び暦を破った。鷲掴みにしてどんどん破った。

ここだ。「21」――。

「三週間で仕上げて持ち込む。いいな」

もう悲鳴は上がらなかった。石巻はぱきぱきと指を鳴らしていたし、竹内はぱっちり見開いた目を輝かせていた。

「弔い合戦ですね！」

「仇討ちじゃない。だが、ウチを見くだした鳩山に負けたら岡嶋が嘆く。それと――」

青瀬は拳を握った。強く。

「S市のあの場所に岡嶋の作品を遺すんだ。市長や建設部長や政治家どもが死んだ後も、岡嶋の作品は生き続ける」

一瞬の静寂の後、鬨《とき》の声が上がった。「おうっ！」「やってやる！」「やりましょう！」

マユミの涙も嬉し涙に変わっていた。

「泣いてる場合じゃないぞ。津村さんはパリに飛べ」

「えっ？　ええっ！」

「パスポートは残ってるんだよな。パースの西川さんにも行ってもらう。キャンセル待ちでも何でもして一番早く乗れる便で行ってくれ」

「で、でも」

「心配するな。お母さんには俺から事情を話しておく」

「そうじゃなくて、なぜあたしが？」

「写真じゃわからないことがあるからだ。実際に藤宮春子のアパートを見てきてほしいんだ。街もだ。タイル画回廊はこのプランの目玉の一つだ。生きた素材から絵を起こしたい」

「でも、でも、それは西川さんが――」

青瀬はマユミに顔を寄せた。

「岡嶋も自分の目で見たかったと思うんだ。岡嶋の代わりに君が行くんだ。見て、感じ取って、思うまま言葉にして、西川さんのパースに命を吹き込んでほしい」

マユミはくるりと背中を向け、ゆっくり歩いて衝立の陰に消えた。が、すぐに早足で戻ってきて言った。

「部屋、二つ取っても構いませんよね」

青瀬は笑った。

「ああ、西川さんには気をつけろ。昔は赤坂の野獣って呼ばれてたんだ」

えっ、と竹内が反応した。急に心配になったらしく、はしゃぐマユミをちらちら盗み見ている。石巻はスケッチブックを見ては顔を上げ、指で宙に線を引いている。が、青瀬が出前を取ると言うと即座に手を挙げた。

「そうだ、一つ言い忘れてた」

本当に忘れていた。

「岡嶋設計事務所は今後も継続する。このコンペが終わったら、じゃんじゃん新しい仕事を取ってきてくれ」

その後の騒ぎは知らない。

青瀬は皆に背を向けて自分の席につき、目も耳も閉じて思索の扉を開いた。

53

それから三日三晩、岡嶋設計事務所の灯りが消えることはなかった。

石巻は拘禁ノイローゼの熊のようにフロアをウロウロしている。スケッチブックや資料が置いてあるコンペ台、CADを開いたパソコンデスク、そして製図台。この三点を結んだ三角形の中で暮らしている。そのエリアの真ん中に食事用のテーブルがあり、ラーメン屋や蕎麦屋の空いたどんぶりが重なり合っている。竹内はタイルの製造業者に片っ端から電話を入れている。購入枚数を何段階か提示して、それぞれの値引き額をしつこく聞き出している。マユミと西川は昨夜成田を発った。もうパリに到着した頃か。

青瀬の右脳はメインの展示ホールに掛かりきりだった。三つのプランを捻り出した。それを今、一つに絞り込んだところだ。三枚のデッサンを机の上に並べ、目を閉じ、選択した。目を閉じても像が消えず、なおかつ新鮮な驚きを失わずに瞼に浮かぶことが重要だった。それは青瀬の主観を青瀬の客観が肯定したことを意味する。普遍性の獲得に向け、第一段階をクリアしたということだ。

やはりこれが残った。日向別邸の「客間上段」からインスピレーションを得た、あのプランだ。

横にずらりと並んだイーゼルと絵画が、沖から打ち寄せる波のように何列も続く。階段を一段上がるごとに後ろの列の絵が立ち上がってくる。三列目、四列目、五列目、そして最後には一枚の大きな絵となり、見る者を藤宮春子その人と向き合わせる。

しかし、ここからだ。今はまだ、ブルーノ・タウトという巨人の肩の上にいる。飛ぶのだ。イメージの世界を無制限に広げ、そこに向かって飛翔する。

目を閉じる。タカラジェンヌが、舞台の大階段を横一杯に広がって下りてくる華やかなシーンを瞼の裏に映写する。厳めしい兵馬俑《へいばよう》の隊列に接近するカメラ視点を乗っ取り、重なっては覗きを繰り返す兵士の像を精察する。砂漠の風紋が、形を変えながら移動していくさまを俯瞰する。血に飢えた群衆が総立ちになり、床を踏み鳴らし、拳を突き上げるコロシアムの中心に舞い降りる。鎧甲《よろいかぶと》を身に纏ったグラディエーターとなり、全方位に展開する階段構造を見渡し――。

青瀬は紙と鉛筆を引き寄せた。頭に浮かんだ絵を手早くスケッチする。客間上段の階段をカーブさせていく。コロシアムのように円形に近づく。四カ所に通路の切り込みを入れてみる。中心部に広めの空間を持たせる。さすれば重なり合う絵はピラミッド型になる。面白い。しかも切り込みがあれば、フロアが混み合っても客の動線を確保できる。

「うわあ、青瀬さん、メインホールは円形ですかあ!」

検討中だ。

「参ったなあ。のこぎり屋根の形状とモロにバッティングしますよ」

しないさ。

「無理ですよ、三連ののこぎりじゃ。ホール全体に光が降り下りませんって」

四連でも五連でもいいから降らせろ。

「石巻さん、タイル画回廊の距離、早く計算して出して下さいよ」

「ちょっと待てよ。今こっちの話を――」

「枚数が決定できないんで、交渉がうまいこと進まないんですよ」

「そんなこと言ったって、建物のほうがまだ流動的なんだ――ねえ、青瀬さん、五連なんかにしたら構造が複雑になって補強やら漏れ止め《シールド》やらで経費も工期も嵩みますよ」

「えぇっ！　駄目ですよ、そんなの！」

豪雪地帯じゃないんだ。神経質になるな。

「いや、そもそものこぎり屋根と円形のホールが相性が悪いって言ってるんですよ。採光は北からの一方向に限られるんだから、円形全体をカバーするのは無理でしょ」

反射させればいい。船の帆のような巨大なレフ板と特殊塗料で。

「駄目！　そんな余計な細工に使うお金はありません！　自然光じゃなくてもいいじゃないですか。照明で補えば」

「ホールを角形にすれば万事解決なんだ。再考して下さいよ」

円形でいく。ホール一杯に放射状にイーゼルが立ち並ぶ。上から見下ろせばさぞかし壮観だろう。そうか、それも面白い。手が動く。真ん中の空間に、筒型の、クリアガラスのエレベーターを書き込んでいく。

「な、な、何してるんです、青瀬さん！　構造計算まるっきり無視して！」

「ああっ！　そんな洒落たエレベーター、いったい幾らすると思ってるんです！」

「毎度！　来々軒でーす！　どんぶり下げに来ました」

「ご苦労さん。あっと、いま夜のぶんも頼んじゃっていい？」

「もちろんっす」

「じゃあ、あんかけチャーハン、大盛りで」

「乗った。僕は普通盛りで――青瀬さんは？」

カニ玉丼。

「あ、あ、僕もそっち」

「天津飯に変更で？」

「俺もだ！　天津飯、大盛りで」

よそう。意味がない。エレベーターで高度を得たところで絵を鑑賞する助けにはならない。乱暴に消しゴムを動かした拍子に、机の端にあったトレーシングペーパーが、ひらひらと舞い落ちて床に張り付いた。床材のマーブル模様がうっすら透けて見える。岡嶋の奇想を思い出した。フロアの床に直に絵を置く。いったい何を考えていたのか。藤宮春子の絵は地べたに座っている人物の比率が高い。描き手の目線をそのまま鑑賞者に体感させるべく……。いや、違う。それもあったかもしれないが、岡嶋の本当の狙いはそこじゃない気がする。

じゃあ、何だ？

「えっ？　何です」

……。

「あっ、エレベーターが消えてますよ。石巻さん、ほら」

「命拾いだ。まったくひやひやの連続だ」

ん？　ひょっとすると……。

「何です？」

……。

「舞い戻っちまったな、ゴルゴ13に。ここんとこ喋りまくってたのに」

「あ、でも、初期の頃のゴルゴは結構喋るんですよ」

「そうなの？」

「貸しましょうか。家に全巻ありますから」

そうか、わかったぞ。床に、ではなく、床にまで、と読み解くんだ。床まで使って展示作品を増やそうとした。そうだろ？　藤宮春子の作品は誰の目にも触れることなく何十年も眠りについていた。メモワールが出来ても、八百点からある絵の大半は収蔵庫で眠り続けることになる。それを少しでも減らそうとした。当たりだろう？　お前は常設展示の元々の数を増やす方法を考えていたんだ。よし、生かしてやる。少し仰角をつけたらどうだ？　そうすれば絵が見やすくなる。駄目か。段差が出て客が躓《つまず》くな。じゃあスロープだ。それだ。ホールの外側から二階へと高巻いていくスロープを設ければいい。手摺りのある左右を歩かせ、真ん中に直に絵を置いていくんだ。少し埋めてアクリル板で覆う。どうだ？　これならすべての絵に仰角を与えられる。エントランスのスロープでもやろう。かなりの数を常設に回せるぞ。それに――。

収蔵庫はスケールダウンするぞ。

「はい？　何です？」

……。

「青瀬さん」

収蔵庫を減らせ。半分の百ブロックあればいい。

「あ、はい――石巻さーん、聞こえました？」

「聞こえたけど、それは御法度。お題の仕様を勝手に変えたらコンペは失格」

「あ、ですよね。あ、でも……」

「何？」

「それ、こっちで貰います」

「貰う？　どういう意味だよ」

「百の収蔵ブロックは高規格で作るけど、残りの百はユーティリティーってことにして規格を落とすんですよ」

「そこでコストカットしようってこと？」

「です、です」

「セコイなあ、お前」

「セコイィ？　だったら教えて下さいよ。どこをどうやったら五十万も単価を落とせるんです！」

「ああ、わかったわかった。キンキン言うな。俺が悪かったよ」

忘れてた。窓の中はどうする？　そうだよ、中だよ。あの窓は張りぼてか？　それじゃ興醒めだ。中がほしいだろ？　そうとも、中が絶対必要だ。あの窓の向こうに、メモワールの建物の中に中を造るんだ。彼女のアパートの内部を再現しよう。いっそのこと、それをサブ展示ホールにしよう。透明のアクリル板で囲うんだ。積んであった絵はレプリカでいい。けど、一番上の絵は本物を置いて客に鑑賞させるんだ。例の写真の部屋だけじゃなく、スペースが許す限り、他の部屋も造ろう。大丈夫、津村さんがちゃんと見てくるさ。基本設計ではざっと描いといて、彼女の話を聞いてから詳細設計すればいい。な?

「竹内、ちょっといいか」

「何です? あ、南面の姿図ですね」

「これに限っちゃ、こっちが正面《ファサード》だ」

「ですね。勝負はここだ」

「どうだ?」

「これ、所長のデッサンより幅が狭いです?」

「建てるとなるとな、あんなに優雅に横には延ばせない」

「十分優雅ですよ、モンマルトルの丘の線も死んでないし——気に入らない?」

「建物全体がサクレ・クール寺院の教会堂に見えないか? 丘が寺院のドームに乗っ取られたみたいに」

「言われてみると、確かに……。あのドームは一度写真とかで見ちゃうと目に焼き付きますからね」

「そうなんだ。屋根のてっぺんの、ドームを模した意匠がさ、ドームのてっぺんの塔屋だか装飾だかに見えて、だから丘がドーム本体に見えちまう。横幅を詰めたからなおさらな」

木枠に張ってないキャンバスがあるだろう、大量に。

「えっ？」

「ほっとけって。こっちに言ったんじゃない――えっと、ドームの意匠が大きすぎるってことか。これぐらいにすれば……どうだ？」

「うーん、これだとあってもなくても同じですね」

「だよなあ」

さすがにまずいよな、絵をフラッグにしたら学芸員に叱られる。

「ちょっと中心線からずらしてみたらどうです？　右とかに」

「なるほど……。この辺に……こういう感じか……」

「おっ」

「おっ！」

「いいですね！　丘とドーム、ちゃんと別々に存在してます。遠近感もばっちり出て」

「うん。いけるぞこれ。サンキュー、竹内！」


青瀬は五日目に製図台に向かった。平面図から取り掛かった。描き出してみると、放射状の線が万華鏡のようで美しい。興に乗じた。これはいけると確信した。石巻も六日目からＣＡＤを使って本格的な作図に着手した。肝である、立面の姿図は一気に描き上げた。が、エントランスのある東面に苦戦している。顎髭を摩る癖が、顎髭を摑む癖に変化している。竹内は電話を掛け続けている。切ると今度は親の敵のように電卓を叩きまくる。計算書は日々厚みを増していた。

十日を過ぎると、もう昼も夜もわからなかった。不夜城と化したバブル全盛期の事務所のようだった。ソファや床で雑魚寝した。家に帰ったのは、青瀬が二回、石巻と竹内は一回だけで、それも泊まらず、シャワーを浴びるとバッグに着替えを詰められるだけ詰めて事務所に舞い戻った。展開図で時間を食っていた。石巻の図面との間に齟齬《そご》が生じ、捨てては描きを繰り返した。青瀬は椅子を蹴り飛ばし、石巻はパソコンをはり倒し、竹内は電卓を叩き壊してコヨーテの遠吠えのような奇声を発した。

早く終われとは思わなかった。青瀬は心地好い繭玉の中にいた。Y邸の図面を引いていたとき以来の高揚感に酔いしれていた。隣には岡嶋がいた。二人で線を引き、二人で図面を破り捨てた。涙が出るほど美しいものを、二人で探し求めていた。

〈ボンジュール！〉

十三日目にマユミがパリから電話を寄越した。タイル画回廊のパースが完成したという。

〈部屋、一つでよかったみたいです。だって毎晩徹夜で、西川さんがパース描くのに付き合ってましたから〉

「竹内には言うな。早く送れ」

パソ1の前で待った。ライオンのような風体になった石巻と、目が開いてない竹内もデスクにかぶりついた。

最初に届いたパースは、藤宮春子のアパートの窓だった。思わず目を見張った。窓の右上に、半円形のプランターが掛けられていて、デイジーらしき白い花が溢れるように咲いていたからだ。西川の脚色ではあるまい。ならば遺族が撮った写真のフレームからはみ出していたか、あるいは藤宮春子の死後、近隣に住む者が飾るようになったのかもしれない。暗く寂しげな窓が、新たな生を得たかのようだ。死ぬまでひたすら絵を描き続けた藤宮春子を、神が祝福している。青瀬にはそう見えた。

「こっちでいきましょう」

片目だけ開いた竹内が言った。石巻が深く頷いた。

岡嶋も喜んで同意するだろう。彼女に花を捧げることに。

これだけでも二人をパリに行かせた甲斐があった。青瀬がそう思った時、二枚目のパースが届いた。「タイル画回廊（左面）」のクレジットが付いていた。

三人いれば、どよめきのようなものを起こせることを知った。それほどまでに鮮烈なパースだった。

道行く巨人の革靴とハイヒール。股の向こうに映画「アメリ」を彷彿とさせる洒落た街並みが色彩豊かに映し出される。デフォルメされた看板や信号や落書きが踊る。奥に進むにつれて陽が落ちてゆきネオンサインが現れ、語り合う若者やベンチで肩を寄せ合う老夫婦や犬や猫たちが、メリーゴーラウンドの灯りに浮かび上がる。脚の生えた真っ赤な口紅が向かう先に、真っ赤な風車の「ムーラン・ルージュ」がウインクをして待ち受けている。

竹内の両目が開いていた。石巻は「西川、恐るべし」と感服の台詞を吐いた。青瀬は小さな発見をしていた。メリーゴーラウンドの馬車に、絵筆を手にした女性が乗っているのに気づいたのだ。マユミのアイディアだろう、きっと藤宮春子なのだろう。

興奮冷めやらぬ中、「タイル画回廊（右面）」が着信した。度肝を抜かれたという意味では、こちらのほうが上だった。

一転、無彩色に近い色遣いだ。古ぼけたアパート。石畳。ガス灯。華やかな街並みから裏通りに迷い込んだような錯覚を覚える。しかし無人ではない。細い路地を子供たちが駆け抜けている。いかにもやんちゃそうな、満面笑みの子供たちが七人とか八人とかで列を成し、電車ごっこのように、むかで競走のように、あっちの路地、こっちの路地、どこもかしこもお構いなしに走り回っている。アパートや工場の窓から大人たちが顔を突き出している。みんな笑っている。洗濯カゴを抱えたおばさんが、いけいけと声を掛けている。歯の抜けた隙間に煙草を挟んだ老人が盛んに手を叩いている。どうやら町の運動会のようなのだ。そしてこちらの絵にも夕暮れが訪れる。明かりの灯った窓に家族の団欒がある。よく頑張ったと父親に頭を撫でられている子がいる。走り過ぎて疲れたのか、食卓でうとうとしている子がいる。

竹内はしんみりしていた。石巻は絵の中の子供たちのように笑い顔のまま固着していた。青瀬はまだ絵を見ていた。一つだけ、団欒のない窓がある。灯りを背に、半分シルエットの青年が一人、窓の外を見ている。片手を挙げている。左面の絵と見比べるまでもなかった。青年の正面には、メリーゴーラウンドの馬車に乗る藤宮春子がいる。遊園地でよく目にする光景だ。彼は目の前を通過する彼女に手を振っているのだ。

そうだった。柳谷が事務所に来て藤宮春子の話をした時、マユミも部屋にいたのだった。戦没した従兄……。淡い恋……。追慕は、今のマユミにとって辛いモチーフだったろうに。人を想い続ける勇気を藤宮春子にもらった。そう受け取っていいのか？

電話が鳴った。青瀬は竹内を制して受話器を上げた。

〈あ、青ちゃんか。どう？〉

か細い声だった。

「ぶっ飛びました」

〈駄目？〉

「その逆です。こちら三人、あまりの素晴らしさに悶絶しました」

〈だろう！　いや、これ、俺の最高傑作だと思う。だってね――〉

声が途切れた。国際電話だからと思ったが違った。

〈青ちゃん、ごめん。お葬式、本当にごめんなさい。大将にあんなにお世話になったのに……。行こうと思ったんだけど、本当に思ったんだけど……〉

「気にしないで下さい。寝込むほど悲しんでくれたんですから、岡嶋も喜んでると思います」

〈ありがとう。あんな不義理したのに、今度はパリまで来させてもらって。本当にありがとう。マユミちゃんもすごく良くしてくれて、仕事もすごく助けてもらった。感謝、感謝です〉

「こちらこそです。じゃあ、津村に代わってもらえます」

〈あ、駄目みたい。寝ちゃったから〉

「えっ？　だってさっき」

〈電話切った途端、カクッてなって寝ちゃったんだ。めちゃくちゃ疲れてるんだと思う。毎日毎日、街ん中歩き回って、夜は夜で俺に付きっきりで――起こす？〉

「いや、いいです。眠らせてやって下さい」

〈了解。なんか掛けないと風邪引くな〉

「変なことしないで下さいよ」

〈ば、ば、馬鹿言うなって！　俺はジェントルマンだぜ〉

「それを言うなら、ムッシュでしょ。えーと、それじゃあ、津村に伝言願います――グッジョブ、と」

〈あ、青ちゃんだって英語じゃんかあ！〉

「ハハハッ、すみません。西川さんも休んで下さい。本当に素晴らしいパースをありがとうございました。こっちも気張ります」

電話を切り、さぞやと思って竹内を振り返ったが、背中を向けていた。マユミの机から拝借した電卓を一心不乱に叩いていた。


青瀬がメイン展示ホールと二つのサブホールの図面を仕上げたのは、六日後の深夜だった。出来には満足していた。達成感も相当なものだった。しかし一抹の寂しさがある。完成が近づくにつれて後ろ髪を引かれるような思いが増していた。いよいよお別れだ。岡嶋を本当に送り出さねばならなくなった。

もとより図面の完成を喜ぶにしても節度が必要だった。石巻はまだＣＡＤで最終ラウンドを戦っている。竹内も同様だ。電卓片手に分厚い束となった計算書と取っ組み合いの喧嘩をしている。マユミは一昨日帰国したが、高熱を出して休んでいる。コンペ台の上の、書類の山の頂に置かれた日捲り暦は「３」まで減っていた。

青瀬は完成した図面を見つめた。一つ頷き、テープを剝がして製図板から外し、くるくると丸めてアジャスターケースに収めた。

胸にあった熱の塊が消えた。それは本当に見事に消えた。熱源を失った体はひどくだるかった。帰って寝ると言うと、石巻と竹内が仕事の手を止めて立ち上がった。

「お疲れ様でした。あとは任せて下さい」

石巻が言った。「スター・ウォーズ」に出てくるチューバッカが喋ったように見えた。一段と頼《たの》もしくなった。一創に事務所を引き継ぐのはこの男かもしれないと思う。

「ゆっくり休んで下さい。プレコンペ、やらせてもらって、本当にありがとうございました」

竹内が言った。今夜も片目しか開いていない。きっと、太ったとマユミにからかわれる。店屋物ばかり食べていたから。

「やり遂げろよ」

涙声になった。顔を伏せ、逃げるようにして事務所を出た。膝がカクカクして、階段をうまく下りられなかった。帰りの運転は少し怖かった。マンションに戻るのは六日ぶりだった。

郵便受けはパンパンで、受け口からダイレクトメールが幾つもはみ出ていた。バッグを開いてごそっと郵便物を流し込み、エレベーターを上がり、部屋に戻り、缶ビールのプルトップを開けた。コップを二つ出して岡嶋と乾杯したが、半分も飲まずに眠ってしまった。

だからさらに半日、読むのが遅れた。

バッグの底に、ダイレクトメールに紛れて白い封書があった。差出人は「吉野陶太」「北川香里江」の連名だった。

54

曇り空だった。

青瀬は関越道を北上し、高崎ジャンクションから北関東自動車道に入った。終点の伊勢崎インターで高速を下り、桐生市を目指す。

青瀬の提案で「桐生川ダム」を待ち合わせの場所にした。父が死んだ地だ。そして、吉野陶太が生まれ育った土地でもある。

《さぞや不審に思われたことでしょう。せっかく建てて頂いた信濃追分の家を放置したまま行方知れずになってしまったわけですから。そして何より、真実を告げずに青瀬さんに家を建ててほしいと依頼をしたこと、本当に申し訳なく思っています》

長文の手紙だった。岡嶋の葬儀の日、ゆかりが吉野の携帯にメッセージを残した。それを聞き、もはや隠し通せないと観念してペンを執ったという。告白と謝罪。それが手紙のすべてだった。

まず第一に「吉野夫妻」は存在しなかった。吉野陶太は吉野伊左久の長男であり、香里江は長女だった。青瀬が以前、夫婦は長く一緒にいると顔まで似てくると見立てた二人は、実の兄妹だった。「三人の子供たち」は、北川という男と所帯を持つ香里江の子だった。吉野にも妻と二人の子供がいて、だが妻は子供たちを連れて長野市内の実家に戻ってしまい、青瀬の事務所を訪ねた当時は離婚協議中だったという。

やはりとまさかで胸が埋め尽くされる手紙だった。

母親が亡くなり、当時十六歳だった吉野伊左久は、桐生の機織り工場で働いていた姉を頼って遥々やってきた。工場の主人が不憫に思い、住み込みの三畳間で姉と一緒に暮らすことを許してくれたという。木工職人の卵だった伊左久は、機織り工場の小間使いをしつつ、独学で木工の技術を磨き、二十歳前には家具製造工場に職を得た。三十半ばで独立し、四十を過ぎてから遅い結婚をした。桐生市北部の梅田という地区に工房を構え、一男二女をもうけた。のちに桐生川ダムが建設される山間《やまあい》の地だった。

《貧しい生活でした。私と香里江は幼い頃から薪拾いや水汲みをするのが日課でした。生粋の職人である父は自分の仕事に一切の妥協を許さず、一つ一つの品にとことん手間暇をかけていました。だからといって、名もない父が作ったテーブルや椅子が高値で取り引きされることはありませんでした》

シトロエンは、渡良瀬《わたらせ》川に架かる橋を渡っていた。その先が桐生の市街地だ。

《母が膵臓ガンで亡くなり、それから父の酒量が増えました。満足な治療を受けさせてやれなかったと悔やんでいました。中学生だった私は、家具職人を継ぐのが当たり前だと考えている父に反発を覚えていました。高校に進学したかった。今となっては書くのも恥ずかしいのですが、私は医者になりたかった。歳の離れた下の妹が病弱で、風邪をひくたびに肺炎になってしまうような子でしたから、母のように呆気なく死んでしまうのではないかと不安で仕方なかったのです。あの日もそうでした。妹は高い熱を出して床に臥せっていました。夕方、庭に出ていた父が、黒い鳥を抱えて家に入ってきました。九官鳥でした。とても人に慣れていて、ペラペラとよく喋りました。妹は喜びました。もちろん、私と香里江もです。翌朝、妹の熱は嘘のように下がりました。父は鳥籠を作ってやると言いました。妹はもう大はしゃぎで踊り出し、家の中は笑いで溢れました。そんなこと、母が亡くなってから初めてのことでした。ところが――》
三日後の晩に青瀬の父が現れた。「稔が悲しむだろう」と言って「クロ」を探し歩いていた。
《作業着を着た男の人は、窓越しに九官鳥を見つけるなり、いたいた！　よかった！　やっと見つかった、と大声を上げ、家に入ってきた。本当に喜んでいました。お札で膨れた財布から五千円札を取り出し、捕まえてもらってすんません、これ、ほんの気持ちですと言って父に差し出しました。当時の私たちにとってはびっくりするほどの大金でした。父は受け取らなかった。いいから鳥を持っていけ、と言っただけでした。だいぶ酒が入っていて、そうなるとますます無口になる人でした。男の人が九官鳥を懐に抱えて家を出ていった途端、妹は火がついたように泣きだしました。それは悲鳴に近かった。クーちゃん！　クーちゃん！　もう名前も付けていたのです。香里江まで泣き出しました。父も居たたまれなかったのでしょう、ヨロヨロと立ち上がり、泣くな、泣くな、と妹に言いました。それが私は悲しかった。何もできずにいる父が消えてしまいそうなほど弱く見えました。妹は泣きやみませんでした。父は家の中を見回し、大きく息をつき、椅子と換えてもらってやる、と言って家を出ていきました。土間に置いてあった椅子を、男の人が大層褒めていたので交換を思いついたのだと思います。父の自慢の一品で、暇さえあれば磨き上げていました。仙台時代に、ブルーノ・タウトから設計図を貰い、それを元に作ったそうです。本来ならお金に換えられるものではありませんが、あのとき家の中には、五千円の金額に見合う物など他に何もなかったのです》
青瀬は青信号で車を発進させた。もう桐生市の繁華街に入っている。視界の隅を、のこぎり屋根の建物が掠めてハッとした。この地でも、ノースライトの優しい光が職人たちの手元を照らし、桐生織物の繊細さを陰で支えていた。岡嶋が遺したのこぎり屋根のデッサンが目に浮かぶ。不思議な縁を感じずにはおれない。

《一時間ほどして父は戻ってきました。九官鳥は持っていなかった。肩で息をしていました。私たちに背中を向けて、また黙って酒を飲み始めました。私は「鳥は？」と訊きました。いつもなら訊かなかった。何でもすぐに諦める癖がついていたからです。でも、あの時は訊いた。父が椅子と鳥を換えてくると言った時は、すごく驚いたし、それ以上に嬉しかったからです。宝物のようにに大切にしていたあの椅子を、妹のために手放そうとした父の気持ちが嬉しかった。でも、結果はそうならず、私はひどく落胆し、そして悔しくてならなかった。「鳥は？」と訊いても父は何も答えませんでした。私は何度も訊き、それでも父が黙っているので「鳥は！」と叫んで父にむしゃぶりつきました。体を揺すりました。泣きながら揺すりました。でも父はとうとうひと言も話しませんでした。目を固く閉じ、なすがままにされていました。妹はずっと泣き続けていました。香里江はその体を抱きかかえて頭を撫でていました。家では新聞をとってませんでしたし、テレビもよく映らず、だから男の人がその晩に亡くなったことは私も香里江も知らずに大人になりました》

車は市街地を抜けた。ここから桐生川ダムまでは一本道だ。沿道の民家が疎らになる。正面に新緑眩《まばゆ》い山が現れ、道は徐々に登っていく。

《下の妹は中学に上がれずに亡くなりました。九官鳥の話はいよいよ悲しい思い出になり、私も香里江も口にせず、記憶から消してしまったようなところがありました。事の真相を知ったのは三年前でした。父が脳卒中で倒れ、病院で寝たきりに近い状態になり、体も衰弱し、そうなって、どうしても話しておきたいことがあると私と香里江を呼び寄せたのです》

吉野伊左久は山道で青瀬の父に追いつき、椅子と九官鳥を交換してくれないかと頼み込んだのだという。青瀬の父は、息子が大切にしている鳥だからと断った。なおも伊左久が拝み倒すと、青瀬の父は再び財布を開き、一万円札を抜き出して、これで別の九官鳥を買ってあげてくれと言った。酒のせいもあったかもしれない、伊左久は頭に血が上った。金を恵んでほしいのではないと食って掛かった。内心では、ダム屋め、と思っていた。俺はれっきとした職人だ、ダム屋に恵んでもらうほど落ちぶれちゃいない、と。そんなに金があるなら、あんたが別の九官鳥を息子に買えばいいだろう、と声を荒らげた。青瀬の父は困った顔で、だったらこの一万円であの椅子を買わせてほしいと提案した。それが火に油を注いだ。あの椅子はアンタみたいなもんが座れるような代物じゃないんだ。伊左久の言葉に青瀬の父は侮蔑の匂いを嗅ぎ取った。誇り高き型枠職人は激昂した。怒鳴り合いになり、摑み合いになった。体格からして、本当なら崖下に落ちるのは伊左久のほうだったろう。だが揉み合ううち、クロが懐から飛び出て羽ばたいた。青瀬の父は反射的に宙に腕を伸ばし、頭の後ろに回った鳥を追う仕種を見せたのを最後に伊左久の視界から消えた。

《父はこう言いました。突き落としたんじゃない。けれど俺の手があの人の胸ぐらを摑んでぐいぐい押していたのは確かなんだ、と》

伊左久はすぐにその場を立ち去った。走って家まで帰った。犯罪者になるのが怖かった。父親が米泥棒をして一家離散した悪夢が蘇った。自分が刑務所に入れられたら、子供たちはどうなってしまうか――。

《だから逃げたんだ、と父は涙ぐんで私たちに言いました。あの人を助けることも助けを呼ぶこともしなかった。いったい俺は何てことをしてしまったんだろう。あの人にも息子さんがいたのに。助けを呼んでいれば、あの人は死なずに済んだかもしれなかったのに……》

そして伊左久は吉野と香里江の手を取って懇願した。あの人の息子さんを探し出して償いをしてほしい、と。息子の名前はわかっていた。九官鳥が吉野の家にいた間、何度もその名を呼んだから。

オーイ、アオセミノルクーン。

吉野と香里江は途方に暮れた。四半世紀も前にダムの建設現場で一時的に働いていた人間を、しかもその息子を探し出すのは至難に思えた。たとえ探し当てられたとしても、どう償えばいいのか見当もつかなかった。何より気後れした。遠い昔のこととはいえ、自分の父親が相手の父親の死に直接関わったと告げる場面を想像するたび気持ちが逃げた。香里江が嫁いだ北川家は、世間体を気にして大叔母の精神科通いをひた隠しにしていた。忌避を肌で感じていた香里江は、伊左久の告白を夫や義父母に知られるのを恐れた。吉野は吉野で、妻との関係が急速に悪化した時期で、気が休まることがなかった。誰もがそうであるように、過去より今が大切だった。

見舞いに行くたび、伊左久は、頼む、頼むから、と懇願した。それが辛くて吉野と香里江はその場逃れの嘘をつくようになった。いま探しているから。探偵に頼んだから。もうすぐ見つかるから。そんなことを続けるうち、伊左久はいよいよ衰弱した。介護施設に移ってからは、意識が朦朧とする時間が増え、さらに半年後には口がきけなくなった。兄妹は自分たちに言い聞かせた。

これでいいんだ、これで心静かに父を送ることができる、と。

伊左久はそれから一年と少し生きた。危篤だと連絡を受けて兄妹が施設に駆けつけた時、伊左久はいまわの際を彷徨っていた。兄妹揃って看取った。だが――。

《息を引き取る寸前でした。父が少し荒い息をした後、吐く息で「ごめんな」と言った。本当に驚きました。空耳かもしれないと思いました。でも香里江も聞いていた。主治医の先生が「それは残語《ざんご》です」と教えてくれました。脳梗塞などで口がきけなくなった患者が、死ぬ間際に短い言葉を発することがある。元気な頃よく口にしていた言葉や、心の中でずっと思い続けていたことが言葉になるようだ、と。それを聞かされて、ただ父の死を悲しむだけでは済まなくなりました。寝たきりのベッドで、日々、一年以上も、この世を去る直前まで「ごめんな」を心に念じていた。それほどまでに父は苦しみ、悔いていた。香里江は下の妹が死んだ時のように泣きました。何もしてあげなかった。ちゃんとしてあげればよかった、と。私はその夜、あなたを――アオセミノルクンを探し出す決心をしました。それが去年の一月三十日でした》

手紙には、吉野が興信所に調査を依頼し、ゆかりと接触を重ねていった経緯が詳しく綴られていた。伊左久が懇願した「償い」を「恩返し」にすり替え、しかも青瀬には一切気づかれぬよう事を進めようとした。当時はそうすることでしか行動を起こせなかったという。

《間違っていました。まず青瀬さんに父が語った話をすべて伝え、謝罪し、そこから始めなければいけなかった。でも、決心したとはいえやはり怖かった。青瀬さんがどういう人かも知れず、真相を話してどんな反応をされるかもわからず、臆病風に吹かれ続けました。結局、私たち兄妹の生活も父の名も傷つくことなく、そして青瀬さんの人生には良きことをもたらすという、無責任極まりない筋書きに着地してしまった。通るはずのない無理な話を通すために嘘に嘘を重ねることになり、青瀬さんを騙し続けることになってしまいました》

とりわけ吉野は、偽の家族を青瀬に信じ込ませたことを悔い、手紙の中で何度も詫びていた。青瀬にからくりを見抜かれぬよう、そればかりを考えていたという。香里江の二人の娘には、これは人助けのためのお芝居だと言い聞かせて幾ばくかの演技を強いた。末の息子には何も知らせず、お母さんの傍から離れないようにとだけ言った。地鎮祭の時も、家の引き渡しの時も。《その時は無我夢中でしたが、本当に許されないことをしてしまいました。青瀬さんに対してだけでなく、香里江の子供たちに対しても》

一家蒸発は、青瀬の目にそう見えただけだった。香里江と三人の子供たちは北川の家にいて、普通に生活していた。吉野一人が姿を消した。偽の家族ではない、自分の本当の家族に関わる突発的なトラブルが失踪の理由だったという。

《青瀬さんに何度電話を頂いても返信できませんでした。なぜY邸に引っ越さないのか、一家五人でどこへ消えたのかと問われても答えられない。ちゃんと答えるためには、偽の家族と本当の家族がいることも含め、すべてを話さねばなりませんでしたから。様子を窺おうとY邸に電話をしてみた時、青瀬さんがでて、私たちのことを心配して下さっていることを知った時は胸が押し潰されました。でも、言葉が出なかった。益々というか、もう本当に申し訳なくて、死ぬまで青瀬さんとはお会いできないと思ってしまって》

吉野は青瀬の姉たちにも侘びていた。興信所の調査で青瀬に二人の姉がいることを知った。しかし気持ちのもっていきようがなかった、父が言い遺した「ミノルクン」への償いを果たすことしか考えられなかった、と。

車は緑の中を抜けていた。正面も右手も左手も、里山のような小ぶりな緑の山だった。シトロエンの柔らかすぎるサスペンションを気にしつつ、緩いカーブを曲がり終えると、ダムの堰堤《えんてい》が視界に入ってきた。間もなく着く。吉野と再会する。

青瀬は自分の気持ちを確かめた。

突き落とされたのではない。

事故だった。父は事故で死んだのだ。

最期の瞬間、クロを捕まえようとした。青瀬のために、クロを逃がすまいとした。

知って良かった。愛すべき父の、最期を知ることができて良かった——。

ダム管理事務所の駐車場に車をとめた。待ち合わせの時間には早かった。車を降り、ダム本体の上を走る天端《てんば》の道路に足を向けた。

風が強かった。左手にダム湖が広がっている。遠くに橋が見える。その手前の湖面に、たくさんのオレンジ色の浮きが一本の線となって、岸と岸の間を渡っている。あれはな、網場《あば》って言うんだ。ダム湖に流れ込んできた枯れ木が放流施設に入ってこれないように守ってるのさ。父は何でも教えてくれた。

ダムの引力を感じた。抗わなければ、心はここに引き寄せられる。

アオセミノルクーン。

呼ばれた気がして青瀬は振り向いた。

吉野陶太がいた。棒のように直立不動していた。傍らに北川香里江がいた。襟足が見えるほど深く頭を垂れていた。

55

香里江は真っ青な顔をしていた。会う前から限界に達していたようだった。

青瀬の顔を見るなり、膝から地面に崩れて滂沱《ぼうだ》した。謝罪の言葉を口にしようとするたび、嗚咽に呑み込まれ、そして体を震わせて号泣した。吉野と二人で両脇を支え、吉野の車まで連れて行き、助手席のシートを倒して寝かせた。耳元で青瀬は言った。何も心配しないで下さい。私は少しも怒っていませんし、むしろ感謝しています——。

吉野も聞いていた。吉野にも聞かせた。それでも吉野の緊張は些かも緩まなかった。

直立不動に戻って言った。

「青瀬さん、このたびのこと、何から何まで……本当に申し訳ございませんでした。私たち兄妹が浅はかで、勇気もなく、不誠実だったために……青瀬さんに多大なご迷惑をお掛けしてしまって……。お気持ちを踏みにじってしまったこと、今さら謝ってもどうなるものではないとわかってはいますが、どうか謝らせて下さい。本当にすみませんでした。心よりお詫びいたします。この通りです」

吉野は深々と頭を下げた。

青瀬は音のない息を吐き、一拍置いて言った。

「頭を上げて下さい――確かに謝罪の言葉を受け取りました。もう要りません。これきりにして下さい」

「は、はい……」

青瀬は車内の香里江の様子を窺った。しゃくり上げているが、さっきと比べれば多少落ち着いたようだ。目を吉野に戻した。

「少し歩きませんか」

吉野と肩を並べて天端の歩道を歩いた。一段と風が強くなる。風であれ雨であれ、自然がもたらすものは皆、気持ちを言葉に代える後押しをしてくれる。

「建てた後、Y邸はどうするつもりだったんですか」

まず訊いておきたかった。Y邸は、青瀬に対する贖罪のためだけに建てられたのか。

吉野は質問の意図を汲み取ったようだった。

「あなたに償うためだけに仕事を依頼したわけではありませんでした。私には私なりの理由があった。夢というか、賭けというか、もう一度、家族をやり直したくてあの家を建てたんです」

「やり直す?」

「ええ。青瀬さんに依頼した当時は、妻と離婚協議中でした。妻のほうが言い出した話で、私はおろおろするばかりでした。仕事で忙しくしているうちに、保育園のお迎えを忘れたり記念日をすっぽかしたり、小さなことの積み重ねが見上げるような山になっていました。そうするうち、私が家の定期預金を解約していたことがわかって――これには訳があったんですが、ともかく妻は激怒して、二人の子供を連れて長野市内の実家に帰ってしまった。何度も迎えに行ったのですが、実家にいる妻の兄が、以前から私とひどく折り合いが悪くて、その義兄が妻に会わせてくれず、離婚届に判を押せの一点張りで……。いや、すみません、こんな話」

「続けて下さい」

「はい……。今から思えば、あんな馬鹿みたいに働くことはなかったんですよね……。私ね、バブルが崩壊した後に勝負を賭けたんです」

青瀬は吉野の横顔を見た。バブル後に？

「世の中のもの、何もかもが売れなくなって、輸入雑貨の店なんか真っ先にバタバタ倒れたんです。私は買いました。定期を解約して、借金もして、タダ同然の雑貨を買いまくりました。家具や食器やスポーツ用品や、安くて輸入品なら何でも買いました。独立を考えていたからです。もちろん勤めている会社には内緒で、二つの仕事を掛け持ちしているような状況でしたから、家のことはすっかり……。でも……」

吉野は足を止めた。遠くを見つめた。

「信濃追分の土地は、かなり前ですが、妻も望んで購入したんです。今は長野市内に住んでいますが、妻の両親は昔、あの土地の近くにあった企業の保養施設で管理人をしていて、妻は中学を卒業するまで信濃追分で育ったんです。だから、いつかあそこに家を建てて住もう、子供たちも伸び伸び育つしね、って夫婦で夢を語り合った頃もあったんです」

吉野は青瀬に顔を向けた。

「だからY邸を依頼したんです。あの土地に本当に家を建てて、そして妻に会いに行こうと思いました。あの家でもう一度やり直さないか、もう一度だけチャンスを下さい、って、そう言うつもりでした――そうです。あなたに対する償いに、私の未練がましい夢を相乗りさせたんです。本当に申し訳ありませんでした」

「約束ですよ。もう謝るのはなしです」

「あ、すみま……あ」

青瀬はフッと笑った。釣られて吉野の顔も和んだ。

「でも、駄目でしたぁ……。義兄の不在をつき、十二月に入ってようやく妻に会うことができましたが、取りつく島もないと言うか、Y邸の話も満足に聞いてもらえなかった。何の相談もせずに定期を解約したのがどうしても許せないと言われました。家のお金の管理はずっと私がしていて、だから十年近く解約に気づかなかった。それが妻からすると、十年近くも騙されていたということになって……。私は私で家族の将来のためと思ってしたことでした。買い漁った雑貨や家具を売りさばいて、定期の額の三倍以上に増やしてもいたんです。けれど妻にとって結果は関係なかった。あなたは家族の将来を勝つか負けるかわからないギャンブル任せにした、あたしは知ってた、あなたは根っからそういう人なんだ、と。確かに……熱に浮かされていました。家族のためと口では言いつつ、自分の商才を試してみたかった。何か大きいことをしたかった」

ほろ苦い話だった。バブルの勝ち組も負け組も、同じ末路を辿ったというオチは。

「妻と話していて、定期のことはただのきっかけだとわかりました。愛想を尽かされたのだと。もう行き着くところまで行ってしまったのだと。私の膝元には離婚届が押しつけられていました。判を押すしかないと思いました。でも最後に、信濃追分の家だけは見てもらえないかと懇願していたところに義兄が帰ってきた。もの凄い剣幕で追い立てられて、胸を突き飛ばされて、元は大学の相撲部員ですから、とにかく圧倒されて――」

吉野が玄関の三和土に尻餅をつくと、義兄は靴箱の横に立ててあった金属バットを手にした。慌てた吉野は靴も履かずに玄関の引き戸を開け、外に転がり出たが、追ってくる気配を感じて引き戸を思いきり閉めた。凄まじい絶叫が周囲に響いた。指が三本、挟まっていた。ステンレス製の頑丈な引き戸だった。吉野は靴下のまま逃げた。殺されると思ってどこまでも逃げた。

義兄は警察に届け出た。妻に場所を話したのでY邸には行けず、吉野は青梅市内に逃げていた。商品の雑貨や家具を置くために、以前から友人の父親が所有する倉庫を借りていた。田端の家財も運び込んであった。青瀬がいつ訪ねてくるともわからないので借家にはいられなかった。倉庫に泊まり込み、そこから仕事の合間を縫って何度も妻の実家に向かっていたわけだが、事件を起こした後、会社に辞表を出し、ネット通販の仕事一本に絞った。義兄は田端に乗り込んできた。懐にはおそらく、判が一つ足りない妹夫婦の離婚届があった。

「ひと月ほど前に判を押しました。義兄と揉めるのは嫌なので、弁護士に手続きを頼み、そのあと警察署に出頭しました。半日事情聴取を受けて、書類送検になるだろうと言われました。ただ義兄は――もう義兄ではありませんが、警察ではあまり良く思われていない人物のようでした」

離婚問題が決着して携帯の電源を入れるようになった。それが青瀬との大いなる擦れ違いにも決着をつけるきっかけになった。

青瀬は欄干に肘をついた。吉野もそうした。湖面が風で波立っている。

「Y邸はどうするんです」

最初の質問の続きだった。Y邸の「始まり」と「これから」――。

吉野が困った顔をしたので青瀬は続けた。

「売るしかありませんよね、こうなったら」

「ええ……。しかし……」

吉野は青瀬の目を探った。

「今更ですが、私としては青瀬さんにお渡ししたいと……」

青瀬は首を横に振り、言った。

「売って下さい。銀行でローンを組みます」

「買う？　青瀬さんが」

「ええ。そう決めてここに来ました」

「でも、親父が……。親父に怒られます」

やっと言える。言うタイミングを探していた。

「お父さん、本当にお気の毒でした。長いこと苦しまれて」

「青瀬さん……」

無言の間が続いた。吉野は目を瞬かせていた。

「あの辺りだったんです」

吉野が、目元を拭った指を網場の先に向けた。

「親父が建てた貯木小屋があったんです。昔はそこで仕事もしてました。それが水没することになって、補償金が出たんですよ。貧乏だったんだから、少しは生活の足しにすればよかったのに、びた一文使わなくて。私と香里江にそっくりそのまま遺されました」

吉野はふぅと息を吐いた。

「Y邸の資金にそのお金も使いました。香里江は相続放棄をして私に託しました。あれほど償いをしたいと言ってたのだから、全部使ってあげればお父さんは喜ぶ、って。だから売ることはできません。お金は頂けません」

「忘れたんですか」

青瀬は言葉に力を込めた。

「私は、私自身が住みたい家を建てたんです。それだけで十分です。お父さんのご遺志はきちんと伝わった。そう香里江さんに話して下さい」

吉野はしばらく青瀬の目を見つめ、そして体を引き絞って頭を下げた。

「戻りましょう」

青瀬は言った。香里江がどうしているか、少し心配になってきた。

歩き始めると、吉野が肩を並べた。

「あの日、引き渡しの日のことを思い出しました」

唐突な話し出しだった。あの日……?

「私と香里江は父との約束を果たせたことで感無量でした。でも、Y邸に魅せられたのも本当でした。その時の気持ちを、あの日、思い出したんです」

「あの日って……?」

「ゆかりさん、三時間もいたんですよ」

青瀬は足を止めた。吉野は青瀬を見ずに続けた。

「Y邸にご一緒した日のことです。しばらく外から眺めていてね、それからどんどん後ろ歩きをして、体が小さくなるほど遠くまで離れて、またしばらく眺めていました。家の中では上ばかり見ていました。柔らかい光が顔を包んで、なんというか、とても美しかった。あの造り付けの丸いテーブルに手を当てていました。それがあんまり長くそうしているので、私はなんだか自分が邪魔をしているような気になって外に出たんです。それからさらに二時間ですよ。ゆかりさんが中でどうしていたのかわかりません。私は車の中で待っていて、居眠りをしてしまって、そうしたら窓をコンコンと叩かれて。ありがとうございました、帰りましょう、って。そう言ったのに、ゆかりさんは、それからまたしばらくの間、振り返ってY邸を見ていました」

ありありと目に浮かんだ。まるで自分もそこにいたかのように。

家を建てなくて良かったな。

あの言葉を挟んで、青瀬とゆかりは同じ場所に立っている。立ち去ることなく、今も立ち尽くしている。

青瀬は歩き出した。吉野が勢い込んで言った。

「私は駄目でした。でも、青瀬さんは――」

「タウトの椅子はどうします」

「えっ？」

「青梅の倉庫に運びます？　Y邸は泥棒が心配だ」

「あ、はい、運びましょう。放っておいたら父とタウトさんに叱られる」

「それで思い出した」

青瀬はポンと手を叩いた。

「お二人のお名前、封書に並んで書いてあるのを見てピンときました」

吉野は破顔した。

「気がつかれました？　お恥ずかしい」

「お父さん、子供の頃、逆さ読みでからかわれたんだそうですね」

「そう、くさいくさい、って。だからってねぇ」

「それだけじゃありませんよ。お父さん、仙台でタウトと出会ったこと、よほど印象的だったんでしょう」

「椅子の設計図をもらったりしたからでしょうね、俺はタウトさんの弟子なんだって言っていました。気に入った椅子や机ができるとその口癖がでるんです。それがあんまり嬉しそうに言うので、私たちもなんだか嬉しくなってね。エリカさんのこともよく話していました。金平糖をくれたんだそうです。手のひらに三つ置いて、その手を包み込んでくれたんだって、その金平糖がもう甘くて甘くて、って」

吉野の顔は晴れやかだった。

「親父はいい職人でした。タウトと出会って、本当は出会っただなんてとても言えないんだけど、ほんの少し掠っただけなのに、生涯、家具を造り続けた。もっとうまく造ってタウトさんに褒められたい、認めてもらいたい、そう思って精進していたんだと思います」

「そうですね。きっとそうだったんですね」

七十年前の「建築家の休暇」がもたらした奇跡に思えた。洗心亭でタウトは鬼となり、自分自身を叱咤していたのだろう。内なる怒りを燃やし尽くすために。怒りごときで休暇を潰さないために。吉野伊左久のような人たちが我が意を継いでくれると信じて。

遠くに香里江の姿が見えた。車から降りて、また頭を下げている。だがもう大丈夫だろう。耳元で囁いた青瀬の台詞が、点滴のようにゆっくりと全身を巡ったはずだ。

「吉野さん——気が早いですが、こんな話を今すると笑われてしまいそうですが、必ずご招待します。いつか香里江さんとY邸に遊びに来て下さい」

青瀬が手を差し出すと、吉野が両手で強く握った。

「ありがとうございます……でいいんですよね。こんなにご迷惑をお掛けしたのに」

青瀬は頷き、風が向かう空を見上げた。

J新聞の池園に電話せねばと思った。

お陰様で吉野は見つかった。けれど椅子のことは何も語らず、風の又三郎のようにまたどこかへ行ってしまった、と。

56

今日は一日晴れてくれ。そんなことを本気で思ったのはいつ以来か。

朝早く、青瀬はシトロエンで赤坂周辺をウロウロしていた。駐車場の空きを探すのに手間取った。車を下りてからも、思い込みから道を一筋間違えて、事務所を見つけるのに時間を食った。

「よう、休日の朝に人を呼び出しておいて遅刻とは大物だな」

能勢琢己は本気で怒っていた。

思わず見渡してしまうほど広いフロアだった。製図台はやたらスペースを取るから、設計事務所は広さが成功の証と言ってもいい。が、今はパソコンだ。一見、何の職種のオフィスかわからない。

「で、電話で言ってた話はどういう冗談だ」

「文句と皮肉は見てから言え」

「大した自信だな」

「自信がなくて、こんなことができるか」

青瀬はアジャスターケースから図面とパースを取り出した。まずはメモワールの姿図。次はタイル画回廊の——。

「見せろ」

「並べるから待て」

三枚、四枚、五枚……。適度な角度をつけてパソコンのモニター画面に立てかけていく。

「おい、勝手なことをするな」

青瀬は構わず続けた。八枚、九枚、十枚目はメイン展示ホールの平面図……。

後ろから声がしなくなった。伊達や酔狂でないことは一目でわかったということだろう。やがて体が乗り出してきた。青瀬の肩より、能勢の肩が前に出た。首も、そして目も。

能勢の体が横に移動した。一枚一枚、時間を掛けて吟味している。入り込んでいる。誰が持ち込んだものとか、どんな素性のものだとか、もはや意識にない。図面とパースの造形。能勢の脳に映っているのはそれだけのはずだ。

十五分は見ていた。むうっ。そのたった一つの感想を青瀬は聞き逃さなかった。

能勢はソファに戻った。青瀬にも勧めた。テーブルの上に、神経質に組まれた指があった。

「坪単価は？」

「百四十九万七千円だ」

「だとう？」

青瀬はバッグに手を突っ込んだ。

「確認しろ」

あの『二〇〇選』にも負けない、ぶ厚い計算書をテーブルの上に置いた。

互いの目が据わった。部屋に差し込む光が明るさを増した。

長い沈黙は能勢が破った。

「悪いが持ち帰ってくれ」

「能勢……」

「いくらなんでも無理筋だ。鳩山に話せん」

「だったら俺を雇え」

「何？」

「雇いたいって言ったよな。一時雇いしろ。そうすりゃ俺と鳩山は同じ立場だ」

「青瀬、お前……」

「一人でここに来てるわけじゃないんだ。もう一度見てくれ。あの図面とパースを不戦敗にできるか？」

今度の沈黙は、さっきよりもさらに長かった。

能勢が腹から息を吐き出した。

「鳩山が事務所を辞めるって言い出したらどう責任を取る」

真顔が言った。真顔で返した。

「ほっとけばいい。建築以外の私情で辞める奴なんか、ろくなもんじゃない。昔、そういう奴を見ただろ」

能勢は鼻で笑った。

「面白い。鳩山の度量を試してみる。で、それをこっちに寄越す条件は？」

「ない。無償で渡す。原案や協力のクレジットも不要。ただ一つだけお願いがある」

「お願いだと？　怖いな。何だ？」

「もし仮にここのプレコンペを通り、本選も通り、あの野っぱらにこのメモワールが建ったら、の話だ」

「もったいぶるな。言え」

「岡嶋の息子に、これはお父さんが建てたんだと話すことを許してほしい」

能勢は頷かなかった。

何かの感情を嚙み締めている顔だった。あの日の、葬儀での、一創の姿が目に浮かんでいるのかもしれなかった。

その目が青瀬に向いた。ゆっくりと瞬きをした。承諾——。

懐で携帯が震えていた。

青瀬は席を外した。窓に向かって歩きながら通話ボタンを押した。

〈あ、パパ、あたし、雑巾だけでいいんだよね、持ってくの?〉

「うん。箒《ほうき》やモップはパパが用意した」

〈楽しみだなあ、Y邸!〉

「たっぷり床掃除してもらうぞ」

ゆうべ一人で行ってきた。泥棒の靴跡だけは消しておいた。

〈ママはね、今日は行けないんだって、仕事の打ち合わせがあるから〉

青瀬は慌てた。ゆかりを誘った?

「おい、だって、もとから今日は……」

〈仕事だから行けないの、今日は〉

今日は——。

〈じゃあね。早く迎えに来てね!〉

ぷっと通話が切れた。

日向子が走り出している。それをいいことに、小さな計略が心に芽生えかけている。

青瀬は、口元から笑んで首を振った。まあいい。それはそれでいい。当の日向子がダシにされることを何よりも望んでいるのだから。

携帯を懐にしまって振り向いた。能勢はまた図面の前に立っていた。少し老けたその横顔に、心の中で頭を下げた。

声は掛けずに事務所を出た。

休日の赤坂界隈はまだ眠たそうだった。早足で駐車場に向かう。日向子に会う前に一本電話をする。大阪のクライアント夫妻に言う。あなたたちだけの家を建てましょう、もっとたくさん話を聞かせて下さい――。

ピー、ピピッ。

青瀬は空を見上げた。

澄みきった青空をツバメが過ぎった。そのくちばしに、巣作りの材料らしき何かを見た。

〔参考文献〕

『タウト全集』（篠田英雄、藤島亥治郎、水原徳言訳、育生社弘道閣、全6巻、1942～1944年）
『日本の家屋と生活』（篠田英雄訳、春秋社、2008年）
『日本の家屋と生活』（篠田英雄訳、岩波書店、1995年）
『ニッポン　ヨーロッパ人の眼で観た』（篠田英雄訳、春秋社、2008年）
『日本雑記』（篠田英雄訳、中公クラシックス、2008年）
『忘れられた日本』（篠田英雄編訳、中公文庫、2007年）
『日本美の再発見　増補改訳版』（篠田英雄訳、岩波新書、1962年）
『建築とは何か』（篠田英雄訳、SD選書、鹿島出版会、1974年）
『建築藝術論』（篠田英雄訳、岩波書店、1948年）
『画帖　桂離宮』（篠田英雄訳、岩波書店、1981年）
『日本　タウトの日記　1933年―1936年』（篠田英雄訳、岩波書店、全3巻、1975年）
『日本文化私観　ヨーロッパ人の眼で見た』（森儁郎訳、講談社学術文庫、1992年）
『ニッポン　ヨーロッパ人の眼で見た』（森儁郎訳、講談社学術文庫、1991年）
『新しい住居　つくり手としての女性』（斉藤理訳、中央公論美術出版、2004年）
『一住宅』（斉藤理訳、中央公論美術出版、2004年）
『都市の冠』（杉本俊多訳、中央公論美術出版、2011年）
『ブルーノ・タウトの日本観』（藤島亥治郎、日本放送出版協会、1940年）
『ブルーノ・タウトへの旅』（鈴木久雄、新樹社、2002年）
『ブルーノ・タウトと現代　「アルプス建築」から「桂離宮」へ』（J・ポーゼナーほか著、土肥美夫、生松敬三編訳、岩波書店、1981年）
『ブルーノ・タウト　1880―1938』（SD編集部、鹿島出版会、1982年）
『タウト　芸術の旅　アルプス建築への道〈旅とトポスの精神史〉』（土肥美夫、岩波書店、1986年）
『ブルーノ・タウト』（高橋英夫、新潮社、講談社学術文庫、ちくま学術文庫、1991年、1995年、200

5年）
『桂離宮　ブルーノ・タウトは証言する』（宮元健次、鹿島出版会、1995年）
『つくられた桂離宮神話』（井上章一、講談社学術文庫、1997年）
『タウトが撮ったニッポン』（酒井道夫、沢良子、平木収編著、武蔵野美術大学出版局、2007年）
『建築家ブルーノ・タウト—人とその時代、建築、工芸』（田中辰明、柚本玲、オーム社、2010年）
『ブルーノ・タウト　日本美を再発見した建築家』（田中辰明、中公新書、2012年）
『ブルーノ・タウトの回想』（浦野芳雄、長崎書店、1940年）
『群馬とブルーノ・タウト』（水原徳言編、あさを社、1976年）
『もうひとりのブルーノ・タウト　文明批評家論の創造的提言』（朝雲久児臣、上毛新聞社、1990年）
『帰ってきたブルーノ・タウト　発見と出発の叙事詩』（朝雲久児臣、風土記出版委員会、1993年）
『建築家ブルーノ・タウトのすべて　日本美の再発見者　Bruno Taut　1880—1938』（武蔵野美術大学タウト展委員会編、武蔵野美術大学ほか、生誕100年記念ヨーロッパ・日本巡回展図録、1984年）
『ブルーノ・タウトの工芸と絵画』（群馬県立歴史博物館、上毛新聞社出版局、1989年）
『ブルーノ・タウト　1880—1938』（マンフレッド・シュパイデル、セゾン美術館（一條彰子、新見隆）編著、1994年）
『ブルーノ・タウト　桂離宮とユートピア建築』（マンフレッド・シュパイデル監修、ワタリウム美術館編、オクターブ、2007年）

〔取材協力〕
寄尾憲司氏
藤井浩氏

初出『旅』二〇〇四年五月号～六月号、十一月号～二〇〇五年十二月号、二〇〇六年二月号
刊行にあたり全面改稿した。

装画　agoera
装幀　新潮社装幀室

ノースライト

著　者
横《よこ》山《やま》秀《ひで》夫《お》

発　行
2019年 2月 28日
2　刷
2019年 3月 10日

発行者　佐藤隆信
発行所　株式会社新潮社
〒162-8711　東京都新宿区矢来町71
電話　編集部　03-3266-5411
　　　読者係　03-3266-5111
https://www.shinchosha.co.jp

印刷所　錦明印刷株式会社
製本所　加藤製本株式会社

ISBN978-4-10-465402-4　C0093